박안경기

拍案驚奇

4

이 책은 (재)한국연구재단의 지원으로 학고방출판사에서 출간, 유통합니다.

한국연구재단
학술명저번역총서

동양편
625

박안경기
拍案驚奇

능몽초 저 ᅵ 문성재 역

④

學古房

《박안경기》 초판본 ('닛코본') 표지

"즉공관주인이 평론하며 읽은 삽화가 있는 소설即空觀主人評閱出像小說"이라는 광고 문구(우)와 함께 소주의 서상 안소운安少雲이 쓴 발간사(좌)를 소개해 놓았다.

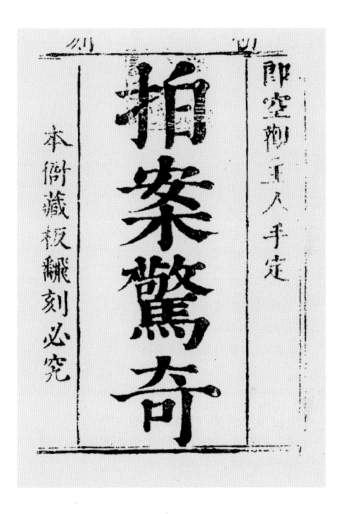

《박안경기》 중판본 ('히로시마본') 표지

제목 위의 '초각初刻' 두 글자로 《이각 박안경기》 출판 이후의 중판
본임을 알 수 있다. "즉공관주인이 직접 선정한卽空觀主人手定"이
라는 문구(우)와 "본 관아 소장 목판을 베낀 해적판은 반드시 책임
을 따질 것本衙藏板翻刻必究"이라는 경고문(좌)이 보인다.

......
목차

제21권

원 상보는 관상술로 대갓집을 움직이고
정 사인은 선행으로 세습직을 이어받다
袁尚寶相術動名卿　鄭舍人陰功叨世爵

卷之二十一
袁尚寶相術動名卿 鄭舍人陰功叨世爵 해제

　　이 작품은 선행으로 자신의 운명을 바꾼 사람에 관한 이야기이다. 이야기꾼은 홍편洪楩의《육십가소설六十家小說》에 소개된 당대 임선보任善甫의 이야기를 앞 이야기로 들려주고, 이어서 육찬陸燦의《경사편庚巳編》에 소개된 관상가 원유장袁柳莊의 이야기를 몸 이야기로 들려준다.

　　명대 초기의 원공袁珙(호 유장)은 북경의 고관대작들이 그의 집에 몰려들어 상相을 봐줄 것을 부탁할 정도로 명성이 높은 관상가이다. 어느 날 왕王 부랑部郞 집에 인사를 갔다가 그의 표정이 어두운 것을 본 원공은 마침 차를 내온 동자 흥아興兒를 보고 '집안이 편치 않은 것은 그 동자 탓'이라고 귀띔한다. 그 바람에 졸지에 왕 씨 댁에서 쫓겨난 흥아는 오래된 사당에 머물던 중 뒷간에서 일을 보다가 벽에 걸려 있는 보따리를 발견한다. 그 속에 은자가 스무 뭉치 넘게 들어 있는 것을 본 흥아는 불끈거리는 물욕을 억누르며 주인이 나타나기를 기다린다. 이튿날 꼭두새벽에 웬 사내가 쑥대머리에 눈이 퉁퉁 부은 채 허겁지겁 달려온 것을 보고 그 사내가 주인임을 확인하고 은사 보따리를 돌려준다. 그의 선행에 감동한 사내는 자신이 하간부河間府 정鄭 지휘指揮 댁의 집사장 장 도관張都管임을 밝히고 흥아가 자신의 상전과 종씨라며 함께 돌아가 주인에게 의탁할 것을 제안한다. 흥아가 돌려준 은자로 병부兵部에서 기고관旗鼓官 벼슬을 보장받은 장 도관은 홀가분한 마음으로 흥아와 함께 귀환하여 희소식을 알리고 그 공을 보따리를 돌려준 흥아에게 돌린다. 흥아는 정 지휘가 자신을 양자로 거두려 하자 몇 번이나 사양하지만 정 지휘의 굳은 의지를 꺾지 못하고 결국 그 제안을 받아들여 '정흥방鄭興邦'으로 개명하고 정 씨 댁 양자가 된다.

정 지휘의 배려로 최고의 교사들로부터 지도를 받고 무예 실력이 일취월장한 흥방은 나중에 정 지휘가 유격장군遊擊將軍으로 승진하자 그 '지휘' 직함을 계승한다. 삼 년 만에 팔자가 완전히 바뀐 흥방은 배속된 북경 군영으로 향하는 길에 문득 왕년의 상전을 떠올리고 왕 부랑에게 인사를 가서 자신이 왕년의 흥아임을 밝힌다. 원공의 망언을 곧이들은 자신의 잘못을 사과하는 바로 그때 마침 원공이 인사를 오자 부랑은 그를 곯려줄 생각으로 흥방에게 왕년의 하인 복장으로 차를 내오게 한다. 잠시 후 차를 내온 흥방을 본 원공은 '귀한 분이 차 시중을 한다'면서 깜짝 놀라고, 부랑은 왕년의 흥아가 의탁할 데가 없다고 해서 잠시 하인으로 거두었다고 둘러댄다. 원공은 연신 이상하다는 듯이 흥방을 힐끗거리고, 부랑은 삼 년 전 원공의 관상술이 애먼 사람을 잡았다며 놀린다. 원공은 그제야 껄껄 웃으면서 '흥방이 남에게 선행을 베푼 덕분에 음덕문陰德紋이 생겨 팔자가 바뀐 것'이라고 대답한다. 원공의 설명에 탄복한 부랑은 이튿날 정 유격을 예방하고 그 인연으로 두 집안이 대대로 교분을 나누고, 흥방은 벼슬이 유격장군에 이른다.

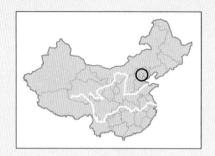

대도(북경) ●
　　　　　●계주(천진)

○서안(장안)

○채주(여남)

이런 시가 있습니다.

연[1] 땅에는 장사 있고[2] 오 땅에는 호걸 있나니, 燕門壯士吳門豪,
축 속에 납 부어 넣고[3] 고기 속에 비수 감췄지.[4] 筑中注鉛魚隱刀。

---

1) 연燕: 중국 고대의 지역 이름. 지금의 하북 지역에 해당한다. 뒤에 나오는
   '오吳' 역시 지역 이름으로, 일반적으로 지금의 강소 지역을 말한다.
2) 연 땅에는 장사 있고: 전국시대의 자객 형가荊軻를 말한다. 형경荊卿·경경
   慶卿·경가慶軻 등으로 불리기도 한 그는 진나라의 인질로 있다가 귀국한
   연燕나라 태자 단丹이 진나라 왕 영정嬴政에게 복수하기 위해 밀파했다.
   형가는 영정의 신임을 얻고자 진나라에서 죄를 짓고 연나라로 망명했던 번
   우기樊于期의 목을 베어 연나라 지도와 함께 바치는 척하면서 독을 바른
   비수로 영정을 암살하기로 모의했다. 그는 태자 단과 빈객이 자신을 전송하
   는 자리에서 "바람은 소슬하고 역수는 찬데, 장사는 한번 가면 다시 돌아오
   지 않으리風蕭蕭兮易水寒, 壯士一去兮不復還"라는 짧은 노래를 부르고 나
   서 소년 용사 진무양秦舞陽과 함께 진나라로 떠났다. 진나라에 도착한 그는
   영정에게 연나라의 지리를 설명하는 척하면서 접근하여 암살을 시도했지
   만 결국 미수에 그치고 죽임을 당했다.
3) 축 속에 납 부어 넣고~: 전국시대의 협객 형가荊軻의 친구 고점리高漸離의
   일화를 말한다. 고점리는 역수易水에서 진왕秦王(나중의 진시황)을 암살하
   러 떠나는 형가를 전송하는 자리에서 축筑을 연주하면서 이별을 아쉬워했다
   고 한다. 나중에 형가의 거사가 실패한 후 진왕 앞에서 축을 연주하게 되자
   납을 부어 넣은 축을 진왕에게 던졌으나 역시 암살 기도는 실패하고 죽임을
   당한다. 축은 아쟁과 비슷한 악기로서, 대나무로 두들겨서 소리를 낸다.

주군의 두터운 은혜에 감동해 함께 죽고자,	感君恩重與君死,
태산5)마저 기러기털처럼 기꺼이 던지누나!	泰山一擲若鴻毛。

실전되었다가 새로 복원된 축筑. 오른쪽은 채를 쥐고 연주하는 모습을 그린 벽화

이야기를 들려드리도록 하겠습니다.6) 당나라 덕종德宗7) 재위 기간에 수재가 한 사람 살았습니다. 성이 임林, 이름이 적積, 자가 선보善甫였지요. 사람 됨됨이가 총명하고 준수한 데다가, 시며 산문을 두루 읽어서 '구경九經8)'과 '삼사三史9)'치고 통달하지 않은 것이 없었습니

---

4) 고기 속에 비수 감추었지~: 춘추시대의 자객 전제專諸의 일화. 오吳나라의 공자 광光(나중의 합려)이 왕이 되려 하자 그의 책사인 오자서伍子胥가 전제를 자객으로 추천한다. 모의를 마친 광은 왕이던 요僚를 연회에 초대하고, 전제는 미리 비수를 물고기 뱃속에 감추어 놓았다가 그것을 술자리에 바칠 때 비수를 꺼내 요를 죽이고 자신도 그 자리에서 죽임을 당한다. 광은 매복해두었던 군사를 풀어 요의 무리를 제거하고 왕위에 오른 후 전제에게 상경上卿 벼슬을 내린다.

5) 태산泰山: 중국의 산 이름. 산동성山東省 곡부曲阜에 위치한 이 산은 예로부터 역대 세왕들이 제천의식을 거행하여 성산으로 숭배되었는데, 중원의 동부에 있다고 하여 '동악東岳'으로도 불린다.

6) *본권의 앞 이야기는 명대의 소설가 홍편洪楩(16세기)이 엮은 《육십가소설六十家小說》 권3의 〈음즐적선陰騭積善〉에서 소재를 취했다.

7) 덕종德宗: 당나라 제9대 황제인 이괄李适(742-805)의 묘호. 779년부터 805년까지 26년 동안 재위했다.

다. 거기다가 마음까지 올발라서 서울의 태학太學10)에서 글공부를 하면서 휴가를 받아 집에 돌아와 모친의 병을 구완했습니다. 그런데 병이 다 나아서 다시 태학으로 돌아가야 했지요. 할 수 없이 잠시 어머니와 작별하고 친척과 이웃사람들에게도 하직인사를 하고 나서 하인 왕길王吉에게 행장을 지우고 구불구불한 길을 갔습니다. 그런데 길에서 가만 보니

어떻게 산의 숲을 지나다 보니,	或過山林,
구름 낀 고개에서 나무꾼의 노래를 듣고,	聽樵歌於雲嶺,
이어서 갯가를 지나다가,	又經別浦,
물안개 속에서 어부의 노래를 듣노라.	聞漁唱於烟波。
어떻게 시골마을 도착했나 싶더니만,	或抵鄕村,
뜻밖에도 저자거리를 마주치네.	却遇市井。
가까스로 파릇한 수양버들,	纔見綠楊垂柳,
그 그림자가 몇 군데 누대에 어른거리니,	影迷幾處之樓臺,

8) 구경九經; 중국 유가의 대표적인 경전들을 아울러 일컫는 이름. 시대에 따라 조금씩 차이가 있지만, 일반적으로 《논어論語》《대학大學》《중용中庸》《맹자孟子》의 '사서四書'와 《역경易經》·《서경書經》《시경詩經》《예기禮記》《춘추春秋》의 '오경五經'을 가리킨다. 참고로 능몽초와 비슷한 시기의 학자인 학경郝敬(1557~1639)이 지은 《구경해九經解》의 경우는 《역경》《서경》《시경》《춘추》《예기》《의기儀記》《주례周禮》《논어》《맹자》를 '구경'으로 소개했다.

9) 삼사三史: 중국의 세 가지 초기 정사. 일반적으로 사마천司馬遷이 편찬한 《사기史記》, 반고班固의 《한서漢書》, 유진劉珍 등의 《동관한기東觀漢記》를 말하지만, 《동관한기》는 나중에 범엽范曄(420~479)이 《후한서後漢書》를 편찬하면서 대체되었다.

10) 태학太學: 중국 고대의 최고 학부. 서주西周시대에 처음으로 설립되었고 그 후로 역대 왕조에서 대대로 인습되었다. 당대의 태학은 도읍인 장안長安(지금의 서안)에 있었다.

어찌 우는 새 지는 꽃이,	那堪啼鳥落花,
뉘 집 뜰인지 알겠는가?	知是誰家之院宇。
눈 닿는 곳마다 무궁한 경치가 있고,	看處有無窮之景致,
발 가는 곳마다 끊임없는 행렬이 있구나!	行時有不盡之驅馳。

허기가 지면 밥을 먹고 목이 마르면 물을 마시고, 밤에는 묵고 아침부터 길을 갔으며, 길이 없으면 배를 탔습니다. 하루가 더 되어서 채주蔡州[11] 고을에 이르러 목적지에 도착했을 때에는 날이 이미 저물었지요. 그런데 가만 보니

십리 길 가다 보니 어느새 안개로 어두워져,	十里俄驚霧暗,
천지 사방에서 갑자기 밝은 별 보이니,	九天候睹星明。
사면팔방에서 온 상인들이 행장 풀고,	八方商旅卸行裝,
일곱 층 불탑[12]에서는 밤불이 타오르네.	七級浮屠燃夜火。
여섯 깃축 가진 나는 새들은,	六翮飛身,
다투어 나뭇가지로 날아가 몸을 쉬고,	爭投棲于樹杪。
화려하게 장식된 온갖 배들,	五花画舫,
모두 모래톱 가로 돌아가 정박하네.	盡返棹于洲邊。
들판의 소며 양들 모두 집으로 들어가고,	四野牛羊皆入棧,
세 강의 낚시꾼들 저마다 집으로 돌아가니,	三江漁釣悉歸家。
양쪽에서 상인들 부르면서,	兩下招商,

---

11) 채주蔡州: 중국 고대의 지명. 지금의 하남성 여남현汝南縣 일대에 해당한다.
12) 불탑[浮圖]: '부도浮圖'는 불교 용어로, 원래 '부처'나 '불교도'를 뜻하는 산스크리트어의 '붓다Buddha'를 발음대로 음역한 것으로, 시대나 저자에 따라 '부도浮屠·부두浮頭·포도蒲圖·불도佛圖·불타佛陀' 등으로 표기하기도 한다. 참고로 불교에서 '공덕功德'이란 자신에게는 이익이 없는데도 기꺼이 남을 위하여 일하고 돕는 이타적인 언행을 두루 일컫는다.

다들 '여기가 묵을 만하다' 하네.　　　　俱說此間可宿。

화각[13] 소리 한번 울리면,　　　　　　一聲画角,

앞길이 얼마나 가기 힘든지 알 테지.　　應知前路難行。

명대 후기에 이지가 지은 희곡 《이탁오선생비평 옥합기》에 묘사된
화각을 부는 북방인의 모습

　여관에 들어간 두 사람은 그 집 일꾼의 안내를 받아 넓고 깨끗한
방을 고르고 왕길의 지팡이를 내려놓았습니다. 선보는 좀 쉬다가 국
을 받아 오고 발을 씻은 후 차례로 저녁밥을 좀 먹은 다음 일 없이
한가하게 앉아 있었습니다. 어느 사이 등불을 켤 때가 되자 왕길에게
잠자리를 마련하게 하고 내일 서둘러 떠나기 위하여 왕길도 침상 앞
에 자리를 깔고 혼자 눈을 붙였답니다.

　계속 이야기를 들려드리지요. 임선보는 옷을 벗고 가서 자는데 웬

---

13) 화각画角: 중국 고대의 군용 관악기. 표면이 화려한 그림이나 조각으로 장
　　식되었으며, 군사작전 실행 과정에서 장병들의 주의를 환기시키는 데에 주
　　로 사용되었다.

물건이 자신의 등을 찌르는 느낌이 들어서 잠을 잘 수가 없었습니다. 벽의 등불도 아직 꺼지지 않은 상태여서 결국 일어나 돗자리를 들고 보니 웬 베로 된 주머니가 보이는 것이었습니다. 그 주머니 안에는 비단 주머니가 하나 들어 있고 그 속에는 큰 진주가 백 알이나 들어 있는 것이 아닙니까. 그는 그것을 상자 속에 보관했지요. 그날 밤은 더 이상 들려드릴 이야기가 없습니다.

　다음 날 날이 벌써 밝았는데 가만 보니

새벽 안개가 야외를 장식하고,	曉霧裝成野外,
저녁놀은 황량한 교외를 물들이네.	殘霞染就荒郊。
밭 가는 농부는 밭이랑 위에 있는데,	耕夫隴上,
몽롱한 달빛이 가라앉으려 하고,	朦朧月色將沉。
베 짜는 여인은 베틀가에 있는데,	織女機邊,
흔들흔들[14] 해가 떠오르려 하누나.	幌蕩金烏欲出。
소 먹이는 아이는 아직 자고 있고,	牧牛兒尚睡,
누에 기르는 여자는 아직 일어나지 않았는데,	養蠶女未興。
나무꾼 집 밖에선 벌써 개 짖는 소리 들리고,	樵舍外已聞犬吠,
절[15] 안에선 아직도 중이 자는 모습 보인다.	招提內尚見僧眠。

---

14) 【교정】흔들흔들[幌蕩]: 상우당본 원문(제905쪽)에는 앞 글자가 '휘장 황幌'으로 나와 있으나 전후 맥락을 고려할 때 원래는 '빛날 황晃'을 써야 옳다. '황晃'은 근세 이래로 그 의미가 원래의 '빛나다'에서 '흔들리다, 흔들거리다'로 확장되는데, 여기서도 비슷한 의미의 '탕蕩'과 함께 복합어 '황탕晃蕩'으로 사용되었다.

15) 절[招提]: '초제招提'는 산스크리트어 '카투르 데사Catur deśa'를 발음대로 한자로 적은 불교 용어로, '네 방향[四方]'을 뜻한다. 나중에는 사찰(절)의 대명사로 사용되었다.

선보는 날이 밝자 일어나 세수와 양치를 마치고 옷을 다 차려입은 후 왕길에게 행장을 꾸리게 했습니다. 임선보는 방을 나와 여관 주인에게 물었지요.

"전날 밤 누가[16] 이 방에서 묵었소이까?"

"어젯밤에는 웬 거상이 묵었습지요."

여관 주인이 이렇게 대답하니 임선보는

"그 사람은 내 옛 친구올시다. 나를 기다리다가 때를 놓쳤구먼!"

하더니 여관 주인을 보고 이렇게 당부하는 것이었습니다.

"그 사람이 혹시라도 돌아와서 나를 찾으면 그 사람한테 서울 상상上庠[17]의 관도재貫道齋로 와서 성이 임, 이름이 적, 자가 선보인 상사上舍[18]를 찾으라고 하시오. (…) 꼭입니다, 꼭? 일을 그르치면 안 되오!"

이렇게 이르고 숙박비를 치른 후 인사를 나누고 작별했지요. 왕길은 앞서 행장과 집기들을 지고 가고 임선보는 뒤에서 걸어서 꼬불꼬불한 길을 갔습니다. 그러나 임선보는 마음이 놓이지 않는지 그 집

---

16) 【교정】누가[恁人]: 상우당본 원문(제905쪽)에는 앞 글자가 '당신 임恁'으로 나와 있으나 전후 맥락을 고려할 때 원래는 '심할 심甚'을 써야 옳다. '심甚'은 중세 이래의 백화白話에서는 그 의미가 '심하다'에서 '어떤·무슨'으로 확장되었다. '심인甚人'은 '어떤 사람'이라는 뜻으로 해석할 수 있는데, 여기서는 편의상 '누가'로 번역했다.
17) 상상上庠: 태학太學의 별칭.
18) 상사上舍: 생원生員의 별칭.

주인이 잊어먹기라도 할까 봐서 결국 도중에 왕길에게 담벽에 이런 방을 붙이게 했지요.

"모년 모월 모일, 검포劍浦[19] 사람 임적林積이 상상에서 수학 중이 오니 옛 친구인 '원주元珠[20]'는 관도재를 방문해 주시기 바랍니다."

며칠도 되지 않아 태학에 도착한 임적은 휴가 복귀를 알리고 전처럼 관도재로 돌아가 글공부를 계속했습니다.

계속 이야기를 들려드리겠습니다. 이 주머니 속 진주들은 바로 거상인 장객張客이 깜빡 잊어버리고 간 것이었습니다. 저잣거리로 가서 진주를 꺼내 팔려고 할 때가 되어서야 잃어버린 것을 깨달은 장객은 놀라서 얼이 다 달아날 판이었습니다.

"아이고! 몇 년 동안 고생해서 가까스로 그 진주들을 모았는데 … 이제 그것들을 다 잃어버렸으니 집에 돌아가면 아내와 자식들이 어떻게 믿으려 들겠나!"

하지만 몇 번이나 곰곰이 생각해도 도무지 어디서 잃어버렸는지 알 수가 없지 뭡니까. 어쩔 수 없이 길을 되돌아가서 도중의 여관마다 들어가 찾아볼 수밖에 없었지요. 결국 임 상사가 쉬어간 곳까지 찾아

---

19) 검포劍浦: 중국 고대의 지명. 지금의 복건성福建省 남평시南平市 일대에 해당한다. 오대시기에 남당南唐의 보대保大 6년(948), 용진현龍津縣을 검포현으로 개칭했으며, 원대 대덕大德 6년(1302)에 남평현南平縣으로 개칭했다.
20) 원주元珠: 임적이 습득한 큰 구슬들을 가리킨다. 임적은 그 구슬들의 진짜 주인만 알 수 있도록 하려고 통상적인 명칭을 사용하지 않고 자신의 지인의 이름이라는 핑계를 대고 '원주'라고 썼다.

와서 여관 일꾼에게 물었더니 그 일꾼이 말했습니다.

"당신이 잃어버리셨다는 물건을 저는 당최 모르겠구먼요."

그래서 장객이

"내가 쉬어간 뒤로 누가[21] 이 방에서 묵었소이까?"

하고 물었더니 일꾼이 말하는 것이었습니다.

"깜빡 잊고 있었군요. 선생이 떠난 뒤에 웬 나리가 와서 하룻밤을 묵고 이른 아침에 바로 이곳을 떠났습니다. 떠날 때 제게 '누가 나를 찾으면 그 사람한테 꼭 서울 상상의 관도재로 와서 상사인 임적을 찾으라' 하고 신신당부를 했습니다요."

그 말을 들은 장객은 그 전언을 의아하게 여겼지만 말도 꺼내지 못하고 속으로 생각했습니다.

'그 사람이 내 물건을 보관하고 있는 것일까?'

그는 그날로 여관을 떠나 구불구불한 길을 따라 도로 서울로 올라오다가 도중에 붙은 방을 발견했습니다. 그는 그 내용에 '원주'라는 말이 들어가 있는 것을 보고 나서야 다소 마음을 놓는 것이었지요.

---

21) 【교정】 누가[恁시]: 앞의 "누가[恁시]"의 경우와 마찬가지로, 상우당본 원문 (제907쪽)에는 앞 글자가 '당신 임恁'으로 나와 있으나 전후 맥락을 고려할 때 원래는 '심할 심甚'을 써야 옳다.

며칠 지나지 않아 상상까지 온 그는 여관에 묵기도 전에 바로 수소문을 하러 나섰습니다. 마침 태학 맞은편에 찻집이 하나 있는데 그 모습을 볼작시면

나무 현판은 높이 걸렸고,	木匾高懸,
종이 병풍도 가로로 걸렸는데,	紙屛橫掛。
벽의 이름난 그림들은,	壁間名畫,
전부 당나라 오도자[22]의 그림이요,	皆唐朝吳道子丹靑。
독 속의 해차는,	甌內新茶,
모두 산에 살던 옥천자[23]의 명차로구나.	盡山居玉川子佳茗。

장객은 그 찻집으로 들어가서 차를 마셨습니다. 차를 다 마신 그는 차박사茶博士[24]에게 물어지요.

"여기 혹시 … '임 상사'라는 분이 계시오?"

"상사들 중에는 임씨 성 가진 분이 아주 많습니다. 어느 임 상사

---

22) 오도자吳道子: 당대의 화가 오도현吳道玄(680?~759)을 말한다. 양적陽翟 사람으로, '도자道子'는 그의 자이다. 젊어서부터 그림으로 명성을 얻었으며, 주로 불교나 도교의 등장인물을 그리는 데에 뛰어나서 삼백 곳이 넘는 곳에 벽화를 그렸다. 당시 사람들은 그의 그림 양식을 오도자 스타일이라는 뜻에서 '오가양吳家樣'이라고 불렀다. 오도자는 나중에 '화성畫聖'으로 불렸다.
23) 옥천자玉川子: 당대의 시인 노동盧仝(795~835)의 별명. 당대 초기의 시인 노조린盧照鄰의 적손으로, 대대로 하북의 범양范陽에 살다가 젊은 나이에 소실산少室山에 은둔했다. 나중에 낙양으로 이주한 그는 스스로 '옥천자玉川子'로 일컬으며 벼슬도 마다하고 글공부에 전념했으며, 나중에는 '다선茶仙'으로 추앙되었다.
24) 차박사茶博士: 송대에 찻집 종업원을 높여 부르던 별명.

말씀이신지 ….”

“관도재에 있다고 … 이름이 적이고 자는 선보라던데요?”

차박사는 그 말을 듣자마자 말하는 것이었습니다.

“그분? 참 좋은 분이지요.”

장객은 그가 좋은 사람이라는 소리를 들으니 한결 더 마음이 놓였습니다. 장객이

“상사께서 몇 년이나 친척들을 멀리하시니 원 …. 서로 안 만나다가 얼굴까지 다 잊어버리겠군! (…) 혹시라도 오시면 기별 좀 주시구려!”

장객의 말이 다 끝나기도 전에 차박사가 말하는 것이었습니다.

“저기 … 관도재에서 나온 저 나리입니다. 저분이 우리 집에 저고리와 모자를 맡기셨지.”

장객은 임적을 발견했지만 함부로 나설 수는 없었지요. 임선보가 찻집에 들어와 저고리와 모자를 벗자 장객도 그제야 다가가 임 상사를 보고 큰 소리로 절을 했습니다.

“사나이 무릎 아래에는 황금이 있다[25]고 합니다. (…) 어째서 제게

---

25) 사나이 무릎 아래에는 황금이 있다[男兒膝下有黃金]: 명대의 속담. 남자는 남 앞에서 함부로 무릎을 꿇어서는 안 된다는 말이다. 동서양을 막론하고 무릎을 꿇는 것은 상대방에 대한 패배와 복종을 의미하는데, 중국에서도

절을 하십니까?"

이때 임선보는 그가 무슨 일로 그러는지 알지 못했습니다. 그런데 장객이 눈물을 철철 흘리면서 목이 메어 말을 못 하는 것이 아닙니까. 한숨 돌리고 나서 그전의 일을 일일이 자세하게 일러주었지요. 임선보는 그 말을 듣자마자 말했습니다.

"당황하지 마십시오. 물건은 제 처소에 있습니다. (…) 일단 좀 여쭈어야 되겠습니다. 그 안에 든 것이 무엇입니까?"

"베주머니 안에 비단 주머니가 있고 … 그 속에 큰 진주가 백 개 들어 있을 겁니다!"

장객이 대답하니 임 상사가 말했습니다.

"다 정확하게 말씀하셨소이다."

그리고는 그를 데리고 자신의 처소로 가더니 그 물건을 꺼내 돌려주는 것이었습니다. 장객은 그것을 확인하고 나서 말했습니다.

"이거 맞습니다! (…) 다 돌려받을 생각은 하지도 않습니다. 그저 절반만이라도 찾아서 집에 돌아가 가족을 부양할 수 있게만 해주시면 징말 감지덕지올시다!"

이 같은 인식이 고대부터 뿌리 깊게 있었다. 때로는 '대장부 무릎 아래에는 황금이 있다大丈夫膝下有黃金' 또는 '남자의 두 무릎에는 황금이 있다男子兩膝有黃金' 식으로 사용되었다.

"그런 말씀이 어디 있습니까! 선생의 물건을 절반이라도 챙길 속셈이었다면 애초에 길가에 방을 붙이고 선생이 찾으러 오게 하지도 않았을 겁니다."

장객은 전부 받을 수는 없고 절반만 가져가겠다고 몇 번이나 사정했지만 임선보는 한사코 받지 않겠다고 하고 이렇게 몇 번이나 서로 사양을 했습니다. 장객은 임 상사가 재삼재사 받지 않겠다고 하는 것을 보고 그 큰 은혜에 거듭 고마워하면서 절을 하고 떠났습니다. 그러고는 그 진주의 절반을 시장에서 처분해서 얻은 은자를 이름난 절의 수행승들에게 시주해서 임 상사를 위해 생사生祠[26]를 세우고 공양을 올리도록 부탁함으로써 진주를 돌려준 은혜에 보답했지요.[27] 그리고 선보는 훗날 과거시험에서 단번에 급제했답니다. 그 일을 증명하는 시가 있습니다.

임적이 진주를 돌려준 일은 전대미문의 일로,	林積還珠古未聞,
욕심에 흔들리지 않고 도 지키려는 뜻 살렸네.	利心不動道心存。
남 몰래 음덕을 베풀매 하늘의 신이 도우셔서,	暗施陰德天神助,
단번에 급제하여 그 이름을 빛내누나!	一擧登科耀姓名。

---

26) 생사生祠: 살아 있는 사람을 모시는 사당. 사마천司馬遷의 《사기史記》에 따르면, 난포欒布는 연나라 재상이었는데 연나라와 제나라 일대에서 저마다 그를 모시는 사당인 '난공사欒公社'를 세웠고, 석경石慶이 제나라 재상으로 있을 때에는 제나라 사람들이 그를 위하여 '석상사石相祠'를 세웠는데 이 두 사당이 생사의 효시라고 한다. 명대에는 환관으로 국정을 농단한 위충현魏忠賢 (1588~1627) 생시에 자신을 모시는 사당이 세워져 지탄을 받았다고 한다.
27) 【즉공관 미비】也是個不負心的。 은혜를 저버리지 않는 사람이군.

선보는 훗날 벼슬이 삼공三公28)에까지 이르렀지요. 그의 두 아들
역시 큰 벼슬을 골고루 지냈다고 합니다. 그래서 옛날 사람들이 이렇
게 말했답니다.

"선행을 쌓으면 선한 보답이 있고,	積善有善報,
악행을 쌓으면 악한 보답이 있는 법.	積惡有惡報。
선행을 쌓는 집안에는,	積善之家,
반드시 경사가 넘치겠지만,	必有餘慶,
악행을 쌓는 집안에는,	積惡之家,
반드시 재앙이 넘치기 마련이라네."	必有餘殃。

그야말로

"흑백처럼 분명한 것이 횡재의 때이러니,	黑白分明造化機,
누가 이 재난 속 위기를 이해하겠는가?	誰人會解劫中危。
장생할 수 있는 길을 분명히 알려주건만,	分明指與長生路,
어째서 사람들 마음 번번이 미혹에 빠지는고!"	爭奈人心着處迷。

이번 이야기는 《적선음즐積善陰騭》29)이라고 하는데, 서울의 이야

---

28) 삼공三公: 중국 고대의 존칭. 한대에는 대사마大司馬·대사도大司徒·대사공
大司空이 '삼공'으로 일컬어졌다. 명대에는 관리가 오를 수 있는 최고의 품계
인 정일품인 태사太師·태보太保·태부太傅를 일컫는 말로 사용되기도 했다.

29) 《적선음즐積善陰騭》: 송·원대의 화본 《음즐적선陰騭積善》을 가리킨다. 원
작자는 미상이며, 당나라 덕종德宗 때 남검주南劍州의 수재 임선보가 선행
을 베풀어 그 보답을 받는 이야기를 다루고 있다. 송대의 홍매洪邁
(1123~1202)가 지은 《이견갑지夷堅甲志》에 소개된 〈임 씨가 음덕을 쌓다林
積陰德〉를 각색한 것으로, 명대에 홍편洪楩(?~?)이 화본소설을 모아 엮은

기꾼들[30] 사이에서 지금까지 전해지고 있지요. 소생이 왜 이 작품을 들려드리려 하는지 아십니까? 세상 사람들이 재물을 탐하고 이득을 좋아하여 남의 돈을 보면 양심을 저버리면서까지 챙기려 들기 때문입니다. 남이 잃어버린 물건은 또 어떻습니까. 더욱이 자신이 챙겨야 할 것으로나 여기지 어느 누가 원래의 주인에게 곱게 돌려주려고 합니까? 남이 보지 않는 어두움 속에서도 음덕을 쌓는 것이 아주 중요하다는 것도 모르고 말입니다! 그래서 배裴 영공[31]도 상은 굶어죽기 딱 좋은 상인데도 남의 옥대를 돌려주었기 때문에 훗날 재상이 되었으며, 두竇 간의[32] 또한 자손이 없는 팔자를 타고났지만 남이 잃어버린 금을 돌려준 덕분에 훗날 아들 다섯이 모두 과거에 급제했던 거지요. 이 밖에도 이런저런 인과응보에 관한 이야기들이야 일일이 들려

《육십가 화본六十家話本》에 수록되어 있다.

30) 이야기꾼들[老郞]: '노랑老郞'은 원·명대에 이야기꾼들이 동업자 선배들을 높여 부르던 존칭. 여기서는 동업자 선배뿐만 아니라 동업자 전체를 아울러서 부른 것으로 이해해도 좋을 듯하다. 여기서는 편의상 "이야기꾼들"로 번역했다.

31) 배 영공裴令公: 당대 후기의 재상 배도裴度(765~839)를 가리킨다. 자가 중립中立으로, 하동河東 문희聞喜 사람이다. 덕종德宗 정원貞元 5년(789) 진사로 입신하여 헌종憲宗 때 어사중승御史中丞을 지냈으며, 목종穆宗·경종敬宗·문종文宗 삼대에 걸쳐 여러 차례 재상을 지냈다. 사후에는 태부太傅에 추증되고 '문충文忠'이라는 시호를 받았다.

32) 두 간의竇諫議: 오대五代 후주後周의 대신 두우균竇禹鈞(?~?)을 말한다. 연산燕山 사람이어서 '두연산竇燕山'으로 불리기도 했다. 당대 말기에 유주연幽州掾을 거쳐 제주齊州·등주鄧州·안주安州·동주同州 등지의 판관判官을 역임했으며, 후주에 와서는 호부 낭중戶部郞中·태상 소경太常少卿을 거쳐 우간의대부右諫議大夫를 끝으로 은퇴했다. 슬하의 다섯 아들이 차례로 과거에 급제했다고 한다.

드리기 어려울 정도로 많습니다. 그래서 이번에는 한 점 착한 마음 덕분에 가난한 팔자를 벗어던지고 귀인으로 탈바꿈한 사람의 이야기를 또 하나 들려드리려 합니다.33) 손님들께 들려드리면, 소생이 사람들에게 좋은 일을 하기를 권하는 이야기가 생뚱맞은 일은 아님을 깨닫게 되실 것입니다.

이 이야기가 어디서 유래했는지 아십니까? 우리 왕조의 영락永樂 황제34)께서는 제위에 오르기 전에는 연왕燕王으로 계셨습니다. 그 당시 관상가가 한 사람 있었는데, '원유장袁柳莊35)'이라고 불렸으며, 이름은 공珙이었지요. 그는 장안36)의 술집에서 군관 차림의 사람들을

---

33) *본권의 몸 이야기는 명대의 문학가인 육찬陸燦(1494~1551)이 지은 문언체 단편소설집인 《경사편庚巳編》 권3의 〈환금동자還金童子〉 및 《청평산당화본淸平山堂話本》의 〈음즐적선〉에서 소재를 취했다. 청대 초기에는 《태상감응편도설太上感應篇圖說》에 영향을 준 것으로 보인다.

34) 영락永樂 황제: 명나라 제3대 황제인 성조成祖 주체朱棣(?~1425)를 말한다. 주체는 명나라를 세운 아비 태조太祖 주원장朱元璋에 의하여 '연왕燕王'으로 책봉되어 북경 지역에 주둔하며 몽골족의 남하를 막았다. 그러나 조카인 건문제建文帝가 주원장 때 각지에 분봉한 번국藩國들을 축소하려 하자 군사를 일으켜 1402년 남경을 함락하고 황제로 즉위한 후 도읍을 자신의 근거지인 북경으로 옮겼다.

35) 원유장袁柳莊: 원대 말기 명대 초기의 관상가인 원공袁珙(1335~1410)을 말한다. 자는 정옥廷玉, 호는 유장거사柳莊居士로, 절강 은현鄞縣, 지금의 영파 사람이다. 원대 말기에 병란으로 가족 열일곱 명이 모두 죽자 바다 너머의 낙가산洛伽山에 머물 때 기이한 중인 별고애別古崖로부터 관상술을 전수받았다고 한다. 원유장이 상을 볼 때에는 밤중에 횃불 두 개를 밝혀 사람의 상과 기색을 살피고 거기에 사주를 따져서 운세를 보았는데 백발백중이었다고 한다. 저서로 남긴 《유장상법柳莊相法》은 관상의 중요한 지침서로 간주된다.

36) 장안長安: 원래는 당나라의 도읍인 지금의 섬서성 서안시西安市 일대를 부

만나 술을 마시고 있었습니다. 유장은 그중에 한 사람을 보고 깜짝 놀라 절을 하면서 말하는 것이었습니다.

"이분은 천자의 팔자를 타고난 분입니다!"

그러자 그 사람은 손사래를 치면서 말했습니다.

"허튼소리 마시게!"

그러면서도 유장에게 이름을 묻고 그 자리를 떠나는 것이었지요. 그런데 다음 날 가만 보니 연왕부에서 왕명을 내려 그 관상가를 소환했습니다. 관상가가 연왕을 알현하고 고개를 들었더니 어제 술집에서 마주쳤던 바로 그 사람이지 뭡니까! 알고 보니 연왕이 군관으로 변장하고 호위병 몇 명과 함께 미행微行을 나왔던 것이었지요. 연왕이 은밀히 유장에게 자신의 관상을 자세하게 봐줄 것을 이르자 유장은 그의 상을 보고 나서 축하 인사를 했고, 이 일을 계기로 연왕은 원대한 계획을 단행하기로 결심합니다. 결국 나중에는 국난[37])을 평정하고 마

르는 이름이지만 여기서는 '서울'의 별칭으로 북경을 가리킨다. 어쩌면 명청대 북경의 번화가 장안거리[長安街]를 줄여 말한 것일 수도 있다. 장안거리는 지금의 천안문天安門이 있는 거리에 해당한다. 다만, 주체가 연왕으로 있을 때에는 명나라의 도읍이 북경이 아니라 남경이었으며, 북경이 도읍으로 격상되는 시점은 주체가 정강지변을 통하여 황제로 즉위한 이후이다. 따라서 주체의 시점에서는 여기서의 '장안'이 남경이어야 옳지만, 화자(이야기꾼)나 작자(능몽초)의 시점에서는 주체가 도읍을 옮긴 이후이므로 북경으로 이해해야 옳다.

37) 국난[內難]: '내난內難'은 명나라 제2대 황제 건문제建文帝 때 연왕 주체가 일으킨 정변을 가리킨다. 건문제가 중신이던 제태齊泰·황자징黃子澄의 건의에 따라 주원장 당시 분봉한 번왕藩王들의 영지를 축소하려 하자 연왕

침내 보위에 오르시어 그에게 삼품의 경직京職38)으로 보답하셨지요.
유장의 아들 충철忠徹 역시 음서蔭敍의 특혜를 누려 상보사승尙寶司
丞39)으로 기용되었습니다.

사람들은 유장이 신통한 관상가라는 사실을 잘 압니다. 그러나 그
아들 충철이 아비의 관상술을 전수받아 역시 백발백중으로 맞혔다는
사실은 모르지요. 서울에서 지체가 대단한 고관대작치고 그와 내왕하
면서 관상을 봐줄 것을 부탁하지 않은 사람이 없을 정도였습니다. 당
시 왕王 씨 성의 부랑部郞40)이 한 사람 있었는데 집안 식구에게 갑자
기 병이 생겼습니다. 하루는 원 상보가 그 집에 인사를 갔다가 그의
얼굴에 시름이 가득한 것을 보고 물었답니다.

"노선생 얼굴을 보니 안색이 어두운 것이 … 댁의 가족께서 우환이
있을 것입니다. 허나 … 선천적인 것은 아니고 외부적인 요인인 듯하
니 잘하면 피할 수 있을 것입니다."

"어떻게 하면 피할 수 있겠소이까? 가르침을 좀 주시지요!"

주체가 반란을 일으켜 제태·황자징 등을 간신으로 몰아 처형하고 건문제
의 세력을 약화시켰다. 이 사건을 역사적으로 '정난의 변靖難之變' 또는 '정
난의 역靖難之役'이라고 한다.
38) 경직京職: 중국 고대에 중앙 정부의 관청에 소속된 관직을 통틀어 일컫던 말.
39) 상보사승尙寶司丞: 명대의 관직명. 정육품으로, 원래는 세 명을 두었으며,
상보사경尙寶司卿을 보좌하여 황제의 옥새·병부·인장 등을 관리했다. 나
중에는 황제의 신임을 받는 권신의 자제들이 주로 담당했다.
40) 부랑部郞: 명대에 중앙정부 각 부部의 관리인 낭중郞中과 원외랑員外郞을
아울러 일컫던 별칭. 여기서는 당상관堂上官, 즉 고관의 의미로 이해해도
좋을 듯하다.

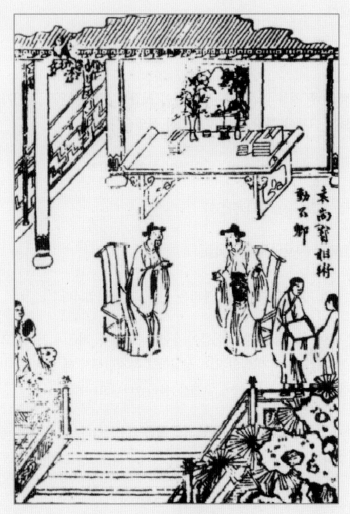

원 상보가 관상술로 대갓집을 움직이다.

이렇게 이야기를 나누고 있는데 웬 가동家僮이 쟁반을 받쳐 들고 차를 내오는 것이었습니다. 상보는 그 가동을 보고 깜짝 놀라서 말했습니다.

"그랬구먼!"

잠시 후 차를 마시고 나서 가동이 찻잔을 받아 안으로 들어가자 상보는 그제야 부랑을 보고 은밀히 물었습니다.

"방금 차를 내온 아이 … 이름이 무엇인지요?"

"그건 왜 물으십니까?"

그래서 상보가 대답했지요.

"댁의 가족에게 우환을 불러온 것은 그 아이입니다."

"저 아이는 성이 정鄭, 이름이 흥아興兒입니다. 최근에 거두었으니 … 한 해가 채 되지 않았지요. 성실하고 부지런해서 꽤 쓸 만합니다. 그런 아이를 두고 집안에 우환을 불러왔다니요41)?"

"저 아이는 주인의 복을 방해하는 상을 가졌습니다. 한 해 넘게 데리고 있다가는 사람 목숨을 해칠 테니 어찌 우환으로만 그치겠습니까!"

상보가 이렇게 말했지만 부랑은 그래도

----

41) 【즉공관 미비】恐亦荒唐。이 역시 황당하구나!

"설마 그 정도까지야 ⋯."

하면서 반신반의했지요. 그러자 상보가 말하는 것이었습니다.

"노선생께서는 적로的盧[42]라는 말이 주인을 해치고 홀笏[43]도 군주를 진노하게 할 수 있다는 이야기를 못 들어보셨습니까?"

부랑은 그제야 깨달았는지

"그렇다면 그 아이를 내보낼 수밖에 없겠군요."

하고 대답하는 것이었습니다. 부랑은 상보를 대문까지 배웅하고 나서 방으로 들어가 부인에게 방금 있었던 일을 들려주었지요.

여인들은 그런 소리를 들으면 금방 믿는 경향이 강합니다. 더욱이 원 상보의 관상술은 당시 이름이 높았으니 어느 누가 그의 명성을 모르겠습니까? 부랑은 글공부를 한 사람이어서 그래도 고집스럽게도 수긍하려 들지 않았습니다. 그러나 가동에 대한 부인의 의심은 아무

---

42) 적로的盧: 고대 명마의 일종. 백락伯樂이 지은 것으로 전해지는《상마경相馬經》에 따르면, 이 말은 이마의 흰 반점이 입까지 이어져서 그 말의 주인이 불행을 당했다고 한다. 진수陳壽(233~297)의《삼국지三國志》〈촉지·선주전蜀志·先主傳〉에 따르면, 촉한蜀漢의 유비劉備가 번성樊城에 주둔할 때 적로마를 탔는데 채모蔡瑁가 그를 해치려 하자 도망을 치다가 단계檀溪 강물에 빠졌는데 "적로야, 오늘은 위태로우니 힘을 내거라的盧, 今日危矣, 可努力"라고 하자 단번에 세 길[丈]을 뛰어올라 강을 건너서 위기를 모면했다고 한다.

43) 홀笏: 중국에서 고대에 관리들이 황제를 알현할 때 휴대했던 소지품. 보통은 나무나 옥으로 긴 널판처럼 만들어서 황제에게 보고하거나 건의할 일이 있으면 거기에 해당 내용을 간단히 메모해 두었다가 알현할 때 고하곤 했다.

리 애써도 없앨 수 없었지요. 부랑은 바로 흥아를 앞으로 불러내더니 그를 집에서 나가게 했습니다. 흥아가 깜짝 놀라면서 말했습니다.

"쇤네는 주인마님의 심기를 그르친 적이 한 번도 없습니다. … 어째서 쇤네를 내쫓으십니까?"

"네가 일을 그르쳐서가 아니란다. … 집안 식구들에게 우환이 있는데 원 상보 나리가 네 상을 보더니 바로 네가 화근이라고 하셨느니라. 그래서 너를 내보낼 수밖에 없구나. (…) 일단 바깥에서 당분간 지내다가 상황을 봐서 다시 생각해보자꾸나."

흥아도 원 상보의 관상술이 신통하다는 것은 들어 알고 있었습니다. 그가 그렇게 말한 이상 남아 있을 도리가 없었지요. 그렇다고 해도 주인을 떠나기가 서운해서 한바탕 울고 불면서 바닥에 고꾸라져 절을 하는 것이었습니다.[44] 부랑으로서도 정말 안타까운 노릇이었지만 억지로 그를 내쫓을 수밖에 없었지요. 그런데 정말 흥아가 나가고 나니 집안 식구도 그때부터 평안해지지 뭡니까. 부랑 일가는 더더욱 상보의 말이 허튼소리가 아님을 믿게 되었답니다.

이야기를 다른 쪽으로 돌려보겠습니다.[45] 흥아는 슬픔을 안고 왕

---

44) 【즉공관 미비】 便是好漢, 非無情之流。 멋진 사나이로군, 무정한 부류와는 달라!
45) 이야기를 다른 쪽으로 돌려보겠습니다[話分兩頭]: 설화 용어. 이야기에서 두 사람 또는 두 가지 사건이 동시에 발생할 때 그 둘을 동시에 기술할 수는 없으므로 이야기꾼은 그중 하나를 먼저 기술하고 그 다음에 나머지 하나를 기술하는 수밖에 없다. 이런 경우 이야기꾼은 하던 이야기를 잠시 멈추고 다른 이야기를 꺼낼 때 '이야기를 둘로 나누고, 제가 다른 하나는

씨 댁을 떠났지만 아직 새 주인을 찾지 못한 까닭에 오래된 사당에서 머물고 있었습니다. 하루는 뒷간에 가서 큰일을 보다가 가만 보니 벽에 웬 보따리가 하나 걸려 있는 것이 아닙니까. 그것을 내려서 보니 바느질도 꼼꼼하게 한 데다가 제법 묵직했습니다. 그래서 그것을 끌러서 보니 스무 뭉치가 넘는 은자가 들어 있는 것이었습니다. 홍아는 혀를 내두르면서 말했습니다.

"횡재로구나, 횡재야! 이런 은자가 생겼으니 이제 가난 걱정은 하지 않아도 되겠구나! 주인이 내쫓았지만 이제는 아무 걱정이 없겠어!"

그러나 한편으로는 이런 생각이 들었지요.

'나는 팔자가 기구하다 보니 남의 집에 의탁해 살았다. 거기다 설상가상으로 주인의 일을 방해할 상이라는 이유로 아무 죄도 없이 쫓겨났지. 그런데 이런 물건을 가질 복이 어디 있겠나[46]? 이건 누가 중요한 일을 하려고 가지고 나와 쓰려고 하다가 뒷간에 와서 벽에 걸어놓는 바람에 잃어버린 게 분명해. (…) 어쩌면 몇 사람의 목숨까지 걸렸을 지도 모르지. (…) 내가 가져가도 알 사람이야 없겠지. 하지만 남의 음덕을 해치는 짓을 한 꼴이 될 수도 있어. 아무래도 찾으러 올 때까지 기다렸다가 그 사람한테 돌려주는 것이 낫겠다!'

홍아는 이런저런 궁리를 하면서 그 보따리를 들고 있었습니다. 그

다시 들려 드리지요話分兩頭'라거나 '꽃이 두 송이 피었으니 한 가지씩 각자 들려드리지요花開兩朶, 各表一枝'라고 청중들의 주의를 환기시키곤 한다. 여기서는 편의상 "이야기를 다른 쪽으로 돌려보겠습니다"로 번역했다.

46) 【즉공관 미비】 此念至, 福至矣。 이런 생각을 한다면 복도 따를 테지.

렇다고 멋대로 뒷간을 떠날 수는 없어서 저녁나절까지 그 자리에서 망설이고 있었지요. 그러나 아무도 나타나지 않았습니다. 마음이 놓이지 않은 그는 멍석을 하나 가져다가 뒷간 발판 위에 깔고는 보따리를 머리에 베고 잠을 청했습니다.[47]

그런데 이튿날 꼭두새벽에 웬 쑥대머리에 눈이 퉁퉁 부은 사람이 뒷간으로 달려오는 것이 아닙니까. 그는 안에 누가 있는 것을 발견하고 벽 쪽을 보더니 깜짝 놀라면서 말했습니다.

"물건이 보이지 않네! (…) 이제 어떻게 돌아간담?"

그러더니 머리를 뒷간 벽에 마구 찧어대는 것이었습니다. 당황한 흥아가 그를 말리면서 말했습니다.

"성급하게 굴지 마세요! 무슨 사연인지 일단 똑똑히 들려주시지요."

"주인마님이 나더러 은자를 가지고 서울에 가서 일을 좀 처리하라고 시키셨다오. 헌데, … 어제 우연히 뒷간에 왔다가 대나무 못이 보이길래 벽에 걸어놓았지. 그런데 볼일을 마치고 그냥 가는 바람에 보따리 챙기는 걸 깜빡했지 뭐유. (…) 주인마님이 시킨 일을 처리하기는커녕 은자까지 사라졌으니 어떻게 빈손으로 돌아가서 주인마님을 뵈올까. 이 목숨 따위가 다 무슨 쓸모가 있겠소!"

그러자 흥아가 말했지요.

---

47) 【즉공관 미비】此亦其難, 無論還銀。 이런 행동 역시 좀처럼 보기 드물다, 은을 돌려주든 아니든 간에 말이다.

"노형, 당황하실 것 없습니다. 은자는 제가 예서 주웠으니 당연히 돌려드려야지요."

그 사람은 그 말을 듣고 그제야 환하게 웃는 것이었습니다.

"형씨가 돌려주기만 한다면 그 절반을 사례로 드리리다!"

"사례를 바랄 것 같았다면 제가 어젯밤에 보따리를 들고 가버렸지요. 무슨 고생을 하겠다고 이 발판 위에서 구린내를 참아가면서 밤새 잠을 잤겠습니까? 제 양심을 저버릴 수는 없어요."

흥아는 이렇게 말하면서 보따리를 치켜들더니 바로 그에게 돌려주는 것이었습니다. 그 사람은 상대가 아이인 데다가 말도 또박또박 잘하고 일처리도 시원시원한 것을 보고 물었습니다.

"형씨, … 성함이 어떻게 되시오?"

"저는 정 가입니다."

흥아가 이렇게 대답하자 그 사람이 말하는 것이었습니다.

"우리 주인마님도 정 씨요! 하간부河間府[48] 분으로 지휘 벼슬을 세습하셨지. 서울로 들어와 벼슬을 하시려고 나더러 은자를 가져와 손을 쓰게 하셨지. 헌데, 뜻밖에도 어제 잃어버렸지 뭐요. (…) 그랬는데 오늘 이렇게 형씨가 내게 돌려주는구려. 나는 내일 일을 잘 처리한

---

48) 하간부河間府: 명대의 지명. 지금의 하북성 하간시河間市 일대에 해당한다.

뒤 형씨 하고 같이 가서 우리 마님을 뵙고 형씨의 이 같은 호의를 아뢸 생각이요. 분명히 좋은 일이 생길 거외다.49)"

두 사람은 서로 기뻐하면서 함께 객줏집으로 갔습니다. 그는 정성스럽게 술을 사서 흥아를 대접하면서 내력을 물었지요. 흥아가 왕 씨 댁에 의탁했다가 쫓겨나는 바람에 갈 곳이 없어진 난처한 처지를 자세하게 설명하자 그 사람이 말했습니다.

"형씨, 그 어려운 상황에도 재물을 보고도 탐내지 않았다니 더더욱 대단하구려! (…) 이제 따로 길을 찾을 것 없이 내 거처에서 같이 묵읍시다. 내 일을 다 처리하고 나면 형씨하고 같이 하간부로 갑시다!"

그래서 흥아가 그 사람의 이름을 물으니 그가 대답하는 것이었습니다.

"나는 성이 장張이요. 정 씨 댁에서 도관50)으로 있어서 남들이 나를 '장 도관'이라고 부르지. 우리 댁 주인마님까지 들먹일 것 없이 내 선에서도 형씨를 한두 달 정도는 머물게 해드릴 수 있소!"

흥아는 마침 의지할 곳이 없던 터에 그런 말을 듣자 몹시 반가웠습니다. 이렇게 해서 객줏집에 머물면서 장 도관 대신 그 짐을 간수했고 장 도관은 장 도관대로 병부兵部로 가서 일을 처리할 수 있었지요.

---

49) 【즉공관 미비】 所謂與人方便, 自己方便. 말하자면 '남에게 편의를 제공하면 자신도 그 덕을 본다'는 경우이겠지.

50) 도관都管: 명대의 호칭. 송대 이래로 집안일을 돌보는 집사들의 우두머리, 즉 집사장을 부르던 이름이었다.

쓸 은자가 생겼으니 자연히 일도 잘 해결되어[51] 정 지휘는 순무巡撫[52] 휘하의 기고관旗鼓官[53]으로 기용되었답니다. 장 도관은 홀가분한 마음으로 거처로 가서 흥아를 보고 말했습니다.

"형씨 덕분에 주인마님께서 벼슬을 얻으셨구려! 이건 두말할 것도 없이 형씨가 해낸 일이요. 나와 형씨가 같이 집으로 돌아가서 희소식을 고하기만 하면 되오. 여기서 더 머물 필요가 없겠어."

그는 바로 행장을 꾸리고 나귀 두 마리를 빌려서 같이 돌아갔습니다.

집 대문 앞에 도착한 장 도관은 흥아를 바깥에서 기다리게 하고 먼저 들어가서 주인인 정 지휘에게 희소식을 알렸습니다. 정 지휘는 자신에게 자리가 생긴 것을 알고 기쁜 나머지 장 도관을 보고 치하했습니다.

"이 일은 전부 자네가 잘 처리한 덕일세!"

그러자 장 도관이 말하는 것이었습니다.

---

51) 【즉공관 미비】使當世皆興兒, 則黃金如糞土矣。 요즘 세상 사람들이 다 흥아 같다면 황금조차 더러운 흙처럼 여기게 될 테지.

52) 순무巡撫: 명대의 관직명. 명나라 태조 때인 홍무洪武 24년(1391)에 태자에게 명령을 내려 섬서성 일대를 순시[巡]하고 안무[撫]하게 한 데서 유래했다. 선덕宣德 5년(1430)에 우겸于謙·주침周忱 등에게 북경과 남경을 위시해 산동·산서·하남·강서·호광湖廣 등지를 순시·안무하게 했고 그 후로 각 성에서 상설화되었다. 처음에는 세량歲糧 감독, 운하 관리, 유민 안무, 변방 정돈 등으로 업무가 다양했지만 나중에는 군사 업무에 편중했다.

53) 기고관旗鼓官: 명대의 관직명. 장수가 군령을 내리는 영기令旗나 영패令牌를 관리하는 관원으로, '기패관旗牌官'으로 부르기도 했다.

5"그 일은 사실 소인이 유능해서가 아니라 무엇보다도 마님께서 벼슬을 하실 복을 갖고 계셔서입니다. 또 하나, … 은인을 한 사람 만난 덕분에 오늘의 경사가 있을 수 있었지요! 그 은인이 아니었더라면 마님의 벼슬은 말할 것도 없고 소인은 돌아와 마님을 뵐 목숨조차 없었을 것입니다[54]!"

"은인이라니?"

정 지휘가 묻자 장 도관은 뒷간에서 은자를 잃어버린 일과, 뒷간에서 하룻밤을 지낸 홍아를 만난 덕분에 은자를 고스란히 돌려받은 일을 자초지종 자세히 고했습니다. 정 지휘는 깜짝 놀랐습니다.

"세상에 그렇게 의로운 사람이 다 있다니! 그래 지금 그 사람은 어디 있는가."

"소인이 그의 은혜를 잊을 수 없길래 '같이 여기에 와서 마님을 뵙자'고 하고 데려와서 지금 바깥에 있습니다요!"

"당연히 그래야지, 어서 들라 이르게!"

4그러자 장 도관은 대문 밖으로 나와 홍아를 불러 함께 들어가서 정 지휘에게 인사를 시켰습니다. 홍아는 그동안 시동 일을 해왔던 터여서 관리를 보자마자 저도 모르게 큰절을 올렸지요. 그래서 정 지휘도 무릎을 꿇고 홍아를 부축하면서 말했습니다.

---

54) 【즉공관 미비】不自居功, 不忘人德, 亦不易得。 공로를 자기 것으로 돌리지 않고 남(홍아)의 은덕을 잊지 않는 [그의] 마음가짐 또한 쉽게 찾아볼 수 있는 것이 아니다!

"당신은 내 은인인데 어찌 이런 절을 하시오!"

홍아가 일어서자 정 지휘는 그를 자세히 쳐다보더니 말하는 것이었습니다.

"이 정도면 천한 상이 아니구먼. 게다가 도량까지 넓으니 뜻을 세워 충심을 다한다면 훗날 반드시 좋은 일이 생길 게요55)!"

정 지휘는 의자를 내오게 해서 그를 앉히려고 했습니다. 그러나 홍아가 어디 앉으려고 하겠습니까? 한동안 사양을 하다가 결국 마지못해 명령에 따라 앉는 것이었지요.

"귀하는 성씨가 어떻게 되시오?"

"쉰네 성은 정 가이옵니다!"

그러자 정 지휘가 말하는 것이었습니다.

"같은 성씨라니 더더욱 잘됐군그래! (…) 이 몸은 나이가 벌써 예순을 바라보는데도 여태 후사가 없소이다. 이번에 큰 은혜를 입었으면서도 보답할 길이 없구려. (…) 이 몸이 딴마음이 있는 것은 아니고 … 정말 귀하를 양자로 들이고 싶소. 그렇게 하면 은혜에 대한 보답으로도 걸맞고, 나로서도 만의 하나라도 보답하는 셈이니 말이요. (…) 귀하의 의향은 어떻소이까?"

---

55) 【즉공관 미비】變得快。 머잖아 변하게 되지.

"쇤네는 말채찍이나 들고 등자나 잡는[56) 주제이온데 어찌 감히 …."

"그렇지 않소! 귀하의 품격은 참으로 옛 위인들보다 더 훌륭하외
다! (…) 지금 재물로 보답하고 싶어도 귀하가 재물을 가볍게 여기고
의리를 무겁게 여기니, 어찌 은자같이 큰 재물도 마다하는 분이 하찮
은 재물을 받을 리가 있겠소? 만약 그렇다고 해서 무심하게 넘긴다면
남들이 이 몸을 의리도 모르는 위인으로 볼 것이 아니겠소! (…) 다행
히 같은 성씨라고 하니 참으로 하늘이 이끌어준 인연이외다. 오히려
귀하가 자존심 상하지 않을까 걱정일 뿐이오. 그런 속도 모르고 귀하
는 어째서 도리어 이토록 남을 대하듯 하는 게요[57)!"

지휘의 의지가 이처럼 굳고 장 도관도 옆에서 적극적으로 설득하
니 흥아도 그 뜻을 따를 수밖에 없었지요. 그는 그 자리에서 네 번
절하고 정 지휘를 양아버지로 모셨습니다. 그 후로 이 댁 안팎의 사
람들은 모두 흥아를 '정 대사인大舍人'이라고 불렀고, 이름도 '정흥방
鄭興邦'으로 지으니 장 도관조차 그를 주인댁 도련님으로 받드는 것
이었습니다.

---

56) 【교정】 등자나 잡는[隆凳]: 상우당본 원문(제923쪽)에는 이 부분이 '추등隆
凳'으로 나와 있으나 그렇게 되면 '걸상을 떨어뜨리다'라는 의미가 되므로
대화 내용과 어울리지 않는다. 전후 맥락을 고려할 때 '추등'은 '수등隨鐙'
으로 이해해야 옳다. 실제로 현재 중국에 출판된 각종 판본들은 모두 '수등'
으로 쓰고 있다. '수등'은 직역하면 '등자를 따라다닌다'라는 뜻이 되지만
전후 맥락상 여기서는 '(주인이) 말을 탈 때 등자를 잡는다' 정도의 의미로
이해할 수 있으므로 편의상 '등자나 잡는'으로 번역했다.
57) 【즉공관 미비】 鄭公胸襟如此, 故堪爲興兒之父。 정 공의 흉금이 이와 같은 까닭에
흥아의 의부가 될 수 있었던 게지.

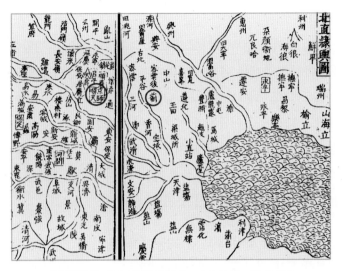

〈북직예여도〉 속의 북경과 계주(동그라미 부분). 《삼재도회》

　정 사인은 북쪽 변방 출신으로 어려서부터 활과 말을 다룰 줄 알았
지요. 그런데 이제는 지휘 댁에서 계주薊州[58] 임지로 같이 데려온 각
분야 최고의 교사들이 붙어서 날마다 가르침을 받게 된 것입니다. 그
렇게 해서 무예가 더더욱 숙련되자 지휘는 더더욱 흐뭇해하는 것이었
습니다. 게다가 사람됨도 온화하고 매사에 성실하고 신중해서 집안사
람치고 그를 좋아하지 않는 사람이 없을 정도였지요. 그러자 지휘는
벌써 그의 이름을 조정에 보고하여 '응습[59]사인應襲舍人'의 직함까지

---

58) 계주薊州: 명대의 지역 이름. 지금의 하북성 북동부의 산해관山海關으로부
　　터 북경 정북부의 거용관居庸關까지, 그리고 만리장성萬里長城 지대에 설
　　치되었는데, 때로는 '계주진薊州鎭'으로도 일컬어졌다.
59) 응습應襲: 글자 그대로 풀면 '당연세습직'이라는 뜻이 된다. 정해진 법률에
　　따라 아비 또는 형제의 작위나 직위를 세습하는 것을 가리키며, 일반적으로
　　'응습자제應襲子弟·응습인원應襲人員·응습장군應襲將軍' 식으로 그 뒤에
　　직함 등 또 다른 명사가 추가되곤 한다. 명대에는 조정에서 내린 작위나

받았답니다.

한편 정 지휘는 순무 휘하에 있으면서 순무의 신임을 받았습니다. 임기를 마칠 즈음에는 여러 사람의 추천을 받아 북경의 군영으로 전보되어 유격장군遊擊將軍60)으로 승진하기에 이르렀지요. 그는 가솔을 데리고 북경에 들어왔는데 정 사인이 동행한 것은 물론이었습니다. 북경에 당도한 정 사인은 덩치가 큰 준마를 타고 거리를 보노라니 지난날의 일이 떠올라 저도 모르게 착잡해져서 눈물이 흐르는 것이었습니다. 그 일을 증명하는 시가 있습니다.

왕년에 여기서 남이 놓고 간 재물 주울 땐,	昔年在此拾遺金,
남루한 몸에 걸인 같은 마음이었건만,	藍縷身軀乞丐心。
성난 말에 깔끔한 옷으로 지금 지나노라니,	怒馬鮮衣今日過,
눈물자국은 지난날보다 더 깊구나!	淚痕還似舊時深。

계속 이야기를 들려드리겠습니다. 정 유격은 다시 사인을 위하여 돈을 좀 써서 '응습관대應襲冠帶'의 직함을 얻고 지휘로의 발령을 대기하게 해주었습니다. 그렇다 보니 북경에서 사람들과 내왕하고 관계를 맺는 것이 정말 위풍이 당당하지 않을 수 있나요? 그가 북경을 떠나 지금 이 자리에 오기까지는 삼 년이 채 걸리지 않았습니다. 그래

무관직의 경우 당사자의 적장자가 세습하고 교체하지 않았다. 다만 이들에 대한 공식적인 봉작이나 호칭은 부여되지 않아서 공문서에는 '응습~' 식으로 표시되었으며, 관청의 허가를 거쳐 '임회후 응습훈위 이언공臨淮侯應襲勳衛李言恭', '응습 왕량應襲王良' 식으로 일종의 직함으로 사용할 수도 있었다고 한다.
60) 유격장군遊擊將軍: 명대의 관직명. 변방 수비군들 중에서 현지에 주둔하면서 하나의 군영·성省·지구의 방어·응원에 동원되는 기동부대를 지휘했다.

서 이때까지도 왕 부랑은 북경에 그대로 있었지요. 정 사인은 이렇게 생각했습니다.

'사람은 근본을 잊으면 안 되는 법. 내가 그때 왕 씨 댁에서 쫓겨나기는 했지만 그래도 주인마님이 처음에는 내게 잘해주셨지. 내가 주인마님을 방해한다고 원 상보가 말하는 바람에 그 말을 믿으셨을 뿐 본심은 아니었어. (…) 양아버님 댁에 올 때까지 내가 언제 남의 일에 방해가 된 적이 있던가? 그건 상보의 망언이지 옛 마님의 일과는 상관이 없었어. 지금 이 지위를 얻었으니 그래도 당연히 옛 마님을 가서 뵈어야 충직하고 후덕하다고 할 수 있지 않겠나. 다만, … 양아버님께서 옛일을 들추다가 남이 알기라도 하면 불미스럽다며 허락하시지 않을지도 모르겠구나.'

그래서 이 사연을 자초지종 양아버지 정 유격을 찾아와 상의했지요. 그런데 유격은 오히려 그를 칭찬하는 것이었습니다.

"귀해져도 미천했을 때를 잊지 않고 새로워져도 옛날을 잊지 않는다는 것은 인생에 있어 참으로 도움이 되는 바가 적지 않다. 그게 무슨 문제가 되겠느냐? 예로부터 얼마나 많은 왕공·대인·천자·재상들이 흙먼지 풀풀 나는 백정이나 술집 일꾼처럼 미천한 신분에서 출발했더냐? (…) 사내대장부는 그런 일에 원한을 품으면 안 되느니라.[61]"

---

61) 【즉공관 측비】達人之見。 세상 이치에 통달한 사람의 식견이로군!
천진고적판에는 이 부분이 '미비'로, 강소고적판에는 '행측비行側批'로 각각 소개되어 있으나 상우당본 원문(제926쪽)을 확인한 결과 본문에 작성된 '행측비(측비)'가 옳다.

정 사인이 선행으로 세습직을 이어받다.

정 사인은 양아버지의 허락을 받자마자 흰 옷을 입고 허리에는 금 테를 두른 쇠뿔 허리띠를 매고는 그길로 왕 부랑 댁으로 가서 이렇게 적힌 명함을 전달했습니다.

"귀댁의 부하였던 응습지휘 발령자 정흥방이 뵙기를 바랍니다."
門下走卒應襲聽用指揮鄭興邦叩見.

왕 부랑은 그 명함을 받고 가만히 생각해보았습니다.

'이자가 누구지? 어째서 나를 보러 왔을까? (…) 게다가 우리 집 부하였다고 적은 걸 보면 분명히 어디선가 보긴 보았을 텐데 ….'

그러나 아무리 생각해도 누구인지 알 수가 없었습니다. 사실 북경 의 부랑들은 형편이 쪼들리는 편이었습니다. 그래서 웬 무관이 뵙기 를 원한다고 하자 '부수입이 좀 생겨도 그리 큰 문제는 없겠지' 싶어 서[62] 불러서 이야기를 들어보기로 했지요. 정 사인은 왕 부랑을 보자 마자 황급히 엎드려 큰절을 올렸습니다. 그런데 왕 부랑이야 아무리 왕년의 주인이라고는 하지만 지금 이처럼 번듯한 차림을 한 사람을 순간적으로 어떻게 금방 알아볼 수가 있겠습니까? 그래서 서둘러 그 를 일으켜 세우더니 말했지요.

---

[62] 부수입이 좀 생겨도~: 지금은 인사 청탁이나 그 과정에서 재물·금품을 주 고받는 행위를 법으로 금지하지만 명대만 해도 그 같은 행위들이 관행적으 로 용인되었던 것으로 보인다. 앞서 정 지휘가 자신의 인사 문제로 중앙의 관리에게 돈을 쓴 일이나 여기서 왕 부랑이 찾아온 사람에게서 돈을 받는 것을 도덕적으로 문제시하지 않는 것도 이러한 맥락에서 이해할 수 있다.

"내 부하도 아닌데 어찌 이런 과분한 절을 하시오?"

"주인마님께서는 왕년의 홍아를 어찌 몰라보십니까?"

그가 이렇게 말하는 지라 부랑이 자세히 살펴보니 골격이 다르기는 하지만 몸짓은 어렴풋이 알아볼 수가 있었지요. 부랑은 깜짝 놀라서 말했습니다.

"귀하가 어떻게 이렇게 큰 인물이 되셨는가!"

사인은 양아버지를 만나 '응습 지휘'의 벼슬을 받고 지금은 양아버지가 북경 군영에서 유격으로 있다는 이야기를 다 하고 나서 말하는 것이었습니다.

"지난날 잘 보살펴주신 은혜를 잊지 못해 이렇게 불쑥 찾아뵈었습니다!"

왕부랑은 그 말을 다 듣고 나서 정 사인에게 자리를 권할 수밖에 없었지요. 그러나 정 사인은

"지체로 따지자면 당연히 서 있어야지요!"

하면서 몇 번이나 사양하다가 부랑이

"이제 귀하는 조정의 관리가 되었는데 과거지사에 연연해서야 쓰겠소?"

하고 타이르자 그제야 마지못해 옆에 앉는 것이었습니다.

"귀하가 이처럼 큰 성취를 이루었으니 어찌 보면 우리 집에 남겨둘
수 없었던 것도 당연하구려. 다만, … 유감스럽게도 원 상보가 망언으
로 나를 그르치고 귀하에게도 죄를 지었으니 면목이 없소이다!"

그러자 사인이 말했습니다.

"매사에는 정해진 운이 있는 것 같습니다. 만일 당시 마님 댁에만
안주했다면 양아버지를 만날 수도, 오늘이 있을 수도 없었겠지요."

"그렇기는 하지만 … 원 상보의 관상술이 참으로 가소롭구려. 이제
보니 그동안 헛된 명성만 가졌던가 보오[63]!"

부랑이 이렇게 말하면서 음식을 차려 융숭하게 대접하려는데 가만
보니 문지기가 웬 명함을 가지고 들어와 고하는 것이었습니다.

"상보 원 나리께서 뵙기를 원하십니다!"

부랑은 손뼉을 치고 크게 웃으면서

"상 하나 제대로 볼 줄 모르는 그 인간이 또 왔군그래! (…) 잘됐어,
그자를 좀 곯려주어야겠군!"

하더니 사인을 보고 말했습니다.

---

63) 【즉공관 미비】冤哉。억울하게 됐군!

"귀하는 잠시 안으로 들어가서 예전 차림을 하고 계시오. 좀 있다가 나와 그자가 자리에 앉으면 불쑥 나와서 전처럼 차를 올리도록 하시오. 그자가 알아보는지 못 알아보는지 어디 봅시다!"

사인이 그의 말을 따라 안으로 들어가서 무관의 의관을 벗고 왕년의 동료로부터 검푸른 두루마기를 건네받아 입었습니다. 그러고는 밖에서 상보가 앉고 차를 내오라는 소리가 들리자 두 손으로 큰 차 쟁반을 받쳐 들고 공손하게 나와서 차를 올렸겠다? 그러자 원 상보가 눈을 들어 보더니 별안간 일어나서 말하는 것이었습니다.

"이분은 … 누구십니까? 여기서 차를 나르시다니!"

"이쪽은 왕년에 쫓겨났던 가동 홍아올시다. 지금 의탁할 곳이 없다길래 전처럼 저희 집에서 하인으로 거두었지요.[64]"

부랑이 이렇게 말하니 상보가 말하는 것이었습니다.

"이거 장난이 지나치신 것 아닙니까? 이분은 … 훗날은 둘째치고 지금 당장만 하더라도 금테 허리띠를 두를 정도로 대단한 무관입니다. 어째서 이댁 일꾼일 리가 있습니까!"

그러자 부랑도 껄껄 웃으면서 말했습니다.

"노선생께서는 왕년에 그의 상이 주인에게 방해가 되고 집안사람들까지 평안하지 못하게 만든다고 하신 말씀 … 기억이 안 나십니까?"

---

64) 【즉공관 미비】處他不到。미처 처리하지 못했다고 생각하려나?

상보는 그제야 왕년에 했던 말을 떠올리고 그의 상을 잠시 살펴보았지요. 그러더니 웃으면서 말하는 것이었습니다.

"괴이하구나, 괴이해! (…) 예전에는 정말 그렇게 말씀드렸지요. 한데, … 예전에 드린 말씀도 틀리지 않았고 지금의 이 상도 틀리지 않습니다."

"그건 … 무슨 소리이오이까!"

부랑이 묻자 상보가 말했습니다.

"이분은 온 얼굴에 음덕문[65])이 생겼습니다. 남의 목숨을 구해주었거나 그렇지 않다면 분명히 남의 물건을 돌려준 일이 있을 것입니다. 그래서 골상骨相이 바뀐 거지요. (…) 덕을 베푸는 사람에게는 남도 똑같이 보답하는 법입니다. 오늘날 이처럼 귀하게

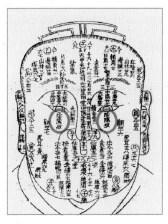

음즐문. 눈 아래꺼풀 밑의 동그라미 부위가 음즐문 자리이다. 《삼재도회》

---

65) 음덕문陰德紋: 중국 관상술 용어. 음즐문陰騭紋을 말한다. 중국의 관상서에서는 두 눈 아래 꺼풀 부위를 '음즐陰騭'이라고 하며, 그 부위의 주름이 자손의 유무와 관련이 있다고 믿었다. 음덕궁陰德宮·자녀궁子女宮·누당淚堂·용당龍堂·봉대鳳袋 등으로도 불리는 이 부위가 밝고 빛나며 자주색이 감돌면 선행을 베풀어 덕을 쌓은 결과로 여겼다. 또, 만약 개과천선해서 남을 돕고 덕을 쌓으면 그 부위에 주름('음즐문')이 생겨서 불행을 행복으로 바꾸고 자손이 부귀를 얻는다고 믿었다. 나중에는 음즐문이 눈 아래뿐만 아니라 다른 부위에서도 나타날 수 있다고 여겨서 원대의 관상서 《수경집水鏡集》에서는 음즐을 총 36개 부위로 소개했다.

되신 것도 사실은 그 선행에서 비롯되었지요. 소생의 잘못이 아니라는 말씀입니다!"

그러자 사인은 저도 모르게 소리쳤습니다.

"원 나리께서는 참으로 신과도 같은 분이십니다!"

그는 뒷간에서 재물을 주워 주인에게 돌려준 일과 하간까지 동행해 양아버지를 만나고 '응습관대'의 직함을 하사받게 된 전후사를 자세하게 다 들려주었지요. 그러고 나서

"오늘 옛 주인마님이 생각나서 이렇게 찾아뵌 것입니다!"

하고 털어놓았습니다. 부랑은 처음에는 단순히 정 사인이 양아버지를 만난 일만 알 뿐 그가 재물을 돌려준 일은 모르고 있었습니다. 그런데 그 사연을 듣더니 숙연하게 경의를 표하면서 말했지요.

"정 군[66]의 덕행과 원공의 신술은 둘 다 길이 남을 것입니다!"

그는 서둘러 정 사인의 의관을 내오게 해서 제대로 갈아입게 한 다음 상보에게 인사를 하게 했지요. 부랑은 상보를 붙잡아놓고 잔치를 베풀었고 세 사람은 즐거움을 만끽하고 나서야 헤어졌답니다.

이튿날 왕 부랑은 정 유격을 예방함으로써 정 사인의 체면을 살려

---

66) 군君: 상대방에 대한 존칭. 우리나라에서 연하의 남자에게만 사용하는 '-군'과는 어감이 매우 다르며, 어떤 점에서는 오히려 '-선생', '-씨'에 가까운 호칭이다.

주었지요67). 그리고 그 인연을 계기로 삼아 양가가 한 집안 같은 사이가 되어 왕래가 끊이지 않았습니다.

훗날 정 사인 역시 유격장군까지 벼슬을 지낸 후 세상을 떠났고, 그 자손도 대대로 음서蔭敍의 혜택을 누렸다고 합니다. 오로지 선한 마음을 가진 것이 계기가 되어 골상이 변하고 팔자가 바뀌어 이 같은 공명을 누린 셈이지요. 그래서 세상 사람들에게 권하노니, 좋은 일을 하십시오. 그러면 하늘은 절대로 그 사람을 저버리지 않으니까요. 이 일을 증명하는 고풍스러운 시가 있습니다.

원 공의 관상술은 참으로 놀라워서,	袁公相術眞奇絶,
당거68)나 허부69)와 다를 바가 없구나!	唐擧許負無差別。
몇 마디 말만 뱉어도 귀신이 다 놀라고,	片言甫出鬼神驚,
두 눈 살짝 뜨기만 해도 영욕을 예언하네.	雙眸略展榮枯決。
'동자가 주인 방해한다' 했으니 운도 기구한데,	兒童妨主運何乖,
길거리까지 떠돌았으니 참으로 슬프구나!	流落街衢實可哀。

---

67) 정 사인의 체면을 살려주었지요: 원문에는 "사인을 답방한 셈 쳤다當答拜了舍人"로 되어 있으나 여기서는 전후 맥락을 고려하여 편의상 "체면을 살려주었다"로 의역했다.

68) 당거唐擧: 전국시대 양梁나라의 유명한 관상가. 《순자荀子》〈비상편非相篇〉에 따르면, 사람의 형상이나 안색을 보고 당사자의 길흉과 화복을 알아맞혀서 당시에 명성이 높았다고 한다. 나중에는 용한 관상가의 대명사로 일컬어지곤 했다.

69) 허부許負: 한대의 여성 관상가. 관상에 정통하여 한나라 고조高祖 유방劉邦이 '명자후鳴雌侯'라는 작위를 내릴 정도였다고 한다. 후대에 중국에서는 《허부상이법許負相耳法》·《허부상법 십육편許負相法十六篇》등의 관상서들이 유행했지만, 그 이름을 빌렸을 뿐 실제로는 허부와 상관이 없다.

재물을 되돌려준 그 선행이 참으로 부럽구나.　　還金一擧堪誇美,

착한 마음 품자마자 팔자가 바뀌었네.　　善念方萌己脫胎.

정 공은 평소에 원래 호탕해서,　　鄭公生平原倜儻,

온갖 방법으로 보답하고 관계를 넓히더니,　　百計思酬恩誼廣。

같은 성씨 양자도 하늘이 맺어준 인연이었네!　　螟蛉同姓是天緣,

의관 갖춘 지체 되었으니 그 보답에 착오가 없구나!　　冠帶加身報不爽。

화려한 서울에서 옛 주인의 정을 떠올리고,　　京華重憶主人情,

원 공을 보자마자 경의를 표하누나.　　一見袁公便起敬。[70]

선행으로 복 받는 일은 예로부터 있었지만,　　陰功獲福從來有,

이제야 원 공 명성 헛된 게 아님을 믿겠도다!　　始信時名不浪稱。

---

[70] 【교정】경의를 표하누나[起敬]: 상우당본 원문(제931쪽)에는 이 부분이 '기경起驚'으로 나와 있는데, '일어나서 놀라다'로 번역된다. 고대 중국어에서 놀람과 일어남의 두 동작을 함께 표현할 경우 '일어나서 놀라다[起驚]'가 아니라 '놀라서 일어나다[驚起]'로 쓰는 것이 보통이다. 여기서는 원상보의 관상술에 탄복하면서 존경심을 품는 전후 맥락을 따져볼 때 '경'이 '놀랄 경驚'이 아니라 '공경할 경敬'을 써서 '기경起敬'으로 새겨야 할 것을 글자를 잘못 새긴 것이 아닌가 싶다.

제22권

돈 많으니 평민조차 금띠를 두르고
운 나쁘니 자사조차 키를 잡다
錢多處白丁橫帶 運退時刺史當艄

卷之二十二

錢多處白丁橫帶 運退時刺史當艄 해제

이 작품은 부귀영화는 허공의 꽃처럼 덧없는 것임을 설파하는 이야기이다. 이야기꾼은 구양수歐陽修가 편찬한 《신당서新唐書》에 소개된 당대 사람 이덕권李德權의 이야기를 앞 이야기로 들려주고, 이어서 이방李昉 등의 《태평광기太平廣記》에 소개된 강릉江陵 사람 곽칠랑郭七郞의 이야기를 몸 이야기로 들려준다.

당대 희종僖宗 연간에 어려서부터 부친을 따라 배로 장사를 다닌 강릉江陵의 곽칠랑郭七郞은 부친 사후에 엄청난 전답과 재산을 상속받고 그 고을에서 으뜸가는 갑부가 된다. 그러던 어느 날, 빚 장부에서 장전張全이라는 객상이 몇만 냥의 은자를 빌려 서울(장안)로 장사를 떠난 것을 확인한 칠랑은 그 빚을 받기 위해 하인을 데리고 서울로 향한다. 서울에서 전당포와 포목점을 몇 개나 운영하면서 관리들을 상대로 큰 장사를 하고 있던 장전은 칠랑이 오자 서울의 으뜸가는 기생까지 붙여주고 극진히 대접하면서 원금과 이자 총 십만 냥을 단번에 갚는다. 순식간에 엄청난 돈이 생긴 칠랑은 기생·한량·아부꾼들과 어울려 서너 해 동안 방탕한 생활을 즐긴다. 그렇게 절반 넘는 돈을 탕진한 칠랑은 '뇌물을 쓰면 얼마든지 벼슬을 구할 수 있다'는 말을 듣고 오천 냥으로 얼마 전에 죽은 곽한郭翰이라는 사람이 가기로 되어 있던 횡주橫州 자사 자리를 사고 이름까지 '곽한'으로 바꾼다.

새로 모여든 건달들까지 하인으로 거두고 금의환향한 칠랑은 고향 강릉이 왕선지王仙芝의 약탈과 파괴로 폐허가 되고, 재산은 다 빼앗겼으며 동생들은 죽고 노모와 여종만 살아남은 것을 알게 된다. 칠랑은 관선을 빌려 노모와 함께 부임길을 재촉하지만 폭풍우를 만나 배도 사람도 짐도 모두 흔적도 없이 물에 쓸려가고, 설상가상으로 노모까지 세상을 떠나 삼년상을 치르는 바람에 부임 시한을 넘기고 만다. 칠랑은 선친의 지인이 운영하는 객줏집에서 더부살이를 하면서 온갖 멸시를 당하다가 결국 벼슬살이에 대한 미련을 버리고 어릴 때 익힌 뱃일로 생계를 이어간다. 나중에 그는 영주에 오는 상인이라면 어김없이 배를 맡길 정도로 출중한 뱃사람으로 거듭나서 사람들로부터 '키잡이 곽 사군'으로 불린다.

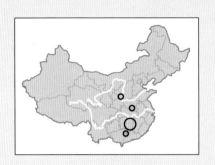

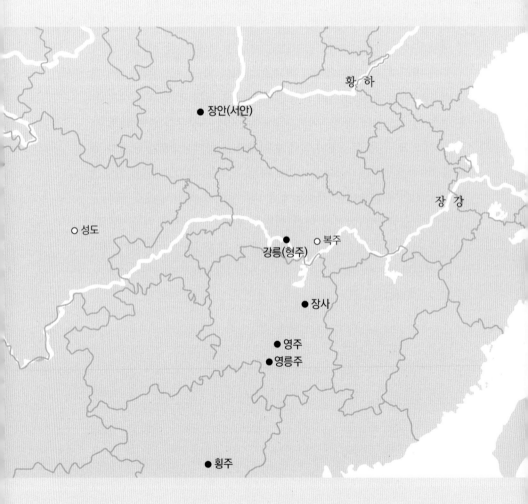

황 하

장안(서안)

장 강

○ 성도

강릉(형주) ○ 복주

● 장사

● 영주

● 영릉주

● 횡주

이런 시가 있습니다.

영고성쇠에는 본래 영원불변이란 없나니,　　　　　　　　莬¹⁾枯本是無常數,
어째서 바람 부는데 돛만 움직이려 기를 쓰시나?　何必當風使盡帆。
동해²⁾에 먼지 풀썩여도 해 나는 날 있는 법이고,　東海揚塵猶有日,
흰옷이 잿빛 개 되는 것³⁾은 순식간인 것을!　　　　白衣蒼狗刹那間。

....

1) 【교정】완莬: 상우당본 원문(제933쪽)에는 '무성할 완莬'으로 나와 있으나 중
   국에서 출판된 다수의 현대 주석본에는 '성할 영榮'으로 되어 있다. 전후
   맥락이나 뒤에 이어지는 '시들 고枯'을 감안할 때 해당 글자는 '성할 영'보
   다는 '무성할 완'으로 이해해야 옳다. 여기서는 '완고莬枯'를 편의상 "영고
   성쇠"로 번역했다.

2) 동해東海: 중국 대륙의 동쪽에 있는 바다인 발해渤海를 말한다. 산동반도
   남쪽의 황해(황해)와는 달리 물이 맑다고 해서 '창해滄海'로도 불린다.

3) 흰옷이 잿빛 개 되는 것[白衣蒼狗]: 당나라의 선비 왕계우王季友의 아내 유
   柳 씨는 가정형편이 어려워 남편을 버리고 집을 나갔는데 외간사람들은 그
   진상도 제대로 모르면서 왕계우를 힐난했다고 한다. 두보杜甫(712~770)는
   그 논란을 지켜보면서 〈개탄스럽다[可歎]〉라는 칠언시를 써서 사람들의 지
   탄을 받는 왕계우를 두둔했다. 두보는 그 시에서 "하늘의 뜬구름은 흰옷과
   같지만, 그것은 잿빛 개처럼 변하겠지天上浮雲似白衣, 斯須改變如蒼狗"라면
   서 세상사의 변화를 예측할 수 없음을 개탄했다고 한다. 이 시의 제1~2구에
   서 유래한 '백의창구白衣蒼狗'는 명대에 강남 지역에 유행한 격언으로, 글
   자 그대로 풀이하면 '흰옷이 잿빛 개 된다' 식으로 번역되며, '흰 구름이

이야기를 들려드리도록 하겠습니다. 사람이 살면서 겪는 영화와 부귀의 경우, 우리 눈앞의 것들은 모두가 허공에 떠 있는 꽃과도 같습니다. 그것들이 실제로 존재하는 형체라고 여겨서는 안 되지요. 요즘 사람들은 일단 권세를 갖기만 하면 그것을 '영원히 흔들리지 않는 발판'이라고 여깁니다. 그 곁에서 지켜보는 사람까지 똑같이

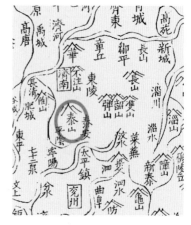

〈산동여도山東與圖〉 속의 태산. 《삼재도회》

생각하지요. 그러나 눈 깜짝할 사이에 재처럼 날아가고 연기처럼 사라지는가 하면, 태산泰山[4]도 얼음산으로 변하는 것이 전혀 어려운 것이 아니라는 것을 어찌 알겠습니까? 그런 이치를 잘 설명하는 속담이 있습니다.

"있는 것을 없다고 말하는 건 몰라도,　寧可無了有,
없는 것을 있다고 말해서는 안 되는 법."　不可有了無。

내내 가난하고 비천하던 사람이 하루아침에 안락하게 되어 부귀를 얻은 경우, 힘든 날이 다 지나가고 행복한 날이 도래하다 보면 아무래

잿빛 개 된다'라는 뜻의 '백운창구白雲蒼狗'로도 쓰는데, 세상사가 변화무쌍한 것을 두고 하는 말이다.
4) 태산泰山: 중국의 산 이름. 산동성山東省 곡부曲阜에 위치한 이 산은 예로부터 역대 제왕들이 제천의식을 거행하여 성산으로 숭배되었는데, 중원의 동부에 있다고 하여 '동악東岳'으로도 불린다.

도 그 즐거움이 깊고 긴 법입니다. 그러나 만약 부귀를 누리던 사람이 하루아침에 권세를 잃어 곤궁해지면, 그런 경우는

>"나무가 쓰러지면,　　　　　　　　　　　　　樹倒,
>그 위 원숭이들도 흩어지기 마련이라네."　　　　猢猻散。

　그런 상황은 정말 견디기가 어렵지요. 그런데도 부귀를 누리는 사람들은 그저 눈앞의 권세만 믿고 간이 부어서 양심을 속이고 기분 내키는 대로 함부로 일을 벌이기만 할 뿐, 훗날 어떤 결과를 야기할지[5] 어디 신경이나 씁니까?

　예전에 이런 우스운 이야기가 하나 있었습니다. 이야기를 해드리자면, 어떤 노인에게 아들이 셋 있었지요. 노인은 죽을 때가 되자 세 아들에게 이르는 것이었습니다.

　"너희에게 소원이 있으면 솔직하게 나한테 말해보렴. 내가 죽어서 너희 소원을 옥황상제께 부탁드려보마."

　"저는 벼슬이 한 품계 더 높아지기를 바랍니다."

---

5) 어떤 결과를 야기할지[有下梢沒下梢]: '유하초몰하초有下梢沒下梢'는 원·명대에 유행하던 격언으로, 글자대로 풀면 '그 끝가지가 있겠나 끝가지가 없겠나' 정도로 직역된다. 원·명대 구어에서 '끝가지[下梢]'는 '결말·결과', 나아가 '좋은 결과'라는 뜻으로 해석되므로, '유하초有下梢'는 '좋은 결과를 얻다, 말년운이 좋다', '몰하초沒下梢'는 '좋은 결과가 없다, 말년운이 나쁘다' 정도로 이해된다. 여기서는 편의상 "어떤 결과(운명)를 야기할지"로 번역했다.

한 아들이 말하자 이어서 한 아들이 말했지요.

"저는 제 논밭이 만 이랑까지 펼쳐지기를 바랍니다."

마지막으로 한 아들이 말했습니다.

"저는 바라는 것이 없습니다. 이 두 눈만 큰 걸로 바꿔주시면 좋겠군요."

"그걸로 무엇을 하려고 그러느냐?"

노인이 크게 놀라면서 물었더니 그 아들이 이렇게 말하는 것이었습니다.

"제가 그 두 눈을 부릅뜨고 큰형과 둘째 형6)이 정말 귀한 분이 되고 부자가 되는지 어디 한번 두고 보려고요.7)"

물론, 이게 아무리 우스갯소리이기는 하지만 바로

"내내8) 냉철한 눈으로 게를 지켜보노라,   長將冷眼觀螃蟹,

---

6) 큰형과 둘째 형: 원문에는 대답하는 순서에 대하여 딱히 기준을 두지 않았으나 여기서는 편의상 관리는 "큰형", 부자는 "둘째 형", 그리고 두 사람을 못마땅하게 여기는 아들은 막내로 설정했다.

7) 【즉공관 미비】醒時之談。맨정신으로 하는 말이로군.

8) 【교정】내내[長]: 상우당본 원문(제934쪽)에는 '길 장長'으로 나와 있지만 그 원본격인 〈서울 양반이 엄숭에게 가라사대京師人爲嚴嵩語〉에는 '늘 상常'으로 나와 있다. '상'과 '장'은 의미상으로도 통하지만 발음도 유사하다. 이로써 원래는 '상'이던 것이 구전되는 과정에서 강남 지역의 언어 습관에 따라

네가 언제까지 막 가는지 두고 보자꾸나!"看你橫行得幾時。

라는 옛 사람의 말씀9)과도 딱 들어맞습니다. 물론 아무리 그렇다고는 해도, 하늘을 태우고 땅을 달굴 만큼 대단한 부귀를 누리는 사람들은 조정에서 도륙을 내거나 그게 아니면 못난 자손을 보아야만 비로소 몰락해서 끝이 나곤 하지, 한 사람이 처음에는 귀인이었다가 나중에 떠돌며 천한 신분으로 전락하는 식으로 당대에 죗값을 받아 웃음거리가 되는 경우는 없는 것 같습니다.

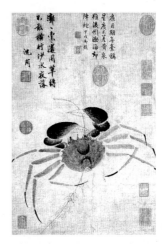

명대 화가 심주沈周의 〈관색도郭索圖〉

손님들, 이제부터 소생이 우스운 이야기를 앞 이야기10)로 먼저 들

발음과 의미가 비슷한 '장'으로 대체되었음을 짐작할 수 있다.

9) 옛사람의 말씀[古人云]: 위의 두 구절은 원래 명대 중기의 간신 엄숭嚴嵩 (1480~1567)의 전횡을 풍자한 당시의 민요 〈서울 양반이 엄숭에게 가라사대〉에 나오는 말이다. '횡행橫行'은 옆으로 걷는 게의 생리를 엄숭의 무절제한 전횡에 빗대어 한 말로, 불의를 일삼는 악인은 결국 응징을 당한다는 의미를 담고 있다. 명대의 원문은 다음과 같다. "가소로운 엄개계여, 금은보화를 산처럼 쌓아두고, 칼과 톱 멋대로 휘두르누나. 늘 냉정한 눈으로 방게를 지켜보노라, 네놈이 언제까지 막 가는지 두고 보자꾸나!可笑嚴介溪, 金銀如山積, 刀鋸信手施. 常將冷眼觀螃蟹, 看你橫行幾幾時"

10) 앞 이야기[入話]: 송·원대의 화본話本에서 앞 이야기는 일반적으로 몸 이야기로 들어가기 전에 들려주는 이야기라는 의미에서 '입화入話' 또는 '득승두회得勝頭回'라고 불렀다. 화본에서의 앞 이야기와 몸 이야기에 관해서는 문성재 역, 《경본통속소설京本通俗小說》"설화 공연의 틀" 부분(제18~22쪽)을 참조하기 바란다.

려 드리겠습니다.[11] 당唐나라의 희종僖宗[12] 황제는 즉위하자 연호를 '건부乾符'로 바꾸었습니다. 이때는 환관들이 거만하게 전횡을 일삼았는데 마침 소마방사小[13]馬坊使 내관內官으로 전령자田令孜[14]라는 자가 있었습니다. 그는 희종이 진왕晉王일 때부터 신임을 얻었는데, 황제로 즉위하자마자 추밀원樞密院을 맡더니 마침내 중위中尉[15]로까지 발탁되었지요. 이때 황제의 나이는 열네 살로, 그저 노는 데에만 열심이었지요. 정사政事는 전령자에게 다 떠맡기고 그를 "아버지[阿父]"라

---

11) *본권의 앞 이야기는 북송의 정치가이자 문학가인 구양수歐陽修가 편찬한 《신당서新唐書》 권208 〈열전列傳〉 제133의 "전령자田令孜"조에서 소재를 취했다.

12) 희종僖宗: 당나라 제18대 황제 이현李儇(862~888)의 묘호. 서기 873년부터 888년까지 재위했다. 그가 사용한 연호 '건부乾符'는 서기 874년부터 879년까지 6년 동안 사용되었다.

13) 【교정】 소小: 상우당본 원문(제935쪽)에는 '적을 소少'로 나와 있으나 여기서는 '작을 소小'로 써야 옳다.

14) 전령자田令孜(?~893): 당대 후기의 환관. 촉蜀(지금의 사천 지역) 출신으로, 자는 중칙仲則이다. 황제의 총애를 믿고 전횡을 일삼고 국정을 농단했다. 황소黃巢의 반군이 당나라 도읍인 장안을 함락하자 희종을 데리고 출신지인 성도成都로 도주했다. 나중에 군벌 왕중영王重榮과 이극용李克用이 장안으로 육박해 오자 다시 희종을 데리고 도주했다. 광계光啓 2년(886), 스스로 서천 감군사西川監軍使를 맡아 성도로 가기도 했다. 나중에 조정 중신이 희종이 두 차례나 몽진蒙塵을 하게 된 책임을 전령자에게 돌리자 여론을 돌리기 어렵다고 판단한 그는 성도로 도주해 당시 서천 절도사로 있던 형 진경선에게 몸을 의탁했다. 그러나 형제는 대순大順 2년(891) 성도를 장악한 왕건王建에게 구금당하고 그로부터 2년 후인 경복景福 2년(893)에 한때 자신의 양자였던 왕건에게 살해당했다.

15) 중위中尉: 당대의 관직. 여기에 언급된 것은 호군중위護軍中尉를 말하는데, 당나라 후기에는 환관이 이 직책을 맡아 신책군神策軍을 지휘해 황제의 금위군으로 도성을 지켰다.

고 부르니, 관리를 임면할 때조차 황제에게 보고하는 일이 없을 정도였습니다.16) 그때 서울에는 떠돌이 부랑배가 하나 있었는데, 이름이 이광李光으로, 그저 아첨하고 기분이나 맞추면서 전령사를 받들어 모시기에 바빴습니다. 전령자는 이광을 몹시 좋아하고 신임하여 좌군사左軍使로 천거했지요. 그러다가 어느 날인가는 그를 삭방 절도사朔方節度使17)로 임명해 달라는 상소까지 올렸답니다. 그러나 이광은 운명이 기구하여 그 벼슬을 누릴 복이 없었던지 칙명이 내려진 당일, 갑자기 병으로 죽어버렸습니다. 그에게는 아들이 하나 있었는데, 이름이 덕권德權으로, 나이는 스물 몇 살이었지요. 전령자는 덕권을 딱하게 여겨 그를 발탁할 요량으로 어쨌든 간에 중요한 자리를 맡겼습니다.

때는 마침 황소黃巢18)가 장안을 함락하는 바람에 중화中和19) 원년

---

16) 【즉공관 미비】尙父自然不必關白兒子。 아버지뻘이니 당연히 아들에게는 보고할 필요가 없는 게지.

17) 삭방 절도사朔方節度使: 당대의 관직명. 당나라 중기인 현종玄宗 개원開元 9년(721)에 후돌궐 칸국後突厥汗國의 침입을 막기 위하여 지금의 중국 서북방에 설치했다. 때로는 영주靈州 절도사·영무靈武절도사·영염靈鹽 절도사 등으로 일컬어지기도 했다.

18) 황소黃巢(820~884): 당대 말기의 민란 지도자. 조주曹州 원구冤句 사람이다. 소금 상인 집안에서 태어나 다섯 살 때부터 시를 지을 정도로 총명했지만 성년이 된 후로 매번 과거에서 낙방했다. 관동關東 지역에서 심한 가뭄이 발생하고 관청에 대한 백성의 불만이 팽배해지자 무리를 끌어 모아 조정에 반기를 들었다. 당시 반란을 주도하던 왕선지王仙芝와 합세해 건부乾符 4년 (877) 운주鄆州를 함락하고 절도사 설숭薛崇을 살해했다. 이듬해 왕선지가 죽자 무리에 의해 지도자로 추대되고 충천대장군沖天大將軍으로 불렸다. 광명廣明 원년(880) 12월 13일, 장안을 함락하고 당나라 종실과 관리들을 학살하는 한편, 황제로 즉위하고 국호를 대제大齊, 연호를 금통金統으로 정했다. 그러나 관군을 이끄는 이극용李克用·왕중영王重榮 등의 맹공을 받아 중화中和 4년(884) 6월 15일, 낭호곡狼虎谷 싸움에서 패해 죽었다.

에 진경선陳敬瑄[20]이 성도成都에서 군사를 보내 희종 황제를 영접하러 왔을 때였습니다. 전령자는 희종 황제에게 촉蜀 땅으로 파천할 것을 권하면서, 자신이 황제의 어가를 호위하게 되자 즉시 이덕권을 불러 같이 갔지요. 희종의 임시 행궁이 성도에 설치되자 전령자와 진경선은 서로 결탁하여 나라의 대권을 멋대로 휘두르니 사람들이 모두 그들의 권세를 두려워했습니다. 이덕권은 이 둘의 측근에 있었으므로 그 주변 사람들은 모두 그를 우러러 받들었지요. 명성을 구하고 이익을 노

반란을 일으키는 황소를 형상화한 희곡의 삽화. 명칭순, 《신전고금명극뇌강집》

리는 간신이나 호족들은 모두가 이덕권에게 뇌물을 바치고 그가 자신들을 위해 전령자와 진경선 둘에게 은밀히 손을 써주기를 청탁했습니

---

19) 중화中和: 당나라 희종이 881~885년까지 사용한 세 번째 연호. "중화 원년"은 서기 881년에 해당한다.

20) 진경선陳敬瑄(?~893): 당대의 권신 전령사의 형. 촉 땅 출신으로 출신이 미천하여 떡을 만들어 생계를 꾸리다가 전령사가 득세하자 장안으로 불려 가서 좌신책군左神策軍이 되더니 좌금오위左金吾衛의 대장군大將軍으로까지 출세했다. 광명廣明 원년에는 검남서천 절도사劍南西川節度使에 배수되어 서천의 반란을 평정하고 시중侍中·중서령中書令을 거쳐 영천군왕潁川郡王에 책봉되었다. 그러나 소종이 즉위하고 전령사가 실각하자 입조하기를 거절하고 군사를 일으켜 반란을 도모하다가 경복景福 2년(893) 왕건에게 패하고 죽임을 당했다.

다. 그러다 보니 이덕권이 몇 년 사이에 모은 뇌물의 액수는 천만 냥이나 되었지요. 벼슬 역시 금자 광록대부金紫光祿大夫[21]와 검교 우복야檢校右僕射[22]에까지 이르는 등[23], 잠깐 사이에 비할 데 없이 기세가 등등해졌지 뭡니까.

그러나 나중에 희종 황제가 붕어하고 소종昭宗[24] 황제가 즉위하자 대순大順[25] 2년 4월, 서천 절도사西川節度使 왕건王建[26]은 몇 번이나

---

21) 금자 광록대부金紫光祿大夫: 중국 고대의 관직명. 당대의 광록대부는 직함은 있으나 실질적인 직무는 없는 산관散官이었으며, 그중에서 금장자수金章紫綬를 더한 경우를 '금자 광록대부'로 일컬었다.

22) 검교 우복야檢校右僕射: 중국 고대의 관직명. 당대의 좌·우 복야는 재상의 직책이었는데, 여기에 '검교檢校'가 추가된 것은 정식으로 추가된 벼슬이 아님을 나타낸다.

23) 【즉공관 미비】 官不小矣。 벼슬이 작지는 않은걸?
   천진고적판(제224쪽)에는 이 미비가 "작지 않군不小"으로만 나와 있다.

24) 소종昭宗: 당나라 제19대 황제 이엽李曄(867~904)의 묘호. 서기 889년부터 904년까지 재위하던 중 군벌 주온朱溫에게 살해당했다.

25) 대순大順: 소종 이엽이 890~891년에 사용한 연호. 서기 891년 당시 군벌이던 왕건은 소종 경복 2년(893)에 전령자와 진경선陳敬瑄을 죽였다.

26) 왕건王建(847~918): 중국 오대십국五代十國시기에 전촉前蜀을 세운 개국 황제. 자는 광도光圖로, 허주許州 무양舞陽 사람이다. 광명廣明 원년(880), 황소의 반란으로 장안이 함락되고 희종이 촉 땅으로 파천하자 양복광楊復光이 이끄는 충무군忠武軍의 일원으로 희종의 호위를 맡았다. 그 공로로 위장군衛將軍에 배수되고 한때는 전령자의 양자 노릇을 하기도 했다. 그러나 그 형 진경선의 견제를 받자 서천西川으로 나가 삼 년 동안 주변 군벌들을 차례로 격파한 끝에 서천을 장악하고 서천 절도사에 봉해졌다. 그 후 무태武泰절도사 왕건조王建肇, 동천東川 절도사 고언휘顧彦暉, 무정武定 절도사 탁발사경拓跋思敬 등을 차례로 격파하고 사천 지역을 장악함으로써 당시 최대의 군벌로 부상하고 천복天復 3년(903)에 소종에 의해 촉왕蜀王에 봉해졌다. 그러나 천복 7년(907) 주온朱溫이 낙양洛陽에서 소종을 살해하고

표表를 올려 전령자와 진경선을 죽일 것을 요청했습니다. 그러나 조정에서는 이 두 사람을 두려워하여 감히 섣불리 윤허할 수 없었지요. 왕건은 사람을 보내 '진경선이 반란을 일으키고 전령자가 봉상鳳翔과 서신을 주고받은 일'27)을 고하고 나서, 조정의 명령도 기다리지 않고 당장 두 사람을 붙잡아 죽였습니다.28) 그러고는 다음과 같은 상소를 올렸지요.

　　"우리를 열고 범을 풀었어도 공자29)는 남을 탓하지 않았사오며,

당나라를 멸망시키자 스스로 황제를 일컬으면서 전촉 왕조를 열었다. 서기 907년부터 918년까지 12년 동안 재위했다.

27) 진경선이 반란을 일으키고~: 당나라 희종 중화中和 3년(883), 당군이 황소가 장악하고 있던 장안을 수복하매 희종은 장안으로 돌아가기로 결정했다. 이 무렵 정전鄭畋(825~883)은 성도에서 희종을 보필하면서 사공司空·문하시랑門下侍郎·검교사도檢校司徒·태자태보太子太保 등의 요직을 지내면서 황제의 신임을 받고 있었다. 그를 경쟁자로 생각한 전령자와 진경선은 과거 상관인 정전을 배반하고 봉상鳳翔 절도사가 된 이창언李昌言을 사주하여 정전이 봉상을 지나 장안으로 귀환하는 것을 결사적으로 반대했다. 정적의 견제로 결국 입경이 좌절된 정전은 사직한 후 농주 자사隴州刺史로 봉해진 아들의 임지로 내려가고 진경선은 중서령에 배수되고 영천군왕에까지 봉해졌다. 그러자 당초 전령자와 관계가 좋았던 양사립楊師立·왕건 등은 전령사와 진경선이 황제를 끼고 전횡을 일삼는 데에 불만을 품고 대립하면서 급기야 당나라의 멸망을 앞당긴다. 정전은 광계光啓 4년(888) 당시 봉상 절도사로 있던 이무정李茂貞의 청원에 따라 조정으로부터 '문소文昭'라는 시호를 받음으로써 잃었던 명예를 뒤늦게 회복했다. 여기서 "전령자가 봉상과 서신을 주고받은 일"이란 전령자와 진경선이 이창언을 사주해 정전을 제거한 일을 말하며 "봉상"은 당시 지금의 섬서성陝西省 보계寶鷄의 절도사로 있던 이창언을 가리킨다.

28) 【즉공관 미비】雖專權, 却快人. 권력을 멋대로 휘두르기는 했지만 그래도 사람 하나는 시원시원했군.

---

29) 우리를 열고 범을 풀어도~[開柙出虎]: 춘추시대의 사상가이자 교육자인 공자孔子의 어록집 《논어論語》의 〈계씨季氏〉편에 나오는 말. 춘추시대 노魯나라의 대부大夫 계 씨가 전유顓臾를 정벌하려 하자 그 가신으로 있던 염유冉有와 자로子路가 그 일을 스승인 공자에게 알렸다. 그러자 공자는 계 씨가 사사로이 전유를 정벌하는 것을 부당하게 여기면서도 그를 탓하지 않고 오히려 염유를 나무랐다. "주군이 위태로운데도 붙잡아주지 않고 넘어지는데도 부축해주지 않는다면 장차 그런 자를 어찌 신하로 쓸 수 있겠느냐? 더욱이 너희 말은 잘못되었느니라. 범이나 들소가 우리를 뛰쳐나오고 거북과 옥이 함에서 망가졌다면 그것이 누구의 잘못이겠느냐!危而不持, 顚而不扶, 則將焉用彼相矣. 且爾言過矣. 虎兕出於柙, 龜玉毁於櫝中, 是誰之過與" 염유와 자로가 계 씨의 전유 정벌은 자신들의 뜻이 아니라고 극구 변명했지만 범이나 들소가 우리에서 뛰쳐나오게 했다면 그것은 옥지기의 허물이요 거북 등껍질이나 옥이 함 속에서 망가졌다면 그것은 함지기의 허물이라면서 전유 정벌의 책임은 그 일을 벌이는 계 씨 본인보다는 오히려 그의 가신이면서도 주군의 전횡을 막지 못한 염유와 자로에게 있다면서 자기 자리에서 최선을 다할 수 없다면 벼슬을 버려야 한다고 꾸짖었다고 한다. '공선부孔宣父'는 공자를 높여 부른 존칭으로, 여기서는 편의상 "공자"로 번역했다.

30) 길에서 뱀의 목을 베었으나~[當路斬蛇]: 전한의 학자이자 역사가 유향劉向(BC77~BC6)이 편찬한 역사고사집 《신서新序》의 〈순리열전循吏列傳〉에 소개된 춘추시대 초楚나라 대부大夫 손숙오孫叔敖의 일화. 고대 중국에서는 머리가 둘 달린 쌍두사를 보는 사람은 죽는다는 속설이 유행했다. 손숙오는 어릴 때 길에서 쌍두사를 발견하고 자신이 죽을지도 모른다는 두려움에 얼이 나간 상태에서도 다른 사람들이 죽을 것을 염려하여 그 자리에서 쌍두사

길에서 쌍두사를 죽인 손숙오

를 돌로 찍어 죽였다고 한다. 그 말을 들은 어머니는 두려움에 떠는 손숙오

아니었을 것이옵니다. 사람을 죽이더라도 문 밖에서는 실행하지 않는 법이니, 결정적인 순간에 올가미31)에서 놓칠까 걱정이옵니다!"

開柙出虎, 孔宣父不責他人。當路斬蛇, 孫叔放蓋非利己。專殺不行於閫外, 先機恐失於彀中。

이때 전령자와 진경선의 잔당을 추격하여 체포하는 일이 매우 급박하게 진행되었습니다. 이덕권은 탈출해서 복주復州32)로 도망쳤지요. 평소 가진 금은보화가 수천 수만 냥이 넘었건만, 하나도 챙기지 못하고 어쩔 수 없이 빈 몸으로 도망쳐 며칠이나 전전해야 했습니다. 심지어 옷가지도 전부 잡혀서 그것으로 끼니를 해결하다 보니 급기야 누더기 단벌 홑옷 차림으로 오는 내내 빌어먹을 수밖에 없었지요.33) 애석하게도 과거의 영화가 하루아침에 일장춘몽一場春夢이 되고 만 거지요!

그러나 세상에는 죽으라는 법은 없나 봅니다. 복주에 건장한 마부가 하나 살았는데, 이름이 이안李安이었습니다. 이광이 입신출세하지

를 이렇게 달랬다고 한다. "내가 들으니 남모르는 덕을 베푼 사람은 하늘께서 복으로 보답하신다고 했으니 너는 죽지 않을 것이다吾聞, 有陰德者, 天報以福, 汝不死也." 그 후로 손숙오는 장성하여 초나라의 재상이 되었는데 그 소식을 들은 초나라 사람들은 정무를 보기 전부터 그가 백성을 위해 선정을 베풀 것을 믿어 의심하지 않았다고 한다.

31) 올가미[彀中]: '구중彀中'은 원래 화살이 도달하는 사정거리를 가리키는 말이었지만 나중에나 '올가미'나 '덫'의 의미로 주로 사용되었다.

32) 복주復州: 중국 고대의 지역명. 오대五代의 북주北周 왕조에서 처음으로 설치했으며, 그 치소는 지금의 호북성湖北省 면양현沔陽縣 서쪽에 있었다.

33) 【즉공관 미비】平日之貪何益. 평소(과거)에 그렇게 욕심을 내더니 무슨 보탬이 되었나?

않았을 때 그와 친한 사이였지요. 그런데 이안이 우연히 길을 가다가 문득 웬 사람이 남루한 옷을 입고 밥을 빌어먹는 모습을 발견하고 자세히 보니 이광의 아들 덕권이지 뭡니까. 속으로 딱하게 여겨 그를 집으로 데려와서 물었습니다.

"자네 부자가 장안에서 부귀를 누리다가 나중에는 몰락하고 말았다는 소리를 듣기는 했네마는 오늘 어째서 예까지 오게 되었는가?"

덕권은 관아에서 전령자와 진경선의 잔당을 추격해 체포하매 도망쳤다가 이런 곤경에 이른 사정을 끝까지 들려주었지요. 그래서 이안이 말했습니다.

"나는 자네 선친과 친분이 있었으니, 자네는 일단 내 집에 잠시 머물도록 하게. 혹시 누가 알아볼지도 모르니 … 이름을 바꾸고 그냥 내 조카라고 둘러대면 아무 일도 없을 걸세!"

덕권은 그의 말을 따라 이름을 '언사彦思'로 바꾸고 그 자리에서 바로 마부인 이안을 숙부로 모시니 더 이상 거리에 나가 밥을 빌어먹지 않아도 되었지요. 반년이 지나지 않아 이안은 병을 얻어 죽게 되었습니다.[34] 언사는 후조後槽 이안이 관아에서 지급한 식량이 있는 것을 보고 마침내 이안에게

"소인은 이미 병이 들어 몸을 잘 쓰지 못하니 조카 언사가 제 직책을 이어 후조를 맡게 해주십시오."

---

34) 【즉공관 미비】再世爲人。다음 세상 사람이 되겠지.

이렇게 청원을 올려줄 것을 부탁했지요. 며칠 되지 않아 이안이 정말 죽자 언사는 드디어 마부로 충당되어 '목수어인牧守圉人'이 되었습니다. 의식주를 걱정할 필요가 없어지자 그는 스스로 무척 운이 좋다고 여겼지요.

그러나 뜻밖에도 과거에 우복야右僕射를 지낸 것을 알아채는 사람들이 차츰 늘어났습니다. 당시 조정의 정치는 문란하고 기강은 해이했습니다. 그러다 보니 그의 행적을 추궁하는 이는 없었지요. 그저 그에게 '말지기 이 복야[看馬李僕射]'라는 별명을 지어주고 그가 밖에 나오기라도 할라치면 사람들은 손가락질을 해대면서 한바탕 웃음거리로 삼곤 할 뿐이었답니다.

손님들, '복야'가 얼마나 대단한 벼슬인지 아십니까? '후조後槽'는 또 얼마나 천한 자리인지 아십니까? 같은 사람이 처음에는 복야를 지내다가 만년에는 말이나 지키는 마부로 전락했으니 얼마나 우스운 일입니까? 어디 그뿐인가요? 그 사람들은 내상內相에 빌붙었지만 알고 보니 한낱 빙산冰山일 뿐이었습니다. 하루아침에 권세를 잃고 몰락하여 목숨까지 잃고 말았으니까요. 이것이 불변의 진리인 것입니다. 여생을 말을 지키는 정도로 끝낸 것도 그나마 다행이니35) 이상하게 여길 것도 없지요.

이제는 새로 당시 이덕권과 같은 시기에 벼슬을 한 어떤 관리 이야기를 들려드리도록 하겠습니다. 그가 아무리 관직을 부당한 방법으로 얻었고 운이 좋았다고는 해도 그만하면 스스로 얻은 셈이었습니다.

---

35) 【즉공관 미비】敗者多矣, 無肯懲, 何也。 인생을 망치는 자는 많건만 응징하려는 이가 없는 것은 어째서인가?

그러나 뜻밖에도 하늘이 도와주지 않는 바람에 직함은 있는데 녹봉이 없었지 뭡니까. 과거에 결코 누구와 원수를 진 적도 없고 결코 무슨 사고를 저지른 적도 없는데 모든 것이 팔자 때문에 그렇게 된 것으로, 결국에는 헤어날 수가 없게 되고 말았으니 이보다 더 우스꽝스러운 경우라고 하겠습니다. 이런 시가 있지요.

부귀영화가 뭐 그리 대단한가?	富貴榮華何足論,
예로부터 세상일이란 뜬구름과 같은 것을!	從來世事等浮雲。
무대에 등장하는 꼭두각시에 놀라지 말고,	登場傀儡休相嚇,
키를 잡던36) 곽 사군37)의 경우를 보시라!	請看當艄郭使君。

이 이야기는 바로 당나라 희종僖宗 때의 일입니다.38) 강릉江陵39) 고을에 곽칠랑郭七郞이라는 사람이 살았습니다. 그 아버지는 생전에 장강長江과 상강湘江40) 일대의 거상이었지요. 칠랑은 늘 아버지를 따

---

36) 【교정】 소艄: 상우당본 원문(제933쪽·제940쪽 등)에는 '우듬지 초梢'로 나와 있으나 전후 맥락을 따져볼 때 '고물 소艄'로 해석해야 옳다. '당소當艄'는 글자 그대로 풀면 '고물을 담당하다' 정도로 직역되지만 여기서는 편의상 "키를 잡다"로 의역했다.

37) 사군使君: 중국 고대에 주州의 행정장관인 자사刺史나 군郡의 행정장관인 태수太守에 대한 존칭.

38) *본권의 몸 이야기는 이방《태평광기太平廣記》 권499의 〈곽사군郭使君〉에서 소재를 취했다. 나중에는《금고기관》 권40에 〈영다재백정횡대逞多才白丁橫帶〉라는 제목으로 수록되었다.

39) 강릉江陵: 중국 고대의 지명. 지금은 호북성에 속해 있다. 아래에서 보는 것처럼 고대에는 초성楚城으로 불리기도 했다.

40) 상강湘江: 중국의 하천 이름. 장강 유역의 동정호洞庭湖 수계에 있는 호남성 최대의 하천이다.

라 배를 타고 돌아다녔답니다. 아버지가 세상을 떠난 후에는 그가 집안 살림을 맡았는데 집안에 재산이 하도 많고 땅도 여기저기 많다 보니 '까마귀도 다 지나가지 못할' 정도로 한없이 넓은 토지며 건물들과, 도둑이 어깨에 메고 갈 수조차 없을 정도로 산처럼 쌓인 금은보화가 있어서 그야말로 초성楚城에서도 으뜸가는 갑부였습니다. 그래서 장강·회수淮水[41]·하삭河朔[42] 일대의 장사꾼들은 모두가 칠랑에게서 큰 밑천을 구해 장사를 하고 왕래하곤 했습니다.

그러나 이 부자들에게도 한 가지 불만이 있었습니다. 바로 곽칠랑이 밑천을 빌려줄 때 사용하는 저울이었지요. 그는 사들일 때는 늘 큰 저울로 달고 팔 때는 작은 저울로 달았거든요. 게다가 자기 물건은 나쁜 것도 좋은 것이라고 우기고 남의 물건은 좋은 것도 나쁜 것이라고 억지를 부렸습니다.[43] 곽칠랑에게서 밑천을 빌리는 장사꾼치고 그에게 징글징글하게 시달리지 않은 이가 없을 정도였지 뭡니까. 그러면서도 사람들은 울분을 참으면서 그의 요구를 받아들일 수밖에 없었습니다. 왜 그런지 아십니까? 밑천이 곽칠랑의 것이었기 때문입니다! 강호江湖를 오가며 장사하는 사람들은 그 판에서 죽어라 고생을 하면서도 그가 아무리 양심을 속이고 셈을 속여도 그저 그의 자본에 기대어 장사를 하는 덕분에 그나마 조금이라도 이윤을 남길 수 있었습니다. 만약 한 번이라도 곽칠랑의 비위를 거슬러서 밑천을 거두어 가기라도 한다면 상인들로서는 살 길이 막막해지는 거지요. 그런 까

---

41) 회수淮水: 중국의 하천 이름. 황하와 장강 사이에 있는 중국 7대 하천의 하나인 회하淮河를 말한다.
42) 하삭河朔: 중국 고대의 지역 이름. 황하 이북의 지역을 가리키며, 대체로 지금의 산서성山西省·하북성河北省·산동성山東省 일부 지역에 해당한다.
43) 【즉공관 미비】凡富者皆然。부자라는 자들이 다 그렇지.

닭에 그가 아무리 떼어먹고 가혹하게 뜯어가도 그냥 넘어가는 수밖에 없었습니다. 그러나 밑천이란 굴리면 굴릴수록 불어나는 법! 그래서 돈이 많은 부자는 계속해서 부자가 되는 것이지요.

그때 규모가 대단히 큰 객상이 한 사람 있었습니다. 그 객상은 과거에 곽칠랑에게서 은자 몇만 냥을 빌려 서울로 가서 장사를 했는데, 몇 년이 지나도 도통 소식이 없지 뭡니까. 건부乾符[44] 연간 초기에 이르렀을 때였습니다. 곽칠랑은 집에서 가만히 따져보다가 이 밑천의 행방이 묘연한 데에 생각이 미쳤습니다. 물론 그는 엄청난 거부이므로 밑져야 본전이라고 여겼지요. 그러나 애석하게도 서울까지 빚을 받으러 갈 사람이 없었습니다. 곽칠랑은

'듣자니 서울은 번화한 곳으로 색향이라지? 이 참에 핑계 삼아 거기 가서 한번 놀아보는 것도 괜찮겠지. 빌려간 돈도 받아오고 기생을 데리고 놀면서 즐거움도 만끽하고 … 또 상황을 봐서 내 장래의 벼슬자리라도 구한다면 그것 또한 평생 누릴 방법이 되지 않겠나![45]'

하고 생각을 좀 하더니 마음을 정했지요. 칠랑에게는 노모와 함께 아우 하나, 누이 하나가 집에 있었고, 거느린 종과 하인도 많았습니다만 아내는 여태 들이지 못한 상태였습니다. 그래서 이때 아우와 누이에게 노모를 잘 모실 것을 당부하는 한편, 한 도관都管[46]에게 집안일

---

44) 건부乾符: 당나라 희종僖宗 이현李儇(862~888)이 사용한 연호로, 서기 874년부터 879년까지 6년 동안 사용되었다.
45) 【즉공관 미비】 旣富矣, 又何加焉. 曰貴之。 부유해지고 나면 그 다음은 무엇을 바라겠는가? 귀해지는 것이지!
46) 도관都管: 명대의 호칭. 송대 이래로 집안일을 돌보는 집사들의 우두머리,

을 도맡게 하고 나머지 사람들에게는 각자 자기 자리를 지키면서 일을 하도록 일렀습니다. 그러고는 자신은 곁에 먼 길을 다니면서 물정에 밝은 하인 몇 사람을 데리고 함께 서울로 향했지요. 칠랑은 어려서부터 강호에서 나고 자란 사람이었습니다. 상인의 배를 타고 다니는가 하면 자신도 노를 저을 줄 아는 데다가 날래고 싹싹했습니다.[47] 그래서 풍찬노숙의 고생스런 여행길을 전혀 개의치 않아서 며칠도 되지 않아 서울에 도착했답니다.

원래 그 거상은 성이 장張, 이름이 전全, 별명은 '장다보張多寶'였습니다. 서울에서 전당포를 몇 군데 운영하고 비단 가게도 몇 개나 가지고 있으면서 관리들만 상대해서 돈을 놓으면서 큰 장사를 하고 있었습니다. 물건을 팔고 사는 사람들 사이에서 흥정을 붙이거나 벼슬을 사고파는 과정에서 그가 일언지하에 맡기만 하면 성사시키지 않는 일이 없을 정도였지 뭡니까. 개중에는 그를 '장다보張多保'라고 부르는 사람도 있었는데, 만사를 그가 보증할 수 있다고 해서 그렇게 불렀지요. 그렇다 보니 서울 사람치고 그를 모르는 사람이 없을 정도였습니다. 덕분에 서울에 당도한 곽칠랑도 단번에 그 집을 찾아낼 수 있었지요. 장전이 자신을 찾아온 칠랑을 보니 장강과 상강 일대에서 자신에게 돈을 빌려주었던 사람이지 뭡니까. 자신이 처음 서울에 들어왔을 때 다행히 그가 융통해준 몇만 금이나 되는 밑천으로 장사를 시작한 덕에 이처럼 크게 성공할 수가 있었던 것입니다.

그는 칠랑을 보자마자 반갑게 맞이하더니 안부 인사를 나누고 바

즉 집사장을 부르던 이름이다.

47) 【즉공관 미비】 倒是眞本事。의외로 재주가 있었군?

로 술자리를 마련했습니다. 그리고 가마를 교방敎坊[48])으로 보내 이름난 기생까지 몇 사람 불렀지요. 기생들이 와서 곁에서 시중을 든 덕분에 손님도 주인도 즐거움을 만끽할 수 있었습니다.

술자리가 끝난 후, 가장 예쁜 기생을 남게 했는데, 이름이 왕새아王賽兒였지요. 그녀는 칠랑의 시중을 들고 한 방에서 잠을 잤습니다. 부자가 부자를 대접하다 보니 그 방은 정교하기가 으뜸이요, 휘장도 화려하고 사치스럽기가 이루 말할 수조차 없었습니다.

다음 날 사람들이 다 일어났길래 장다보가 칠랑이 입을 열기도 전에 처음의 밑천에다 이자까지 모두 따져보니 얼추 십만 냥 가까이 되었는데 그 액수대로 모두 실어내 한꺼번에 다 갚아주는 것이 아닙니까.

"서울에 일이 워낙 많다 보니 그동안 몸을 뺄 겨를이 없었습니다. 게다가 이런 큰돈을 갖고 강호를 다니기도 어렵고, 그렇다고 남한테 맡기기도 만만치가 않다 보니 그 바람에 몇 해나 지체하고 말았군요! 오늘 칠랑께서 몸소 이곳까지 오셔서 이 거액의 빚을 깨끗하게 청산하게 되었으니 참으로 곽 형께도 소생에게도 다 이익인 셈이지요!"

칠랑은 그가 이처럼 시원시원하게 일을 처리하는 것을 보고 내심 기뻐하면서 말했습니다.

"소생이 서울은 초행길이다 보니 아직 머물 곳이 없군요. 덕분에 원금과 이자가 전부 청산되기는 했습니다만, 정작 이 많은 돈을 보관

---

48) 교방敎坊: 명대의 관청 이름. 당나라 현종玄宗 때 가무나 음악을 담당한 예인들을 관리하는 관청으로 설치되었으며, 명대에는 관청의 연회에서 가무나 음악으로 술자리 시중을 드는 관기官妓들을 관리했다. 이를 통하여 왕새아가 관청의 연회에 수청을 드는 관기임을 알 수 있다.

할 곳이 없군요. 번거롭겠지만 장 형께서 제가 머물 만한 곳을 구해주시는 것이 어떻겠습니까?"

"제 집에는 비어 있는 방이 아주 많아서 한가할 때도 손님을 모시곤 합니다. 게다가 곽 형께서는 한 가족과도 같은 분입니다. 그런데 어떻게 다른 곳에 가서 지내시게 하겠습니까? 무조건 제 집에서 머무르셔야지요! 떠나실 때에도 소생이 곽 형께서 편안히 떠나실 수 있도록 다 장만해서 안심하고 아무 근심도 하지 않게 해드리겠습니다!"

장다보가 이렇게 말하자 칠랑은 몹시 기뻐하면서 당장 그 집 옆의 큰 사랑채에 머물렀답니다.

이날 칠랑은 지난밤 시중을 든 데 대한 사례로 왕새아에게 은전 열 냥을 주었습니다. 밤에 칠랑은 답례의 술자리를 마련하고 술시중을 들도록 왕새아에게 부탁했지요. 칠랑이 돈을 쓰는 것을 바라지 않았던 장다보는 자신이 은자 열 냥을 꺼내 주면서 왕새아에게 칠랑의 은자를 돌려주게 하는 것이었습니다. 그러나 칠랑인들 어디 그렇게 하도록 내버려 두겠습니까? 그 돈을 이리저리 미루면서 두 사람 다 아까 준 돈을 돌려받지 않으려고 하지 뭡니까 글쎄. 그 바람에 왕새아만 중간에서 이득을 보아서 양쪽 돈을 다 챙기니 두 사람도 그제야 만족하는 것이었지요. 이날 밤 손님과 주인 두 사람은 왕새아와 함께 주령(酒令49) 판을 벌이며 즐겁게

주령을 노는 데에 쓰는 주령첩

술을 마시다 보니 시간이 흐를수록 더욱 가까워지고 흥겨워져서 곤드레만드레 취할 때까지 마시고 나서야 헤어졌답니다.

왕새아는 본래 관가의 수청50)을 드는 이름난 행수行首51) 관기였습니다. 그런데 칠랑이 이렇게 돈을 잔뜩 꿰어 차고 있는 것을 보더니만 칠랑의 마음을 사로잡을 수단이라는 수단은 죄다 동원했습니다. 칠랑은 칠랑대로 이틀 밤을 연달아 그녀와 같이 보내다 보니 일찌감치 사람 '혼을 빼놓는 탕약52)'을 마신 꼴이 되었지요. 이때부터 두 사람은 함께 다니고 함께 앉으면서 한 순간도 서로 떨어지지 않았으며, 급기야 기방으로 돌아가려는 왕새아를 놓아주지 않을 정도까지 돼버렸답니다. 새아는 새아대로 번번이 한 기방의 다른 기생들까지 데려와서 차례대로 번갈아 칠랑의 술시중을 들고 놀며 즐기게 했지요.

칠랑이 그녀들에게 상으로 내린 돈은 이루 헤아릴 수 없이 많았습

---

49) 주령酒令: 중국 고대에 술자리에서 흥을 돋우려고 하던 놀이. 일반적으로 술자리에 참석한 사람들이 특정인을 영관令官으로 정한 후 그 사람이 내리는 지령에 따라 시를 짓거나 말 잇기를 하거나 그 밖의 놀이를 하는데 그 지령을 제대로 수행하지 못하면 벌주를 마셨다고 한다. 때로는 영관을 정하지 않고 나무나 종이로 만든 제비를 뽑아 해당 놀이를 진행하기도 했다.

50) 수청: 옛날 중국에서는 기녀들이 수청이나 노역에 출석할 의무를 지고 있었기 때문에, 관청에서 연회를 거행한다거나 관청의 수장에게 개인적인 길흉사가 생기면 반드시 가서 가무를 하거나 술시중을 들어야 했다.

51) 행수行首: 관가의 행사에 수청을 드는 관기官妓들 중에서도 으뜸가는 기생. 수하의 기생들을 관리하기도 했으며, 나중에는 이름난 기생을 두루 일컫는 말로 전용되었다.

52) 혼을 빼놓는 탕약[迷魂湯]: '미혼탕迷魂湯'은 중국 고대에 저승으로 간 망자가 마시면 전생의 기억(얼)을 잃는다고 여겨진 전설의 탕약이다. 때로는 '미혼약迷魂藥·미혼진迷魂陣' 등으로 부르기도 했다.

니다. 기생들도 역시 생일을 축하하고, 사람을 보내 물건을 사고, 온갖 분담금[53]까지 다 대신 갚게 하는 것이 아니겠습니까. 칠랑은 칠랑대로 돈을 물 쓰듯이 쓰면서 절대로 인색하게 구는 법이 없었지요. 그가 그렇게 처신하기 시작하자 할 일 없이 빈둥거리면서 돈 있는 사람에게 빌붙어 먹고 지내는 아첨꾼들까지 꼬여 들어서 그가 다른 새로운 놀이거리를 찾도록 부추겼습니다.

보통 돈 많은 집의 방탕한 도령들은 변덕이 죽 끓듯 하기 마련입니다. 한 곳에 관심을 가지는가 싶다가도 딴 곳을 보면 이번에는 거기에 열중하는 식이지요. 그곳의 기생으로는 왕새아 말고도 진교陳嬌·여옥黎玉·장소소張小小·정편편鄭翩翩 등이 있었는데 몇 군데 드나들 때마다 한결같이 돈을 물 쓰듯이 써댔습니다. 할 일 없이 빈둥거리는 아첨꾼들 또한 도박을 좋아하는 왕족이나 대갓집 양반들을 모시고 와서 노름판에 끌어들이고는 올가미를 만들어 칠랑으로 하여금 이기는 경우는 적고 지는 경우가 많도록 조작해서 은자를 얼마나 많이 뜯었는지 모릅니다!

칠랑이 아무리 멋을 알고 쾌활하다고는 하지만 그래도 명색이 집안 살림을 맡아 재산을 관리하고 이익을 좋아하는 사람이었습니다. 그럼에도 불구하고 당초 빌려주었던 돈을 수중에 넣고 나니 손이 좀 커질 수밖에 없었지요. 그렇게 서너 해를 보내자 자기 생각에도 좀 많이 썼다 싶었던지 뒤늦게 정신을 다잡고 보니 이미 절반이 넘는 돈을 써버렸지 뭡니까. 그래서 속으로 집안 식구들 생각도 나고 해서 집에

---

53) 분담금[科分]: '과분科分'은 명대에 강남 지역에서 사용되던 속어로, 공평하게 할당하여 분담시키는 돈이나 물건을 가리키며, 때로는 '과파科派'로 쓰기도 한다. 여기서는 '과분'을 편의상 "분담금"으로 번역했다.

돌아가려고[54] 장다보와 의논을 했습니다. 그랬더니 장다보가 말하는 것이었습니다.

"지금은 마침 복주濮州 사람 왕선지王仙芝[55]가 난을 일으켜 고을마다 약탈을 하고 다니는 통에 길이 다 막혔습니다. 곽 형께서 이렇게 은자를 잔뜩 지니고 어디를 간다고 그러십니까! 아마 댁에는 도착도 하지 못하실 겁니다. 차라리 일단 여기서 더 머무시다가 가는 길이 평안해지면 그때 떠나셔도 늦지 않을 것입니다."

장다보가 이렇게 말하는지라 칠랑도 며칠을 더 머무는 수밖에 없었지요. 그런데 우연히 '포주공包走空'이라는 별명을 가진 포대包大라는 한량이 조정이 속히 군대를 동원해야 하는데 군비와 군량이 부족한 실정을 거론하면서 돈을 좀 바치면 벼슬을 얻을 수 있으며, 그 벼슬이 얼마나 높을지는 내는 돈의 액수에 달렸다면서 곽칠랑을 부추기지 뭡니까.

"만약에 수백만 냥을 바치면 … 어떤 벼슬을 얻을 수 있겠습니까?"

하고 곽칠랑이 물었더니 포대가 말하는 것이었습니다.

"지금은 조정이 혼탁하니 고분고분하게 돈을 바치더라도 벼슬이야

---

54) 【즉공관 미비】也算回頭得快, 豈知天窖之乎。早知日後所遭, 此時落得快活。 그래도 귀향이 빠른 셈이군. 그러나 하늘이 그를 군색하게 만들 줄 어찌 알았겠는가? 나중에 당할 일을 진작에 알았더라면! 그래도 이때 즐거움만은 남은 셈이로군.

55) 왕선지王仙芝(?~878): 당대의 농민 지도자. 복주濮州 사람으로, 희종 건부乾符 2년(875)에 무리를 이끌고 봉기하매 그 기세가 등등했으나 건부 5년에 관군과 교전하던 중 전사했다.

얻겠지만 한계가 있어서 높은 벼슬은 어렵습니다. 만약에 … 이 돈 수백만 냥을 가져다 인사 업무를 담당하는 관리를 몰래 매수하기만 한다면 좌우지간 자사刺史56) 정도는 하실 수 있을 겁니다!57)"

"자사도 돈으로 살 수 있다고요?"

칠랑이 놀라서 말하자 포대가 말하는 것이었습니다.

"요즘 같은 세상에 성실한 것이 다 무슨 소용이 있습니까? 돈만 있으면 무슨 짓이라도 할 수 있는 걸요. 최열崔烈58)이 오만 냥의 돈을 써서 사도司徒59) 벼슬을 샀다는 말도 못 들어보셨습니까? 지금은 이름 자리만 비워진 대장군의 임명장60) 정도는 술자리만 한번 마련해도 얼마든지 구할 수 있습니다. 그러니 자사 정도야 어려운 일이 아

임명장 '고신'의 보기. 남송 여조겸呂祖謙의 고신

---

56) 자사刺史: 중국 고대의 관직명. 한 주州의 행정을 관장했다.

57) 【즉공관 미비】唐時已如此矣。당나라 때 벌써 이 지경이었구나!

58) 최열崔烈(?~192): 후한의 정치가. 후한의 영제靈帝가 공공연히 매관매직을 일 삼자 최열은 오백만 전을 들여 고위직의 하나였던 사도 벼슬을 샀다고 한다.

니지요. … 은밀히 손만 쓴다면 장담하건대 틀림없이 구할 수 있을 겁니다!"

한창 이렇게 이야기를 나누고 있는데 마침 장다보가 나오는 것이었습니다. 칠랑이 무척 반가워하면서 방금 나눈 이야기를 일러주니 장다보가 말했습니다.

"일이야 성사시킬 수 있습니다. 소생 손으로도 몇 자리 만들어 드린 적이 있고요. 그러나 … 이 일은 소생이 꽉 형께 권하고 싶지 않군요!61)"

"어째서요?"

칠랑이 반문하자 다보가 말하는 것이었습니다.

"요즘 벼슬은 지내기가 여간 어려운 것이 아닙니다! 그들 중에서

---

59) 사도司徒: 중국 고대의 관직명. 주周나라 조정에는 소위 '육관六官'이라 하여 천관天官의 우두머리로 궁중의 일을 맡아보던 총재冢宰, 지관地官의 우두머리로 내정內政과 교육을 맡아보던 사도司徒, 춘관春官의 우두머리로 제사와 예악을 맡아보던 종백宗伯, 하관夏官의 우두머리로 군사를 맡아보던 사마司馬, 추관秋官의 우두머리로 사법과 외교를 맡아보던 사구司寇, 동관冬官의 우두머리로 영조營造와 공작工作을 맡아보던 사공司空 등의 벼슬이 설치되어 있었다.

60) 임명장[告身]: '고신告身'은 고대 중국에서 품계와 관직을 내린 일을 증명하는 문서를 일컫던 말로, 지금의 임명장과 유사하다. '고신'이라는 명칭은 북주北周 시대부터 사용되었으며 송대에는 '관고官告'로 불리기도 했다. 《조선왕조실록》에서도 관리에 대한 임명장을 '고신'으로 표현하고 있다.

61) 【즉공관 미비】若有先見。 선견지명이 있었더라면!

신바람 나게 벼슬을 지내는 이들은 모두가 배경 있고 실력 있고 거기다 친척들이 조정에 넘치고 동지들까지 도처에 널려 있습니다. 그래야 뿌리가 깊고 기반도 튼튼하니까요. 돈을 챙길 수만 있다면 벼슬을 하면 할수록 자리가 높아지지요. 곽 형이 아무리 백성을 착취하고 파렴치하게 부정을 저질러도 뇌물만 좀 쓰고 인심만 좀 베풀면 만년이 가도 아무 탈이 없습니다!62) (…) 허나 곽 형은 평민63) 출신입니다. 아무리 대단한 벼슬을 구한다고 해도 주위에 비빌 언덕이 없지요. 저기 지방으로 내려가기라도 하면 명령이 제대로 먹혀들 지도 의문입니다. 설사 먹혀든다고 치더라도 조정은 지금 그저 남의 이득을 챙기기에나 바쁘니 곽 형이 돈으로 벼슬을 산 사실을 알기라도 하면 대충 곽 형이 부임하고 한두 달 기다렸다가 무슨 사고라도 생기면 '너는 이제 됐다' 하면서 당장 파면하려 들 겁니다. 그러면 헛되게도 이 큰돈을 다 날리는 셈이 되지 않겠습니까? 만약에 벼슬이 그렇게 지내기 쉬운 거라면 제가 진작에 벌써 지냈겠지요!64)"

---

62) 【즉공관 미비】得毋傷時。상심하는 때가 없어야 할 텐데.

63) 평민[白身]: '백신白身'은 원래 중국 고대에 벼슬이나 직함을 갖지 않은 평민 (또는 농민)을 일컫던 말로, '백정白丁'이라고도 했다. 중국에서는 남북조南北朝를 거쳐 수隋나라 때까지는 국가에서 군인, 향리 등의 직역職役을 부여한 집을 '정호丁戶', 그 같은 직역을 지지 않는 집을 '백정호白丁戶'라고 불렀다. 여기서의 '정丁'은 장정·사내를 뜻하며 '백白'은 벼슬이나 직함이 없는 것을 뜻한다. 고대에는 원칙적으로 각자의 생업에 종사하는 평민은 염색하지 않은 흰옷[白衣]를 입었고 조정이나 관청에서 복무하는 관리는 각자의 서열에 따라 서로 다른 색으로 된 옷을 입었다. 우리 역사에서도 고려시대까지는 '백정'이 중국과 비슷한 의미로 사용되었으며 이것이 도축을 생업으로 삼은 천민을 일컫는 말로 바뀐 것은 조선시대 세종世宗 이후부터인 것으로 알려져 있다.

64) 【즉공관 미비】老成之見。물정을 좀 아는 말씀.

"그렇게 말씀하시면 안 되지요. 소생 집에는 돈은 많습니다만 벼슬은 하나도 없답니다. 게다가 수중에 마침 돈이 있지 않습니까! 이 돈을 전부 지니고 집으로 돌아간다는 것은 아무래도 불편한 일이니 차라리 여기서 돈을 좀 써서 번쩍이는 관인도 차고 화려한 관복을 입은 벼슬아치가 될 수만 있다면야 어찌 그런 기회를 마다하겠습니까? '사람은 한 세상을 살고 풀은 한 해만 산다'는 말이 있지요. 설사 돈을 벌지 못하는 자리라고 해도 소생 집안이야 처음부터 돈 정도는 대단하게 여기지 않는 처지이고, 즐겁게 벼슬을 지내지 못한다고 해도 그냥 벼슬 한번 지내고 만다고 여기면 그만입니다. 그때 가서 손을 털고 나와도 그 명예는 고스란히 남을 테지요.[65] 소생은 생각을 이미 정했으니 장 형께서도 제 흥을 깨지 말아주십시오!"

　칠랑이 이렇게 말하니 다보가 말하는 것이었습니다.

　"곽 형의 뜻이 정 그러시다면 소생도 기꺼이 돕도록 하지요."

　이렇게 해서 바로 포대와 둘이 의논해서 손을 쓰러 가기로 했습니다. 포대라는 자는 그 방면으로는 무척 훤했고 장다보 또한 명성도 있고 큰일도 많이 맡아본 입장이었으니 이루지 못할 일이 어디 있겠습니까?

　사실 따지고 보면 당나라 때 사용한 것은 엽전인데, 엽전 천 문文을

---

65) 【즉공관 미비】若家中如故, 此事亦不爲差。 집안에 그대로 있었다면 이것도 나쁘지는 않은 방법이겠지.
　　천진고적판(제227쪽)에는 '또 역亦'이 '힘쓸 판辦'의 간체자로 나와 있는데, 편집 과정의 오류인 것으로 보인다.

'민緡'이라고 불렀습니다. 어쩌다가 은으로 값을 치더라도 엽전만으로 결제를 하곤 했지요. 당시 돈 한 민은 지금의 은자 한 냥인데 송대에는 한 '관貫'이라고 불렀답니다.

엽전 꾸러미. 1민은 엽전 1천 문이다.

장다보는 포대와 같이 오천 민을 가져다 인사를 담당하는 관리의 집에 은밀히 보냈습니다. 그 관리는 내관內官 전령자田令孜의 수납호收納戶66)였습니다. 그래서 청탁만 넣으면 백발백중이었지요.

"볼거리가 없으면,   無巧,
이야깃거리가 되지 않는다."   不成話。

라는 말이 있지요? 당시 월서粵西 땅 횡주橫州67)의 자사刺史로 곽한郭翰이라는 사람이 벼슬을 막 제수받자마자 병을 앓다가 죽었지 뭡니까. 마침 그 임명장은 아직 전조銓曹68)에 남아 있으므로 인사를 담당한 그 관리는 곽칠랑의 돈 오천 민을 받고 바로 본관을 고쳐 적어서 즉시 곽한의 임명장을 곽칠랑에게 건넸습니다.69) 그렇게 해서 칠랑도 이때부터 이름을 바꾸어 '곽한'으로 부르게 되었지요.

---

66) 수납호收納戶: 명대에 인사 청탁을 넣는 쪽이 그 대가로 바치는 돈을 대리 수령하고 관리하는 역할을 맡는 사람을 가리키는 것으로 보인다.
67) 횡주橫州: 중국 고대의 지역명. 지금의 광서성廣西省 서남부의 횡현橫縣 일대에 해당하는데, 서강西江의 지류인 울강鬱江이 그 관할 지역을 가로지르기 때문에 '횡주'로 불렸다고 한다.
68) 전조銓曹: 중국 고대에 관리의 임면 인사를 담당하던 부서.
69) 【즉공관 미비】好个主爵。 정말 대단한 관리로군!

장다보와 포대는 횡주 자사 임명장을 넘겨받고 몹시 기뻐하면서 칠랑을 만나 축하 인사를 했답니다. 칠랑도 이 순간만큼은 머릿속이 다 멍하고 다리가 무거워지는가 하면서 몸까지 다 저려왔지요. 포대는 이어서 이원梨園의 자제[70]들을 부르고 장다보는 술을 차리고 잔치를 베푸니 이날 바로 관복으로 갈아입었답니다. 한량들은 한량들대로 칠랑이 '자사' 벼슬을 얻은 것을 알고는 축하 인사를 와서 기분을 맞추어주지 않는 사람이 없을 정도였지요. 이렇게 해서 풍악을 떠들썩하게 울리면서 온종일 술을 마셨답니다. 아 그래서 이런 말이 있지요.

> "쉬파리는 더러운 곳에 꼬이고,　　　　　　　蒼蠅集穢,
> 땅강아지와 개미는 누린내 나는 곳에 모이고,　　螻蟻集膻,
> 집비둘기는 흥청거리는 곳으로 나는 법."　　　　鵓鴿子旺邊飛。

칠랑은 서울에 머무는 동안 씀씀이가 헤프기로 소문이 나 있었습니다. 그런데 거기다가 하루아침에 자사 벼슬까지 꿰차고 보니 별의별 사람이 다 그에게 빌붙어서 사령使令[71]을 하려고 들지 뭡니까. '관리는 가만히 있는데 그 수족들이 더 떠세를 부린다官不威, 牙爪威'더니 자연스럽게 도관을 합네 시종을 합네 길잡이를 섭네 하면서 역리驛

---

70) 이원의 자제[梨園子弟]: 당대 중기에 현종玄宗 이융기李隆基(685~762)가 황실 정원인 이원梨園에서 육성한 궁정 가무단의 가수·악사·무용수들을 아울러 일컫던 이름. 송대 이후로는 원대 잡극雜劇·명대 곤곡崑曲·청대 경극京劇 등 연극 극단의 배우를 일컫는 말로 전용되었다. 《박안경기》가 창작된 시대는 잡극·곤곡 등 다양한 연극이 활성화된 명대 후기이지만 이야기 속의 시대는 당대이므로 여기에 언급된 "이원의 자제"는 가무단으로 이해해도 무방할 듯하다.
71) 사령使令: 관청의 일을 처리하는 심부름꾼이나 일꾼.

吏[72])를 패고 상인들을 속이고 주민들을 등치는 것도 죄다 그런 인간들이었지요.

곽칠랑은 몸이 마치 구름과 안개 속에 싸여 있는 것 같았습니다. 그는 보란 듯이 금의환향하고 싶은 마음이 간절해져서 날을 골라 출발하기로 결심했지요. 장다보가 다시 술자리를 마련해 전송했고 당초 내왕하던 이런저런 한량에 기생들까지 모두 다 몰려와서 배웅하는 것이 아닙니까. 칠랑은 칠랑대로 이쯤 되니 눈이 높아질 대로 높아져서 일일이 상을 주면서도 그 태도가 오만방자한 것이 안하무인이 따로 없을 정도였습니다. 그래도 그 사람들은 칠랑을 현임 자사라도 되는 것처럼 깍듯이 존대하면서 굽실거리고 살살거리면서 그가 푸대접을 해도 참을 뿐이었지요. 그저 조금이라도 눈길을 주거나 말을 툭툭 던져주기만 해도 '무척 다정하고 호감을 가지고 있구나' 하고 자위하면서 말입니다.[73]

그렇게 며칠 동안 흥청거린 끝에 행장을 다 꾸리고 질서도 정연하게 출발하는데 참으로 위풍이 당당하지 뭡니까! 칠랑은 집으로 돌아가는 도중에 생각했습니다.

'우리 집은 자산이 넘치는데 나는 거기다가 큰 고을의 자사까지 되었으니 이런 부귀영화가 언제 다 그치겠는가!'

그는 속으로 기뻐하면서 무심결에 날이면 날마다 온갖 떠세를 다 부렸습니다.[74] 당초 그를 따라 서울에 왔던 하인들은 그들대로 새로

---

72) 역리驛吏: 중국 고대에 역참驛站을 관리하던 하급 관리.
73) 【즉공관 미비】 世情如此。 세상인심이 이런 법이지.
74) 【즉공관 미비】 小人得意之態。 소인배들이 기고만장한 꼴이라니!

돈 많으니 평민조차 금띠를 두르다.

몸을 의탁한 하인들 앞에서 그 집 재력이 얼마나 대단한지 떠벌리곤
했습니다. 새로 의탁한 하인들은 한 술 더 떠서 아주 대단한 상전을
모시게 되었다며 길을 가는 내내 온갖 행패와 떠세를 다 부린 것은
말할 것도 없었지요.

그런 식으로 배가 없으면 말을 타고 물길이 나오면 배를 타면서
어느덧 강릉江陵 경내에 당도하기는 했습니다마는 그 광경을 본 칠
랑은 깜짝 놀라고 말았습니다. 그 광경을 볼작시면

인가에는 밥 짓는 연기조차 드물고,	人烟稀少,
마을 우물은 황량하기만 한데,	閭井荒涼,
눈앞엔 온통 꺼진 집과 허물어진 담뿐이요,	滿前敗宇頹垣,
보이느니 끊어진 다리 메마른 나무들뿐이네.	一望斷橋枯樹。
까맣게 탄 나무 기둥들은,	烏焦木柱,
누가 놓은 불에 타다가 남은 것일 테고,	無非放火燒殘。
붉고 희게 칠한 벽들은,	赭白粉墙,
모두 사람 죽일 때 피로 얼룩졌을 테지.	盡是殺人染就。
시신과 해골은 주인도 없이,	尸骸没主,
까마귀·까치나 땅강아지·개미만 다투어 꼬이고,	烏鴉與螻蟻相爭。
닭과 개는 의지할 곳이 없어,	鶏犬無依,
독수리·매와 승냥이·이리만 배를 불리니,	鷹隼與豺狼共飽。
아무리 목석 같은 자도 눈물을 흘리고,	任是石人須下淚,
아무리[75] 무쇠 같은 사내도 슬퍼하겠구나!	摠教鉄漢也傷心。

---

75) 【교정】아무리摠: 상우당본 원문(제954쪽)에는 '지배할 총摠'으로 나와 있으
나 전후 맥락을 따져볼 때 '모두 총總'으로 해석하여 '아무리'로 번역해야
옳다. 명대에 간행된 도서들의 경우 발음과 의미가 비슷한 총總과 총摠을
혼용하는 일이 많았다.

그런데 알고 보니 강릉의 저궁渚宮[76] 일대 땅은 전부가 왕선지王仙芝의 약탈로 황폐해져서 사람이 백에 하나도 살아남은 이가 없을 정도였습니다. 만약 그가 평소에 물길에 밝지 않았더라면 하마터면 길을 못 알아볼 뻔했지 뭡니까 글쎄! 칠랑은 그 광경을 보는 동안 심장이 벌써부터 쿵쿵 마구 요동을 쳤습니다. 자기 집이 있는 강기슭에 이르러 고개를 들고 볼 때에 이르러서는 비명소리밖에 나오지 않았습니다. 알고 보니 집이 온통 깨진 기왓장 천지가 되어 있었으니까요. 그렇게 크던 집에 단 한 칸도 성한 방이 없었습니다.

노모와 동생들·하인들도 전부 행방조차 알 길이 없었지요. 칠랑은 갈팡질팡 어디로 가야 할지 갈피조차 잡지 못한 채 사람을 시켜 사방으로 가족을 찾아보게 일렀습니다. 그렇게 사나흘을 찾아 헤맨 끝에 우연히 왕년의 이웃과 마주쳐 자세하게 캐묻고 나서야 고을이 도적떼에게 노략질을 당해 아우는 도적에게 죽고 누이는 붙잡혀가서 생사조차 알 길이 없으며, 겨우 살아남은 노모와 계집종 한둘만 오래된 사당 옆의 두 칸짜리 초가에서 지내고 있을 뿐 하인들은 죄다 뿔뿔이 도망을 치고 곡식 자루는 모조리 텅텅 비어버린 사실을 알게 되었지요. '노모는 생계를 꾸릴 방도가 없자 계집종 둘과 같이 남의 집 바느질과 수선으로 돈을 받아 지내고 있다'지 뭡니까! 칠랑은 그 말을 듣고 슬픔을 억누를 길이 없었습니다. 그는 하인을 데리고 노모가 사는 곳으로 달려갔고, 모자는 상봉하자마자 머리를 끌어안고 대성통곡을 했습니다.

---

76) 저궁渚宮: 춘추시대 초楚나라의 별궁. 지금의 호북성 형주시荊州市에 그 옛터가 있다고 한다.

"네가 떠난 뒤에 우리 집이 이런 큰 재난을 당할 줄 어찌 알았겠느냐! 네 아우와 누이는 다 죽고 생계를 이을 수단마저 다 없어져 버렸단다!"

노모가 이렇게 말하니 칠랑은 울음을 그치고 눈물을 닦으면서 말했습니다.

"이제 기왕에 일이 이렇게 되었으니 슬퍼해도 아무 보탬이 되지 않습니다. 다행히 소자가 이미 벼슬을 얻었으니 그래도 이제부터는 부귀영화를 누릴 날만 남았습니다.[77] 그러니 어머니께서도 이제는 마음을 놓으십시오!"

"아들아, 그래 무슨 벼슬을 얻었느냐?"

하고 노모가 묻자 칠랑이 말했지요.

"벼슬도 작지 않습니다. 횡주의 자사랍니다!"

"어떻게 그런 대단한 벼슬을 얻을 수 있었더냐?"

"지금 환관이 권력을 장악하고 있다 보니 청탁할 수 있는 길이 많이 열려 있어서 벼슬을 구할 수 있었지요. 소자가 객상인 장 씨에게 빚을 받으러 갔더니 그가 원금과 이자를 다 갚더군요. 제게는 돈과 재물뿐이니 돈을 수백만 전 들여서 이 벼슬을 구한 것입니다. 이제 금의환향해서 고향집도 둘러보았으니 당장 밤길을 달려 함께 임지로

---

77)【즉공관 측비】不穩。 그럴 것 같지는 않은데?

가시지요!"

칠랑은 사람들에게 관모와 옥대를 가져오게 해서 잘 차려입더니 노모를 잘 앉히고 네 번 절을 했습니다.[78] 그리고는 서울까지 자신을 따라갔던 하인들과 서울에서 새로 들인 하인들까지 저마다 머리를 조아려 절을 하고 '태부인太夫人'으로 부르게 일렀지요. 그 모습을 본 노모는 잠시 기뻐하는가 싶더니 이내 한숨을 쉬면서 말하는 것이었습니다.

"네가 객지에서 온갖 호강 다 누리는 동안 … 하인들은 다 흩어지고 한푼도 남지 않게 될 줄 어찌 알았겠느냐! (…) 그 벼슬을 구하지 않고 그 돈을 모두 가지고 돌아와 썼더라면 좋았을 것을![79]"

"어머니도 역시 어쩔 수 없는 여자이신가 봅니다! 벼슬을 살면 돈이 없어서 걱정이겠습니까? 지금 벼슬살이를 하는 집안들 한번 보세요. 천만 냥, 백만 냥은 물론이고 땅거죽까지 다 말아서 고향집으로 챙겨가는 판인 걸요! 지금 가산이 다 날아간 이상, 아예 이 집을 버리고 임지로 가는 수밖에 없습니다. 한 해든 두 해든 벼슬을 지내고 나면 다시 집안을 일으키고 상황을 호전시키는 데에 무슨 어려움이 있겠습니까? 소자 행낭에 아직 이삼천 민의 돈이 남아 있습니다. 쓰기에는 충분하니 아무 걱정도 할 필요가 없습니다!"

칠랑이 이렇게 말하자 노모는 그제야 근심이 기쁨으로 바뀌면서

---

78) 【즉공관 미비】此時可謂燥脾極矣。이때가 가장 의기양양한 순간이라고 할 수 있겠군.
79) 【즉공관 미비】其母不脫窮相, 所以無福。칠랑의 모친이 궁상을 떨쳐버리지 못하는군. 그러니 누릴 복이 없었던 게지.

얼굴이 환해지는 것이었지요.

"다행히 우리 아들이 두각을 드러내고 실력을 뽐낼 날이 왔구나! 참으로 천지신명께 고마워해야 할 일이다! 네가 돌아오지 않았더라면 내 목숨이 경각에 달렸을 테지. 그건 그렇고 … 이제 언제 출발할 작정이냐?"

"소자는 사실 이번에 돌아오면 좋은 아내를 맞아들여 함께 부귀영화를 누릴 생각이었습니다. 그러나 지금 이 광경을 보고 나니 그 일들을 이룰 때까지 기다릴 수가 없군요. 일단 임지에 부임부터 한 다음 차근차근 궁리해보겠습니다. 오늘은 일단 배에 올라 좀 편히 쉬십시오. 여기는 이제 미련을 가질 것이 없으니 내일 큰 배로 옮기고 좋은 날을 잡아서 출발하시지요. 하루라도 빨리 임지에 도착하는 것도 나쁠 건 없으니까요!"

그날 밤, 칠랑은 노모를 자신이 타고 온 배로 옮기게 하고 초가에 있던 깨진 솥, 깨진 아궁이, 깨진 그릇, 깨진 항아리는 몽땅 다 버렸습니다. 이어서 하인에게 분부해서 서월西粤까지 직행하는 관선官船을 한 척 빌리게 했지요. 이튿날, 짐을 다 옮겨 선창 입구에 잘 부려놓은 다음 지전과 제물을 다 태우고 풍악을 울리면서 배를 출발시켰습니다. 이때 노모와 칠랑은 정신도 상쾌하고 기상도 당당했지요.
칠랑은 고생 따위는 한 적 없이 내내 호강만 누려온 사람이었습니다. 그렇다 보니 아무리 노모 앞이라고는 해도 의기양양해 하는 것이 그렇게 괴이하지는 않았습니다. 반면에 노모는 고생이라는 고생은 다 한 사람이었지요. 그렇다 보니 그야말로 저 땅 밑에서 하늘까지 수직으로 솟구쳐 오른 것 마냥 지체가 얼마나 높아졌는지 모를 지경이었지요.

어쨌든 그렇게 가는 도중에 장사長沙를 지나 상강湘江으로 들어가서 영주永州80)에 이르렀을 때였습니다. 고을 북쪽 강기슭에 절이 하나 있는데, 도솔선원兜率禪院이라는 곳이었지요. 사공은 그곳에 배를 대고 밤을 새기로 하고 강기슭을 보니 우람한 살대나무가 한 그루 서 있는데 둘레가 몇 아름이나 되지 뭡니까. 그래서 배의 밧줄을 그 나무에 걸어 단단히 묶고 이어서 말뚝까지 잘 박았습니다. 그런 다음 칠랑은 노모와 함께 절로 들어가 구경을 하고 하인은 큰 양산을 펴서 그 뒤를 따랐지요. 그 절의 주지81)가 보니 상대가 관리인지라 나와서 마중을 하고 차를 대접했습니다. 그런 다음 넌지시 신분을 물었더니 하인이

"이번에 부임하시는 서월 땅 횡주의 자사이십니다!"

하고 대답하는 것이 아닙니까. 주지는 '이번에 부임한 자사'라는 말을 듣더니 더더욱 공손해져서 그들을 안내하면서 여기저기를 거닐고 구경을 시켜 주는 것이었지요. 그 노모는 부처상이나 보살상만 보이면 무조건 머리를 조아리고 예의를 갖추어 절을 올리면서 부처님과 보살님의 보살핌에 감사의 절을 하는 것이었습니다.82) 그러다가 날이

---

80) 영주永州: 중국 고대의 지역명. 지금의 호남성湖南省 남부 및 광서성 북부 일대를 관할했으며, 치소는 지금의 호남성 영주시永州市에 있었다.
81) 절의 주지[寺僧]: '사승寺僧'은 원래 절의 중(들)을 뜻한다. 그러나 여기서는 그들 중에서도 주지住持를 가리키는 말로 사용되므로 편의상 "[절의] 주지"로 번역했다.

저물자 다들 배로 돌아가 휴식을 취했지요.

아 그런데 땅거미가 질 무렵이었습니다. 가만 들어보니 나뭇가지 끝에 윙윙 하는 바람 소리가 들리는가 싶더니 잠깐 사이에 온 천지가 컴컴해지면서 비바람이 세차게 휘몰아치는 것이 아닙니까. 그 광경을 볼작시면

봉이[83]가 기세를 드러내 뽐내고,	封姨逞勢,
손이[84]가 위엄을 떨치니,	巽二施威。
공중에서는 만 마리의 말이 내달리는 것 같고,	空中如萬馬奔騰,
가지 끝에선 천 명의 군사가 고함치는 것 같네.	樹杪似千軍擁沓。
파도가 부딪치고 솟구치니,	浪濤澎湃,
분명히 전장의 북소리 일제히 울리는 듯하고	分明戰鼓齊鳴。
둑이 기울어 허물어지니,	圩岸傾頹,
아스라이 천둥 울리고 수시로 벼락이 치누나.	恍惚轟雷驟震。
산 속에서는 범이 울부짖고,	山中㹮虎嘯,
물 밑에서는 늙은 용이 놀란 듯.	水底老龍驚。
큰 나무에 배 묶어놓을 수 있다는 것만 알았지,	盡知巨樹可維舟,
큰 바람이 나무 뽑을 줄 누가 알았으랴!	誰道大風能拔木。

사람들이 소리를 들어보니 바람의 기세가 하도 등등한지라 다들 속으로 놀라고 당황했습니다. 그러나 사공은 속으로 '강바람이 거세

---

82) 【즉공관 미비】要知佞佛無益. 간사한 부처(주지)는 보탬이 안 된다는 것을 알아야지.

83) 봉이封姨: 중국 고대의 전설에 등장하는 바람의 신. '봉가 십팔이封家十八姨'라고도 불렀다고 한다. 여기서는 '바람'을 뜻한다.

84) 손이巽二: 중국의 유가 경전인 《주역周易》에서 손巽은 팔괘八卦 중에서 바람을 상징한다. 여기서도 '바람'의 별칭으로 사용되었다.

기는 해도 다행히 배를 큰 나무에 매어 놓았으니 뿌리를 박은 것처럼 단단해서 만에 하나도 잘못될 걱정이 없다'고 여겼지요. 그런데 한참 잠을 자고 있을 때였습니다. 갑자기 하늘이 무너지고 땅이 갈라지는 듯한 소리가 요란하게 들리는 것이 아닙니까. 알고 보니 그 살대나무는 나이가 상당히 많아 뿌리를 박은 곳마다 강기슭의 흙이 한결같이 들떠 있었습니다. 게다가 장강의 엄청난 물결이 밤낮없이 밀려들었다 쓸려갔다 하니 강기슭의 흙이 어떻게 배겨낼 수가 있겠습니까? 나무가 아무리 크다고 해도 그 자신만 해도 바람에 시달리기 바쁩니다. 그런데 거기다 그 큰 배까지 나무에 묶인 채로 마구 요동을 치니 더더욱 배겨낼 수가 있나요? 바람은 바람대로 배에 거세게 몰아치고 배는 배대로 나무를 무겁게 끌어당기고 나무는 또 나무대로 바람의 기세에 몸을 내맡기다 보니 밑바닥의 나무뿌리가 들뜬 돌 속에서 더 이상 버티지 못하는 것이었습니다. 결국 '우지끈' 하는 소리와 함께 배 위를 덮치는 바람에 그 배가 산산조각 나버렸지 뭡니까, 글쎄!

배는 가볍지만 나무는 무거우니 그 무게를 어떻게 감당하겠습니까? 가만 보니 물이 마구 쏟아져 들어오는 사이에 배는 벌써 가라앉는 것이었지요. 배 안의 부서진 널판들은 조각조각 물 위로 떠올랐고 잠을 자던 종복들은 모두 물에 잠겼습니다. 말이 채 끝나기도 전에[85] 사공이 당황해 어쩔 줄을 모르면서 고함을 질러대는 서슬에 곽칠랑도

---

85) 말이 채 끝나기도 전에[說時遲, 那時快]: 송·원대 화본, 명대 의화본이나 백화소설에서 상투적으로 사용되는 표현. 보통 특정한 행위나 상황이 말보다 먼저 종결되는 것을 두고 하는 말로, 글자 그대로 풀이하면 "말하는 순간이 더디다는 생각이 들 정도로 그 순간은 빨랐다說時遲, 那時快" 정도로 번역할 수 있다. 《박안경기》에서는 이 표현을 편의상 "그 말이 채 끝나기도 전에" 또는 "그 행위가 끝나기가 무섭게" 식으로 상황에 맞추어 번역했다.

꿈에서 놀라 깨어났습니다. 그는 어려서부터 사실 뱃일을 좀 알고 있었지요.[86] 그래서 사공과 함께 온 힘을 다 써서 배의 밧줄을 잡아당겨 가까스로 뱃머리를 강기슭으로 끌어서 안전하게 댔습니다. 그러고는 서둘러 선창 안의 물로 뛰어들어 노모를 부축해 강기슭으로 끌어내 간신히 목숨을 구했지요. 얼마 안 있어 배 안의 사람들과 선창 안의 집기며 짐들은 몇 차례 큰 물결이 덮치는 바람에 배 밑바닥이 다 부서지면서 모조리 물에 쓸려 잠겨버리고 말았습니다. 이때는 바야흐로 밤도 깊고 날도 컴컴한 시각이다 보니 절의 산문이 굳게 닫혀서 사람을 불러낼 수도 없었지요. 그저 흠뻑 젖은 채로 세 사람은 가슴을 치고 발을 동동 구르면서 신세타령이나 하는 수밖에 없었습니다.

동이 틀 때까지 그 자리를 지키고 있던 세 사람은 산문이 열리기가 무섭게 허겁지겁 절로 뛰어 들어가 어제 그 주지부터 찾았습니다. 밖으로 나온 주지는 당황한 기색이 역력한 그를 발견하고 물었지요.

"도적이라도 만나셨습니까?"

칠랑은 나무가 쓰러지면서 배가 가라앉은 경위를 자초지종 일러주었습니다. 그러자 주지는 서둘러 절을 나가서 살펴보았지요. 그런데 가만 보니 강기슭에 부서진 배 한 척이 물속에 잠겨 있고, 강기슭의 큰 살대나무가 쓰러져 그 위를 짓누르고 있지 뭡니까!

깜짝 놀란 주지는 서둘러 절에서 잡일을 하는 처사들을 부르더니 사공과 같이 갑판이 부서진 선창 안으로 들어가서 이리저리 물건들을

---

86) 【즉공관 미비】可見浮財不如是本事。 덧없는 재물이 실력만도 못하다는 것을 알 수가 있군!

찾았습니다. 그러나 그것들은 모두 큰 물결에 쓸려가 찾을 길이 없었지요. 심지어 장 자사의 임명장조차 사라지고 없었습니다. 주지는 일단 그들을 조용한 방으로 안내해 노모를 편안히 머물게 했습니다. 그러고는 칠랑과 의논한 끝에 영릉주零陵州 주목州牧의 관아로 가서 경위를 알리기로 했지요. 현지 관청에서 칠랑에게 강에서 태풍을 만나는 바람에 수해를 입었다는 증명서만 작성해주면 원래대로 부임할 수 있으니까 말입니다. 그렇게 계획을 세운 칠랑은 주지에게 동행해줄 것을 부탁했지요. 주지는 주지대로 고을 관리들과 가까운 사이인지라 정말 사람을 시켜 그 일을 고하게 하는 것이었습니다. 그러나 누가 알았겠습니까?

"된서리는 뿌리 없는 풀에만 내리고,	濃霜偏打無根草,
재앙은 복 없는 놈한테만 닥치는87) 법."	禍來只挤福輕人。

노모는 당초 난리가 휩쓸고 가는 와중에 아들이 죽고 딸이 끌려가는 꼴을 지켜봐야 했습니다. 얼이 다 달아났다가 가까스로 살아난 셈이었지요. 그런 상황에서 밤새 일어난 일로 여간 놀란 것이 아니었습니다. 더욱이 종복들은 다 죽고 일용할 물건과 돈까지 다 없어지자 마음속은 갈수록 더 괴롭고 힘들어졌습니다. 안색이 밀랍을 바른 것88)같이 창백해지고 식음까지 전폐한 채 그저 슬프게 울면서 침상에

---

87) 【교정】 닥치는挤: 상우당본 원문(제963쪽)에는 '손 어지러울 분挤'으로 나와 있으나 전후 맥락을 따져볼 때 '달릴 분奔'으로 해석해서 '닥치다(어떤 일이나 대상 따위가 가까이 다다르다)'로 번역해야 옳다.

88) 【교정】 바른 것査: 상우당본 원문(제963쪽)에는 '조사할 사査'로 나와 있으나 강소고적 출판사의 화본대계話本大系판(제396쪽)에서는 '바를 차搽'의 오자

몸겨눕더니 급기야 몸조차 가누지 못하게 돼버렸지 뭡니까. 칠랑은 더더욱 어쩔 줄을 모르면서

"이런 말도 있지 않습니까? '푸른 산이 남아 있는 한 땔나무가 없다고 걱정할 일은 없다'[89] 아무리 그런 큰 재앙을 당하기는 했지만 소자에게는 벼슬이 남아 있습니다. 임지에 도착하기만 하면 나아질 겁니다!"

하고 노모를 달래는 수밖에 없었지요. 그러자 노모가 울먹이면서 말하는 것이었습니다.

"얘야. 이 어미는 가슴이 다 찢어져서 곧 죽을 판국이다. 그런데 그런 태평한 소리가 나온단 말이냐? 네가 벼슬을 하더라도 어미가 그 모습을 보기는 틀렸나 보다!"

칠랑은 한 가닥 집념으로 '그래도 어머니의 상태가 호전되면 현지 관아에서 문서를 써주는 대로 횡주로 부임해 가서 좋은 나날을 보낼 수 있으리라'는 기대를 버리지 않았지요. 그러나 뜻밖에도 노모는 심하게 놀란 나머지 병이 나서 자리에서 일어나지도 못하더니 며칠 지나지도 않아 세상을 등지고 말았지 뭡니까, 글쎄![90] 아아 슬프도다!

로 보아야 한다고 해석했다. 그렇다면 '면여납사面如蠟查'는 안색이 밀랍을 바른 것처럼 창백한 것을 두고 한 말인 셈이다. 여기서는 화본대계판의 해석을 따라 "안색이 밀랍을 바른 것같이 창백해지다" 식으로 번역했다.

89) 푸른 산이 남아 있는 한~[留得靑山在, 不怕沒柴燒]: 명대의 속담. 가장 근본적인 것(가치·원칙·물건)만 지키고 있으면 죽으라는 법은 없다는 뜻이다.

90) 세상을 등지고 말았지 뭡니까, 글쎄: 상우당본 원문(제964쪽)에는 뒤의 "아

엎드려 바라옵나니 제사음식이라도 마음껏 드시기 바랍니다!

칠랑은 한바탕 통곡을 했지만 달리 손을 쓸 길이 없었습니다. 그래서 다시 중들과 의논한 끝에 하는 수 없이 그길로 영릉주로 가서 주목에게 도와달라고 애원했답니다. 주목은 이 사고를 알리는 전단을 이미 며칠 전에 접한 터인지라 그것이 사실임을 알고 있었지요.[91] 아무래도 벼슬아치끼리는 서로 감싸주기 마련입니다. 아무리 그래도 그는 이웃 성省의 상급 관청이라는 생각 때문에 단호하게 거절할 수가 없었지요. 한편으로는 사람을 보내 그를 위해 노모의 장례를 치러주고 거기다 노잣돈까지 후하게 부조한 다음 예의를 갖추어 그가 문을 나설 때까지 배웅해 주었습니다.

칠랑은 주목이 정성껏 일을 처리한 덕분에 다행스럽게도 장례를 잘 마칠 수가 있었습니다. 그러나 모친상[92]을 당하는 바람에 임지에는 부임할 수 없게 돼버렸지요. 주지는 아무 연줄도 없어진 그의 신세를 보자 차츰 소홀히 대하더니 급기야 더 이상 그를 머물게 해주지

아 슬프구나, 엎드려 바라옵나니 제사 음식이라도 마음껏 받으소서嗚呼哀哉, 伏惟尙饗"에 죽음을 간접적으로 암시하는 구절이 나온다. 여기서는 상우당본 원문에는 없지만 앞뒤를 부드럽게 연결하고자 그 앞에 죽음을 직접적으로 시사하는 "세상을 등지고 말았지 뭡니까, 글쎄"를 추가했다.

91) 【즉공관 미비】州牧亦是厚道之人。주목 역시 도리를 아는 사람이군.

92) 모친상[丁憂]: '정우丁憂'는 부모상을 말하며 '정간丁艱'이라고도 한다. 중국 고대의 유가 예법에 따르면 부모가 세상을 떠나면 자녀는 반드시 집에서 삼 년 동안 부모상을 치러야 했다. 이 기간에는 재임 중인 관리도 벼슬에서 물러나 낙향해서 상례를 치러야 했고 선비는 과거에 응시할 수 없었으며 민간에서도 혼인, 잔치 등 경사를 축하하는 행사를 거행할 수 없었다. 칠랑은 모친상을 치러야 하므로 부임을 미룰 수밖에 없다. 따라서 상을 치른 후 조정에서 원직에 복귀시키거나 다른 보직을 내리지 않는 이상 칠랑에게 내려진 자사 관직은 자동으로 취소되는 셈이다.

않았습니다.93) 그렇다고 해서 고향으로 돌아가자니 이제는 몸을 둘 고향집도 사라지고 없었지요. 하는 수 없이 영주永州의 한 부두 장사꾼 집에 더부살이를 하기로 했습니다. 그 장사꾼은 원래 칠랑의 선친이 생시에 객지에 장사를 하러 다니다가 알게 된 사이였습니다. 그러나 행장과 돈은 다 없어지고 고작 주목이 도와준 노잣돈만 지니고 있다 보니 날이 지날수록 액수가 줄어 얼마 쓰지도 않았는데 금세 돈이 바닥나고 말았지요. 장사하는 자들에게 무슨 의리라는 것이 있겠습니까? 날마다 불평을 하기 시작하더니 급기야 차가 늦어지고 밥이 더뎌지는가 하면 젓가락은 길어지고 밥그릇은 작아지는 박대로까지 이어지는 것이었습니다.94) 칠랑도 이내 눈치를 채고 푸념을 늘어놓았지요.

"나도 따지고 보면 한 고을 원님이니 한 지역의 제후라고 할 것이네. 지금 아무리 모친상을 당했기로서니 나중에는 좋은 날이 올 것인데 어째서 이토록 각박하게 군단 말인가!"

"한 고을이든 두 고을이든 알 게 뭡니까! 아무리 황제라도 권세를 잃으면 굶주림도 좀 참으면서 거친 음식을 먹어야 하는 법이올시다! 하물며 당신은 부임도 하지 못한 벼슬아치가 아닙니까? 부임을 한 현직 벼슬아치라고 쳐도 그래요. 우리가 무슨 횡주의 백성도 아닌데, 왜 당신을 깍듯이 섬겨야 합니까? 우리 바닥에서는 아무 일도 하지 않으면서 거저먹으려 드는 자는 부양하지 않는다고요!"

---

93) 【즉공관 미비】僧家本色。중들이 다 그렇지.
94) 【즉공관 미비】經紀本色。장사치들이 그렇지 뭘.

칠랑은 객줏집 주인에게서 핀잔을 몇 마디 듣더니 아무 대꾸도 하지 못하고 눈물을 글썽거리며 수모를 참는 수밖에 없었지요.

다시 이틀이 지나자 객줏집 주인은 억지로 트집을 잡아서 아우성을 치는데 정말 가관이었습니다.

"주인장, 내게는 이곳이 타향인지라 의지할 만한 친지가 한 사람도 없구려. … 그동안 댁에서 폐를 끼친 것이 옳지 않다는 건 알지만 어쩔 도리가 없지 않소. 혹시라도 먹고 입을 방도가 있으면 하나만 가르쳐 주시오!"

"당신 같은 양반은 불씨를 지피기에는 길고 들창을 버티기에는 짧소.95) 이것도 아니고 저것도 아니라는 말씀96)이올시다! 정 입고 먹을 것을 구할 작정이라면 그놈의 벼슬 타령부터 집어치우시오.97) 보통사람들하고 똑같이 머슴이 되어 품을 팔아야 입에 풀칠할 수가 있단

---

95) 불씨를 지피기에는~[種火又長, 拄門又短]: 명대의 속담. 나무 작대기는 적당히 크면 부지깽이 삼아 아궁이에서 불을 지필 수 있지만 너무 크면 그렇게 할 수가 없다. 또 나무 작대기가 적당히 길면 지지대 삼아 들창을 버틸 수 있지만 너무 짧으면 그렇게 할 수가 없다. "불씨를 지피기에는 길고 들창을 버티기에는 짧다種火又長, 拄門又短"는 것은 이것도 저것도 아닌 애매한 상태를 가리키는 말이다.

96) 이것도 아니고 저것도 아니라는 말씀[郎不郎, 秀不秀]: 원·명대에 관료나 귀족의 자제들을 '수秀'라고 하고 평민의 자제들은 '랑郎'이라고 불렀다고 한다. '낭불랑, 수불수郎不郎, 秀不秀'는 명대에 강남 지역에서 유행한 격언으로, 권문세가의 자제라고 하자니 그렇지 못하고 평민의 자제라고 하자니 그렇지도 못한 어중간한 상태를 빗대어 한 말이다. 여기서는 편의상 "이것도 아니고 저것도 아니다" 식으로 번역했다.

97) 【즉공관 미비】也說得着。그건 그렇지.

말이요. 그런데 당신이 어떻게 그런 자리에 갈 수가 있겠어?"

칠랑은 머슴이 되어 품이나 팔라는 객줏집 주인의 말에 하도 분해서 씩씩거리면서

"나도 명색이 한 지역의 수장인데 어쩌다가 이런 신세가 되고 말았단 말인가!"

하더니 문득 생각했습니다.

'영릉주의 주목께서 지난번에 나를 아주 후하게 대해주셨지.[98] (…) 이참에 이 괴로운 사정을 그분께 다시 한 번 알려야겠다! 그러면 분명히 좋은 방법이 생길 것이다. 설마 자기 관할 지역에서 자사가 어이없이 굶어 죽게 만들지는 않을 테지.'

그는 명함을 한 장 써서 소맷부리에 넣고 수행원 하나 없이 풀이 죽은 모습으로 털레털레 영릉주 관아까지 가서 전달했습니다. 그런 그의 행색을 본 관아의 아전은 '보나마나 그럴싸한 핑계를 대면서 돈을 뜯으려는 파렴치한이겠지' 싶어서 아예 명함을 받을 생각조차 하지 않았습니다.[99] 몇 번이나 애걸을 하면서 지난번 일을 일일이 소개하고 거기다 주목이 자신을 위해 장례를 치러주고 후한 예물을 도와준 사연까지 다 일러주었지 뭡니까. 그 사연은 관아에서도 다들 알고

---

98) 【즉공관 측비】此便不知止矣。 이쯤에서 멈출 줄을 모르다니!
천진고적판(제231쪽)에는 이 측비가 누락되어 있다.
99) 【즉공관 미비】衙門人本色。 아전들이 다 그렇지.

있는 일이어서 그제야 명함을 받아 안으로 들어가서 주목에게 바쳤지요. 그런데 주목은 그것을 보자마자 몹시 언짢아하면서 말했습니다.

"이자가 어쩌면 이렇게도 상황 판단을 못 한단 말인가![100] 지난 번에는 이자가 우리 고을에서 사고를 당하기도 했고, 그 상급 관청의 체면도 있고 해서 떠날 수 있도록 정성을 다해 도와주었던 것이다. 그런데 어쩌자고 또 여기에 나타나서 추근거린단 말이냐! ⋯ 어쩌면 지난번의 그 일도 사실이 아닐 거야. 일부러 있지도 않은 모친상을 억지로 꾸며내서 돈을 뜯으려 들었는지도 모르지. (⋯) 그것이 사실이었다손 치더라도 염치가 없기는 마찬가지. 그래도 만족할 줄 모르고 사람을 계속 골탕을 먹이려 드는 것이 분명해! 원래는 좋은 뜻으로 선행을 베풀었건만 도리어 '귀신을 집으로 불러들인 꼴[101]'이 돼버렸군! 이제는 내가 간여할 입장이 아니니 무조건 모르는 척해야겠다!"

그래서 문지기에게 분부하며 그의 명함을 받을 것도 없이 무조건 "일체 객을 만나지 않는다."고 잘라 말하고, 아까의 그 명함은 돌려주도록 일렀습니다.

칠랑은 이렇게 한바탕 문전 박대를 당했습니다만, 그렇다고 지금 기거하는 곳으로 돌아갈 수도 없는 노릇이었지요. 그렇게 관아 앞에

---

100) 【즉공관 미비】 官待過人本色。 관리가 너무 잘 대해줘도 탈이 되는군.
101) 귀신을 집으로 불러들인 꼴[引鬼上門]: 명대의 유행어. 화근이나 적을 자초하는 것을 뜻한다. 때로는 '귀신을 집으로 들인 격[引鬼入宅]' 또는 '이리를 방으로 들인 격[引狼入室]' 등으로 사용되기도 했다.

죽치고 있다가 주목이 나올 때 길가에서 크게 고함을 질렀습니다. 그러자 주목이 가마에 앉아 묻는 것이었지요.

"누가 고함을 지르는가?"

"횡주 자사 곽한입니다!"

칠랑이 큰 소리로 대답하자 주목이 말했습니다.

"무슨 증거라도 있으신가?"

"원래는 임명장을 지니고 있었습니다마는 ⋯ 세찬 바람에 배가 뒤집히는 바람에 강에서 잃어버리고 말았습니다!"

"증거도 없는데 네가 진짜인지 가짜인지 누가 알겠느냐! 진짜라고 해도 그렇다. 내가 이미 너에게 노잣돈을 주었거늘 어째서 무턱대고 여기서 소란을 피우는 게냐? 무뢰한임에 틀림이 없다. 매질을 하기 전에 어서 꺼져라!"

그러자 상관이 성을 내는 것을 본 주목 곁의 시종[102]들이 마구 몽둥이질을 해대지 뭡니까. 그 서슬에 칠랑도 몸을 피할 수밖에 없었습니다. 그는 말 한마디 제대로 꺼내지도 못하고 풀이 죽은 채 그길로 거처로 돌아와 울적한 마음으로 자리에 앉는 것이었지요.

객줏집 주인은 그가 성내에서 박대를 당한 일을 이미 알고 있었습

---

102) 시종[虞候]: '우후虞候'는 당·송대에 조정에 직속된 금군禁軍이나 지방 절도사節度使 휘하에서 복무하던 무관으로, 시위侍衛의 임무를 수행했다.

니다. 그러면서도 일부러 물었지요.

"방금 우리 고을 원님께서 대접을 후하게 해줍디까?"

칠랑은 얼굴에 부끄러운 기색이 역력했지만 그저 한숨만 쉴 뿐 아무 소리도 내뱉지 못했습니다.

"내가 벼슬 타령은 작작하라고 하지 않습디까! 그래도 내 말을 듣지 않더니 결국 남들한테 수모를 당하셨구려. 지금은 직함만 재상이어서는 돈 한푼도 꿀 수가 없는 세상이올시다. 오로지 자신의 힘으로만 밥벌이를 할 수가 있다구요.[103] 그러니 당신도 이제는 미련일랑 버리시구려!"

객줏집 주인이 이렇게 말하자 칠랑이 말했습니다.

"주인장은 내가 무슨 일을 하는 것이 좋을 것 같소이까?"

"스스로 생각해보시구려. 자기한테 무슨 재주가 있는지?"

"나는 딱히 재주가 없구려. 고작해야 소싯적에 선친을 따라 강호를 돌아다닐 때 배에서 익힌 기술들, 이를테면 고물에서 키를 잡는 것 같은 일이라면 좀 아는 편이오."

그러자 객줏집 주인이 반색하면서 말하는 것이었습니다.

---

103) 【즉공관 미비】氣力掙飯方穩, 空名不可救飢, 果是實語。기운으로 밥벌이를 해야 마음이 놓이지, 헛된 이름으로는 배를 채울 수가 없다더니 정말 맞는 말이야!

운이 나쁘니 자사조차 키를 잡다.

"그 정도면 됐소이다! 이곳 부두에는 왕래하는 배들이 많기는 합니다마는 하나같이 키를 잡을 줄 아는 일손이 부족하구려. 내가 당신을 추천할 테니 가서 한동안 지내보시오. 어쨌거나 몇 꿰미라도 돈을 벌면 굶어 죽지는 않을 것 아니요?"

칠랑으로서는 선택의 여지가 없는지라 무조건 그의 말을 따를 수밖에요. 이렇게 해서 칠랑은 그 고을을 드나드는 배에서 그들을 위해 키를 잡으면서 생계를 꾸렸습니다. 영주 저잣거리에서 그를 알아본 사람들은 그의 왕년의 일들을 전해 듣고 그에게 '키잡이 곽 사군[當艄 郭使君]'이라는 별명을 지어주었습니다. 그에게 키를 맡기는 배라면 어김없이 그를 지목해서 '곽 사군'을 찾곤 했지요.[104] 영주 저잣거리에는 그에 관한 노래가 다음과 같이 전해지게 되었답니다.

사군님한테 여쭈어나 봅시다,	問使君,
어째서 횡주군에 오시지 않았나요?	你緣何不到橫州郡。
이제 보니 하늘이 시샘하시고,	元來是天作對,
그대가 점잔 빼는 꼴 바라지[105] 않아,	不作你假斯文,
가산을 바람에 다 날리게 만드셨구려.	把家緣結果在風一陣。
키 잡는 일은 홀을 든 격이요,	舵牙當執板,
밧줄 당기는 일은 옥대를 맨 격이므로,	繩纜是拖紳。
이거야말로 영예로운 만년일러니,	這是榮耀的下梢頭也,

---

104) 【즉공관 미비】好寫个招牌。 간판 한번 잘 썼구먼.
105) 【교정】 바라지[作]: 상우당본 원문(제970쪽)에는 '지을 작作'으로 나와 있으나 화본대계판에는 '허락할 허許'의 오자로 해석했다. 전후 맥락을 고려할 때 여기서는 후자의 해석을 따라 "바라지 않다"로 번역했다.

홀과 옥대를 한 당대 관리

역시 키 잡는 쪽이 더 잘 어울립니다그려!	還是把着舵兒穩。
― 가락의 이름은 【괘지아】	― 詞名【掛枝兒】

칠랑은 배에서 두 해를 부대끼는 사이에 탈상은 무사히 마칠 수가 있었습니다. 그러나 수중에 임명장이 없으니 무슨 벼슬에 충원되어 갈 수도 없었지요. 만약 서울에서 다시 청탁이라도 넣자면 아무래도 지난번처럼 몇천 민이나 되는 돈을 써야 할 판이었습니다. 그러나 그 큰 돈을 어디서 구한단 말입니까! 그 일은 결국 무산될 수밖에 없었습니다. 그러니 그저 마음을 편하게 고쳐먹고 배에 의지해서 생계를 꾸리는 수밖에 없었지요. 이런 말도 있지 않습니까?

"사는 환경이 사람의 기상을 바꾸고,	居移氣,
먹고 입는 것이 사람의 체질을 바꾼다.106)"	養移體。

---

106) 사는 곳이 사람의 기상을 바꾸고~: 유가의 경전 《맹자孟子》〈진심 상盡心上〉에 나오는 말. 맹자가 범范 땅에서 제齊나라의 도읍에 갔을 때 멀리서 제나라의 왕자를 보고 한숨을 쉬면서 "거처는 기상을 바꾸고, 먹고 입는 것은 체질을 바꾼다. 대단하구나, 환경이라는 것은! 모두가 다 사람의 자식

왕년에 자사가 되었을 때에는 벼슬아치 같았었지요. 그런데 이제 배 위에서 여러 해 부대끼다 보니 외모며 기질까지 사공이나 뱃사람들과 다를 바 없이 똑같아지고 말았습니다. 우습게도 한 고을의 자사께서 이렇게 인생이 망가지고 만 것입니다. 사람이 사는 동안 누리는 영화와 부귀라는 것도 막상 이런 경우에는 아무 작용도 하지 못한다는 것을 알 수 있는 셈이지요.

세상 사람들께 고합니다. 너무 그렇게들 권세나 이득에 집착하지 마시고 제가 들려드리는 말씀 네 구절이나 잘 들어보십시오.

부유하다고 교만하지 말며,	富不必驕,
가난하다고 원망하지 말라.	貧不必怨。
곧 닥칠 미래를 보아야지,	要看到頭,
눈앞 현실은 아무 의미도 없더라!	眼前不算。

이 아니던가居移氣, 養移體, 大哉居乎! 夫非盡人之子與"라고 했다고 한다. 이는 곧 거처·음식 등의 환경이 사람에게 미치는 영향이 얼마나 큰지 잘 설명해준다.

제**23**권

언니는 넋이 빠져나와 오랜 소원 이루고
동생은 병상서 일어나 전날의 인연 잇다

大姊魂游完宿願 小姨病起續前緣

卷之二十三
大姊魂游完宿願　小姨病起續前緣　해제

　　이 작품은 죽은 언니의 도움으로 백년가약을 맺은 동생에 관한 이야기이다. 이야기꾼은 이방李昉 등의 《태평광기太平廣記》에 소개된 이행수李行脩의 이야기를 앞 이야기로 들려주고, 이어서 구우瞿佑의 《전등신화剪燈新話》에 소개된 오昊 방어防禦의 이야기를 몸 이야기로 들려준다.

　　원대 대덕大德 연간에 양주부揚州府의 부호 오 방어에게는 흥낭興娘과 경낭慶娘 두 딸이 있었는데, 절친한 이웃 최崔 사군使君이 흥낭을 아들 흥가興哥에게 출가시킬 것을 제안하고 금봉채金鳳釵를 예물로 건넨다. 그러나 얼마 후 멀리 벼슬살이를 떠난 최 씨 댁은 십오 년 동안 연락이 끊긴다. 최 씨 댁에서 아무 연락이 없자 기다리다 지친 흥낭의 모친은 혼기가 찬 딸을 다른 집에 출가시키려 하고, 그 결정에 반발한 흥낭은 식음을 전폐하고 몸져누운 지 반 년 만에 세상을 떠난다.

　　그로부터 두 달 후, 혼사를 치르려고 오 방어를 찾아온 최흥가는 흥낭이 죽은 것을 알고 슬퍼하고, 그 처지를 딱하게 여긴 오 방어는 그를 문간방에 머물게 해준다. 그러던 어느 날 밤, 흥가는 웬 미모의 여인이 찾아와 자신이 '흥낭의 누이 경낭'이라면서 동침할 것을 요구하자 하룻밤 사랑을 나눈 후 함께 외지로 야반도주한다. 일 년 후, 부모가 그리워

고향으로 돌아온 여인은 자신은 배에 남고 흥가에게 먼저 오 방어 내외를 찾아가 인사를 하게 한다. 오 방어를 찾아간 흥가는 그동안 있었던 일을 자세히 이야기한다. 그러자 오 방어는 '경낭은 지난 일 년 동안 집에 머물며 대문을 나간 적도 없고 외간남자와 야반도주한 일도 없다'면서 그 말에 의아해한다. 흥가를 따라 배로 간 오 방어 내외는 여인이 보이지 않자 흥가가 딸 경낭을 모함했다고 노발대발하는데 바로 그때, 그동안 몸져누워 의식조차 없던 경낭이 방에서 나온다. 경낭(흥낭)은 일 년 전 한밤중에 나타난 것은 동생의 몸을 빌려 흥가와 동침한 흥낭의 넋이었다고 해명하고, 경낭과 흥가를 짝 지워 전날의 연분을 맺게 해줄 것을 부탁한다. 오 방어 내외는 흥낭의 소원대로 경낭을 흥가에게 출가시키고, 경낭과 흥가는 자신들을 도운 흥낭의 은덕을 기리며 백년해로한다.

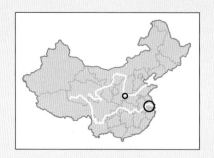

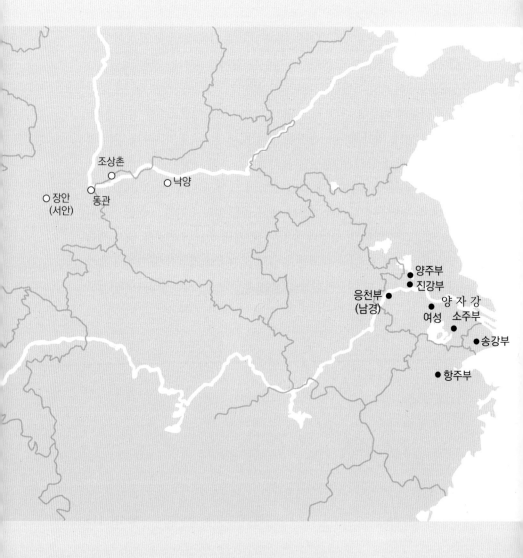

장안
(서안)

조상촌

동관

낙양

양주부

진강부

응천부
(남경)

양 자 강

여성

소주부

송강부

항주부

이런 시가 있습니다.

삶과 죽음도 알고 보면 같은 이치,　　　　　　生死繇來一樣情,
콩대로 콩을 삶지만 사실은 한 뿌리에서 난 것[1]. 荳箕燃荳並根生。
산 동생과 죽은 언니도 서로를 아끼건만,　　　存亡姊妹能相念,
한 울에서 서로 싸우는 친형제들이 가소롭구나! 可笑鬩牆親弟兄。

이야기를 들려드리도록 하겠습니다.[2] 당나라 헌종憲宗[3] 원화元

---

1) 콩대로 콩을 삶지만~[荳箕燃荳並根生]: 삼국시대 위魏나라의 조식曹植(192
~232)과 조비曹丕 형제의 일화에서 유래한 말.《세설신어世說新語》〈문학편
文學篇〉에 따르면, 후한後漢의 군벌 조조曹操의 아들 조비는 아우이자 정적
이던 동아왕東阿王 조식을 몹시 미워했다. 나중에 후한의 황제 헌제獻帝를
폐하고 위나라 문제文帝가 된 조비는 조식을 제거할 생각으로 자신이 일곱
걸음을 걷는 동안에 시를 짓지 못하면 극형을 내리겠다고 공언한다. 조식은
걸음을 옮기면서 다음과 같은 시를 지었다고 한다. "콩대를 태워 콩을 삶으
니, 콩이 가마솥 속에서 우는구나. 본디 한 뿌리에서 난 사이거늘, 어찌하여
이다지도 급히 삶아대는가煮豆燃豆萁, 豆在釜中泣. 本是同根生, 相煎何太
急". 그 시를 들은 조비는 자신이 부끄럽기도 하고 아우가 불쌍하기도 해서
조식을 살려주었다고 한다.
2) *본권의 앞 이야기는 이방李昉 등의《태평광기太平廣記》권160의〈이행수
李行修〉에서 소재를 취했다.

和4) 연간에 이 십일랑李十一郎5)이라는 시어侍御6)가 있었는데, 이름이 행수行脩였답니다. 아내 왕王 씨 부인7)은 바로 강서江西 염사廉使8) 왕중서王仲舒의 따님으로, 정숙하고 어질어서 남편인 행수조차 귀한 손님 대하듯 예의를 차렸지요. 왕 부인에게는 어린 누이가 하나 있었습니다. 단아하고 슬기로워 부인이 몹시 아꼈으며, 늘 곁에 데리고 다니며 키웠지요. 오죽하면 행수조차 그녀를 몹시 아껴서 마치 자신이 키우기라도 하는 것 같았지 뭡니까.

그러던 어느 날이었습니다. 행수가 문중 사람의 혼례식 피로연에 참석하고 그 집에서 묵게 되었지요. 그날 밤 문득 꿈을 하나 꾸었는데 그 꿈에서 자신이 아내를 또 맞아들이는 것이었습니다. 그런데

---

3) 헌종憲宗: 당나라 제12대 황제 이순李純(778~820)을 말한다. 정원貞元 21년(805)에 환관 구문진俱文珍이 그 부황인 순종順宗을 퇴위시키고 즉위시켰다. 각지의 반란과 병변을 평정하여 일시적으로 정치적 안정을 이룩했다. 그러나 환관들을 지나치게 신임하고 불교에 탐닉하다가 환관에게 독살당했다.

4) 원화元和: 당나라 헌종이 806년부터 820년까지 15년 동안 사용한 연호.

5) 이십일랑李十一郎: 글자 그대로 풀면 '이 씨네 열한 번째 아드님'이라는 뜻이다.

6) 시어侍御: 중국 고대의 관직명. 당대에 황제를 모시던 전중시어사殿中侍御史·감찰어사監察禦史에 대한 별칭.

7) 부인夫人: 중국 고대의 존칭. 당대에는 삼품 이상의 고관대작의 모친이나 아내를 '군부인郡夫人', 왕의 모친·아내 및 일품 고관대작과 제후의 모친·아내는 '국부인國夫人'으로 높여 불렀다. 나중에는 대갓집의 여주인 역시 '부인'으로 불렸다.

8) 염사廉使: 당대의 관직명. 중앙정부에서 지방의 민정을 시찰하고자 파견하던 관리로, 정식 명칭은 염방사廉訪使이다. 당대에는 관찰사觀察使, 송·원대에는 염방사, 명대에는 안찰사按察使로 시대별로 달리 부르기는 했지만 그 업무의 성격은 대체로 동일했다.

등불 아래에서 신부를 확인해보니 다른 사람도 아니고 바로 왕 부인의 그 어린 누이이지 뭡니까! 깜짝 놀라서 꿈을 깨기는 했습니다만 마음이 영 불편했습니다. 그래서 동이 트기를 기다려 서둘러 집으로 돌아왔지요.

그런데 집 문을 들어섰을 때였습니다. 가만 보니 왕 부인이 새벽같이 일어나 있지 뭡니까. 그녀는 우두커니 앉아 손으로 몇 번이나 눈물을 훔치면서 행수가 이유를 물어도 대답을 하지 않았습니다. 그래서 행수가 하인에게 물었지요.

"마님이 왜 저러는 게냐?"

그러자 하인들이 다 같이 말하는 것이었습니다.

"오늘 아침에 부엌일을 하는 늙은 종이 부엌에서 혼잣말로 '오경쯤에 꿈을 하나 꾸었는데, 꿈에서 주인마님께서 왕 씨 댁 작은 아씨를 새로 신부로 맞아들이더라' 말하지 뭡니까. 부인께서 그 일을 아시고 당신께 안 좋은 변고라도 생길까 걱정이 되어 새벽부터 저리 서럽게 울고 계십니다요."

행수는 그 말을 듣고 나니 등골이 오싹해지면서 놀란 나머지 온몸에서 식은땀이 다 흐르지 뭡니까.

'어째서 내가 꾼 꿈과 딱 맞아떨어지는 걸까?'

내외는 서로가 사랑하고 아끼는 부부였습니다. 그래서 마음이 영 언짢았지만 억지로 부인을 달래는 수밖에 없었지요.

"그 늙은 종놈은 정신이 오락가락하지. (…) 멍청한 자이니 그 꿈 따위 어디 믿을 수가 있겠소!"

입으로야 그렇게 둘러댔지요. 그러나 속으로는 두 사람의 꿈이 약속이라도 한 것처럼 똑같다 보니 내내 의구심을 떨칠 수가 없었습니다. 그런데 가만 보니 며칠이 지나기도 전에 부인이 병이 났지 뭡니까. 백방으로 치료해보았지만 효과도 보지 못하고 두 달 만에 세상을 등지고 마는 것이었습니다. 행수는 까무러쳤다가 다시 깨어날 정도로 대성통곡을 하더니 장인 왕王 공에게 서신을 보내 그 일을 알렸지요. 그러자 왕 공도 온 가족이 애통해했습니다. 그러면서도 행수와의 친척의 인연을 차마 끊을 수 없어서 답장을 써서 어린 딸을 이 씨 댁에 출가시켜 인연을 계속 이어나갈 뜻을 비치는 것이었지요. 행수는 상심이 큰 마당에 차마 그 일을 거론할 수가 없어서 장인의 제안을 단호하게 사양했습니다.

당시 그에게는 위수衛隨라는 비서祕書[9]가 하나 있었습니다. 그는 천하의 기인들과 두루 친분을 맺는 데에 비상한 재주를 가지고 있었지요. 그는 행수가 부인을 그렇게 그리워하는 모습을 보더니 불쑥 그를 보고 말하는 것이었습니다.

"시어께서 부인을 그리는 감정이 이토록 깊으시니 … 그래, 정말 부인을 뵙고 싶으십니까?"

---

9) 비서祕書: 중국 고대의 관직명. 정식 명칭은 비서랑祕書郎으로, 궁중에서 황실의 전적典籍을 관리하거나 황제의 중요한 명령의 문안을 작성하는 업무를 관장했다.

"한번 죽으면 영원히 이별하는 셈인데 … 어떻게 다시 만날 수가 있단 말인가!"

그 말에 위 비서는 이렇게 말했습니다.

"시어께서는 정녕 돌아가신 부인을 보고 싶다고 하시면서 어째서 조상稠桑[10]의 왕 노인한테 물어보러 가지 않으십니까?"

"왕 노인이 어떤 사람이길래?"

"제가 말씀드릴 것도 없이 … 시어께서는 '조상의 왕 노인'만 단단히 기억하십시오.[11] 그러면 만날 날이 올 것입니다."

듣고 보니 좀 이상하기는 했지만 행수는 그 말을 마음속에 단단히 기억해두었습니다.

그로부터 두세 해가 지나자 왕공의 어린 딸은 갈수록 성숙해졌지요. 왕 공은 죽은 딸을 그리워하면서 어린 딸을 행수에게 후처로 들일 요량으로 몇 번이나 사람을 보내 혼담을 넣었습니다. 그러나 행수는 죽은 부인을 차마 배신할 수 없어서 끝까지 장인의 뜻을 따르지 않았지요.

그 뒤에 행수는 동대어사東臺御史[12]에 임명되어 어명을 받들고 동

---

10) 조상稠桑: 중국 고대의 지명. 지금의 중국 하남성河南省 영보시靈寶市 서쪽에 해당한다.

11) 【즉공관 미비】誠則必竀。정성을 다하면 반드시 효험을 보는 법.
'령竀'은 명대에 사용된 '신령스러울 령靈'의 속자이다.

12) 동대어사東臺御史: 당대의 관직명. 정식 직함은 동도유대어사東都留臺御史

관潼關[13]을 넘어 도중에 조상의 역참에 머물게 되었습니다. 이곳 역관에는 칙사가 먼저 묵고 있었기에 그는 관용 객줏집을 빌려 묵을 수밖에 없었는데, 그 집 이름은 '조상점稠桑店'이었지요. 행수는 '조상'이라는 이름을 듣자마자 마음속에 와 닿는 것이 있었습니다.

"왕 노인인가 … 하는 사람이 여기에 산다고 하지 않았나?"

이런 생각이 들어서 막 찾아나서려고 할 때였습니다. 가만히 들어 보니 길가에서 사람들이 아우성치는 소리가 들리는 것이 아닙니까. 행수가 객줏집 문 옆으로 가서 보니 웬 사람들이 한 노인을 겹겹이 에워싼 광경이 눈에 들어오는 것이었습니다. 사람들은 서로 잡아끌고 너도 나도 물으면서 얼이 다 나갈 정도로 매달리는 것이었지요. 그래서 행수가 객줏집 주인에게 물었습니다.

"저 사람들은 어째서 저러는 게요?"

"저 노인은 성이 왕 씨인데 좀처럼 보기 드문 기이한 분이지요. 사람 팔자와 운세를 아주 잘 봐서 마을 사람들은 저분을 신처럼 받들지요. 해서 저분이 길을 지나가기만 하면 저렇게 붙잡고 길흉을 묻는답니다."

이다. 당대에는 동쪽 도읍, 즉 '동도'인 낙양洛陽에도 어사대御史臺가 설치되어 있었다.

13) 동관潼關: 중국 고대의 지역 이름. 섬서성陝西省 위남시渭南市 동관현潼關縣 북쪽이다. 북쪽으로는 황하黃河와 맞닿고, 남쪽으로는 산 위에 자리 잡아서 '관중關中의 동쪽 대문'이라고 할 정도로 역사적으로 대단히 중요한 군사 요충지로 간주되었다.

행수는 그제야 위 비서가 한 말을 떠올리고 말했습니다.

"그러니까 정말 그런 사람이 있기는 있었군?"

행수는 객줏집 주인에게 왕 노인을 당장 불러오게 했습니다. 주인은 행수가 조정에서 파견한 어사임을 알고 감히 지체할 엄두도 내지 못하고 인파를 헤치고 들어가서 노인을 잡아끌었습니다.

"우리 객줏집에서 '이 십일랑'이라는 어사님께서 뵙고자 하십니다!"

사람들은 관원이 그를 부른다는 소리를 듣자 길을 터서 보내주고 금세 흩어지는 것이었습니다. 그래서 왕 노인은 객줏집에 그를 보러 왔습니다. 행수는 그가 노인인 것을 보고 절도 받지 않고 단도직입적으로 자신이 죽은 아내를 그리워하고 있고, 위 비서가 그에게 가서 부탁하라고 소개한 일을 자세하게 이야기했습니다. 그러고 나서 대뜸 말하는 것이었지요.

"왕 옹께서 정말 그런 신기한 도술을 할 줄 아시오? (…) 죽은 넋을 만나게 할 수 있겠소이까?"

"십일랑께서 돌아가신 부인을 보실 요량이라면 … 오늘밤밖에 없겠습니다.[14]"

노인은 앞서 걸으면서 행수에게 수행원들을 돌려보내게 했습니다.

---

14) 【즉공관 미비】 恁容易。이렇게 쉬울 수가!

그리고 행수를 안내해서 어떤 토산土山[15])으로 들어가는 것이었습니다. 이어서 몇 길이나 되는 높은 산비탈을 올라가자 그 비탈 옆에 언뜻언뜻 숲이 하나 보였지요. 길가에 멈추더니 행수를 보고 말했습니다.

"십일랑께서는 숲 아래로 걸어가면서 큰 소리로 '묘자妙子[16]) 님!' 하고 외치십시오. 그러면 누가 대답을 할 겝니다. (…) 상대가 대답을 하면 바로 '아홉째 아씨에게 오늘밤 잠시 묘자를 빌려 같이 가서 죽은 아내를 만나고 싶다고 전해 주시오!' 하고 말씀하십시오."

행수가 그의 말대로 숲으로 들어가서 외치자 정말 누가 대답을 하는 것이 아닙니까. 그래서 노인이 시킨 대로 말을 했지요. 그러자 얼마 뒤에 열대여섯 살 되는 웬 여자가 걸어나와서 말했습니다.

"아홉째 아씨께서 저더러 십일랑 님을 따라가라고 하셨습니다!"

말을 마친 그 여자는 대나무 가지를 두 개 꺾더니 하나는 자신이 가랑이 사이에 끼고 하나는 행수에게 끼게 하는 것이었습니다. 행수가 그렇게 끼자마자 말처럼 빠르게 달리는 것이 아닙니까.
삼사십 리는 넘게 갔을 때였습니다. 어느 사이에 문득 어떤 곳에 도착했는데 성과 궁궐이 웅장하고 아름답지 뭡니까. 그래서 앞으로 다가가 큰 궁을 지나니 그 앞의 문에 있는 것이었습니다.

"서쪽 복도를 따라 곧장 북쪽으로 가서 남쪽에서 두 번째 궁이 바

---

15) 토산土山: 암석질이 없이 흙으로만 형성되거나 인공적으로 쌓은 작은 산.
16) 【즉공관 미비】名奇。이름 참 요상하다.

로 부인께서 기거하시는 곳입니다."

행수가 그 말대로 서둘러 그곳까지 가니 십수 년 전에 죽은 여종의 모습이 보이는 것이 아닙니까. 그 여종은 마중을 나와서 행수를 자리에 앉혔습니다. 그리고 나자 부인이 걸어 나와서 눈물의 상봉을 했습니다. 행수는 이별의 한을 하소연하면서 부인을 끌어안고 놓아줄 줄을 모르는 것이었지요. 그러더니 그 자리에서 사랑을 나누려 하지 뭡니까. 그래서 왕 부인은 거부하면서 말했습니다.

"이제 서방님과는 유명을 달리하고 말았으니 이렇게 소녀에게 후환을 남기시는 것은 바라지 않습니다. 만일 왕년의 아름다웠던 사랑을 잊지 않으셨다면 제 동생을 아내로 맞아들여 이 인연을 계속 이어가도록 하십시오. 그렇게 하시면 소녀도 소원을 이루는 셈입니다. 이번 상봉에서 그 일만은 꼭 부탁드리겠습니다!"

말을 끝내자 아까 그 여자는 벌써 문 밖에서 큰 소리로 재촉하는 것이었지요.

"이 십일랑님, 어서 나오십시오!"

그러자 행수도 더 머무르지 못하고 눈물을 머금고 나오는 수밖에 없었지요. 그 여자는 아까처럼 행수에게 대나무 가지를 가랑이에 끼게 한 후 같이 출발했습니다.

원래의 자리에 도착해서 가만 보니 왕 노인은 마침 돌에 머리를 괴고 잠을 자고 있었습니다. 그러다가 발자국 소리가 들리자 행수가 돌아온 것을 알고 다가와서 묻는 것이었지요.

"소원을 푸셨습니까?"

"다행스럽게도 만나보았습니다!"

"아홉째 아씨께서 사람을 보내 만나게 해주셨으니 감사 말씀을 하셔야지요."

그래서 행수는 그 말대로 묘자를 숲까지 배웅하고 큰 소리로 고맙다고 인사를 했습니다. 되돌아온 행수가 노인에게 물었지요.

"그녀는 어떤 사람입니까?"

"여기에는 원래 영험하신 구자모九子母[17])의 사당이 있었답니다."

구자모 석상(7세기 당대)

---

17) 구자모九子母: 불교 전설에 등장하는 신 하리티Hariti를 말한다. 산스크리트
  어인 하리티는 '생명을 앗아가다'라는 뜻으로, 원래는 인도 중북부 지역에
  서 아이들에게 천연두를 일으키는 무서운 야차夜叉로 전해졌다. 그러나 나
  중에는 불교 문화에서 아이들의 수호신으로 정착되면서 다산과 풍요의 상
  징으로 굳어졌다. 중국에서는 한대부터 불교의 수용과 함께 중국화하면서

노인은 다시 행수를 안내해 객줏집으로 돌아왔습니다. 그런데 가만 보니 벽에서는 등잔불이 반짝이고, 마구간에서는 아까처럼 말이 여물을 먹고 있고, 하인들은 하인들대로 다들 깊이 잠들어 있는 것이 아닙니까. 행수는 '이게 꿈인가' 싶었습니다. 그러나 노인이 그 옆에 있으니 꿈이 아닌 것은 확실했지요. 노인이 바로 행수와 작별인사를 나누고 떠나자 행수는 감탄하면서 기이하게 여겼습니다. 그리고 부인이 간곡하게 당부한 일이 생각나서 이 사연을 장인 왕 공에게 자세하게 적어서 보냈지요. 이렇게 해서 드디어 왕 씨 댁과 다시 인연을 맺으니 지난번의 꿈과 딱 맞아떨어지지 뭡니까! 그야말로

예전 사위가 새 사위가 되고,	舊女婿爲新女婿,
자형이 이제는 매부가 되었구나!	大姨夫做小姨夫。

예로부터 아황娥皇과 여영女英[18] 자매 두 사람이 함께 순舜[19] 임금

그 발음을 차용하여 하리제모訶梨帝母·하리가訶梨迦·하리저訶里底·하리제賀利帝, 賀里帝 등으로 표기하거나 그 의미를 차용하여 야차녀夜叉女·구자모九子母·귀자모鬼子母·구자귀모九子鬼母·귀자모신鬼子母神·애자모愛子母·환희모歡喜母 등으로 일컫기도 했다. 전설에 따르면 하리티는 귀신들의 어미로, 온 누리의 귀신들을 다 낳는데 날마다 귀신을 아홉씩 낳는다고 해서 '구자모·구자귀모' 등으로 불리게 되었다고 한다.

18) 아황娥皇과 여영女英: 중국의 고대 전설에 등장하는 인물. 요堯 임금의 딸로, 자매 둘이 모두 순舜 임금의 왕비가 되었다. 사후에는 상수湘水의 신이 되어서 '상군湘君'으로 불렸다고 한다. 한대의 문인 유향劉向이 지은 《열녀전列女傳》〈유우이비有虞二妃〉에 따르면, "두 왕비가 상수에서 죽었기 때문에 세간에서 그녀들을 '상군'이라고 불렀다二妃死於江湘之間, 俗謂之湘君"고 한다.

19) 순舜: 중국의 고대 전설에 등장하는 임금. 전욱顓頊의 후예로, 이름은 중화

아황娥皇과 여영女英

제순.《삼재도회》

에게 출가했었습니다. 다른 경우에도 자매가 죽는 바람에 차마 친척 관계를 끊지 못하고 처제를 아내로 맞아들이는 일이 세간에는 다반사였지요. 그러나 여태까지 죽은 언니가 그 같은 소원을 품고 저승에서 그 혼사를 이루어준 사례는 한 번도 없었습니다. 오늘 소생이 이 기이한 이야기를 먼저 들려드린 것은 인생에서 '사랑'이라는 것만큼은 죽어도 사라지지 않는다는 것을 보여드리기 위해서였습니다. 바로 이 왕 부인도 몸은 죽었건만 마음만은 여전히 남편과의 사랑을 생각하고 있었고, 행수 역시 자신이 아끼던 사람이어서 한 점의 사랑조차 잊을 수 없어서 저승에서나마 이렇게 입장을 밝히고 그 소원을 푼 것입니다. 이 경우는 아무래도 부부 생활을 오래 해서 이처럼 사랑이 깊었을 테니 이상할 것이 없을지도 모르겠군요.

소생이 이제부터는 혼인을 한 적이 없으면서도 지난날의 혼약을 잊지 못해 저승에서 자신의 인연을 성사시키고 거기다가 동생을 위해 혼사까지 맺게 한 이야기를 하나 들려드리겠습니다. 괴이하고 기이하

重華며 '유우씨有虞氏'로 불리기도 한다. 요堯 임금이 그에게 이십 년간 직무를 수행하게 한 후 왕위를 물려주었다고 한다.

고, 진짜 같기도 하고 거짓 같기도 하겠지만 들어 보시면 재미가 있을
것입니다. 이 이야기를 증명하는 시가 있지요.

넋 돌아오는 일이야 예로부터 있었고,	還魂從古有,
몸 빌리는 경우 역시 늘 보는 일이지만,	借體亦其常。
누가 산 사람의 넋을 끌어들여서,	誰攝生人魄,
먼저 숙세의 소원부터 갚은 적 있었던가.	先將宿願償。

흥가가 흥낭과 함께 방어 댁으로 돌아가는 장면을 묘사한 〈금봉채기〉 삽화
흥낭이 몽골식 복장을 한 것이 이채롭다. 《신증보상 전등신화대전》

이 이야기는 바로 원나라 대덕大德20) 연간의 이야기입니다.21) 양주

---

20) 대덕大德: 원나라 성종成宗 발이지근 철목이李兒只斤鐵本耳(즉 보르지긴
테무르)가 사용한 두 번째 연호. 1297년부터 1307년까지 11년 동안 사용되
었다.

21) *본권의 몸 이야기는 명대의 소설가 구우瞿佑(1347~1433)가 지은 문언체
단편소설집 《전등신화剪燈新話》 권1의 〈금봉채기金鳳釵記〉 및 풍몽룡 《정
사情史》 권9 〈오홍낭吳興娘〉, 심금沈金(?~?)의 전기 희곡 《일종정一種情》에
서 소재를 취했다. 담요거譚耀炬(2005)는 이 이야기가 《전등신화》보다 이른
원대의 잡극 《벽도화碧桃花》와 유사하다고 보았다. 나중에는 부일신 《소문
소蘇門嘯》에 수록된 희곡 〈인귀부처人鬼夫妻〉에 영향을 준 것으로 보인다.

揚州22) 고을에 오吳 씨 성의 부자가 살았는데 과거에 방어사防禦使23) 벼슬을 지낸 적이 있어서 사람들이 그를 '오 방어吳防禦'라고 불렀지요. 그는 춘풍루春風樓 옆에 살았고 딸이 둘 있었습니다. 하나는 '흥낭興娘'이라고 부르고, 하나는 '경낭慶娘'이라고 불렀지요. 경낭은 흥낭보다 두 살이 적었는데 둘 다 강보襁褓에 싸여 있었습니다. 그 이웃에는 최崔 사군使君24)이라는 양반이 살았는데, 오 방어와 매우 가깝게 내왕했지요. 최 씨 집에는 아들이 하나 있는데 이름이 '흥가興哥'로, 흥낭과는 동갑이었습니다. 그렇다 보니 최 공은 흥낭을 며느리로 줄 것을 부탁했고 방어도 흔쾌히 허락했답니다. 최 공은 금봉채金鳳釵, 즉 황금 봉황이 장식된 비녀를 하나 예물로 삼았지요.

혼약을 맺고 나서 최 공은 온 가족이 먼 곳으로 벼슬살이를 떠났습니다. 그런데 떠난 지 십오 년이 넘도록 돌아온다는 소식조차 없지 뭡니까. 이때 흥낭은 벌써 열아홉 살이었습니다. 그녀의 어머니가 생각해보니 딸이 혼례를 치를 나이가 된지라 방어에게 말했지요.

이 이야기는 국내에도 《전등신화》의 전래와 함께 소개되었으며, TV 사극 〈전설의 고향〉에서도 다루어진 바 있다.

22) 양주揚州: 중국 고대의 지명. 명대에 남직예南直隸에 속했던 양주부揚州府로, 지금의 강소성江蘇省 양주시에 해당한다.

23) 방어사防禦使: 당대의 관직명. 정식 명칭은 방어착사防禦捉使이며, 관할 지역에 따라 도 방어사都防禦使와 주 방어사州防禦使로 구분되었다. 원래는 한 주나 몇 주의 군사 업무를 관장했지만 때로는 태수나 자사가 겸직하기도 했는데, 숙종肅宗 보응寶應 원년(762)에 잠시 철폐되었다가 대종代宗 연간에 다시 설치되어 오대五代 시기까지 지속되었다.

24) 사군使君: 중국 고대에 주의 행정 수장인 자사刺史, 군의 행정 수장인 태수太守를 높여 부르던 호칭.

"최 씨 댁 홍가가 떠나고 열다섯 해가 지났는데 소식조차 알 길이 없군요. 지금 우리 홍낭이는 벌써 다 컸는데 … 옛날 약속을 지키자고 좋은 시절을 놓쳐서야 되겠어요?"

그러자 방어가 말했습니다.

"한마디에 결정한 일이니 천금으로도 바꿀 수가 없소! 내가 내 친구에게 딸을 허락한 이상 그에게서 기별이 없다고 해서 어떻게 말을 바꾸겠소?"

홍낭의 어머니도 여자는 여자였지요. 딸이 나이가 찼는데도 혼례를 치를 기미조차 없는 것을 보고 있자니 여간 마음에 걸리는 것이 아니었습니다. 그래서 날마다 방어에게 '다른 집안을 찾아보자'고 성화를 부렸습니다. 홍낭은 홍낭대로 속으로 최 선비가 오기만을 기다릴 뿐 다른 생각은 전혀 하지 않고 있었지요. 아버지가 다행히도 올바른 생각을 가지고 있었습니다만 어머니가 잔소리 하는 것을 보기만 하면 속으로 자기 신세를 한탄하면서 눈물을 흘리곤 했답니다. 게다가 아버지가 어머니에게 시달리다 못해 갑자기 생각을 바꾸기라도 할까 봐서 속으로 늘 근심을 품고 그저 최 씨 댁 낭군이 하루라도 빨리 돌아오기만 바랄 뿐이었습니다. 그러나 눈이 뚫어져라 아무리 기다리고 또 기다려도 어디 최 씨 댁에서 코대답인들 해야지요! 그렇게 하염없이 기다리다 보니 밥도 먹는 둥 마는 둥해서 병이 들더니 급기야 몸져눕는 바람에 반 년 만에 세상을 떠나고 말았지 뭡니까, 글쎄! 부모와 동생 그리고 온 가족은 모두 통곡을 하다 하다 몇 번이나 까무러칠 정도였답니다.[25] 홍낭의 시신을 입관할 때 그녀의 어머니는 최 씨 댁에서 당초 예물로 건넨 그 금비녀를 손에 든 채 시신을 어루만지고 통곡을 하면서 말했습니다.

"이건 네 시댁의 예물이다. (…) 이제 네가 죽어버렸는데 내가 이런 것을 두어서 무슨 보탬이 있겠느냐! (…) 보고 있으면 괜히 슬픔만 더할 뿐이니 … 네가 꽂고 가려무나26)!"

명대 번왕藩王의 금봉채
중국 강서성박물관 소장

그러더니 딸의 머리에 꽂아주고 관 뚜껑을 덮는 것이었습니다. 그리고 사흘이 지나자 관을 메고 가서 교외에서 장례를 치르고 집에는 빈소를 마련한 다음 밤낮으로 울면서 슬퍼했답니다.

그렇게 장례를 치르고 두 달이 지났을 때였지요. 아, 글쎄 최 선비가 불쑥 찾아왔지 뭡니까.27) 방어는 그를 집으로 맞아들여 물었습니다.

"사위는 그동안 어디에 있었는가? 부모님은 평안하신가?"

---

25) 몇 번이나 까무러칠 정도였답니다.[昏章第十一]: '발혼장 제11發昏章第十一'은 현기증이 난 것發昏을 두고 한 말이다. 그 뒤에 "장 제11"을 붙인 것은 중국에서는 고대에 책을 엮을 때 각 장의 마지막에 "장 제××章第××"라고 표시하여 장과 장을 구분했다. 여기서는 이 전통적인 분장체제分章體制를 흉내 내어 언어유희를 벌인 경우이므로 군이 따로 번역하지 않고 "몇 번이나 까무러쳤다" 식으로 의역했다.

26) 【즉공관 미비】可傷。슬프구나!

27) 【즉공관 미비】可恨事。참 애통한 일이로고!

그러자 최 선비가 이야기하는 것이었습니다.

"아버님께서는 선덕부宣德府28)의 이관理官29)으로 계시다가 임지에서 세상을 떠나셨습니다. 어머님도 몇 해 전에 먼저 돌아가셨고요. (…) 소인은 그곳에서 부모상을 치르고 이제야 상복을 벗고 장례 절차를 마치자마자 천리 길을 멀다 하지 않고 전날의 혼약을 지키려고 이렇게 댁에까지 달려온 것입니다!"

그 소리를 들은 방어는 무심결에 눈물을 흘리더니 말했지요.

"우리 딸 흥낭이는 박명한 팔자이다 보니 자네를 그리워하다가 병이 들어 두 달 전에 한을 품고 죽었다네. (…) 이미 교외에서 장례까지 지냈지! 자네30)가 반년만 일찍 왔더라면 죽는 지경까지는 가지 않았을 텐데 오늘에야 왔으니 … 늦었네그려!"

방어는 말을 마치자마자 또 통곡을 하는 것이었지요. 최 선비는 흥

---

28) 선덕부宣德府: 중국 원대의 지역명. 원대 중통中統 4년(1263)에 설치되었으며 지원至元 3년(1337) 순영부順寧府로 개칭했다. 지금의 하북성 내현淶縣·울현蔚縣·양원陽原·선화宣化·회안懷安 및 산서성 영구靈丘 등의 현들을 관할했다.

29) 이관理官: 명대에 송사를 담당한 관리들을 두루 일컫던 호칭. 여기에서는 정식 직함이나 구체적인 관등이 나와 있지 않다. 그러나 '사군使君'이 태수나 자사를 높여 부르는 호칭인 점을 감안하면 태수가 아닌가 싶다.

30) 자네[郎君]: '낭군郎君'이 우리나라에서는 신혼기의 여자나 주변 사람들이 그 남편을 높여 부르는 호칭으로 주로 사용되지만, 명대에는 남의 집 아들을 높여 부르는 호칭으로도 사용되었다. 여기서는 혼동을 피하기 위해 "자네"로 번역했다.

낭을 직접 본 적이 없었지만 착잡한 마음을 금할 길이 없었습니다.

"딸의 장례는 벌써 다 치렀네마는 위패는 그대로 있다네. (…) 딸 영전에 가서 한번 보시게. 저승의 넋이라도 자네가 온 것을 알아야지 않겠나!"

방어는 눈물을 머금고 한 손으로 최 선비를 끌고 내실로 들어갔습니다. 최 선비가 고개를 들고 보는데 그 광경을 볼작시면

종이띠 나부끼고,	紙帶飄搖,
명동[31]은 나풀거리네.	冥童綽約.
나부끼는 종이띠들에는,	飄搖紙帶,
한결같이 금칠 한 범문이 적혀 있고,	盡寫着梵字金言.
나풀거리는 명동들은,	綽約冥童,
은 대야와 수놓은 수건 마주 들고 있구나.	對捧着銀盆繡帨.
한 줄기 향로의 연기는 날마다 피어오르고,	一縷爐烟常裊,
양쪽 촛대의 등잔불은 희미하게 빛나는구나.	雙臺燈火微炎.
그림자 드리운 신선 그림에는,	影神圖,
절색의 미인이 그려져 있고,	画個絶色的佳人,
흰 나무 위패에는,	白木牌,
얼마 전 세상 등진 장녀 이름 적혔구나!	寫着新亡的長女.

최 선비가 빈소를 보고 절을 하니 방어는 탁자를 두드리면서 큰

---

31) 명동冥童: 고대에 영전에 두던 금동옥녀金童玉女의 형상. 일반적으로 종이 나 흙을 빚어서 만들었는데, 그 뒤에 "나풀거리다綽約"라는 단어가 온 것을 보면 여기서의 명동은 종이로 만들어진 듯하다.

소리로 말했습니다.

"내 딸 홍낭아! 네 서방이 왔구나! 네 넋이 아직도 있고, 이 사실을 알기나 하는지 모르겠구나!"

말을 마친 그는 대성통곡을 하는 것이었습니다.[32] 가족들도 방어의 말이 하도 애절하다 보니 다 함께 통곡을 하는 것이었지요. '첫 부처가 속세에 태어나고 다음 부처가 천상에 태어날 정도로' 한참을 그렇게 울고 불자 최 선비조차 덩달아서 얼마나 눈물을 흘렸는지 모를 정도였습니다. 그렇게 울고 난 방어는 지전을 좀 태우고 나서 최 선비를 안내해 위패 앞에서 장모에게 인사를 시켰지요. 장모는 엉엉 울면서 반절을 했습니다.[33] 방어는 최 선비와 같이 본채 앞으로 나와서 그를 보면서 말했습니다.

"자네, ⋯ 부모님도 이미 돌아가셨고 길도 멀고 하니 오늘 이렇게 온 김에 우리 집에서 묵도록 하게. (⋯) 장인과 사위로서의 정리까지는 따지지 마세나. 지인의 아들이 내 아들 아니겠는가? (⋯) 홍낭이 죽었다고 해서 남처럼 대하지는 마시게."

그는 바로 사람을 시켜 최 선비를 대신해서 짐을 옮겨 오고 대문 옆 작은 문간방[34]을 치우더니 그에게 머물게 해주었습니다. 그러고는

---

32) 【즉공관 미비】 不由不哭。울지 않을 수가 없겠군.
33) 【즉공관 미비】 可痛之景。참 애통한 상황이로고!
34) 문간방[書房]: 고대 중국어에서 '서방書房'은 보통 서재나 사숙(글방)을 뜻하지만 명대 구어에서는 행랑채[廂房]의 뜻으로 사용되기도 했다. 여기서는 편의상 "문간방"으로 번역했다.

아침저녁으로 살피면서 매우 가깝게 대했지요.

그렇게 보름을 지내고 보니 마침 청명절淸明節35)이지 뭡니까. 방어는 흥낭이 얼마 전에 죽은 것을 감안하여 온 가족이 그녀의 무덤에 가서 지전을 걸어놓고 제사를 지내고 묘역을 청소했습니다. 이때 흥낭의 누이 경낭은 벌써 열일곱 살이었지요. 그녀는 어머니와 함께 가마를 타고 언니 무덤으로 가고 최 선비 한 사람만 남아서 집을 지켰습니다.

보통 양가집 여인네들은 외출하는 일이 좀처럼 드물지요. 그래서 이때가 되면 아름다운 봄 경치를 구경하려고 어떻게든 핑계를 대서 바깥으로 나와 산책을 하고 놀고 싶어하는 것이 보통입니다. 오늘도 흥낭의 새 무덤까지 왔으니 내심 슬픈 감정을 품기는 했습니다. 그러나 탁 트인 교외 들판에 와보니 분홍빛 복사꽃이며 파릇파릇한 버들가지들로 그야말로 여인네들이 놀기에 좋은 장소이지 뭡니까. 그래서 하루 종일 주위를 거닐다가 날이 어두워지고 나서야 집으로 돌아갔답니다.

최 선비는 문 밖으로 나와 사람들을 기다리고 있었습니다. 그런데 저 멀리서 여자가 탄 가마 두 대가 오는 광경이 눈에 들어오길래 문 왼쪽으로 가서 마중을 했지요. 그런데 앞 가마가 먼저 들어가고 뒤 가마가 다가와 최 선비 곁을 지날 때였습니다. 갑자기 땅바닥 돌 위로 '쨍그렁' 소리가 들리는 것이 아닙니까. 가마에서 웬 물건이 떨어진

---

35) 청명절淸明節: 중국 고대의 대표적인 명절이자 24절기의 하나. 일반적으로 음력 3월로, 한식寒食 날이거나 그 하루 전날이었다. 당대 이래로 해마다 이 날이 오면 교외로 나가 조상의 묘역을 단장하고 제사를 지낸 다음 명절 음식을 먹고 나들이를 즐겼다고 한다.

것이었지요. 최 선비가 가마가 다 지나가고 나자 서둘러 뛰어가서 주워보니 봉황이 장식된 금비녀였습니다. 최 선비는 그것이 여자 물건인 것을 알고 서둘러 들어가서 돌려주려고 했지요. 그런데 가만 보니 중문中門36)은 벌써 잠겨 있지 뭡니까. 알고 보니 방어는 온 가족이 딸 묘지에서 온종일 고생을 한 데다가 각자 술기운도 좀 오르고 해서 들어가자마자 중문을 걸어 잠그고 방을 치운 후 잠자리에 든 것이었지요. 최 선비도 그런 사정을 잘 아는지라 문을 두드리기가 머쓱해서 다음 날까지 기다려도 늦지 않다고 생각했습니다.

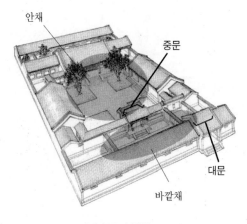

중문의 위치

문간방으로 돌아온 그는 그 비녀를 책 상자에 잘 넣었습니다. 그런 다음 촛불을 밝히고 홀로 앉아서 혼사를 치르지 못하고 홀몸으로 외롭게 남의 집 문간에서 더부살이를 하는 자기 신세를 생각했지요. 방

---

36) 중문中門: 안채와 바깥채 사이에서 서로 분리된 두 공간을 연결하는 역할을 하는 문. 제17권에는 요문腰門으로 나와 있다.

언니가 넋이 빠져나와 오랜 소원을 이루다.

어가 아무리 사위처럼 대해준다지만 아무래도 이렇게 마냥 있을 수는 없으니 어떻게 해야 할지 모르겠지 뭡니까! 속이 답답해서 한숨만 몇 번이나 내쉬다가 잠자리에 들었습니다.

그렇게 잠을 청하려 할 때였지요. 갑자기 누가 문을 두드리는 소리가 들리는 것이 아닙니까?

"누구요?"

물어도 대답이 없길래 최 선비는 잘못 들었나 싶어서 다시 잠을 청했습니다. 그런데 또 '똑똑' 문을 두드리는 소리가 들리는 것이 아닙니까. 최 선비가 큰 소리로 다시 물었지만 이번에도 아무 기척이 없는 것이었습니다.

이상한 생각이 들어서 침상 가에 앉아 막 신을 신고 문가로 가서 가만히 귀를 기울이려고 할 때였습니다. 가만히 들어보니 또 문 두드리는 소리만 들리고 아무 대답이 없지 뭡니까. 최 선비는 더 이상 참을 수가 없어서 몸을 일으켰습니다. 다행히 등잔불이 아직 꺼지지 않았길래 다시 심지를 돋워 불을 밝힌 다음 그것을 들고 문을 열고 나와서 보았지요. 아, 그런데 등불이 하도 밝아 아주 똑똑히 보이는데 열일고여덟 살 쯤 돼 보이는 아리따운 여자가 문 밖에 서 있는 것이 아닙니까, 글쎄. 그녀는 문이 열리는 것을 보자마자 바로 포렴(布簾37))을 걷고 방으로 들어왔습니다. 최 선비는 깜짝 놀라 몇 발짝 뒷걸음질을 쳤지요. 그 여자는 사랑스럽게 웃는 얼굴로 최 선비를 보면서 나지막

---

37) 포렴布簾: 천으로 만들어 외부의 먼지바람이나 시선을 가릴 목적으로 문 위에 거는 발. 일식 음식점이나 주점의 문 위에 거는 '노렌のれん, 暖簾'도 포렴의 일종이라고 할 수 있다.

천으로 된 발 포렴의 예시. 명대 《금병매》

이 말하는 것이었습니다.

"서방님! (…) 저 모르시겠어요? 소녀는 바로 흥낭의 동생 경낭이에
요. 아까 중문으로 들어갈 때 비녀를 가마 아래에 떨어뜨렸지 뭐예요.
그래서 어두운 밤을 틈타서 찾으러 왔답니다. (…) 혹시, … 서방님이
주웠나 해서요."

최 선비는 '흥낭의 동생'이라는 소리를 듣고 공손하게 대답했지요.

"아까 아가씨가 뒤 가마를 타고 들어갈 때 정말 비녀가 땅에 떨어
졌더군요. 소생이 마침 주워서 바로 돌려드리려고 했습니다. 그런데
중문이 이미 잠겼는지라 놀라게 할 수 없어서 내일까지 보관하려던
참이었지요. (…) 아가씨가 직접 여기까지 찾으러 오셨으니 당연히 당
장 돌려드려야지요."

그러고는 책 상자에서 비녀를 꺼내 탁자에 놓더니 말했습니다.

"아가씨, 가져가십시오."

그러자 여자는 백옥 같은 가녀린 손으로 비녀를 집어 머리에 꽂더니 웃는 얼굴로 최 선비를 보면서 말하는 것이었습니다.

"서방님이 주운 줄 진작 알았더라면 굳이 밤에 찾으러 오지 않아도 됐을 텐데 말이에요. 지금은 벌써 야심한 시각이어서 소녀 나오기는 했는데 … 도로 들어갈 수가 없군요. 그래서 … 오늘밤만은 서방님 잠자리를 빌려서[38) 하룻밤만 시중을 들어드려야겠어요!"

그래서 최 선비는 기겁을 하면서 말했지요.

"아가씨, 그게 무슨 말씀이시오! 아가씨 부모님께서는 소생을 친혈육처럼 대하십니다. 그런데 … 소생이 어떻게 함부로 처신하여 아가씨의 순결을 더럽힐 수가 있겠소! (…) 아가씨, 돌아가시오. 나는 절대로 그 말씀을 따를 수가 없소이다!"

"지금 온 집안 사람들은 단잠을 자고 있어요. 아무도 이 일을 아는 사람이 없다니까요! (…) 이 좋은 밤에 좋은 연분을 맺으면 좋잖아요! 당신하고 제가 은밀하게 드나들면 겹사돈[39)이 되는 셈인데 … 안 될 게 뭐가 있어요?"

---

38) 【즉공관 미비】此豈可借耶。잠자리를 어떻게 빌릴 수가 있단 말인가!

39) 겹사돈[親上加親]: '친상가친親上可親'은 혼인으로 인연을 맺은 두 집안이 새로 또 다른 혼인관계를 맺는 것을 가리키는데, 여기서는 경낭이 자신의 언니 홍낭과 정혼했던 형부감인 최 선비를 남편으로 받아들이려 하는 것을 두고 한 말이다.

"남이 모르게 할 거라면 아예 안 하느니만 못하다[40]는 말이 있소. 아무리 아가씨의 아름다운 마음을 따르고 싶어도 만에 하나 … 나중에 스치는 바람에 풀이 흔들리듯이 남들한테 들키기라도 했다가는 … 아가씨 부모님을 뵐 면목이 없는 것은 말할 것도 없고 소문이 밖으로 퍼지기라도 하면 … 소생이 어떻게 사람 구실인들 제대로 하겠소이까? 제 인생이 망가지지 않겠느냐 말이요!"

최 선비가 이렇게 말렸지만 여자는 그래도 말을 듣지 않았습니다.

"이처럼 좋은 밤, … 거기다 밤까지 깊은데 … 저도 고독하고 당신도 외로우니 이런 기회는 다시는 없을 거예요. (…) 한방에 같이 있는 것도 평생의 연분이겠지요. (…) 일단 눈앞의 좋은 일에만 집중하세요. 들키든 말든 그게 다 무슨 상관이에요? 게다가 소녀는 서방님을 위해서 모른 척할 자신이 있으니 들통 날 염려가 없답니다. 그러니 … 서방님도 걱정 근심일랑 하지 마시고 이 좋은 때를 놓치지 마세요!"

최 선비가 그녀를 보니 말도 매혹적인데다가 하도 아름다워서 속에

---

40) 남이 모르게 할 거라면~[欲人不知, 莫若勿爲]: 한나라의 매승枚乘이 오왕吳王 유비劉濞를 설득할 때 한 말. 오왕 유비는 한나라를 세운 고조高祖 유방劉邦이 책봉한 일곱 개 제후국의 왕들 중 하나로, 유비가 조정의 처사에 불만을 품고 반란을 도모하자 매승은 글을 올려 극구 반대했다. 그러나 오비는 그 말을 듣지 않고 반란을 일으켰다가 죽임을 당하고 영지까지 박탈당한다. 원래는 "남이 듣지 못하게 하려 한다면 아예 말을 하지 않는 것만 못하고, 남이 알지 못하게 하려 한다면 아예 일을 벌이지 않는 것만 못하다 欲人不聞, 莫若勿言. 欲人不知, 莫若勿爲"로 사용되었다. 무슨 말·무슨 일을 하더라도 남을 속일 수는 없다는 뜻이다.

서 타오르는 욕정을 불처럼 억누를 길이 없었습니다. 그러나 방어가 후하게 대해준 정리를 생각하니 함부로 경거망동할 수가 없었지요. 마치 아이가 폭죽놀이를 할 때 같았습니다. 왠지 좋으면서도 한편으로는 두려웠으니까요.[41] 그래서 막상 그녀의 말을 따르려다가도 이내 생각을 고쳐먹고

아이들의 폭죽놀이를 그린 민화

"그럴 순 없어, … 그러면 안 돼!"

하고 도리질을 치면서 이렇게 애걸할 수밖에 없었습니다.

"아가씨, … 언니 홍낭 아가씨의 체면을 생각해서라도 제발 … 소생의 뜻을 존중해주시구려![42]"

여자는 그가 몇 번이나 거부하자 치욕을 느꼈는지 갑자기 표정이 바뀌더니 벌컥 화를 냈습니다.

"우리 아버지는 당신을 아들이나 조카처럼 예우해서 문간방에 머

---

41) 마치 아이가 폭죽놀이를 할 때~[小兒放紙炮, 又愛又怕]: 명대의 속담. 아이가 폭죽을 터뜨릴 때 그 놀이가 속으로 끌리면서도 한편으로는 자칫 몸을 상하지나 않을까 두려워하는 것처럼, 좋아하는 마음과 두려운 마음이 섞인 복잡한 심정을 두고 한 말이다. 때로는 "아이가 폭죽놀이를 하는 것 같다 — 좋아하면서도 두려워한다" 식으로 주절과 종속절을 나누어 헐후어歇後語처럼 사용하기도 했다.

42) 【즉공관 미비】誰知正是令姊要緊。 정작 언니 쪽이 더 급하다는 것을 알 리가 없지.

물게 해줬어요. 그런데 … 당신은 감히 나를 오밤중에 이곳으로 끌어들여서 무슨 짓을 하려는 거예요? 내가 소리를 질러서 아버지한테 일러바치면 당신을 관가에 고발하실걸요? 그때 가서 당신이 뭐라고 변명할지 두고 보자고요! (…) 절대로 호락호락 용서하시지 않을 거야!"43)

이렇게 소리며 표정까지 험악해지는 것이었습니다. 최 선비는 그녀가 도리어 말을 바꾸고 억지를 부리자 속으로 단단히 겁을 집어 먹고 생각했습니다.

'정말 이만저만 무서운 여자가 아니구나! 이 여자가 지금 내 방에 있는 이상 누가 참말을 하고 누가 거짓말을 하는지 분간할 수도 없다. 이런 판국에 만에 하나 소리라도 지르고, 그녀가 기를 쓰고 우기기라도 한다면 무슨 수로 해명을 한단 말인가? (…) 차라리 일단 그녀의 뜻을 따르는 편이 낫겠다. 어쨌든 당장 들통이 날 것 같아 보이지는 않으니44) … 천천히 나를 지킬 대책을 세우도록 하자.'

그야말로

"숫양이 울타리를 들이받은 격이니,　　　　　　　羝羊觸藩,
나아가기도 물러서기도 어렵구나45)!"　　　　　進退兩難。

---

43) 【즉공관 미비】反跌法, 最妙。반어법. 아주 기막히군!
44) 【즉공관 미비】且顧眼下。일단 눈앞의 상황부터 챙기는군.
45) 숫양이 울타리를 들이받은 격[羝羊觸藩]: 중국 고대의 격언.《주역周易》"대장괘大壯卦"조의 "구삼. 소인은 씩씩한 기운을 쓰지만 군자는 그것을 쓰지 않는다. 마음은 바르지만 위태로우니, 숫양이 울타리를 들이받으면 그 뿔

그는 하는 수 없이 웃는 얼굴로 여자를 보면서 말했지요.

"아가씨, … 소리치지 마시오! (…) 아가씨의 그 고운 마음을 따라서 … 소생이 무조건 아가씨가 하자는 대로 하면 되지 않소!"

여자는 최 선비가 자기 뜻을 따르겠다고 하자 화난 얼굴을 금세 반가운 표정으로 바꾸고 말하는 것이었습니다.

"이제 보니 서방님께서는 이렇게도 겁이 많으셨군요?"

최 선비는 문을 걸어 잠그고 둘이 옷을 풀고 잠자리에 들었습니다. 이 일을 증명해주는 【서강월西江月】46) 가사가 있지요.

이 걸려서 물러나지도 나가지도 못하는 것과 같은 이치이다九三. 小人用壯, 君子用罔, 貞, 厲, 羝羊觸藩, 羸其角, 不能退, 不能遂"에서 유래한 말이다. 숫양은 뿔이 우람하게 자라서 그것을 큰 자랑으로 여기고 뽐내기도 하지만 울타리를 들이받았을 때에는 빽빽한 나뭇가지에 걸려 꼼짝도 못 한다. 세상에 살면서 처세할 때에도 마찬가지이다. 자신이 한창 잘 나갈 때 자기 힘 (권력)을 믿고 함부로 행동하거나 남을 마구 대하다가는 언젠가는 불행을 당할 수 있다고 경고하고 있다. 명대의 학자 홍자성洪自誠(?~?)이 지은《채근담菜根譚》에도 이와 비슷한 경구警句가 보인다. "[사회에서] 몸을 일으킬 때 한 걸음 높이 서지 않는다면 마치 먼지 속에서 옷을 털고 진창에서 발을 씻는 것과 같으니 어찌 [세상일에] 초연해질 수 있겠는가? 세상에 처할 때 한 걸음 물러서서 처신하지 않는다면 마치 부나비가 촛불로 날아들고 숫양이 울타리를 들이받는 것과 같으니 어찌 안락할 수가 있겠는가?立身不高一步立, 如塵裡振衣, 泥中濯足, 如何超達. 處世不退一步處, 如飛蛾投燭, 羝羊觸藩, 如何安樂." 여기서도 숫양의 비유를 들어 세상에서 처세할 때 신중하고 사려 깊게 행동하라고 경계하고 있다.

46) 【서강월西江月】: 당대 궁정음악의 일종인 교방곡敎坊曲의 제목. 송대에는 가사의 일종인 '송사宋詞'에 사용되는 가락, 즉 '사패詞牌'의 제목으로 사용

객줏집에 몸이 매인 외로운 나그네와,	旅館羈身孤客,
깊은 규방의 하얀 이 가진 참한 규수,	深閨皓齒韶容。
사랑을 나누고 나니 둘의 정은 두터워져서,	合歡裁就兩情濃,
그야말로 아름다운 난새와 훌륭한 봉새 같구나.	好對嬌鸞雛鳳。
좋은 인연이 서로 만났다 싶겠지만,	認道良緣輻輳,
어려운 문제 겹겹이 몰려들 줄 누가 알겠나.	誰知啞謎包籠。
새 연인의 넋은 꿈에서 운우의 정 나누지만,	新人魂夢雨雲中,
그래도 옛 정인의 사랑이 더 깊은 법이란다.	還是故人情重。

두 사람은 운우雲雨의 정을 나누고 나니 정말 사랑이 넘치고 즐거움도 이루 형용할 수가 없었습니다.

동이 틀 즈음에 여자는 자리에서 일어나 최 선비와 작별하고 몰래 안채로 들어갔습니다. 최 선비는 그 서슬에 달콤한 맛을 좀 보기는 했지만 속으로는 내내 초조해 하면서 전전긍긍할 수밖에 없었지요. 남이 알기라도 할까 걱정이 되어서 말입니다. 그 여자가 드나드는 것이 상당히 은밀한 데다가 몸도 가벼워서 아침에는 몰래 들어가고 밤에는 몰래 나올 수 있으니 그나마 다행이었습니다. 그렇게 문간방을 몰래 들락거리면서 즐거움을 만끽했지만 그 사실을 눈치 챈 사람은 아무도 없었답니다.

그렇게 한 달 남짓 지났을까요? 그녀가 갑자기 어느 밤 최 선비를 보고 말하는 것이었습니다.

되기도 했다. 【백빈향白蘋香】·【보허사步虛詞】·【강월령江月令】 등의 별칭으로 불리기도 했다.

"소녀는 깊은 안채에서 지내고 서방님은 바깥의 행랑채에서 지내서서 오늘 일은 다행스럽게도 아무한테도 들키지 않았습니다. 그러나 … '좋은 일에는 시련도 많고[47] 아름다운 만남은 방해받기 쉬운 법'입니다. 언제라도 꼬리를 밟히면 친정에서는 책망을 하면서 저를 안채에 가두고 당신까지 집 밖으로 내쫓으실지도 몰라요. (…) 소녀야 처벌을 달게 받아들이겠지만 서방님의 훌륭한 품격에 누를 끼치기라도 한다면 소녀의 죄가 참 클 것입니다. 아무래도 서방님하고 꼭 멀리 보고 대책을 상의하는 편이 낫겠어요."

"지난번에 아가씨 말을 쉽게 따르지 않은 것도 바로 이런 일 때문이었소. 이런 문제만 아니라면 사람이 무슨 풀이나 나무도 아니고 … 소생인들 어디 감정조차 없는 물건이겠소이까? (…) 이제 일이 이 지경까지 되었으니 어떻게 해야 좋단 말이요!"

그러자 여자가 말하는 것이었습니다.

"소녀가 보기에는 … 차라리 남이 눈치를 채기 전에 우리가 먼저 같이 도망을 가는 편이 낫겠어요. (…) 다른 고을에 정착해서 잘 숨어

---

47) 좋은 일에는 시련도 많고[好事多磨]: 명대의 한자 성어. 우리나라에서는 '호사다마好事多魔'라고 쓰고 '좋은 일에는 마가 낀다' 식으로 새기지만 잘못된 용법이다. 여기서의 '마'는 '악귀 마魔'가 아니라 '갈 마磨'를 써야 옳기 때문이다. '마磨'는 중국에서 원래의 '갈다grind'라는 의미와 함께 나중에는 '고통을 당하다suffer'나 '좌절을 겪다frustrate'의 경우처럼 정신적으로 시련을 당하는 것을 나타내는 데에 사용되는 경우도 많다. '갈 마磨'가 '악귀 마魔'로 잘못 전해진 것은 두 글자가 형태나 발음에서 서로 비슷한 것이 결정적인 원인으로 작용한 것으로 보인다. 여기서는 "호사다마"를 편의상 "좋은 일에는 시련도 많다"로 번역했다.

지내면 편안한 마음으로 백년해로하면서 헤어지지 않을 수 있을 거예요. (…) 서방님 생각은 어떠세요?"

"그 말도 일리는 있소이다. 그러나 나는 지금 혈혈단신인 데다가 평소 알고 지내던 친지도 없소. 그러니 도망을 친다 한들 어디로 가야 옳단 말이요!"

최 선비는 골똘히 생각하다가 별안간 깨달았는지 말했습니다.

"예전 기억에 선친이 살아 계실 적에 '김영金榮이라는 종이 하나 있었는데, 신의를 중시하는 사람이다. 지금은 진강鎭江48) 고을 여성呂城에 살면서 농사를 생업으로 삼고 있는데 집안형편이 넉넉하다'고 하십디다. (…) 지금 당신과 나 둘이 그에게 의탁하러 가더라도 그에게 원래의 주인에 대한 의리가 있다면 나를 거절하지는 않을 게요.49) 하물며 물길로 가면 그의 집까지 바로 갈 수 있으니 아주 수월하겠지."

"그럼 지체하지 말고 오늘밤 당장 출발하시지요!"

두 사람은 잘 상의하고 나서 오경五更50)에 잠자리에서 일어나 짐을

---

48) 진강鎭江: 명대의 지명. 남직예南直隷에 속했던 진강부鎭江府를 말하며, 지금의 강소성 진강시에 해당한다.

49) 【즉공관 미비】倘拒, 將如之何。非萬全之策也。만일 거절이라도 하면 어쩌려고 저러나? 만전을 기하는 작전은 아니로군.

50) 오경五更: 중국에서는 고대에 밤 시간을 다섯 단계로 구분하고 저녁 7시부터 밤 9시까지를 초경初更 또는 일경一更, 밤 9시부터 밤 11시까지를 이경二更, 밤 11시부터 새벽 1시까지를 삼경三更, 새벽 1시부터 새벽 3시까지를 사경四更, 새벽 3시부터 새벽 5시까지를 오경五更이라고 불렀다.

챙겼습니다. 최 선비가 지내는 문간방은 대문 옆쪽에 있었으므로 문을 열기가 아주 수월했지요. 그렇게 대문을 나서자마자 바로 부두가 눈에 들어왔습니다. 최 선비는 뱃전으로 가서 노로 젓는 작은 배를 불렀습니다. 그러고 나서 대문 앞까지 가서 여자를 태우고[51] 바로 배를 몰아 곧장 과주瓜洲[52]까지 갔습니다. 그런 다음 배를 돌려보내고 과주에서 다시 장거리 배를 하나 빌려서 강을 건너 윤주潤州[53] 땅으로 들어갔지요. 그러고 나서 단양丹陽[54]으로 가서 또 사십 리를 걸어 여성에 당도했습니다. 두 사람은 배를 강기슭에 단단히 매어놓고 내린 다음 어떤 마을사람에게 물었습니다.

"여기 김영이라는 분이 사시오?"

"김영 … 이라면 이곳 보정保正[55]이십니다. 집안형편도 넉넉한 데

---

51) 여자를 태우고[下了女子]: '하여자下女子'는 현대 중국어에서는 '[배에서] 여자를 내려주다' 식으로 해석되지만 명대(강남 지역)에서는 언어습관이 지금과 달라서 당시의 구어에서는 배를 타는 것을 '하선下船', 배를 내리는 것을 '상안上岸'이라고 했다.

52) 과주瓜洲: 중국 고대의 지명. 대운하가 장강으로 유입되는 지금의 강소성 한강현邘江縣 남부에 해당한다.

53) 윤주潤州: 중국 고대의 지명. 수나라 개황開皇 15년(595)에 설치되었으며, 고을 동쪽에 자리 잡은 윤포潤浦에서 그 이름이 유래했다. 지금의 강소성 진강시와 단양·구용句容·금단金壇 등의 현을 관할했다. 당나라 말기에 단양군丹陽郡, 윤주로 차례로 개칭되다가 북송의 정화政和 3년(1113)에 진강부로 개칭되었다.

54) 단양丹陽: 중국 고대의 지명. 지금의 강소성 남경시 근교에 있었다.

55) 보정保正: 중국 근세의 지방 행정체계. 북송의 정치가 왕안석王安石(1021~1086)은 부국강병을 위하여 보갑제保甲制를 시행할 때 10호戶를 '보保'로, 50호를 '대보大保'로 정하고 그 수장을 각각 보장保長·대보장大保長

다가 사람도 성실하고 정이 많은데[56] 누가 모르겠습니까요! 헌데, …
그건 왜 물으십니까?"

"저와 좀 친한 사이여서 일부러 찾아뵈러 왔소이다. 수고스럽겠지
만 안내를 좀 해주시오."

최 선비가 이렇게 말하니 그 마을사람은 손으로 한쪽을 가리키면서
말하는 것이었습니다.

"저쪽에 큰 술집 하나 보이죠? 옆의 큰 대문이 바로 그분 댁이올
시다."

최 선비는 제대로 찾아온 것을 알고 속으로 기뻐하면서 배로 와서
여자를 안심시켰습니다. 그러고는 먼저 혼자 그 집 대문까지 와서 바
로 안으로 들어갔지요. 김 보정은 사람 소리가 들리자 안에서 어슬렁
어슬렁 나왔습니다.

"누가 오셨나?"

그래서 최 선비가 앞으로 다가가 인사를 하니 보정이 물었습니다.

"수재 나리 같으신데 … 어떻게 오셨습니까?"

으로 삼았다. 이 제도는 명대까지 인습되어 보장 등이 '보정保正'으로 불렸
는데, 지금으로 치면 대체로 반장이나 통장에 해당한다.
56) 【즉공관 미비】賴其忠厚, 若止於殷福, 不可仗也。 그가 성실하고 정이 많았던 덕택
이다. 만일 조상의 음덕을 입는 정도에서 그쳤다면 믿음직스럽지 못했을 테지.

"소생은 양주부 최 공의 아들이올시다."

보정은 '양주부 최 공'이라는 말을 듣자마자 깜짝 놀라면서 말했습니다.

"어떤 벼슬을 하셨는데요?"

"선덕부의 이관을 지내셨는데 지금은 벌써 작고하셨습니다."

"나리하고는 … 어떤 사이였습니까?"

"바로 제 부친이십니다."

"그렇다면 도련님57)이시군요! 헌데, … 그때의 젖이름은 기억하십니까?"

"젖이름은 '흥가'라고 불렀소이다."

"그렇다면 우리 작은 나리시구면요?"

보정은 이렇게 말하면서 최 선비를 앞히고 머리를 조아려 절을 하는 것이었습니다.

"주인나리께서는 언제 귀천歸天하셨습니까요?"

---

57) 도련님[衙內]: '아내衙內'는 중국 고대에 관원의 자제를 높여 부르던 호칭이다. 당대에는 경비 업무를 담당던 관리에 대한 호칭이었으나 오대五代와 송대에는 이 직무를 대신의 자제들에게 맡기는 것이 관례가 되면서 나중에는 관료의 자제를 두루 일컫는 말로 전용되었다.

"올해로 벌써 삼 년이 되었구려."

그러자 보정은 바로 가서 의자와 탁자를 들어 옮겼습니다. 그러고는 빈자리를 만들고 위패를 하나 써서 탁자 위에 놓더니 머리를 조아리면서 통곡을 하는 것이었지요.[58] 통곡을 마친 그는 다시 물었습니다.

"작은 나리, 오늘은 어떻게 예까지 오셨습니까요?"

"아버님 생전에 오 방어 댁 아가씨 흥낭과 정혼을 했는데 …"

최 선비가 이렇게 대답하는데 보정이 그 말이 끝나기도 전에 바로 이어서 말하는 것이었습니다.

"그렇지요. 그 일은 쇤네도 알지요. (…) 지금은 벌써 혼사를 치르셨겠군요?"

"뜻밖에도 흥낭 아가씨가 우리 집 기별을 기다리다가 병을 얻었다지 뭐요. 내가 오 씨 댁에 도착하니 세상을 떠난 지가 두 달이나 되었더군. 오 방어께서는 전날의 혼약을 잊지 않고 너그럽게도 댁에 머물게 해주십디다. (…) 기쁘게도 그 댁 처제인 경낭과 애틋한 사랑으로 오가다 보니 은밀히 부부의 인연을 맺었지. 그 일을 남들에게 들킬 것 같아서 몸을 의탁할 곳을 찾게 되었소. (…) 나는 의탁할 곳이 없어서 아버님께서 계실 때를 회상해보니 예전에 당신이 충직하고 의리가 있는 사람으로[59] 여성에 산다고 하신 말씀이 생각납디다. 그래서 경

---

58) 【즉공관 미비】 難得。좀처럼 보기 드문 사람이군!
59) 【즉공관 미비】 忠厚之僕, 倘以薄行加拒, 又如之何。성실하고 정이 많은 하인이로

낭 아가씨를 데리고 같이 이곳으로 오게 된 게요. (…) 옛 주인을 잊지 않았다면 힘을 써서 좀 도와주시오!"

김 보정은 그 말을 다 듣고 나서 말했습니다.

"그게 뭐 어렵겠습니까? 이 늙은 것이 작은 나리의 시름을 덜어드리는 것이 옳지요!"

김 보정은 바로 안으로 들어가 할멈을 불러내더니 최 선비에게 인사를 시켰습니다. 이어서 할멈에게 여종을 데리고 뱃전으로 가서 최선비의 아씨를 데려오게 했습니다. 그러고는 노부부 두 사람이 직접 본채[60]를 청소하고 잠자리를 봐주는 것이 마치 옛 주인을 섬기듯이 깍듯이 대하는 것이었지요.[61] 옷이며 음식 같은 것도 사려 깊게 잘 챙겨주어서 두 사람은 마음 편하게 지낼 수가 있었습니다.

그렇게 한 해가 다 되었을 때였습니다. 아씨가 최 선비를 보고 말하는 것이었습니다.

"제가 서방님과 이곳에서 지내는 동안 평안하기는 했습니다. 하지만 … 부모님께서 낳아주신 은혜가 있지 않습니까? 두 분과 언제까지나 의절하고 지내는 것은 아무래도 현명한 방법이 아닌 듯해서 마음

구나! 만일 야박하고 거기다 받아주기까지 거절했더라면 어쩔 뻔했나?

60) 본채[正堂]: 중국에서는 전통적으로 문을 들어서서 정면에 보이는 집 건물을 정당正堂이라고 하고 그 방을 정방正房이라고 불렀다. 여기서는 편의상 '본채'로 번역했다.

61) 【즉공관 미비】難得。 보기 드문 사람이로군.

이 여간 불편한 것이 아닙니다."

"이렇게 된 마당에 그런 일은 바랄 수도 없게 됐소. (…) 그래도 뵈러 갈 수가 있겠소?"

"당초에는 순간적으로 벌인 일이었지요. 그렇다 보니 만에 하나 발각되기라도 하면 부모님께서 분명히 책망하실 것이고, 서방님과 제 미래도 어떻게 될지 알 수가 없었지요. 영원히 해로하자니 도망을 가지 않고는 다른 방법이 없었습니다. 이제는 세월이 쏜살같이 지나서 벌써 일 년이 다 되었군요. (…) 자식을 사랑하는 마음은 누구나 다 가지고 있다고 생각합니다. 부모님께서는 당시 제가 사라지자 분명히 섭섭하게 여기셨을 거예요. 이번에 만일 서방님하고 같이 돌아가서 부모님을 찾아뵙는다면 기쁘게 생각하시면서 지난 일은 탓하지 않으실 겁니다. 그 정도는 충분히 짐작할 수 있지요. 그러니 염치 불구하고 내외가 같이 두 분을 뵈러 가는 것 정도야 무슨 문제가 있겠습니까?"

그러자 최 선비가 말했습니다.

"대장부는 세상을 두루 편력하는 것이 옳은 일이요. 그런데 이렇게 여기 숨어서 지내기만 하는 것은 사실 현명한 생각이 아니지요. 지금 부인 생각이 그렇다니 소생이야 장인어른께 책망은 좀 들을지언정 부인을 위해서라도 감수하는 것이 도리라고 봅니다. 지금까지 일 년 동안 부부로 지냈고, 부인 집안은 명문가로 명망이 높소. 그러니 당신과 나를 갈라놓고 다른 사람에게 출가시킬 리는 없을 게요. 하물며 당신의 언니와는 혼약을 지키지 못했으니 그 약속을 지키고 이전과 같은 좋은 관계를 맺는 것은 당연한 일이요. 뵈러 갈 때 조금만 조심한다면 별 문제는 없겠지."

두 사람은 상의가 끝나자 김영에게 부탁해서 배를 한 척 빌렸습니다. 그리고 나서 김영과 작별하고 길을 떠나 강을 건너고 과주로 들어가서 양주 땅으로 향했지요. 방어 댁까지 거의 다 왔을 때 여자는 최 선비를 보면서 말했습니다.

"일단 배를 여기서 멈추고 … 제 집 문 앞까지 가기 전에 서방님하고 의논할 이야기가 있습니다."

최 선비는 사공에게 배를 세우게 한 후 여자에게 물었습니다.

"또 무슨 할 이야기가 있소?"

"서방님과 제가 도망쳐 일 년 동안 숨어 지냈는데 오늘 불쑥 내외가 뵈러 갔다가 다행히 용서하신다면 정말 천만다행이겠지요. 그러나 … 만에 하나 성이라도 내신다면 수습하기 곤란할 것입니다. 차라리 서방님께서 먼저 좀 뵈러 가십시오. 부모님 표정을 살피면서 잘 말씀드리세요. 그렇게 해서 마음이 변하지 않을 것 같을 때 부모님께서 저를 데리러 오시게 한다면 … 한결 낫지 않겠습니까? 그러면 체면도 살릴 수 있을 것이고요.[62] (…) 어쨌든 저는 여기서 서방님 소식만 기다리고 있겠습니다."

"부인, 제대로 보셨소이다. (…) 내가 먼저 뵈러 가리다!"

---

[62] 【즉공관 미비】何必如此婉轉。꼭 그렇게 완곡하게 행동해야 할 필요가 있을까?

최 선비가 이렇게 말하고 뭍에 뛰어내려 방어 댁으로 걸음을 막 내딛는 찰나였습니다. 여자가 또 그에게 손을 흔들어 돌아오게 하더니 말하는 것이었지요.

"또 드릴 말씀이 하나 있습니다. (…) 여자가 남자를 따라 도망치는 것이 사실 좋은 일은 아닙니다. 만에 하나 저희 집에서 추문이 드러날 것을 꺼려서 일부러 현실을 인정하지 않는 사태가 벌어질 수도 있으니 거기에도 대비하셔야 합니다."

그러더니 팔을 머리로 뻗어 왕년의 그 봉황 장식 금비녀를 뽑아서[63] 최 선비에게 가져가게 했습니다.

"혹시라도 말씀을 얼버무리려고 하시면 이 비녀를 두 분께 보여드리세요. 그러면 발뺌하지 못하실 겁니다."

"부인이 이렇게도 치밀하구려!"

최 선비는 비녀를 넘겨받아 소매 속에 넣은 다음[64] 방어 댁을 향해 걸음을 옮겼지요.

---

63) 【즉공관 미비】好關目。좋은 증거물이지!
'관목關目'은 명대에 희곡이나 소설에서 주로 사용한 용어로, 줄거리 자체 또는 줄거리를 극적으로 안배하는 것을 두루 가리킨다. 여기서는 봉황 금비녀를 두고 한 말로, 엄밀하게 말하자면 줄거리를 가리키는 것이 아니라 일종의 '오브제objet'에 해당한다. 오브제는 연극 용어로, 일상적 의미와는 다른 상징적이고 환상적인 의미가 부여되어 전체 줄거리에서 극적으로 중요한 역할을 하는 물건을 말한다. 여기서는 편의상 "증거물"로 번역했다.
64) 【즉공관 미비】崔生可謂惟命是從。최 선비가 말 그대로 명령대로 따르는군.

최 선비는 본채로 들어가서 기별을 넣었습니다. 방어는 최 선비가 온 것을 알고 몹시 반가워하면서 보러 나왔습니다. 그러더니 최 선비가 입을 열기도 전에 냅다 말하는 것이었지요.

"지난번에 대접이 소홀해서 자네를 불편하게 만들었네. 이 몸이 죄를 지었어! 선친의 얼굴을 봐서라도 너무 탓하지는 마시게!"

그러자 최 선비는 땅바닥에 엎드려 절을 한 채로 감히 올려다보지도 못했습니다. 그렇다고 바로 이야기를 꺼내기도 머쓱해서 무조건

"이 사위놈 … 정말 죽을죄를 졌습니다!"

하면서 머리를 조아리기를 멈추지 않았지요. 그런데 방어 쪽에서 더 놀라면서

"자네에게 무슨 죄가 있다고 그러는 겐가? 어서 제대로 말을 해보게나. 궁금해죽겠네그려!"

하고 되묻는 것이 아닙니까. 그래서 최 선비가 말했지요..

"장인어른께서 아량을 베푸시어 이 사위놈을 용서해주십시오. 그래야 이 사위놈이 말씀을 드릴 수가 있겠습니다!"

"할 말이 있으면 하게나. 선대부터 알고 지낸 아들 같고 조카 같은 사이인데 어째서 내 말을 못 믿는 게야?"

최 선비가 방어의 모습을 보니 몹시 반가워하는 눈치인지라 그제야 사실대로 설명하는 것이었습니다.

동생이 병상서 일어나 전날의 인연 잇다.

"이 사위놈, … 따님인 경낭 아가씨의 사랑을 받아 순간적으로 사사로이 혼약을 맺었습니다! 안채의 일은 은밀하건만 남녀지간의 사랑이 넘치다보니 '의롭지 못하다'는 오명까지 쓰면서 사사롭게 정을 통하는 죄를 저지르고 말았습니다! (…) 참으로 지은 죄가 작지 않기에 어쩔 수 없이 야밤에 도망을 쳐서 시골 마을에 숨어서 지냈습니다. 그렇게 지금까지 일 년을 지내다보니 안부조차 오랫동안 여쭙지 못하고 소식조차 제대로 전하지 못했군요. (…) 부부의 사랑이 아무리 깊다고 한들 어찌 부모님의 무거운 은혜를 잊을 수가 있겠습니까? 그러다가 오늘 외람되게도 따님과 함께 댁에 인사차 찾아뵈었습니다. 엎드려 바라오니 그 깊은 정리를 헤아리시어 지난날의 죄를 용서하시고 저희 부부에게 백년해로의 기쁨을 내리시어 영원토록 날개를 나란히 날고자 하는65) 소원을 이루어 주십시오! 장인어른께서는 그토록 사랑하는 따님을 잃지 않으시고 이 사위놈은 가정을 지킬 수만 있다면 참으로 천만다행이겠습니다! 그러니 장인어른께서 그저 불쌍하게 여겨주십시오!"

방어는 그 말을 듣고 깜짝 놀라면서 말했습니다.

"자네 그게 무슨 말인가! (…) 우리 딸 경낭이는 병으로 몸져누운 지가 오늘로서 일 년이 되었네. 차도 밥도 제대로 먹지 못하고 거동을 하려면 누가 부축해주어야 한다는 말일세. (…) 지금까지 침상에서 한

---

65) 날개를 나란히 날고자[于飛]: 중국의 대표적인 고전 《시경詩經》〈대아大雅·권아卷阿〉의 "봉황이 날개를 나란히 하고 나누나鳳凰于飛"에서 유래한 말로, 부부의 사랑이 깊고 돈독한 것을 두고 한 말이다. 참고로, 전설 속 새 비익조比翼鳥는 암컷과 수컷이 날개를 나란히 맞대야 하늘을 날 수 있다고 한다.

걸음도 내려온 적이 없는데 … 방금 그 말은 어찌 된 영문인가? 귀신이라도 본 겐가[66)]?"

최 선비는 장인의 말을 듣고 속으로

'경낭이 정말 식견이 있구나! 장인어른이 가문에 누라도 될까 봐 한사코 따님이 병상에 있었다고 핑계를 대면서 외간사람을 속이려는 게지!'

이렇게 생각하고 방어를 보면서 말했습니다.

"이 사위놈이 어찌 거짓말을 고하겠습니까? 지금 경낭은 배에 있으니 장인어른께서 사람을 시켜 데려오게 하시면 바로 알게 되실 것입니다!"

방어는 그래도 코웃음[67)]을 치면서 믿지 않는 것이었지요. 그러면서도 한 가동家童을 보고 이르는 것이었습니다.

"네가 최 씨 댁 도련님 배로 가서 좀 살펴보려무나. (…) 같이 온 사람이 누구길래 우리 집 경낭이로 잘못 보고 이러는지 모르겠다마는 … 이건 장난 좀 심하지 않느냔 말이야!"

가동이 배가 있는 곳으로 가서 배 안을 보았지만 선창 안은 조용한

---

66) 【즉공관 측비】差不多。 거의 그런 셈이지.
67) 코웃음[冷笑]: 황당하고 기가 차서 피식 하고 웃는 웃음. 근래에 유행했던 "썩소"라는 말처럼, 상대방을 경멸하는 감정이 담긴 웃음을 가리킨다.

것이 한 사람도 보이지 않았습니다. 그래서 사공에게 물으려고 하니 사공은 고물에서 고개를 숙인 채 한참 식사를 하고 있었지요.

"선창 안에 있던 분은 어디로 가셨수?"

가동이 묻자 그 사공이 말하는 것이었습니다.

"수재 행색을 한 나리는 배에서 내리고 젊은 아가씨만 선창에 남았었는데 … 방금 보니 뒤따라간 것 같구려."

그래서 가동이 돌아와서 방어에게 보고했습니다.

"배 안에는 아무도 보이지 않았습니다. 해서 사공한테 물었더니 '웬 젊은 아가씨가 배에서 내리기는 한 것 같은데 어디로 갔는지는 못 봤다'고 합니다요!"

방어는 사람 그림자 하나 없는 것을 보고 저도 모르게 언짢은 표정을 지으면서 말했습니다.

"자네가 아무리 나이가 젊다지만 좀 진지해야지! 어째서 그런 요망한 이야기를 지어내서 남의 집 규수를 모함하는가? 대체 이게 무슨 경우란 말인가!"

최 선비는 장인이 그런 말을 하는 것을 보고 마음이 다급해졌습니다. 그래서 허둥지둥 소매에서 문제의 금비녀를 꺼내 방어에게 바치고 말했지요.

"이것은 바로 따님인 경낭 아가씨의 물건이니 믿으실 겁니다. 제가 왜 없는 말을 지어내겠습니까?"

방어는 그것을 건네받아 살펴보았습니다. 그러더니 깜짝 놀라서 말하는 것이었지요.

"이건 … 우리 죽은 딸 홍낭이를 입관할 때 머리에 꽂아준 비녀가 아닌가! (…) 오래전에 함께 묻어준 것인데 … 어째서 자네 손에 있단 말인가? (…) 거참, 괴이하다, 괴이해!"

최 선비는 작년에 홍낭의 묘지에서 여자 가마가 집으로 돌아올 때 가마 밑에서 그 비녀를 주운 일, 나중에 경낭이 그 비녀를 찾기 위해 한밤중에 안채에서 나왔다가 결국 부부의 인연을 맺은 일, 그리고 그 일이 발각될 것이 두려워 함께 옛 종인 김영이 사는 곳까지 도망가서 일 년 동안 지내다가 이제야 함께 돌아온 사연을 처음부터 끝까지 자세하게 털어놓았습니다. 그러자 방어는 놀란 나머지 얼이 다 나가서 말했지요.

"경낭이는 지금 방의 침상에서 몸져누워 있네. 자네가 믿지 못하겠다면 가서 보아도 좋네. 헌데 … 어째서 자네 말이 이렇게도 그럴듯하게 들리는 게지? 또 … 이 비녀는 대관절 어떻게 튀어나온 겐가? (…) 정말 해괴한 일이로군!"

그는 최 선비 손을 잡더니 딸의 방으로 안내해 환자를 보여주어 사실 여부를 확인시키려 했습니다.

다시 이야기를 들려드리겠습니다. 경낭은 정말 그동안 병으로 몸져 누워서 땅바닥에도 내려온 적이 없었습니다. 그런데 이날 방 바깥에 서 최 선비가 한참 어리둥절하고 있을 때였지요. 경낭이 벌떡 병상에 서 일어나 걸음을 내딛더니 본채 앞까지 뛰어나오지 뭡니까! 집안사 람들은 그 광경을 보고 기이하게 생각하고 방어의 부인과 함께 우르 르 따라 나와 소리치는 것이었습니다.

"그동안 몸조차 가누지 못하더니 지금은 별안간 걷기 시작하셨어 요!"

그런데 가만 보니 경낭이 본채 앞까지 와서 방어를 보자마자 절을 하는 것이 아닙니까. 방어가 보니 경낭인지라 더더욱 놀라면서 물었 습니다.

"너 … 언제부터 걷게 된 게냐?"

최 선비는 속으로

'배에서 나온 것을. (…) 일단 무슨 말을 하는지 들어나 보자.'

하고 생각하는데 가만 보니 경낭이 말하는 것이었지요.

"소녀는 홍낭입니다! 일찍이 부모님을 떠나 멀리 황량한 교외에 묻혀 있었지요. 그러나 … 최 선비님과의 연분이 아직 끝나지 않아 오늘 이렇게 온 것이지 다른 뜻은 없습니다. 최 서방님을 위해 각별히 배려하셔서 사랑하는 동생 경낭이가 제 혼사를 대신 치르게 해주십시 오. 소녀의 말을 들어주신다면 동생의 병도 바로 완쾌할 것입니다.

그러나 그렇게 하지 않으신다면 소녀가 떠나자마자 동생도 죽을 것입니다!"[68]

온 가족은 경낭이 하는 말을 듣고 모두 깜짝 놀라고 말았습니다. 몸이나 얼굴을 보면 경낭인데 말투나 행동거지는 영락없는 흥낭이었으니까요. 그래서 가족들은 '죽은 흥낭의 넋이 돌아와 경낭 몸에 붙어서 하는 말'이라는 것을 깨달았지요. 그러나 방어는 정색을 하면서 그녀를 나무랐습니다.

"너는 이미 죽은 몸이라면서 어째서 인간세상으로 돌아와서 요망한 짓을 벌이고 산 사람을 홀리는 게냐!"

그랬더니 경낭이 이번에도 흥낭의 말투로 이렇게 말하는 것이었습니다.

"소녀가 죽어 저승으로 가니 저승에서 소녀는 죄가 없다고 하면서 가두지 않고 후토부인后土夫人[69] 밑에서 문서를 관장

후토부인

---

68) 【즉공관 미비】有挾而求。협박 반 부탁 반이로군?

69) 후토부인后土夫人: 당대의 전기傳奇 소설《후토부인전后土夫人傳》에 등장하는 여신. 과거에서 낙방한 선비 위안도韋安道가 낙양洛陽으로 가던 길에 대지를 주재하는 신선인 후토부인이 찾아와 위안도와 가약을 맺는다. 시가에 온 후토부인은 기이한 행적을 보여서 시부모와 당시의 황제 무측천武則天이 그녀를 요괴로 의심하고 고승과 도사를 차례로 초빙해 상대하게 하지만 오히려 번번이 패배하고 만다. 나중에 신선계로 돌아간 후토부인은 무측천을 불러 자신이 남편 위안도와 이별하게 되었으니 대신 잘 돌봐줄 것을

하는 일을 맡게 해주셨습니다. 그러나 소녀는 속세의 인연이 아직 다하지 않았기에 일부러 부인으로부터 일 년 동안 휴가를 받아 최 선비님과 전날의 인연을 마무리하고자 찾아온 것입니다. (…) 동생이 그동안 병을 앓은 것도 소녀가 동생의 얼을 빌려 최 서방님과 함께 지냈기 때문이지요. 이제 기한이 다 되어 떠나야 할 시간이 되었습니다만, 제가 어떻게 최 서방님을 외롭게 내버려두어 우리 집안과 남남[70]이 되게 할 수가 있겠습니까?[71] 그래서 동생을 꼭 서방님께 출가시켜 전날의 인연을 마무리해주십사 간곡하게 부탁하려고 일부러 부모님을 찾아뵌 것입니다! (…) 그렇게만 해주시면 소녀도 구천에서나마 마음을 놓을 수 있을 것입니다!"

방어 내외는 그녀의 애절한 말을 듣더니 바로 허락하는 것이었습니다.

"내 딸아, 걱정 말거라! (…) 네 말대로 경낭이를 출가시키마!"

홍낭은 부모가 출가시키겠다고 약속하자 기쁜 표정을 지으면서 방어에게 감사의 절을 올렸습니다.

"아버님 어머님께서 소녀의 부탁을 들어주시니 정말 감사합니다!

당부하고 사라진다. 위안도의 이름을 따서 《위안도전》으로 불리기도 한다.

70) 남남[路人]: 원래 "노인路人"이란 '길을 지나가는 나그네'라는 뜻으로, 서로 특별한 관계나 인연이 없는 남과 같은 사람을 두고 하는 말이다. 여기서도 "노인"을 나그네 또는 뜨내기 정도로 이해해야 하겠지만 맥락을 고려하여 편의상 "남남"으로 의역한다.

71) 【즉공관 미비】有情人。인정이 있는 사람이로군!

소녀 이제 안심하고 떠납니다!"

그러고는 최 선비 앞으로 오더니 그의 손을 잡고 오열하면서 말했습니다.

"저와 서방님은 일 년 동안 서로 아끼고 사랑했는데 … 이제는 이별이로군요. (…) 경낭의 혼사는 부모님께서 제게 약속하셨습니다. 서방님, … 사랑받는 사위가 되어 신부와 행복한 나날을 누리게 되더라도 옛 사랑인 저를 잊으시면 안 됩니다."

그녀는 말을 마치자마자 대성통곡하는 것이었습니다.

최 선비는 그녀의 사연을 다 듣고 나서야 그동안 자신과 함께 지낸 것이 바로 홍낭의 넋이었다는 사실을 깨달았습니다. 사실 오늘 당부하는 말을 듣는 동안에도 슬프기는 했지만 처제의 몸인 것을 아는데다가 남들 앞이다 보니 드러내놓고 살갑게 대하기는 민망했지요.[72] 아 그런데 가만 보니 홍낭의 넋이 이렇게 당부를 하고 한동안 통곡을 하고나자 경낭의 몸이 별안간 땅바닥에 주저앉는 것이 아닙니까.

사람들이 놀라고 당황하면서 다가갔지만 입에는 이미 숨이 끊어진 상태였습니다. 그래서 그녀의 가슴을 쓸어보니 온기는 아직 남아 있길래 서둘러 생강탕을 먹였습니다. 그러고 나서 한 시진時辰[73]이 지나자 그제야 의식을 되찾는 것이었지요. 병도 다 낫고 거동도 평소와

---

72) 【즉공관 미비】新官對舊官, 笑啼俱不敢。신관(신참)이 구관(고참)을 만난 격이군. 웃거나 우는 것도 마음대로 할 수 없으니.

73) 시진時辰: 고대 중국에서는 하루를 열두 시진으로 나누었으므로, "한 시진"은 두 시간인 셈이다.

같길래 그동안의 일들을 물어보았지만 하나도 모르지 뭡니까. 그녀는 사람들 틈에서 눈을 들어 둘러보았습니다. 그러다가 최 선비가 서 있는 것을 발견하자 황급히 얼굴을 가리고 중문으로 뛰어들어 가는 것이었습니다. 최 선비는 최 선비대로 방금 꿈에서 깨어난 것처럼 한참을 놀라고 의아하게 여기다가 겨우 안정을 되찾았지요.

방어는 지체하지 않고 바로 황도黃道[74]의 길일을 골라 경낭과 최 선비를 혼인시켰습니다. 화촉을 밝힌 첫날 밤, 최 선비는 경낭을 익숙하게 보아온지라 그런 대로 익숙하게 대했습니다. 그러나 경낭은 최 선비를 그다지 잘 알지 못하는지라 너무도 부끄러워하는 것이었지요. 그야말로

한 사람은 안채의 연약한 여인으로,	一個閨中弱質,
신랑과는 조금도 대화 나눈 적 없고,	與新郎未經半晌交談,
한 사람은 여행길 함께 한 지인으로,	一個旅邸故人,
아리따운 그녀와 한 해를 알고 지낸 사이.	共嬌面曾做一年相識。
한 사람은 귓가 말투는 좀 달라도,	一個只覺耳畔聲音稍異,
외모는 차이 없다는 정도만 느낄 뿐,	面目無差,
한 사람은 눈 앞 광경이 모두 생소한지,	一個但見眼前光景皆新,

---

74) 황도黃道: 고대 천문학 용어. 지구가 한 해 동안 태양을 공전하는 궤도. 지구가 태양을 공전하면 일 년 만에 한 바퀴를 돌아 원래의 자리로 돌아오는데 이때 태양이 지나온 노선을 말한다. 이에 비하여 달이 지구를 공전하는 궤도는 '백도白道'라고 불렀다. 중국의 고대 점성술에서는 천문天文을 관찰하여 길흉을 점쳤는데, 그중에서 청룡青龍·명당明堂·금궤金匱·천덕天德·옥당玉堂·사명司命의 육신六辰을 행운의 신, 즉 길신吉神으로 여겼다. 이 여섯 신이 활동하는 날에는 흉살凶煞을 없애서 만사가 고르게 이루어진다고 하여 "황도의 길일[黃道吉日]"이라고 불렀다.

속으로 아직도 겁을 내는구나.　　　　　心胆[75]尚怯.

한 사람은 나비꿈 속 옛 정인 알아보고,　一個還認蝴蝶夢中尋故友,

한 사람은 이제 갓 핀 해당화 확인하네.　一個正在海棠枝上試新紅.

다시 이야기를 들려드리겠습니다. 최 선비가 경낭과 신혼을 맞은 날 밤에 가만 보니 경낭은 순결을 고이 간직하고 피까지 묻어나는 등 처녀의 몸이지 뭡니까. 그래서 최 선비가 조용히 그녀에게 물었습니다.

"당신 언니가 당신의 몸을 빌려서 나와 한 해를 함께 지냈소. 그런데 … 어째서 당신 몸이 여태 온전한 게요?"

그러자 경낭은 그 말이 불쾌했던지 발끈해서 말하는 것이었습니다.

"서방님이 언니 넋을 만나서 벌인 일이잖아요! 제가 무슨 상관이 있다고 저한테 그러세요?"

"당신 언니와 다정하지 않았더라면 지금 어떻게 당신과 혼인할 수가 있었겠소? 그 은혜야 잊을 수가 없지."

"그건 맞는 말씀이에요. (…) 만에 하나라도 언니가 애매하게 처신해서 이번 혼사를 돕지 않고 제 이름을 빌려서 그런 민망한 일들만 저질렀다면 제가 어떻게 사람 구실을 제대로 할 수 있었겠어요? 서방

---

75) 【교정】 속[心胆]: 상우당본 원문(제1147쪽)에는 '어깨 드러낼 단胆'으로 되어 있는데 전후 맥락을 따져볼 때 '쓸개 담膽'의 속자俗字로 사용되었음을 알 수 있다.

님이 속으로 여전히 저를 함께 야반도주했던 사람이라고만 여긴다면 얼마나 수치스러운 일이냐고요! (…) 이번에 다행스럽게도 언니가 신통한 힘을 써서 우리 두 사람의 혼사를 마무리해주었으니 언니도 정말 정이 깊은 사람인 거지요."

이튿날, 최 선비는 홍낭과의 정을 잊지 못해 그녀에게 천도재76)를 지내주기로 했습니다. 그러나 막상 몸에는 지닌 물건이 없는지라 그 금비녀를 시장에 가져다 파는 수밖에 없었지요.77) 그렇게 팔아 받은 스무 정錠78)의 지폐로 향·초·지전을 샀습니다. 그것들을 가지고 도교 사원인 경화관瓊花觀

원대의 지폐 지원통행보초至元通行寶鈔

으로 가서 도사에게 부탁해 사흘 낮 사흘 밤 동안 제사를 지내 그

---

76) 천도재[薦度]: 불교 용어. 불경을 읽거나 불사를 열어 망자의 명복을 빌고 그 넋이 내세에 다시 환생하도록 비는 의식.

77) 【즉공관 미비】此釵何忍賣之。酸甚, 忍甚。그 비녀를 차마 어떻게 팔 수 있겠나? 참 쩨쩨하고, 참 모질구나!

78) 정錠: 중국 고대의 계량 단위. 일반적으로 조개·알·덩이 형태로 주조한 금괴나 은괴를 가리키는데, 한대부터 명·청대까지 다섯 냥·열 냥·쉰 냥 등 화폐의 계량 단위로 사용되었다. 명대에는 이와 함께 종이나 은박지로 만든 금괴나 은괴 모양의 제물을 가리키는 말로 사용되기도 했다. 여기서는 함께 사용된 '초鈔'가 교초交鈔·보초寶鈔같이 일반적으로 지폐를 가리키는 점을 감안하여 송·원대부터 명대까지 통용된 지폐를 세는 단위로 해석했다. 반면에 다음 줄에 이어서 나오는 '저정楮錠'은 화폐가 아니라 제사에 사용되는 종이돈을 말하기 때문에 편의상 '지전'으로 번역했다.

은혜에 보답했지요.

그렇게 천도재를 지낸 뒤였습니다. 최 선비가 꿈에서 보니 웬 여자가 찾아왔지 뭡니까. 최 선비가 누구인지 못 알아보자 그 여자가 말했습니다.

"소녀가 바로 홍낭입니다. 지난번에는 동생의 얼을 빌렸었지요. 그래서 서방님께서 알아보시지 못하는 겁니다. (…) 소녀에게 그나마 신통한 힘이 좀 남았던 덕분에 서방님과 한 해 동안 함께 지낼 수 있었지요. 이제 서방님께서 동생과 혼사를 치르셨으니 소녀도 원래의 모습으로 서방님을 뵙는 것입니다."

그러고는 감사의 절을 하고 나서

"서방님께서 제 천도재를 지내주신 것을 보니 아직 남은 정이 있군요. (…) 서로 다른 세상에 있지만 참으로 감격스럽기 그지없습니다! 제 동생 경낭이는 품성이 부드러우니 서방님께서 그 아이를 잘 돌보아주십시오. (…) 소녀, 이제는 작별을 고합니다!"

하는 것이 아닙니까. 최 선비는 그 서슬에 저도 모르는 사이에 놀라 통곡을 하다가 꿈에서 깨어났습니다. 경낭은 베개맡에서 최 선비가 울며 깨는 것을 보고 그 까닭을 물었지요. 최 선비가 꿈에서 홍낭이한 말을 낱낱이 일러주자 경낭이

"언니가 어떻게 생겼던가요?"

하고 묻길래 최 선비가 꿈에서 본 용모를 자세하게 이야기해주니

경낭도

"정말 우리 언니네요!"

하면서 울음을 터뜨리는 것이었습니다. 경낭은 두 사람이 일 년 동
안 함께 지낸 일을 자세하게 물었고, 최 선비는 경낭에게 차례로 자초
지종 사연을 들려주는데 정말 홍낭의 생전 모습과 똑같지 뭡니까!
두 사람은 감탄하고 신기하게 여기면서 평소보다 더 가깝고 살갑게
대하면서 더더욱 화목하게 지냈답니다. 그 후로 홍낭으로부터는 이렇
다 할 동정이 보이지 않았지요.

이 이야기에서는 오로지 '사랑'이야말로 가장 소중한 것임을 명심
하십시오. 홍낭이 최 선비를 잊지 않고 그런 많은 일을 하고 마음속
소원을 이루고 나서야 스스로 떠나간 것입니다.

봉고의 예시

그 뒤로 최 선비와 경낭은 해마다 홍낭의 무덤으로 가서 성묘를
했지요. 나중에 최 선비는 벼슬길에 나가 전처의 봉고封誥[79])를 받았

으며 세 사람은 한 무덤에 묻혔답니다. 일찍이 네 마디의 구호口號[80]
가 있었으니, 바로 이 이야기를 다룬 것입니다.

언니의 넋이,	大姊精靈,
동생의 몸으로,	小姨身體。
그렇게 소원을 푼 사례는,	到得圓成,
홍낭 같은 경우도 경낭 같은 경우도 없었단다.	無此無彼。

79) 봉고封誥: 명대에 황제가 오품 이상의 관원 및 그 선조·본처에게 작호爵號
를 내리던 것을 말한다.
80) 구호口號: 명대에 유행한 시의 일종. 현재는 구령口令이라는 뜻으로 사용되
지만 원래는 문구를 다듬지 않고 즉흥적으로 읊는 시를 부르는 말이었다.
당나라의 이백李白(701~762)이 지은 〈구호오왕미인반취口號吳王美人半醉〉
도 구호시의 하나이다.

제 24권

염관읍의 늙은 마귀는 아름다운 여인을 홀리고
회해산의 백의 대사는 사악한 요괴를 처단하다

鹽官邑老魔魅色　會骸山大士誅邪

卷之二十四

鹽官邑老魔魅色 會骸山大士誅邪 해제

　　이 작품은 관세음보살의 가호로 요괴들을 없앤 사람에 관한 이야기
이다. 이야기꾼은 왕동궤王同軌의 《이담耳談》 및 《이담유증耳談類增》에
소개된 남경南京 관음각觀音閣의 이야기를 앞 이야기로 들려주고, 이어
서 무명씨의 《속염이편續艶異編》에 소개된 유덕원劉德遠의 이야기를 몸
이야기로 들려준다.

　　명대 홍무洪武 연간에 절강浙江 땅 염관읍鹽官邑 회해산會骸山에는
민첩하고 박식한 늙은 도인이 살았는데, 가사에도 일가견이 있어서 바
람·꽃·눈·달을 주제로 한 가사를 암벽에 새겼다. 그 고을의 대갓집인
구仇 씨네 노부부는 무남독녀 야주夜珠를 두었는데 열아홉 살이 되도록
혼처를 찾지 못하고 있었다. 그러던 어느 날, 그 집을 방문한 늙은 도인
은 야주를 자신에게 줄 것을 요구했다가 무안만 당하고 산으로 돌아간
다. 이틀 후, 창가에서 수를 놓던 야주는 갑자기 날아든 큰 나비 한 쌍이
주위를 맴돌자 다가가 잡으려는데 나비들이 갑자기 매만큼 커지더니
야주를 끼고 산 쪽으로 날아간다. 구 씨 부부는 인근을 샅샅이 뒤졌지만
딸의 행방이 묘연하자 방을 붙이고 딸을 찾아주는 사람에게 상금과 함
께 딸을 주겠다고 선언하고, 날마다 불경을 외우면서 관음보살이 가호
를 내리기를 고대한다. 며칠 후, 회해산 정상에 갑자기 세워진 깃대 끝
에 웬 물체가 매달리자 고을의 수재 유덕원劉德遠은 사람들을 이끌고

산 정상까지 올라가서 그 깃대를 내리고 웬 늙은 원숭이의 해골을 확인한다. 이어서 산허리의 동굴에서는 수십 마리의 원숭이가 머리와 몸이 두 동강 난 채 죽어 있고, 그 안에서는 열 명 넘는 여인들이 의식을 잃고 쓰러진 채 발견된다. 사람을 보내 관아에 보고한 덕원은 여인들 속에서 야주를 발견하고 구 씨 부부에게 희소식을 알린다. 야주는 납치된 후로 도인이 몇 번이나 혼인을 강요하고, 급기야 자신을 겁탈하려다가 갑자기 휘몰아친 광풍에 도인과 요괴들이 모두 죽어버렸다고 증언한다. 마을 사람들은 정상에서 발견된 깃대가 상천축사上天竺寺의 관음전 앞에 있던 것임을 확인하고 나서야 관세음보살이 요괴들을 응징했다고 믿고 사당을 짓고 관세음보살을 섬긴다. 이어서 야주의 부친은 덕원에게 재산과 함께 딸을 아내로 준다.

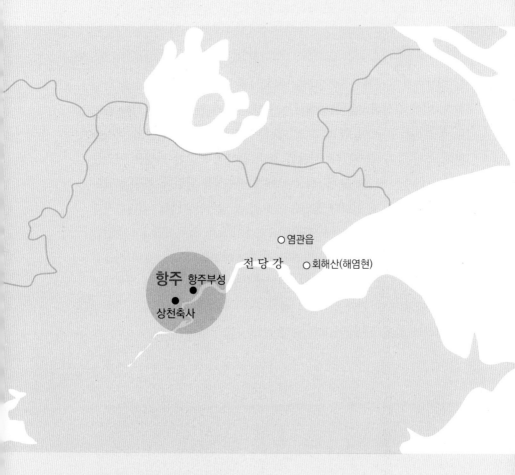

○염관읍

전 당 강   ○회해산(해염현)

항주 항주부성
●
●
상천축사

이런 시가 있습니다.[1]

왕준의 누선이 익주에서 내려가는 바람에,

王濬樓船下益州,

금릉의 왕기도 빛을 잃고 사라져 버렸지.

金陵王氣黯然收。

---

1) 이런 시가 있습니다[詩曰]: 당나라 시인 유우석劉
禹錫(772~842)이 지은 〈서새산에서 옛일을 돌이
켜보다[西塞山懷古]〉를 말한다. 이 시는 서진西晉
이 동오東吳를 멸망시킨 일을 읊으면서 자신이
생존했던 당나라 말기에 군사력을 앞세워 각지에
서 할거하는 번진藩鎭 군벌과 부패하여 희망이
없는 조정에 경종을 울린 작품이다. 서새산西塞山
은 지금의 호북성 황석시黃石市 장강 중류 남안
에 자리 잡은 산으로, 삼국시대에는 동오의 군사
요충지였다. 이 이야기에서는 유우석의 원시를
차용하면서 일부 구절은 이야기의 맥락에 맞추어
변화를 주었다. 예컨대 "투항하는 돛단배[降帆]"
가 원작에는 "투항의 깃발[降幡]"이었으며, "맑은
강[清流]"이 원작에는 "차가운 강[寒流]", "이제
[而今]"가 원작에는 "지금은 바야흐로[今逢]"로
되어 있다.

초서로 쓴 유우석의 시
〈서새산회고〉

팔천 척 쇠사슬을 강바닥에 가라앉혔건만,　　千尋鐵鎖沉江底,

투항하는 돛단배가 석두성 나서야 했지.2)　　一片降帆出石頭。

인간 세상에 슬픈 과거사 몇 번이나 되었던가?　人世幾回傷往事,

그럼에도 산은 전과 같이 맑은 강 베고 있구나!　山形依舊枕清流。

이제 천하가 한 집안 된 날이 되고 나니,　　而今四海爲家日,

옛 보루엔 소슬한 가을 갈대 억새만 무성하구나!　故壘蕭蕭蘆荻秋。

여덟 구절의 이 시는 당나라 때 유몽득劉夢得3)이 지은 것으로, 바

---

2) 왕준의 누선이 익주로 내려가매~[王濬樓船下益州]: 진晉나라 태강太康 연
간에 익주 자사益州刺史로 선정을 베풀던 왕준王濬(206~286)은 오吳나라
정벌을 주장하며 수군 양성에 전념하다가 함녕咸寧 5년(279) 용양장군龍讓
將軍에 임명되어 대선단을 이끌고 오나라 침공에 나선다. 오나라 황제 손호
孫皓(243~284)는 양자강을 가로질러 쇠사슬을 설치하고 진나라 수군의 전
진을 저지하려 했다. 그러나 왕준이 큰 불로 쇠사슬을 태워 강바닥에 가라
앉히고 파죽지세破竹之勢로 석두성石頭城까지 쇄도한다. 그러자 손호는 결
국 투항문서를 들고 깃발을 흔들며 성을 나와 항복했다고 한다. 마지막 구
절의 "석두石頭"는 석두성을 가리킨다. 석두성은 오나라의 도성이던 말릉
秣陵, 즉 남경으로, '석수성石首城'으로 부르기도 하는데, 지금의 남경 서쪽
에 위치한 청량산清凉山에 있었다. 원래 초나라 때에는 금릉성金陵城으로
불렸으나 삼국시대에 오나라의 군주 손권孫權(182~252)에 의해 중건되면서
'석두성'으로 불리기 시작했다. 성채가 강을 굽어보고 있고 남쪽으로는 진
회 강어귀까지 연결되어 군사적으로는 물론 교통상으로도 요충지 역할을
했다.

3) 유몽득劉夢得: 당대의 정치가이자 시인 유우석劉禹錫(772~842)을 말한다.
하남河南 낙양洛陽 사람으로, 몽득夢得은 자이다. 그의 선조는 한나라 중산
정왕中山靖王 유승劉勝으로 알려져 있으나 흉노匈奴의 후예라는 주장도 있
다. 덕종德宗 정원貞元 9년(793)에 진사로 급제한 이래로 태자교서太子校書
·회남기실참군淮南記室參軍 등을 거쳐 절도사 두우杜佑의 막부에 있다가
두우가 재상이 되자 감찰어사監察御史가 되었다. 순종順宗이 즉위한 후 '영
정혁신永貞革新'을 주도했으나 혁신에 실패한 후로 정치적 부침을 거듭했

로 금릉金陵4)의 연자기燕子磯5)에
서 옛날 일들을 회상한 작품입니다.
　연자기라는 곳은 금릉 서북쪽에
자리잡고 있지요.6) 거대한 장강 가
에서 강을 가로질러 돌출되어 있는
데, 강 쪽에서 보면 흡사 제비가 물
위로 뛰어드는 것 같지요. 머리도
있고 꼬리까지 있답니다. 왕년에 현
자들 중에 어떤 호사가가 그것이
날아가버릴까 봐 온 산을 전부 쇠
사슬로 꽁꽁 채우고 제비 목 쪽에
는 정자를 하나 지어서 그 제비를

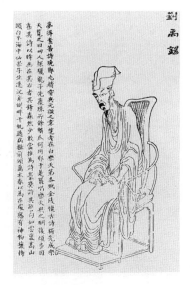

유우석 초상. 청각 《만소당화전》

눌러놓았다고 합니다. 이 정자에 오르면 강과 산이 모두 시야에 들어
오는 데다가 바람을 머금은 돛배가 발 아래로 지나가니 참으로 금릉

다. 무종武宗 회창會昌 2년(842)에 태자빈객太子賓客으로 있다가 낙양에서
　죽고 호부 상서戶部尙書를 추증받았다. 시와 문장에 뛰어나서 유종원柳宗
　元과 함께 '유・유劉柳'로 병칭되거나 백거이白居易와 함께 '유・백劉白'으
　로 병칭되곤 했다.
4) 금릉金陵: 중국 고대의 지명. 지금의 강소성 남경시南京市 일대에 해당한다.
5) 연자기燕子磯: 남경 교외의 관음산觀音山에 위치한 관광 명소. 산꼭대기에
　서 있는 돌이 장강을 굽어보는 형상이 날개를 펼치고 날아오르는 제비와
　비슷하다 하여 '연자기'라고 부른다. 지세가 험준하고 양자강을 굽어보고
　있어서 예로부터 군사적 요충지로 대단히 중시되었다.
6) ＊본권의 앞 이야기는 명대에 왕동궤王同軌가 지은 《이담耳談》 권9의 〈연자
　기승상燕子磯僧商〉 및 《이담유증耳談類增》 권49의 〈연자기승상〉에서 소재
　를 취했다.

금릉산수도의 연자기(위)와 석두성(중간). 《삼재도회》

의 명승지라고 하겠습니다!

　바로 이 연자기 자락에서 한 리 정도 떨어진 거리에 홍제사弘濟寺라는 절이 있습니다. 절 왼편으로 돌아가면 온통 깎아지른 절벽이 공중에서 내리꽂혀 있는데, 마치 돌병풍 같지요. 그리고 절벽이 끝나는 곳에서 벼랑이 에워싸고 있습니다. 그렇다 보니 절의 중이 빈 자리에 누각을 하나 세웠는데, 반은 절벽에 박혀 있고 반은 강물을 마주보고 있답니다.[7] 그 누각 안에는 관세음觀世音 보살상을 모시고 있습니다.

---

　7) 【즉공관 미비】 寺僧亦韻。절의 중도 멋을 아는군.

그 보살상은 강물에 비쳐 터럭까지 다 보이지요. 그야말로 수월水月8) 의 광경이 완연하다고 해서 '관음각觀音閣'이라는 이름을 붙였답니다. 그래서 술을 싣고 구경 나온 사람들로 하루도 비는 날이 없을 정도입니다. 드나드는 이들도 많고 영험도 제법 있어서 불공을 드리러 오는 사람들이 끊이지 않지요. 다만 청정한 불교 도량이 술판이 벌어지는 장소가 되다 보니 더럽혀지는 일을 피할 길이 없답니다. 더욱이 이 행락객들의 경우, 절 구경9) 하는 사람만 많고 보시布施10)하는 사람은 적지 뭡니까. 그렇다 보니 그 누각은 세월이 흐르면 흐를수록 보수할 비용이 없어서 날이 갈수록 조금씩 허물어져 갔습니다.

그러던 어느 날이었습니다. 휘주徽州 출신의 객상인 아무개가 연자기 아래에 배를 대고 발길 닿는 대로 홍제사로 가서 구경하게 되었지요. 그런데 절의 중이 나와 마중을 하고 이름을 물으며 차를 대접하겠다는 것이었습니다. 차를 마시고 나니 중이 묻는 것이었지요.

"손님께서는 어디서 오셨습니까? 지금 어디로 가는 길이신지요?"

"양주揚州에서 장강을 건너왔습니다. 밑천을 좀 가지고 서울11)에

---

8) 수월水月: 《법화경法華經》〈보문품普門品〉에 따르면, 관세음보살은 서로 다른 33가지 형상의 법신法身을 가지고 있다. 물에 비친 달을 바라보는 모습으로 형상화된 경우를 '수월관음水月觀音'이라고 부른다. 나중에는 용모가 아름답고 준수한 인물을 두고 하는 말로 사용되기도 했다.

9) 절 구경[隨喜]: '수희隨喜'는 불교 용어로서, 원래는 남이 선행을 베푸는 것을 보고 기꺼이 동참하는 것을 가리킨다. 나중에는 절 구경을 하거나 남을 따라 놀러 다니는 것을 가리키기도 했다.

10) 보시布施: 불교 용어. 산스크리트어에서 베푸는 행위 또는 그 물건을 뜻하는 '다나dana'를 그 의미대로 한자로 옮긴 것이다. 때로는 '다나'를 발음대로 한자로 적어 '단나檀那'로 쓰기도 했다.

있는 작은 가게에 가려고요. 날이 저물려고 하길래 여기에 배를 대놓고 뭍으로 올라와 거닐던 참입니다."

객상이 이렇게 대답하자 중이 말하는 것이었습니다.

"여기서 걸어가면 바로 바깥 나성羅城[12]의 관음문觀音門입니다. 서울까지는 겨우 스무 리 떨어졌지요. (…) 손님, … 행장을 저희 선방으

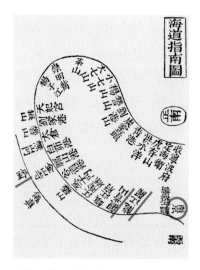

〈해도지남도〉 원도.아래 부분에 '관음산',
'용강산'에 이어 맨 끝에 '남경'이 보인다.

---

11) 서울[京城]: 명대에는 양경제도兩京制度의 시행에 따라 공식적인 도읍인 북경北京과 유사시를 대비한 임시 도읍인 남경南京 두 개의 '서울'이 존재했다. 여기서는 '경성京城'이라고만 언급하고 북경과 남경 중 어느 쪽인지 분명하게 명시하지 않았다. 그러나 휘주 객상이 장강 이북의 양주에서 장강을 건너 그 이남의 연자기로 온 것을 보면 여기서의 '서울'은 남경임을 알 수 있다.

12) 나성羅城: 고대에 외적 방어력을 강화하기 위하여 본성本城 밖에 지었던 외성外城의 일종. 군사 목적의 본성과는 달리 주민의 거주구역과 함께 공방

로 옮겨 묵으시지요. 내일 행장을 지고 걸어서 가면 금방 도착하실 겁니다. 만약 배에 계시면 … 용강관龍江關13)에서 검문도 받아야 하고 … 시간을 허비할 일이 많습니다. 게다가 저녁에는 이곳 연자기 아래에 풍랑이 아주 거칠어져서 배에서는 편히 쉴 수도 없습니다.”

객상이 듣고 보니 일리가 있었습니다. 그래서 뱃전까지 가서 배를 돌려보냈지요. 그러고는 행장을 옮겨 그길로 승방으로 왔습니다. 정리를 끝내고 나니 절의 중은 그를 안내해 누각으로 올라가서 구경을 시켜주는 것이었습니다. 객상은 누각이 허물어진 것을 보고 물었지요.

“이렇게 풍경이 훌륭한데 … 어째서 이 누각은 이 지경으로 허물어져 버렸습니까?”

“이곳을 드나드는 사람이야 많기는 많지요. 허나, … 죄다 행락객들뿐 재물을 보시하는 시주는 한 사람도 없답니다. 스님네들도 가난하다 보니 수리할 여력이 없지 뭡니까. 해서 이 꼴이 나버렸습니다!”

“행락객들 중에는 수단이 대단한 자들도 있을 법한데 보시를 조금도 안 했단 말입니까?”

· 상점 · 사교장 등의 공공건물이 조성되는 경우가 많았다.
13) 용강관龍江關: 명대의 지명. 지금의 강소성 남경시 하관下關으로, 남경으로
   진입할 때 마지막으로 통과해야 하는 관문(검문소)이었다. 《명사明史》〈태조
   기太祖紀〉에 따르면, 원나라 지정至正 20년(1360)에 진우량陳友諒이 주원장
   의 본거지인 남경을 공격하자 용강관을 통하여 반격했다고 한다.

"그 수두룩한 왕족이며 도령들은 기생 끼고 술이나 마시고 놀 줄이나 알 뿐이지요! (…) 그런 자들한테만 펑펑 써제낄 줄 알지 부처님 전에는 얼굴 한번 안 비친답니다! 설상가상으로 사나운 종들은 상전이 돌아가고 술이나 안주가 남기라도 할라치면 다짜고짜 문을 부수네 창을 뜯네 난리를 떨면서 그것들을 가져다 술을 데움네 밥을 짓네 하면서 그저 더럽히기만 하니 안 허물어질 재간이 있겠습니까?[14]"

객상은 한숨을 쉬면서 안타까움을 금치 못하는 것이었습니다. 그러자 중이 말했지요.

"조봉朝奉[15]께서 만약에 보시를 … 좀 해주시기만 하면 소승이 당장 보수를 하는 건 일도 아닙니다요."

"어제 동업자와 결산을 했더니 저한테 서른 냥이 남더군요. (…) 제가 이곳에 보시를 해서 누각을 보수하도록 하겠습니다. 그러면 부처님께는 물론이고 이 절에도 덕을 쌓는 셈이겠지요."

객상이 이렇게 말하자 중은 몹시 기뻐하면서 연신 고맙다고 인사를 했습니다. 두 사람은 그길로 누각을 내려와 절로 왔습니다.

알고 보니 이 휘주 사람은 심성이 검소하고 인색하기는 했습니다만

---

14) 【즉공관 미비】到處如此, 何止觀音閣。곳곳마다 다 그렇지. 어디 관음각뿐이겠나?
15) 조봉朝奉: 중국 고대의 관직명. 남송대 이후로는 부자나 토호, 나아가 가게의 점원 등을 두루 높여 부르는 존칭으로 전용되었다. 명대의 경우 안휘성 휘주 일대에서는 부자를 '조봉'이라고 부르고 소주·절강·안휘 등지에서는 전당포의 지배인이나 점원을 높여 부르는 존칭으로 사용되기도 했다.

남들보다 이름 내기를 좋아하는 데다가 불교도 극진하게 믿었습니다. 그런 참에 수많은 사람이 드나드는 이곳을 본 것입니다. 그러니 '관음각을 아무개 혼자서 수리했다더라'는 소문이 퍼질 거라고 생각하니 벌써부터 속이 다 흐뭇해지는 것이었습니다. 그래서 일언지하에 서른 냥을 보시하기로 하고 선방으로 가서 행낭을 끌러 서른 냥이 든 뭉치를 꺼내서 중에게 건넸지요.16) 그런데 뜻밖에도 중은 한 손으로 은자를 받으면서 곁눈질을 하다가 남은 은자가 많은 것을 보고 나니 욕심이 생기지 뭡니까. 중은 행자行者17)에게 분부해 밤참을 잘 준비하게 해서 극진하게 대접하고 기분을 맞추어주면서 정성껏 술을 권해서 객상을 곤드레만드레 취하게 만들었습니다. 그러고 나서 밤이 깊어 인적이 끊기자 잡아다 죽여버렸지 뭡니까!

중이 그의 행낭을 열어서 보니 전대가 온통 허연 물건18)으로 가득한데 얼추 오백 냥이 넘어 보였지요. 그는 속으로 아주 기뻐하면서 제자와 꾀를 내서 시체를 강에 던지려고 했습니다. 그러자 제자가 말했습니다.

"지금 산문山門은 벌써 잠겼으니 주지스님 계신 곳에서 열쇠를 가져 와야 하는데, … 캐묻기라도 하시면 숨길 수가 없습니다. (…) 그렇게 되면 사달이 날 뿐만 아니라 물건들도 나눠 가지려고 드실 겁니다!"

---

16) 【즉공관 미비】 慢藏誨盜。제대로 간수하지 않으면 도둑을 부르기 마련이지.
17) 행자行者: 불교 용어. 출가한 몸으로 삭발하고 정식으로 승려가 되기 전에 절에서 기거하면서 주지승의 시중을 들거나 잡일을 하는 불교 신자를 말한다.
18) 허연 물건[白物]: '백물白物'은 명대의 속어로 하얀 색을 띤 은자銀子, 즉 은을 가리킨다.

"그럼 … 어쩐다?"

그 말에 제자가 이렇게 말하는 것이었습니다.

"술을 보관하는 방에 큰 항아리가 하나 있지요. (…) 일단 시체를
토막 내서 그 항아리에 넣었다가 … 내일 틈을 봐서 항아리째 들고
가서 강에 던져버리시지요. 그래야 눈치를 채는 사람이 없을 겁니다."

"그렇겠군, … 그렇겠어!"

그 중은 정말 그 말대로 하는 것이었습니다. 불쌍한 휘주 객상은
이렇게 해서 토막이 나서 죽고 말았지 뭡니까! 좋은 뜻에서 보시를
한 것이 이런 참변을 부를 줄이야!

중과 그 제자는 시신을 남김없이 깨끗이 챙겨서 항아리에 잘 담고
나서야 안심하고 잠자리에 들었습니다. 자기들 딴에는 신도 귀신도
모를 거라고 여겼던 거지요. 그러나 어떻게 하늘을 속일 수가 있겠
습니까? 이날 밤, 장강을 순시하던 포도지휘捕盜指揮[19] 한 사람이
배를 연자기 아래에 대어놓고 무슨 죄수[20]들을 지키고 있었습니다.
그러고는 동이 틀 때 가만 보니 웬 여인이 뱃전까지 와서 멜통으로
물을 긷는 것이 아닙니까. 제법 곱게 생겼길래[21] 지휘가 주의를 기
울여서 그녀가 저쪽 길로 사라질 때까지 지켜보았지요. 그런데 가만

---

19) 포도지휘[捕盜指揮]: 명대의 관직명. 우리로 치면 포도대장에 해당한다.
20) 죄수[公事]: 명대의 구어. 풍몽룡馮夢龍이 엮은 《유세명언喩世明言》 제15권
〈사홍조용호군신회史弘肇龍虎君臣會〉에서 "신들은 자리를 잡고 나서 명령
을 내려 죄수를 끌고 오게 했다衆神起居畢, 傳聖旨, 押過公事來"에서 보듯이,
'공사公事'는 명대 소설에서 때로 '범인·죄수'의 의미로 사용되기도 했다.
21) 【즉공관 미비】 不美則不必追逐。아름답지 않았으면 따라갔을 리가 없지.

보니 민가 쪽으로 가지 않고 그길로 바로 절의 산문 안으로 들어가
는 것이 아닙니까.

'절에서 어째서 아름다운 여인이 물을 길러 다니는 게지? (…) 중들
이 못된 짓을 벌이는 게 분명하다!'

이상하게 생각한 그는 보초병들을 데리고 그 뒤를 미행했습니다.
그런데 그 여인이 웬 승방으로 들어가는 것이었습니다. 지휘 일행이
계속 따라 들어가니 이번에는 술을 보관하는 방으로 들어가지 뭡니
까. 절의 중들은 관리가 보초병까지 끌고 아침 댓바람부터 들이닥친
것을 보고는 가슴이 철렁 내려앉아서 저마다 안색이 흙빛이 되어 어
쩔 줄을 몰랐지요. 그러나 허를 찔린 터인지라 미처 숨지도 못하는
것이었습니다. 지휘는 먼저 보초병에게 중을 끌고 가게 하고 자신은
대청에 앉더니 보초병 둘을 시켜 술방을 수색하게 했습니다. 그런데
보초들이 가만 보니 그 여인이 방 안으로 들어가더니 어른어른하면서
그대로 안에 있다가 사람이 오는 것을 보자마자 항아리 속으로 들어
가 버리는 것이 아닙니까. 그러자 보초병들은 돌아와서 지휘에게 그
일을 보고했습니다.

"항아리 속에 분명히 무슨 억울한 사정이 있는 게야!"

지휘는 이렇게 말하고 바로 보초병들에게 항아리를 꺼내 오게 했습
니다. 그러고는 뚜껑을 열고 보는데 가만 보니 피와 살이 범벅에다가
머리도 박살이 나 있는 것이 아닙니까. 한 사람을 토막 낸 것이 분명
했습니다. 지휘는 즉시 절의 중과 제자를 묶어서 순강찰원巡江察院[22]
으로 끌고 갔습니다. 그리고 형벌을 가하자마자 그 중과 제자는 고통

을 참지 못하고 하는 수 없이 사실대로 자백하는 것이었지요. 지휘는 절로 끌고 가서 장물을 증거로 확보하고 극형[23]을 내리고 즉시 사형을 집행했습니다. 사람들이 중의 자백을 들어보니 객상이 누각을 보수하라고 은자를 보시했는데 욕심이 생겨 사람을 죽였다는 것이었지요. 사람들은 그제야 방금 전의 그 여인이 바로 관음보살의 현신임을 깨달았습니다. 그러니 어느 누가 '영험하신 관세음보살님께 귀의합니다[南無靈感觀世音菩薩]!'[24] 하고 주문을 외우지 않을 리가 있겠습니까. 이렇듯 부처님께서는 아주 가까이 계셔서 양심을 속이는 짓은 할 수 없다는 것을 아셔야 합니다! 지금까지 관세음보살은 영험하셔서 모습을 드러내지 않는 곳이 없을 정도입니다. 그러니 연자기의 사례는 대단한 일도 아니지요.

불사가 왕성한 곳으로는 항주杭州의 '삼천축三天竺'[25]만 한 곳이

---

22) 순강찰원巡江察院: 명대의 관청 이름. 도찰원都察院 하부 기관으로 설치된 제독조강아문提督操江衙門을 말한다. 장강 유역을 순시하면서 치안 유지 업무를 전담했는데, 우리나라로 치면 한강 순찰대 정도에 해당한다.

23) 극형[大辟]: '대벽大辟'은 중국 고대의 '5대 형벌[五刑]' 중에서 극형에 해당하는 사형을 가리킨다. 수隋나라 이전에는 '대벽'으로 통칭되다가 수나라 때부터 '사형'으로 부르기 시작했다고 한다.

24) 【즉공관 미비】 轉背卽作昧心事矣。 그러고는 등만 돌리면 못된 짓을 벌이겠지.

25) 삼천축三天竺: 절강성 항주시 서호 서편의 천축산天竺山과 영은사靈隱寺 사이에 있는 불교 사찰인 하천축사下天竺寺·중천축사中天竺寺·상천축사上天竺寺를 말한다. '삼천축' 또는 '천축 삼사天竺三寺'로 일컬어지는 이 세 절은 모두 관세음보살을 섬기는 도량이다. 천축산 비래봉飛來峯 자락에 있는 하천축사가 가장 오래되었고, 계류봉稽留峯 북쪽에 있는 중천축사는 하천축사가 증축되면서 분리되어 조성되었으며, 영은사 산문에서 남쪽의 백운봉白雲峯 북쪽에 있는 상천축사는 가장 늦게 조성되었다고 한다. 제24권의 이야기는 상천축사와 관련된 이야기이다.

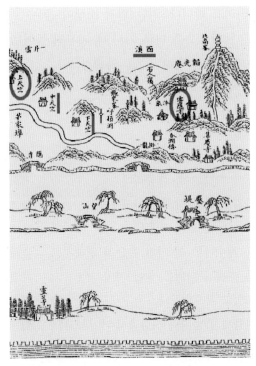

상천축사(왼쪽). 상천축사에서부터 차례로 중천축사, 하천축사
가 보인다. 전여성, 《서호유람지》.

없을 것입니다. '삼천축'이라는 것은 상천축사·중천축사·하천축사를
말합니다. 이중에서도 상천축사가 불사가 가장 왕성한 곳이지요. 이
천축봉天竺峰은 항주 부성府城 서쪽, 서호西湖 남쪽에 있습니다. 이
봉우리에 오르면 서호는 손바닥만 하고 장강은 허리띠만 하게 보이지
요. 장소도 명승지이고 신령스러운 곳이라서 해마다 인산인해를 이루
어서 몸도 제대로 가누지 못할 정도로 북적거린답니다.

이제부터는 이 천축봉에 관음보살이 모습을 나타낸 이야기를 손님

들께 들려드리려고 합니다. 일단 먼저 소생이 읊는 〈바람[風]〉·〈꽃
[花]〉·〈눈[雪]〉·〈달[月]〉을 다룬 가사 네 편부터 들어보십시오. 그런
다음에 몸 이야기26)로 들어가도록 하겠습니다.

바람 부드럽고 부드럽구나,	風嫋嫋,
바람 부드럽고 부드럽구나,	風嫋嫋,
겨울 고대에선 외로운 소나무 흐느끼고,	冬嶺泣孤松,
봄 근교에선 가냘픈 풀 흔들리네.	春郊搖弱草。
구름 사라지자 달빛 밝게 빛나고,	收雲月色明,
안개 걷히니 햇빛 벌써 비추네.	捲霧天光早。
맑은 가을 계수나무 꽃 향기 은은히 전해지고,	淸秋暗送桂香來,
더운 여름 수시로 더위를 쓸어 가네.	極夏頻將炎氣掃。
바람 부드럽고 부드럽구나,	風嫋嫋,
들꽃 어지럽게 흩날리니 사람을 늙게 만드네.	野花亂落令人老。
― 이상27)은 〈바람을 읊다〉	― 右〈咏風〉

---

26) 몸 이야기[正話]: '정화正話'는 주요한 이야기main story라는 뜻이지만 여기
서는 편의상 "몸 이야기"로 번역했다.

27) 이상[右]: 한국·중국·일본에서는 고대에 문서를 작성할 때 오른쪽 상단에
서부터 세로쓰기를 하여 왼쪽 하단으로 글씨를 적었다. 그래서 이미 기입한
내용은 오른쪽, 아직 기입하지 않은 빈 공간은 왼쪽에 배치되는 것이 보통
이었다. 따라서 이미 작성한 내용을 언급할 때에는 "오른편(에 적은 것)과
같이[如右]"라는 뜻으로 '우右' 자를 사용했다. 오늘날 우리는 '이상以上과
같이'라는 말을 쓰는데, 이것은 왼쪽에서 오른쪽으로, 위에서 아래로 쓰는
서양식 가로쓰기를 처음 도입한 일본에서 사용하기 시작한 표현으로, 근대
에 문장부호들과 함께 도입되었다. 우리 책은 가로쓰기로 작성되었으므로
여기서는 '우'를 편의상 '이상'으로 번역했다.

꽃 아리땁고 아리땁구나,　　　　　　　　　　花艷艷,

꽃 아리땁고 아리땁구나,　　　　　　　　　　花艷艷,

요염함은 공교롭게도 화장을 한 듯,　　　　　　妖嬈巧似妝[28],

자잘함은 그야말로 가위로 오린 듯.　　　　　　鎖碎渾如剪。

이슬 맺히니 그 빛깔 더더욱 강렬하고,　　　　　露凝色更鮮,

바람 부니 그 향기 늘 멀리까지 퍼지누나.　　　風送香常遠。

한 가지 유독 무성하게 고운 살을 뽐내고,　　　一枝獨茂逞氷肌,

만 송이 다투어 고움 뽐내며 취한 낯 머금네.　萬朶爭妍含醉臉。

꽃 아리땁고 아리땁구나,　　　　　　　　　　花艷艷,

상림[29]의 부귀 누리는 이들조차 부러워하겠네.　上林富貴眞堪羨。

　─ 이상은 〈꽃을 읊다〉　　　　　　　　　　─ 右〈咏花〉

눈 흩날리고 흩날리누나,　　　　　　　　　　雪飄飄,

눈 흩날리고 흩날리누나,　　　　　　　　　　雪飄飄,

푸른 옥이 매화 꽃봉오리 가두고,　　　　　　　翠玉封梅萼,

파르란 소금이 댓가지 짓누르네.　　　　　　　青鹽壓竹梢。

허공에 날리니 솜 물결이 일렁거리는 듯,　　　灑空翻絮浪,

난간에 쌓이니 은색 다리 자물쇠 채운 듯.　　　積檻鎖銀橋。

천개의 산이 온통 놀랐나 연백가루 뿌렸나,　　千山渾駭鋪鉛粉,

만 그루 나무 어슴푸레 흰 두루마기 둘렀네　　.萬木依稀擁素袍。

---

28) 【교정】 단장[粧]: 상우당본 원문(제1023쪽)에는 '중배끼(과자) 여粔'로 되어
　　있으나 전후 맥락을 따져 볼 때 '꾸밀 장妝'이나 '단장할 장粧'의 별자로
　　사용되었다.

29) 상림上林: 한대의 어용 정원인 상림원上林苑의 약칭. 전한의 무제가 건원建元
　　3년(BC138) 진秦나라 황제의 옛 어용 정원을 보수·확장한 것으로, 사방 300
　　리에 이르고 그 안을 흐르는 하천이 여덟 개나 될 정도로 규모가 컸다고 한다.

눈 흩날리고 흩날리누나,　　　　　　　　　　　雪飄飄,

먼 길 가는 길손 원망이 멀리까지 이어지누나.　　長途遊子恨迢遥。

　─ 이상은 〈눈을 읊다〉　　　　　　　　　　　─ 右〈咏雪〉

달 아름답고 아름답구나,　　　　　　　　　　　月娟娟,

달 아름답고 아름답구나,　　　　　　　　　　　月娟娟,

잠시 이울면 고리처럼 온 들에 비치고,　　　　　乍缺鉤橫野,

막 둥글어지면 거울처럼 하늘에 걸리네.　　　　方團鏡掛天。

비스듬히 비치니 꽃 그림자 어지럽고,　　　　　斜移花影亂,

나지막이 비치니 물에 주름 잇따르누나.　　　　低映水紋連。

시인들은 술잔 들고 멋진 구절 찾고,　　　　　詩人擧盞搜佳句,

미녀들은 창 열고 달 때문에 늦게 잠드네.　　　美女推窓遲月眠。

달 아름답고 아름답구나,　　　　　　　　　　　月娟娟,

밝은 빛이 천년토록 끝도 없이 비추누나!　　　清光千古照無邊。

　─ 이상은 〈달을 읊다〉　　　　　　　　　　　─ 右〈咏月〉

　손님들, 이 네 편의 가사를 누가 지었는지 아십니까? 이제 이야기를
들려드리도록 하지요.[30] 홍무洪武[31] 연간에 절강浙江 염관鹽官[32] 고
을의 회해산會骸山[33]에 노인이 한 사람 살았습니다. 그는 검은 옷과

---

30)　＊본권의 몸 이야기는 명대에 무명씨가 지은 문언체 단편소설집《속염이편
　　續艷異編》권12의 〈대사주사기大士誅邪記〉에서 소재를 취했다.

31)　홍무洪武: 명나라 태조太祖 주원장朱元璋(1328~1398)이 1368년부터 1398년
　　까지 사용한 연호.

32)　염관鹽官: 중국 고대의 현 이름. 삼국시대에 동오東吳에 속해 있던 절강 땅
　　에 설치되고 명대에 해녕현海寧縣으로 개칭되었는데 지금의 해녕시海寧市
　　와 해염현海鹽縣 지역에 해당한다.

허연 얼굴에, 폭건幅巾34)을 쓰고 짚신을 신은, 전형적인 도인道人 차림을 하고 있었지요. 그가 어떤 생업에 종사하는지는 본 적이 없지만 날마다 저잣거리에서 술에 취해 노래를 부르곤 했답니다. 그는 노래를 부르고 나면 춤을 추면서 나무로 뛰어올라 가지를 타고 올라가기도 하고, 몸을 비틀고 빙빙 돌기도 하는 등, 몸이 가볍고 재빨라서 마치 놀란 물고기나 나는 제비 같았지요. 더욱이 학식도 많고 시가도 잘하며 재미있고 잘 웃었으며 재주가 넘쳐흘렀습니다. 그래서 이 산에 올라와 노니는 문사들이라면 늘 그와 시를 읊으면서 담소를 나누곤 했답니다.

그러던 어느 날이었습니다. 그는 잔뜩 취해서 술집에 붓과 벼루를 달라고 하더니 이 가사 네 편을 암벽에 썼는데 보는 사람마다 호평을 하면서 감상하는 것이었지요. 가사들을 쓴 뒤로는 그 먹물 흔적이 차

---

33) 회해산會骸山: 중국의 산 이름. 절강성 해염현에 자리 잡고 있다. 송대의 백과전서인 《태평어람太平御覽》〈지부11地部十一〉 "강동 제산江東諸山"조에서 《오군연해사현기吳郡緣海四縣記》를 인용해 소개한 바에 따르면, 이 산은 바다를 끼고 있는데, 예전에 황금 소가 산에 들어가자 부백통阜伯通 형제가 그 소를 잡으려고 산에 구멍을 뚫다가 산이 무너지는 바람에 둘이 그 구멍에 빠져 죽어 '회해산'으로 불리게 되었다고 한다.

34) 폭건幅巾: 중국 고대의 남성용 모자. 길이와 폭이 각각 석 자[尺]인 한 폭짜리 비단으로 만들며, 이마에서 뒤로 머리를 감싸면서 천을 단단히 묶고 남는 부분은 자연스럽게 뒤로 어깨까지 드리웠다. 때로는 칡천으로 만든 것은 '갈건葛巾'이라 하여 벼슬을 하지 않은 서민이 착용하고, 촘촘한 비단으로 만든 것은 '겸건縑巾'이라 하여 왕공이나 사대부가 착용했다. 송대 이후로 심의深衣와 폭건은 사대부

폭건. 《삼재도회》

집안에서 관혼상제나 대외활동을 할 때 착용하는 정복으로 여겨졌다.

츰 깊어져서 그 자리를 문지르면 문지를수록 더 반들거리는 것이 아닙니까. 산에서 그와 잘 아는 이 사람들은 그의 이 같은 기이한 행동을 보고 '그가 신선이 아닐까' 하고 의아하게 여겼습니다. 그렇지만 도무지 그의 내력을 알아볼 길이 없었지요. 그 늙은 도인은 날마다 산 속을 드나들었지만 그가 사는 집이 있는 자리조차 보이지 않았습니다. 이렇듯 이상하고 괴이한 구석은 좀 있었지만 자주 보면서 시간이 많이 흐르자 대수롭지 않게 여기게 되었지요. 그래서 평소에는 무조건 '도사 어른[老道]'이라고 불렀답니다.

산에서 한 리 정도 떨어진 곳에는 그 고을의 대갓집인 구仇 씨 댁이 있었습니다. 부부 두 사람은 나이가 마흔을 넘었는데 무척 금슬이 좋았지요. 그러나 대를 이을 자식이 하나도 없었지 뭡니까. 그래서 돈을 희사하여 자비대사慈悲大士[35]의 상을 하나 새겼습니다. 그러고는 집에 모시고 아침저녁으로 향·꽃·등불·과일을 바치고 절을 하면서 소원을 빌었지요. 매년 이월 열아흐레는 자비대사의 탄생일이었습니다. 그래서 부부는 경건하게 재개齋戒하고 천축봉까지 참배를 하러 가곤 했지요. 내외는 세 걸음마다 한 번씩 절을 하면서 산에 올라가 불공을 드리고 기도를 했습니다. '아들이든 딸이든 하나만 낳아서 대를 잇게 해주십시오.' 하고 말이지요.

그렇게 삼년이 지났을 때였습니다. 아내에게 정말 태기가 있더니 열 달이 다 차자 저녁나절에 딸아이를 하나 낳았지 뭡니까. 부부 두 사람은 너무도 기뻐하면서 '야주夜珠'라는 이름을 지어주었습니다. 밤

---

35) 자비대사慈悲大士: 명대에 관세음보살觀世音菩薩을 부르던 별칭. 원문에서는 더러 "대사大士"로 적기도 했지만 편의상 "자비대사"로 통일했다.

에 아이를 낳았고 '손바닥 위의 구슬'이라는 뜻을 땄지요. '밤에 빛을 내는 보배와도 같은 아이'라는 뜻도 있었습니다.[36] 해가 거듭되면서 자라는 것을 보니 단아하고 총명하며 다재다능해서 자수면 자수, 외모면 외모 모두 뛰어났지요. 그래서 부모는 그녀를 정말 진주나 옥처럼 사랑하고 아꼈답니다.

그러는 사이에 그녀는 어느덧 벌써 열아홉 살이 되었습니다. 그런데 부모가 모두 예순이 넘었는데도 딸은 여태 혼약도 맺지 않았지 뭡니까. 원래 늦둥이 부모라면 서둘러서 자식에게 짝을 지어주어 노년에 봉양을 받으려고 난리들 아닙니까? 그런데 어떻게 된 노릇이길래 이팔청춘이 다 지났는데도 여태 출가조차 시키지 않는단 말입니까? 사실 야주는 이 대갓집에서 애지중지하는 딸인 데다가 아주 곱고 영리하다 보니 부부 두 식구가 큰 기대를 하고 있었습니다. 그래서 기필코 완벽하고 전혀 나무랄 데 없는 사위를 골라서 딸을 출가시키고, 사위가 공명을 이루면 그에게 의지해 삶을 마칠 작정이었지요. 거기다가 데릴사위만 찾으면서 절대로 시가로 보내려고 하지 않았던 것입니다.

그래서 그 사이에 인근의 집안들 중 몇 집에서 혼담이 들어오기는 했지만 두 노인네는 그때마다 가타부타 사양을 했습니다. 제법 만족스러운 집이 몇 집 있기는 했지만 그녀를 며느리로 데려가려고만 하지 그 집 아들을 데릴사위로 주려고는 하지 않는 것이었습니다. 또 사위가 인물이 좋고 학문이 뛰어나면 집안 형편이 좀 딸리고, 집에 가산이 많고 집안이 좋으면 이번에는 사위가 좀 모자란 식이었지요.[37] 그렇다 보니 집안이 좋으면 좋다고, 나쁘면 나쁘다고 퇴짜를

---

36)【즉공관 미비】佳名。 고운 이름이지.

37)【즉공관 미비】二者每每相左, 不能兼得。 둘은 매번 서로 엇갈리니 둘 다 얻을 수는

놓았지 뭡니까. 중매를 서는 사람들은 이 두 노인네가 상대하기 까다로운 것을 보고 좀 귀찮아하기도 했습니다. 그렇게 해서 혼사는 갈수록 늦어졌지요. '구 씨 댁 처자가 참하기는 하지만 사위를 고르는 일은 인력으로 되는 것이 아니다'라는 불평이 여기저기까지 퍼지고 말았답니다.

그런데 그 사이에 한 사람의 마음을 움직일 줄 아무도 몰랐지요. 손님들, 그 사람이 누구인지 아시겠습니까? 석숭石崇38)의 부귀를 가진 이가 녹주綠珠를 사들이려 한 걸까요? 상여相如39)의 재주를 가진 이가 문군文君를 고르려고 한 걸까요? 아니면 반안潘安40)의 외모를

없는 법.

38) 석숭石崇(249~300): 서진西晉의 권신. 자는 계륜季倫이다. 교지 채방사交趾采訪使이던 그는 녹주綠珠의 화사한 용모와 자태가 뛰어나다는 소문을 듣고 진주 열 말을 들여서 녹주를 첩으로 맞아들이고 낙양 북서쪽에 호화로운 금곡원金谷園을 지어서 살게 해주었다고 한다. 그러나 당시 국정을 농단하던 조왕趙王 사마륜司馬倫의 측근이던 손수孫秀가 녹주를 빼앗으려고 금곡원을 포위하자 녹주는 누각에서 투신하여 자살했다.

석숭

39) 상여相如: 전한의 문장가 사마상여司馬相如(BC179~BC117)를 말한다. 임공臨邛의 부자 탁왕손卓王孫에게는 문군文君이라는 딸이 있었는데 거문고를 잘 연주했다. 그 소문을 들은 사마상여는 마침 탁왕손의 초대를 받아 술을 마시는 자리에서 거문고로 〈봉구황鳳求凰〉이라는 곡을 연주하여 문군의 마음을 사로잡아 그녀와 함께 야반도주를 했다. 《사기史記》〈사마상여전司馬相如傳〉에 따르면, 사마상여는 얼마 후 자기 재산을 처분하고 임공 저자거리에 술집을 열었고 그 소식을 들은 탁왕손은 어쩔 수 없이 두 사람의 혼인을 인정하고 문군에게 재산을 나누어주었다고 한다.

40) 반안潘安(247~300): 서진西晉의 문학가. 하남河南 중모中牟 사람이다. 원래

미남 반안에게 과일을 던지는 여인들을 그린 명대 민화

가진 이가 과일 던진 여인을 매료시킨 걸까요? 손님들, 그 정도야 누
구라도 상상할 수 있는 일일 것입니다. 이야기를 드리자면 정말 우습
지마는 알고 보니

주나라 때의 여망이,	周時呂望,
함께 낚시를 할 상대를 구하려 한 격이요,[41]	要尋个同釣魚的對手。

이름은 '악岳'이지만 자가 안인安仁이어서 줄여서 '반안'으로 불렀다. 어릴
때부터 아름다운 외모와 재능으로 이름을 떨쳐서 후대의 문학작품들에서
미남의 대명사로 등장한다. 《어림語林》에 따르면, 반안은 하도 미남이어서
수레를 타고 외출이라도 할라치면 나이 지긋한 여인들이 과일을 그에게 던
져 수레가 과일로 가득 찰 정도였다고 한다. 후대에는 '수레를 탄 반안'은
미남을 두고 하는 말로 굳어졌다.

41) 주나라 때의 여망이~: "여망呂望"은 주周나라의 정치가 강상姜尙을 가리
킨다. 강상은 자가 아牙여서 때로는 강자아姜子牙·강태공姜太公 등으로 불
리기도 한다. 그 조상이 우禹 임금의 치수治水에 공을 세워서 여呂 땅에

한나라 때의 복생42)이,　　　　　　　　　　漢時伏生,

같이 강연을 할 짝을 찾는 격이었답니다!43)　要娶个共講書的配頭。

이제 누군지 아시겠습니까? 아 글쎄 〈바람〉·〈꽃〉·〈눈〉·〈달〉 이 네 편의 가사를 지은 바로 그 사람이었지 뭡니까요! 그 늙은이는 그 중매인들한테 온종일 매달려서 구 씨 댁에 가서 혼담을 넣어달라고 신신당부를 했던 것입니다. 그래서 중매인이 물었지요.

"누가 … 색시로 들이겠답니까?"

영지를 하사받았기 때문에 때로는 여 씨로 간주하여 여상呂尙으로 불리기도 했다. 나이 여든이 다 되도록 위수渭水에서 낚시질을 하다가 그곳을 지나던 주나라 문왕文王의 눈에 띄어 그 스승이 되었다. 문왕 사후에는 무왕武王을 도와 목야牧野의 전투에서 은나라 주왕[商紂]의 군사를 물리침으로써 주나라 건국에 큰 공을 세웠다. 그 보상으로 성왕成王 때 제齊 땅에 영지를 하사받으면서 그 후로 천 년 동안 이어지는 제

태공 여망. 《삼재도회》

나라의 시조가 되었다. 여기서 "낚시의 상대"란 여망을 발탁한 주나라 문왕을 말한다.

42) 복생伏生: 진秦·한漢대의 유학자. 지금의 산동성 제남濟南 사람으로, '복승伏勝'으로 불리기도 했다. 진 시황이 이른바 '분서갱유焚書坑儒' 명령을 내리자 《상서尙書》를 집의 담장 속에 감추었다가 한나라가 건국되자 그 책으로 학생들을 가르쳤다. 한나라 문제文帝가 그에게 《상서》를 배우기 위하여 조조晁錯를 보냈을 때는 나이가 아흔을 넘겨서 그 딸이 《상서》의 내용을 구술했다고 한다. 여기서 "강연의 짝"이란 한나라 문제를 말한다.

43) 주나라 때의 여망이~: 여망과 복생은 일흔이 넘은 노년이 되어서야 뜻을 이룰 수가 있었다. 여기서 두 사람을 예로 든 것은 야주의 신랑감을 자청하고 나선 이가 나이가 많은 사람이라는 암시를 주려는 것이다.

그러자 바로 자기 색시라고 하는 것이 아닙니까! 그러니 중매인들이야 그저 농담이라고 생각하지 어느 누가 혼담을 넣으려고 하겠습니까? 중매인들은 노인이 그 소리를 하자 비웃으면서 말했지요.

"당신이 아무리 수천 수만 번을 고르고 또 고르고, 그 댁 따님이 아무리 냄새가 나고 썩어 문드러져도 당신 차례까지는 가지 않을 겁니다! (…) 늙어서 희망도 없는 양반이 컴컴한 수챗구멍 속에서 백조 고기를 다 먹으려 드는구려[44]!"

늙은 도인은 아무도 중매를 서주려 하지 않는 것을 보자 염치도 불구하고 직접 구 씨 댁으로 달려갔습니다.[45]

대갓집의 노부부 두 사람은 마침 대청에서 여의치 못한 딸의 혼사를 화제 삼아 이러쿵저러쿵 의논을 하고 있었습니다. 그런데 갑자기 그 늙은 도인이 들어오는 모습이 눈에 들어오지 뭡니까. 이 댁은 평소이 노인이 좀 별나다는 것을 잘 알고 있던 터라 일어나서 마중을 했습니다. 그 댁 어머니도 그가 노인인 것을 보고 자리를 비키지 않았지요. 세 사람이 인사를 나누고 나자 자리를 노인에게 권했습니다.

"도인 어른, … 오늘 어인 일로 이 누추한 곳까지 왕림하셨소이까?"

구 씨 댁 아버지가 묻자 늙은 도인이 말하는 것이었습니다.

---

44) 컴컴한 수챗구멍 속에서~[陰溝洞裏思量天鵝肉吃起來]: 명대의 속담. 자신의 분수나 능력에 넘치는 물건을 탐내거나 일을 하려 드는 것을 두고 하는 말. 때로는 '두꺼비가 백조 고기를 먹으려 든다[賴蛤蟆想吃天鵝肉]' 식으로 표현하기도 한다.

45) 【즉공관 미비】突如其來如。너무 갑작스럽지 않나!

"이 늙은이가 따님 혼사 문제로 이렇게 왔소이다!"

두 사람은 딸의 혼사를 위해서 왔다는 소리를 듣자마자 서둘러 차를 내오게 한 뒤에 물었습니다.

"어느 댁인데요?"

"바로 이 늙은 것의 집이올시다."

'바로 그 노인네 집'이라는 소리를 들은 구 씨 댁 아버지는 그 늙은 도인이 어디에 사는지도 모르던 터라 속이 벌써부터 몹시 불쾌해졌습니다. 그래도 억지로 대답했지요.

"지금까지 뵙기야 뵈었소이다마는 … 도인 어른에게 아드님이 … 몇 명이나 있는지요?"

"아들이 아니올시다! (…) 이 늙은이도 따님은 평범한 사람한테 짝 지어주면 안 된다는 것 정도는 잘 압니다! 해서, … 이 늙은이가 맞아 들이려고 그럽니다."

늙은 도인이 이렇게 말하자 구 씨 댁 아버지는 그가 턱없는 소리나 하고 도무지 진지하지 못하다고 여기면서도 말했지요.

"도인 양반이 … 평소 농담하고 장난치기를 즐기긴 하지."

"절대로 농담이 아니올시다! (…) 이 늙은이는 정말 댁의 사위가 되고 싶소! 꼭 될 생각이니까 사양하실 것 없소이다!"

구 씨 댁 부부는 그의 말이 하도 가증스러워서 벌컥 성을 내면서 말했습니다.

"내 딸은 안채에서 고이 기른 금지옥엽이요! 잡것들은 청혼할 엄두조차 못 내는 아이라구! (…) 당신이 뭐요? 뭐길래 감히 그 따위 헛소리를 하는 게야!"

구 씨 댁 아버지는 벌떡 일어나 냅다 그를 밀쳤습니다. 그러자 늙은 도인은 너무도 태연하게 동요조차 없이 일어나서 두 손을 모으고 말하는 것이었습니다.

"어르신, 그건 아니지요. 어르신이 사위[46]를 구하는 건 그저 말년에 봉양을 받겠다는 계산일 뿐이지요. (…) 만약에 따님을 이 늙은이한테 출가시킨다면 이 늙은이가 장인어른을 생시에는 효성을 다해 봉양하고 사후에는 예의를 갖추어 제사까지 지내 드릴 자신이 있소이다. 혼사만 끝내면 아주 든든한 의지처가 생기는 셈이라고요. (…) 나 같은

---

46) 사위[東床]: 남조南朝시기 유송劉宋의 문학가 유의경劉義慶이 지은 《세설신어世說新語》〈아량雅量〉에 나오는 동진東晉대의 서예가 왕희지王羲之: 303~361의 일화. 동진의 태부太傅 치감郗鑒은 자신의 측근을 시켜 승상丞相 왕 씨에게 그 아들을 사위로 삼고 싶다는 내용을 담은 서신을 전달했다. 왕 승상이 치감의 측근에게 동쪽 방에 가서 아무나 하나 골라보라고 하자 그 측근은 승상의 아들들을 둘러보고 나서 돌아갔다. 왕 승상의 아들들이 저마다 자기 자랑하기에 바쁜데 유독 한 아들만 동쪽 침상에서 배를 드러낸 채 마치 아무 일도 없다는 듯이 누워 있더라는 측근의 보고를 들은 치감은 "딱그 사람이 좋겠군正此好" 하면서 그 아들을 수소문해서 사위로 삼았는데 그가 바로 왕희지였다고 한다. 이때부터 '동쪽 침상의 사람[東床]', '배를 드러낸 동쪽 침상의 사람[坦腹東床]', '동쪽 침상의 배를 드러낸 사람[東床坦腹]'은 사위를 가리키는 말로 사용되었다.

사람이 훌륭한 사위가 아니면 어느 누가 적임자이겠소이까?"

그러자 구 씨 댁 아버지는 큰소리로 그를 꾸짖었습니다.

"인간에게는 귀천의 차별이 있고 나이에는 노소의 차이가 있는 법이요! 귀한 집안과 천한 집안은 어울리지 않고 노인과 소녀는 짝을 지을 수 없소! 그런 것도 속으로 생각해보지도 않고 감히 당돌하게 우리 집을 우롱해? (…) 이자가 미친 것이 아니면 실성을 한 게 분명해! 상대할 가치조차 없구먼!"

그러더니 하인들을 시켜 몽둥이를 들고 그를 쫓아내게 했습니다. 구 씨 댁 어머니는 어머니대로 옆에서 중간중간에 끼어들어 욕을 퍼부었지요. 그러자 늙은 도인은 껄껄 웃더니 가면서 말하는 것이었습니다.

"쫓아낼 것 없소 나 스스로 가면 되지 않는가. 다만, … 나중에 후회하면서 나를 만나겠다고 애걸복걸해도 어림도 없을 게요!"

그 말에 구 씨 댁 아버지는 다시 그에게 삿대질을 하면서 욕을 퍼부었습니다.

"네 이 늙다리야! 내가 뭘 하려고 네놈을 만나겠다고 애걸복걸하겠느냐! (…) 보아하니 네놈이야말로 얼마 지나지 않아 길바닥에 쓰러져서 개한테 뜯기고 까마귀한테 쪼일 날이 코앞이다, 이놈아!"

그래도 늙은 도인은 손으로 수염을 치켜들면서 한참을 웃다가 물러갔습니다.[47] 그러자 구 씨 댁 아버지는 하인에게 대문을 닫아걸게 했습니다. 부부 두 사람은 복장이 터질 정도로 화가 나서 서로 원망하면서 말했습니다.

"딸이 시집을 못 갔다고 이런 큰 욕을 다 보는구나!"

구 씨 댁 아버지는 하인들에게 분부해서 각자 매파를 찾아가서 중매를 부탁하게 했습니다. 그 매파들은 구 씨 댁에 왔다가 그 늙은 도인이 직접 와서 청혼했다는 말을 듣고 그침 없이 웃으면서 말했습니다.

"아니 세상에 뭐 그런 몰상식한 영감이 다 있대요? 지난번에도 우리를 몇 번이나 찾아와서 애걸하더라구요, 글쎄! (…) 아무도 상대를 해 주지 않으니까 제 발로 들이닥친 게로구먼요!"

그래서 구 씨 댁 아버지가 말했습니다.

"그 늙은 놈이 글재주가 좀 있답시고 고작 한다는 짓이 남을 집적거리기나 하다니! (…) 우리 집이 사위를 하도 엄격하게 고르다 보니 여태 혼처가 정해지지 않은 것을 눈치 채고 작심하고 나를 우롱하려든 게야! (…) 자네들 이번에는 이런 점을 유념하고 서둘러서 좀 구해 주게나! 그런 대로 무난한 집안이라도 괜찮네. (…) 내 단단히 사례를 함세!"

매파들도 그렇게 하기로 하고 그 자리를 떠난 것은 두말할 필요도 없습니다.

---

47) 【즉공관 미비】笑者不可測也。 웃는 사람은 예측할 수가 없지.

그로부터 이틀이 지났을 때였습니다. 야주는 창가에 기대어 신발에 수를 놓고 있었지요. 그런데 갑자기 큰 나비 한 쌍이 날아오는 것이 아닙니까. 붉은 날개에 누런 몸통, 검은 수염에 보랏빛 다리가 달렸는데 제법 아름다웠습니다. 그런데 야주 곁을 맴돌면서 떠나지 않는 것이었습니다. 마치 그녀 몸에서 나는 꽃향기에 도취되기라도 한 것처럼 말이지요. 야주는 기쁘기도 하고 신기하기도 해서 비단 손수건으로 살그머니 나비를 덮쳤습니다. 그러나 붙잡지 못하고 자칫하다가는 날아가버릴 것 같지 뭡니까! 야주는 더 이상 견디지 못하고 웃으면서 여종을 불러 함께 나비를 덮치려고 했지요. 그런데 멀리 날아갈 것 같길래 야주는 여종과 같이 나비가 날아가는 쪽으로 따라갔습니다.

뒤뜰의 모란꽃 옆까지 쫓아왔을 때였습니다. 그 나비 두 마리는 차츰 커지더니 매만큼 커지는 것이었습니다. 그 말이 채 끝나기도 전이었습니다.[48] 나비들은 야주 곁으로 날아 와서 각자 날개로 야주의 양쪽 겨드랑이를 끼더니 마치 두 개의 삿갓 같이 야주를 끼고 하늘로 솟아오르지 뭡니까! 야주는 고함을 질렀고 여종은 놀라서 구 씨 부부에게 그 일을 알렸습니다. 부부가 허둥지둥 뜰로 달려갔더니 야주는 벌써 나비 두 마리와 함께 허공에 떠서 담 너머로 날아가버리는 것이었습니다. 구 씨 댁 아버지는 놀라서 큰 소리로 딸을 불러댔지만 구할 방법이 없었지요. 노부부 두 사람은 소리 놓아 통곡을 하면서 말했습니다.

---

48) 그 말이 채 끝나기도 전이었습니다[說時遲, 那時快]: 송·원대 화본, 명대 의 화본이나 백화소설에서 상투적으로 사용되는 표현. 어떤 상황이 갑작스럽게 시작되고 신속하게 끝나는 것을 묘사할 때 주로 사용된다.

염관읍의 늙은 마귀가 아름다운 여인을 홀리다.

"무슨 요망한 도술을 써서 끌고 가 버렸을꼬!"

그래도 알 수 있는 단서가 없자 그때부터 각지에 수소문을 하고 나선 것은 말할 필요도 없었습니다.

계속 이야기를 들려드리겠습니다. 야주는 나비 두 마리에 의해 공중으로 끌려 올라가니 마치 구름과 안개 위로 올라간 것 같았습니다. 속으로야 요사스러운 도술에 걸려든 것을 알면서도 발이 땅에 닿지 않으니 몸을 제대로 가눌 수가 없지 뭡니까. 그러면서 발아래를 굽어 보니 물체들이 또렷하게 잘 보이는 것이었습니다. 그 나비들은 가시가 무성한 수많은 길과 몇 개의 험준한 산을 지나 웬 뾰족한 산속 동굴에 이르러서야 천천히 야주를 내려놓았습니다. 보아하니 그 작디작은 구멍은 머리만 겨우 들어갈 정도였고, 거기 말고는 다른 길이 없었지요. 아까 그 나비 두 마리도 어느 사이에 사라지고 없었습니다.
그런데 가만 보니 동굴 가에 웬 노인네가 도인 차림으로 두 손을 모으고 있는 것이 아닙니까. 그는 야주를 보더니 아주 반갑게 손을 뻗어 야주의 손을 잡아끌더니 동굴 입구를 향해 고함을 질렀습니다. 그러자 우레와도 같이 쩌렁쩌렁한 소리가 들리더니 동굴이 별안간 열리는 것이 아닙니까. 그 사이에 늙은 도인과 야주의 몸은 동굴 안에 들어와 있었습니다. 야주가 황급히 고개를 돌려보니 동굴은 벌써 원래대로 닫혀서 나갈 수 없게 돼 버린 상태였지요.
야주가 경황이 없는 와중에도 그 동굴 안을 훔쳐보니 대청만큼이나 넓었습니다. 이어서 사람 얼굴에 원숭이 형상을 한 무리가 스무 명 넘게 다가와서 그 늙은 도인을 마중하면서

"동주洞主님!"

하고 부르는 것이었지요.

"신부가 왔으니 이제 피로연을 준비하거라!"

늙은 도인이 이렇게 분부하자 원숭이 인간들은 그 말대로 하는 것이었지요. 이어서 야주가 옆방을 보니 아주 잘 꾸며지고 깨끗한 것이 승방과 꽤 비슷해 보였습니다. 그리고 앉은뱅이책상이 놓인 창가에는 문방구와 서책들이 놓여 있고, 대 평상과 돌 걸상이 양쪽으로 늘어서 있었습니다. 거기다가 아름다운 여인 너덧 명, 여종 예닐곱 명이 있는데, 여인들은 앉아 있고 여종들은 서서 시중을 들고 있었지요. 이윽고 평상 앞에는 특별히 술자리가 마련되었는데 고기는 없고 향기로운 꽃과 술·과일만 차려져 있었습니다.

"나는 이제 일단 신부하고 혼례부터 치러야겠다!"

노인은 야주의 손을 잡고 같이 앉으려고 하는 것이었습니다. 야주는 화도 나고 겁도 나서 막무가내로 서서 꼼짝도 하지 않았지요. 그러자 늙은 도인은 성이 나서 큰 소리로 원숭이 인간 너덧 명에게 야주를 강제로 끌고 와서 억지로 눌러 자리에 앉히게 했습니다. 야주도 이제는 어쩔 수가 없어 자리에 앉는 것이었지요. 늙은 도인은 몹시 기뻐하면서 틈틈이 술을 권했지만 야주는 한사코 거절하면서 마시지 않았습니다. 늙은 도인은 혼자서 사발째 술을 먹더니 얼마 지나지 않아 잔뜩 취하고 말았습니다. 그러자 한 여인과 여종이 그를 부축해 침상으로 가서 짝이 되어 잠자리에 드는 것이 아닙니까. 그러나 야주는 그냥 돌 걸상 아래에 쪼그리고 앉아만 있었습니다. 그녀는 속으로 고초가 이만저만이 아니었지요. 아버지 어머니를 생각하면서 내내 울기만 하면서 밤새도록 눈도 붙이지 않지 뭡니까.

다음 날 아침, 자리에서 일어난 늙은 도인은 야주의 얼굴에 눈물이 마르지 않아 두 눈이 퉁퉁 부은 것을 보고는 손으로 그녀의 등을 어루만지면서 위로했습니다.

"너희 집은 아주 가깝고 네 우아한 자태도 한창인 나이이다. 헌데 어째서 젊을 때에 즐거움을 만끽하지 않고 이런 고초를 사서 하는 게냐. (…) 만약 내 뜻을 따라서 시집을 오면 당장 같이 너희 집으로 돌아가서 부모님한테 인사도 드리고 가족이 상봉하는 것도 전혀 어려운 일이 아니다. 허나, … 네가 기어이 고집을 부리면서 따르지 않는다면 돌이 다 닳고 바닷물이 다 마른다고 해도 너는 여기서 못 나갈 줄 알거라! (…) 어디 궁리해보렴, 어느 길을 택해야 좋을지."

야주는 그 말을 듣고 생각했습니다.

'난 절대로 이자를 따르지 않을 테야! 그러나 … 그렇게 되면 다시는 이곳을 나갈 수 없을 테니 살아서 뭘 하겠어? 차라리 죽는 편이 낫겠다!'

야주는 머리를 돌벽에 찧어 자살을 하려 드는 것이 아닙니까! 늙은 도인은 황급히 여인들을 시켜 야주의 행동을 제지하고 좋은 말로 그녀를 설득하게 했습니다.

"아가씨, 여기까지 온 이상 일을 자기 뜻대로 할 수는 없어요. (…) 일단 여유를 가지고 지내도록 해요. 이렇게 경솔하게 목숨을 버리지 말고!"

그러자 야주는 하염없이 울기만 할 뿐이었지요. 그녀는 이날부터 마시고 먹는 것도 거부하면서 스스로 굶어 죽기로 작정했습니다. 그런데 뜻밖에도 열흘 넘도록 아무것도 먹지 않았는데도 아무 일도 없지 뭡니까?

야주는 죽으려 해도 뜻대로 되지 않자 도저히 방법이 없었습니다. 그녀는 기어이 몸을 더럽히게 될까 봐서 덜컥 겁이 났습니다. 그러나 그저 속으로 관세음보살에게 몰래 기도를 하면서 자신을 구해주기를 비는 수밖에 없었지요.[49) 늙은 도인은 날마다 여인들과 음란한 짓거리를 벌이면서 야주의 마음을 움직이려고 애썼습니다. 그러나 야주의 마음은 철석과도 같아서 터럭만큼도 흔들리지 않는 것이었지요.

늙은 도인은 그런 그녀를 보면서 언짢아했지만 그렇다고 그녀를 강제하지는 않았습니다. 그러나 그녀 앞에서 온갖 방법과 재주를 다 부리면서 그녀 얼굴에 웃음꽃이 활짝 핀 채 즐겁게 혼사를 치르려는 생각뿐이었지요. 그래서 날마다 기괴한 일들을 그녀 앞에서 해 보이곤 했습니다. 그녀를 즐겁게 해주고 싶기도 하고, 자신의 능력이 뛰어나다는 것을 뽐냄으로써 그녀로 하여금 바깥으로 나가려는 생각을 끊고 죽을 때까지 자신을 따르게 만들 계산이었지요.

그가 무슨 일을 했는지 아십니까? 그는 가을에는 굴 밖으로 나가서 논의 벼꽃을 따서 돌 뒤주에 잘 담았습니다. 그리고 날마다 그 꽃을

---

49) 【즉공관 미비】 亦無別法。 달리 방법이 없지 않은가.

한 홉50)만큼씩 솥에 넣어 불을 때면 솥뚜껑을 열 때 온 솥에 향기가 가득한 쌀밥이 가득 차 있지 뭡니까. 또 물 한 항아리를 가져다가 쌀을 일어서 물에 넣고 항아리 입을 종이로 밀봉한 후 소나무 사이에 묻어놓았습니다. 그리고 이삼 일 뒤에 열어서 냄새를 맡아 보면 콧속까지 향기가 스며드는 맛난 술로 변해 있는 것이었지요.51) 이렇게 해서 그 밥과 술을 온 동굴 사람에게 다 먹이니 굳이 술과 쌀을 따로 구할 필요도 없이 저절로 넉넉해지는 것

종이를 오려 만든 전지 원숭이

이었습니다. 그러다가 혹시 비가 내려서 외출하지 못할 때에는 종이를 오리고 놀았는데, 나비나 봉황에, 개나 제비는 말할 것도 없고 여우나 원숭이며 뱀이나 쥐 같은 것까지 다 만들 줄 알지 뭡니까. 거기다가 '뉘 집에 가서 어떤 물건을 가져와서 쓰고 싶다'고 부탁하기라도 하면 당장 대령하는 것이었습니다. 지난 번에 야주를 데려온 나비 두 마리도 바로 이 방법을 쓴 것이었지요. 만일 도구나 집기 같은 것을 가져왔을 때에는 그것을 다 쓰고 나서도 끄떡없어서 원래대로 가지고 가서 돌려주게 했습니다. 복숭아며 매실 같은 과일은 날마다 원숭이 모습을 한 사람 둘이 번갈아 가며 공급했는데, 매번 잎이나 가지까지 붙어 있는 것을 보면 산속 나무에서 딴 것이지 도술로 눈속임을 한 것이 아니었지요.

---

50) 홉[合]: '합合'은 중국 고대의 용량 단위로, 한 되[升]의 1/10에 해당한다. '홉'은 '합'의 속음俗音으로 예로부터 전국에서 보편적으로 사용되어 왔지만, 원칙적으로는 잘못된 발음이다.

51) 【즉공관 미비】 有如此術, 洞中盡自足樂, 何以色爲? 그런 술법을 가지고 있다면 동굴에서 실컷 즐거움을 누리면 될 것을 어째서 여색에 빠진단 말인가!

야주는 날마다 그가 이렇게 하는 것을 보면서 속으로는 해괴하게 생각했습니다. 그러나 그에게 시집을 가겠다는 생각은 터럭만큼도 없었지요. 그래서 늙은 도인이 조금이라도 추근거리기만 하면 바로 죽네 사네 하면서 울고 불기 일쑤였습니다. 그러면 늙은 도인은 더 이상 참지 못하고 바로 다른 여인을 안고 가서 쾌락을 즐기곤 했지요. 그나마 다행스럽게도 늙은 도인은 본성이 즐거움만 좋아하고 괴로움은 싫어했습니다. 그렇다 보니 야주는 동굴에 붙잡혀온 지가 오래되었지만 여전히 몸을 상하지 않고 온몸이 멀쩡하게 지낼 수가 있었지요.

그러던 어느 날이었습니다. 늙은 도인이 나가고 없자 야주는 여인들을 보고 말했습니다.

"여러분과 저는 똑같이 부모님께서 남겨주신 몸입니다. 무슨 산의 요괴나 나무 요정도 아니라는 말입니다. 그런데 어떻게 그 요사스러운 자한테 순종하면서 부질없이 이런 치욕을 당한단 말입니까!"

그러자 미인들은 한숨을 쉬면서 야주를 보고 말하는 것이었습니다.

"우리 모두 사람 몸을 가지고 있어요. 그런데 왜 그런 요망한 인간의 노리개 노릇을 하는 것이 달갑겠어요? 하지만 … 이번 생에서는 불행하게도 놈이 도술을 써서 이곳에 가두는 바람에 부모를 버리고 고락을 함께하던 서방님[52]까지 잃고 말았지요. (…) 아무리 아침저녁

---

52) 고락을 함께하던 서방님[糟糠]: '조강糟糠'은 원래 술지게미[糟]와 쌀겨[糠]를 가리키며, 전통적으로 가난한 생활을 하면서 고락을 함께한 아내를 가리키는 말로 사용되었다. 명대 소설에서는 여기에서 보는 것처럼 '지아비·남편'을 가리키는 데에도 더러 사용했다. 여기서는 편의상 "고락을 함께하던

으로 걱정하고 그리워해도 도무지 아무 보탬이 없더군요. 그래서 치욕을 참고 구차하게 살면서 한평생 그저 개돼지처럼 지낼 생각뿐이랍니다. 실정이 이러니 당신이나 나나 발버둥을 친들 무슨 쓸모가 있겠어요? 차라리 포기하고 살다가 하늘의 명령을 따르는 수밖에요. 아니면 그자의 죄악이 끝나는 날 다시 세상 빛을 보던가요!"

그러더니 저마다 눈물을 비처럼 철철 흘리는 것이었지요. 이 여인들의 처지를 노래한 상조商調의 【초호로醋葫蘆】라는 가사가 있답니다.

아리따운 여인들,	衆嬌娥,
속으로는 저마다 슬퍼하네.	黯自傷,
팔자가 사나워서,	命途乖,
요물을 만났다며!	遭魍魎。
아무리 엎치락뒤치락 운우의 정을 나누며,	雖然也顚鸞倒鳳,
그 즐거움 예사롭지 않다지만,	喜非常,
그 모습을 쳐다보노라면,	覷形容
저도 모르게 마음이 불안해져,	不由心內慌。
언제나 허둥지둥 일을 끝내고 마니,	總不過匆匆完帳,
아마도 아닌가 보다,	須不是
도화동에서 뵌 왕년의 유 서방53)님이!	桃花洞裏老劉郎。

서방님"으로 번역했다.

53) 유 서방[劉郎]: '유랑劉郎'은 후한대의 학자인 유신劉晨(BC58~?)을 가리킨다. 절강성의 회계군會稽郡 섬현剡縣 사람인 그는 절친한 벗이던 완조阮肇와 함께 천태산天台山에 들어가 약초를 캐다가 길을 잃었다가 선녀를 만나 그 집에서 머물렀다. 반년 후에 두 사람이 고향으로 돌아와 보니 세월이

그리고 구야주를 노래한 가사도 한 편 있습니다.

밤에도 빛을 내는 구슬은,　　　　　　　　夜光珠,

세상에서도 드물건만,　　　　　　　　　　世所希,

쟁반에 올려지기도 전에,　　　　　　　　　未登盤,

더러운 진창에 떨어지고 말았구나.　　　　　墜淤泥。

그러나 그 맑은 빛은 역시나 가릴 수 없으니,　清光到底不差池,

요괴가 미색에 빠져 헛고생한 것이 우습구나!　笑妖人枉勞色自迷,

언젠가 하늘 열리고 날이 개이면,　　　　　有一日天開日霽,

그저 이득을 보려다가,　　　　　　　　　　只怕得便宜,

도리어 낭패를 보게 될까 걱정일 뿐이다!　　翻做了落便宜。

사람들이 이렇게 저마다 속마음을 털어놓으면서 애통해하고 있을 때였습니다. 문득 보니 원숭이 모습의 사람이

"동주님께서 돌아오셨습니다!"

하고 전하는 것이 아닙니까. 사람들은 그가 눈치라도 챌까 두려워서 눈물을 감추고 흩어졌습니다. 그러나 야주만은 눈물을 감추지 않았지요. 늙은 도인은 다시 그녀를 보고 말했습니다.

"한참이 지났는데 울기는 또 왜 우는 게냐! 난 그저 네가 여기에 차츰 익숙해져서 나한테 순종하고 남들도 후련하게 여기면 너에게 혼사를 강요하다가 결국 내 뜻과 다른 사태가 벌어지는 일이 없게

7대나 지나 있었다고 한다.

하려고 너에게 강요하지 않았던 것이다.54) 헌데, … 지금 시일이 한참 지났는데도 너는 끝까지 마음을 돌리지 않는구나. (…) 내 심기를 건드리지 마라. 몇 명을 시켜 너를 꼼짝도 못하게 만들어놓고 겁탈을 할 수도 있다. 어차피 너는 하늘로 솟아오를 수도 없어!"

야주는 그 말을 듣고 당황한 나머지 울 엄두조차 내지 못했지요. 그저 속으로 '관음보살께서 구해 주십사' 묵묵히 기도할 수밖에 없었음은 말 할 필요도 없었습니다.

다시 이야기를 들려드리겠습니다. 구 씨 부부 두 사람은 딸이 사라진 후로 하루 종일 걱정하면서 이런 방을 온 동네에 갖다 붙였습니다.

"딸 소식을 수소문해 알려주시는 분께는 우리 집 재산을 다 털어서라도 보답하고 딸을 아내로 드리도록 하겠습니다!"

그러나 이렇게까지 했건만 아무리 시간이 지나도 전혀 동정이 없지 뭡니까! 게다가 딸이 날아서 사라지는 광경을 직접 본 이상, 요사스러운 자가 딸을 끌고 가서 사람 힘으로 어떻게 해볼 도리가 없다는 것을 잘 알고 있었습니다. 그러니 어쩔 도리 없이 날마다 자비대사의 상 앞에서 슬프게 울면서 절을 하고 비는 수밖에 없었지요.

"영험하신 보살님! 딸 야주는 본래 보살님께서 점지해주신 아이이온데 이번에 그 요사스러운 도술에 끌려가버렸습니다! (…) 만약 보살님께서 그 아이를 구해 제게 돌려보내시지 않으실 거라면 차라리 당

---

54) 【즉공관 미비】却是个老在行。뜻밖의 전문가로세?

초 점지해주지 마셨어야지요! (…) 제발 보살님께서 신통력을 보여주
십시오!"

날마다 이렇게 울고 부니 그 정성에 감동해서 정말 진흙으로 빚은
신55)조차 신통력을 발휘할 것 같았지요.56)

그러던 어느 날이었습니다. 회해산 고개에 별안간 웬 번간幡竿57)
하나가 모습을 드러냈지 뭡니까. 우뚝 세워진 그 장대 끝에는 웬 물체
가 하나 걸려 있었습니다. 그런데 그 고개에 여태껏 이런 장대가 선
적은 없었던지라 순식간에 사람들 사이에 소문이 퍼져 수많은 사람이
구경을 하러 몰려들었습니다. 장대 끝의 물체는 똑똑히 알아볼 수가
없어서 저마다 되는 대로 억측을 해 댔답니다. 그중에는 수재가 한
사람 끼어 있었는데, 성이 유劉, 이름이 덕원德遠으로 명문가의 자제
였지요. 그는 젊고 박학다식해서 남에게 지기 싫어하고 호기심이 많
았습니다. 그는 그 기이한 일을 목격하자 선비 기질이 발동했던지 속
으로 어떻게든 확실하게 행방을 찾아내기로 작정했지요. 그래서 바로
하인 몇을 시켜서 거친 천과 밧줄을 가져와서 줄사다리를 만들게 했
습니다. 그러고는 갈퀴 · 쇠스랑 · 널판 따위를 챙긴 다음 이렇게 외치
는 것이었습니다.

"구경하러 갈 분은 모두 나를 따르시오!"

---

55) 진흙으로 빚은 신[泥神]: 신통력이 없어서 자신조차 지킬 수 없을 정도로
   하찮은 신. 그런 하찮은 신조차 신통력을 발휘할 정도로 야주의 정성과 의
   지가 갸륵하다는 뜻으로 한 말이다.
56) 【즉공관 미비】可憐。 딱하기도 하지!
57) 번간幡竿: 불교 의식에서 아래로 드리우는 깃발banner를 다는 장대.

그가 어떻게 머리를 썼는지 아십니까? 산이 높아 길이 없는 곳에는 쇠스랑을 줄사다리에 걸어서 큰 나무 위에 걸었습니다. 편평하지 않은 곳에는 널판을 깔았지요. 그리고 길이 있기는 하지만 험해서 다니기 어려운 곳에는 갈퀴를 매달았지요. 그가 앞장을 서니 뒤따르는 사람도 적지 않아서 하인까지 합쳐서 일이십 명이나 되는 사람이 그렇게 매달려 올라갔습니다.

그렇게 고개로 올라갔더니 의외로 지면이 편평하고 넓었지요. 거기에 내린 수재 일행은 아래를 굽어보았습니다. 그런데 가만 보니 산허리의 뾰족한 곳에 무척 큰 동굴이 하나 있는 것이 아닙니까. 그곳에는 열 명 넘는 여인이 누워 있기도 하고 앉아 있기도 한데 하나같이 술에 취해 인사불성이었습니다. 그리고 늙은 원숭이 수십 마리가 있는데 죄다 몸통과 머리가 두 동강 나서 온 땅이 피로 낭자하게 젖었지요.

일행이 높은 곳에 서서 위에서 아래로 내려다보니 작은 것까지 다 눈에 들어왔습니다. 이어서 아까 그 번간과 그 끝에 걸린 물체를 보았더니 웬 늙은 원숭이의 해골이지 뭡니까.

유덕원은 몹시 놀랍고 신기하게 여겼습니다. 이 일이 있기 전에 구씨 댁에서 딸을 잃어버리고 방을 붙인 일은 그도 알고 있었지요. 이쯤 되니 이런 생각이 들었습니다.

'저 여인들 속에 혹시 구 씨 댁 딸도 끼어 있는 것이 아닐까?'

고개를 내려온 그는 사람을 시켜 현 관아에 제보하게 했습니다. 그리고 자신은 구 씨 댁으로 달려가서 그 댁 아버지에게 그 사실을 알렸지요. 아버지는 몹시 기뻐하면서 그와 함께 관아로 가서 현령이 사람을 파견해 일을 처리하기를 기다렸습니다. 그러자 현령은 즉시

會稽山大士
誅卻

회해산의 백의대사가 사악한 요괴를 처단하다.

포졸[58]들을 보내 현장으로 가서 조사하게 했습니다. 포졸들은 유덕원을 데리고 다시 고개로 올라갔지요. 구 씨 댁 아버지는 나이가 많아서 산길을 제대로 걸을 수가 없었습니다. 그래서 그냥 관아 앞에서 기다리기로 했지요. 덕원이 포졸들에게 길을 가르쳐주자 포졸들은 우르르 몰려갔습니다.

알고 보니 그 동굴은 높은 곳에서만 볼 수 있고 산 아래에서는 외부와 통하지 않았습니다. 그렇다 보니 요괴들이 그 많은 사람을 그 안에 숨겨 놓을 수 있었던 거지요. 그런데 이번에 고개 위에서 굽어본 덕분에 용케 그 굴의 상황이 고스란히 시야에 들어온 것입니다. 포졸들은 여인들을 발견하고 등나무를 타고 칡넝쿨에 매달리면서 길을 터서 한 사람씩 데리고 나왔습니다.

관아에 당도했을 때까지도 구 씨 댁 아버지는 딸이 정말 그 속에 끼어 있는지 모르고 있었습니다. 그런데 먼 곳을 바라보다가 가만 보니 야주가 산발을 한 채로 여인들 무리에 끼어 따라오고 있는 것이 아닙니까! 아버지는 야주의 손을 붙잡았습니다. 아버지와 딸[59]은 서로 머리를 끌어안고 큰 소리로 통곡을 하는 것이었지요.

관아 재판정에 도착하자 현령은 여인들을 올라오게 해서 그들의 내력을 상세하게 물었습니다. 여인들은 지금까지 본 일을 날짜별로

---

58) 포졸[兵快]: '병쾌兵快'는 명대에 주州·현縣 등 지방 행정지역에서 범죄자를 체포하는 일을 담당한 병졸을 말한다. 여기서는 편의상 '포졸'로 번역했다.

59) 아버지와 딸[父子]: 원문에는 "부자父子"로 나와 있다. '부자'는 일반적으로 '아버지와 아들'로 해석하지만 고대에는 '아버지와 자식'의 의미로 해석되기도 했다. 여기서도 '자子'는 아들이 아니라 '자식'의 의미로 사용된 것으로, 구야주를 가리킨다.

일일이 이야기해 주었지요. 현령은 그 여인들이 모두 양갓집 규수들로 요망한 도술에 홀렸던 사정을 알게 되었습니다. 그래서 다시

"오늘 누가 그 요물들을 죽였는가?"

하고 물으니 여인들이 대답하는 것이었습니다.

"그 요물이 마침 오늘 구야주를 겁탈하려고 할 때였습니다. 갑자기 천지가 어두워졌는데 … 의식이 혼미한 가운데 가만히 들어 보니 떠들고 울부짖는 소리 하며 마구 칼을 휘두르는 소리만 들리지 뭡니까. 처음에는 무슨 영문인지 몰랐지요. 그러다가 포졸과 사람들이 와서 구해줄 때가 되어서야 의식을 되찾았지요. 그런데 가만 보니 원숭이들은 모두 죽어서 땅바닥에 쓰러져 있고 그 늙은 요물만 사라지고 없더군요.[60]"

유덕원은 사람들과 같이 원숭이 해골과 번간을 바치고 나서 현령에게 아뢰었습니다.

"그 해골은 번간 꼭대기에 매달려 있던 것입니다. (…) 그 늙은 요물은 천지신명께서 처단하신 것이 분명합니다!"

"저 번간은 전부터 고개에 세워져 있던 것인가?"

현령이 묻자 사람들이 말했습니다.

---

60) 【즉공관 미비】衆婦愧夜珠多矣。 여인들은 야주에게 부끄러울 일이 많겠군.

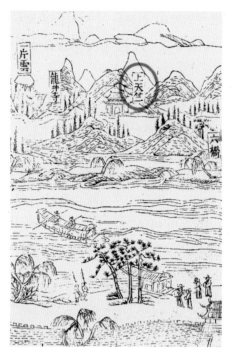

〈서호도西湖圖〉 속 상천축사. 《삼재도회》

"고개에는 원래 아무것도 없었습니다요!"

"이상하구나! 그렇다면 … 이건 어디서 났단 말인가?"

　현령은 유덕원에게 번간을 잘 확인하게 했습니다. 그런데 가만 보니 곁에 작은 글귀가 몇 줄 적혀 있는 것이 아닙니까. 알고 보니 상천축사上天竺寺 대사전大士殿 앞에 세워져 있던 것이었지요. 그것을 만든 날짜까지 그대로 남아 있었습니다. 현령은 관음보살이 신통력을 보여준 것임을 깨닫고 자기도 모르게 깜짝 놀라고 말았지요. 그는 해당 관서로 하여금 방을 붙이게 해서 여인들의 이름을 일일이 확인하고 본가 사람들을 불러 여인들을 데려가게 했습니다.

구 씨 댁 아버지는 바깥에서 기다리고 있다가 인수증을 내고 야주를 데리고 나왔지요. 정말이지 칠흑 같은 밤중에 밝은 구슬을 얻은 격이었지요. 그는 쉴 새 없이

"우리 보물 같은 딸아!"

하고 불러댔습니다. 그렇게 집에 도착한 야주는 어머니와 상봉하자 또다시 쉬지 않고 통곡을 하는 것이었지요.

"그날 네가 요사스러운 도술에 홀려서 허공으로 끌려갈 때 우리 둘이 따라갔지만 벌써 담 너머로 날아가버렸지 뭐냐! (…) 그 뒤에 너를 어디로 데려가더냐? 뭘 어쩌자고!"

어머니가 묻자 야주는 이렇게 말했습니다.

"제가 그 큰 나비 두 마리에 의해 공중으로 들어올려진 것까지는 똑똑히 압니다. 그러나 내려오려고 해도 몸이 말을 듣지 않았어요. 아버지 어머니가 소리치고 부르는 것도 다 들었답니다. (…) 그곳에 도착하니 도인 차림을 한 웬 노인이 저를 맞이해서 동굴로 들어가더군요. 그 요괴들은 노인을 '동주'라고 불렀는데 그 노인이 자기한테 출가하라고 강요했습니다. (…) 동굴에는 다른 여인도 몇 사람 더 있었어요. 같은 처지에 놓인 사람들인데 그 노인에 의해 동굴로 끌려와서 동침을 강요당하고 저까지 설득하려 하더군요. 하지만 … 저는 끝까지 완강하게 반항했답니다!"

그래서 어머니가 말했지요.

"애야, 오늘 무사히 돌아와서 다시 상봉했으니 이것으로 됐다! (…) 몸은 상했지만 어쩔 수 없는 상황이었으니 네 탓이 아니니라!"

"어머니, 그런 말이 아니에요! 제가 죽네 사네 하면서 완강하게 반항해서 그랬는지 그 늙은 요물이 다른 여인들하고만 음행을 벌였을 뿐 저한테는 별로 추근대지 않았어요. 덕분에 저는 정조를 지켰어요! (…) 오늘도 제가 끝까지 반항을 하자 겁탈을 하려고 원숭이 모습을 한 사람 몇에게 제 손발을 붙잡게 하고 여인 두셋은 제 속곳을 벗기려 들었지요. 그렇게 겁탈을 하려고 하는 순간 저는 '이번에는 정말 다 틀렸구나' 싶어서 다급해져서 큰 소리로 '영험하신 관세음보살님!' 하고 소리를 질렀답니다. 그런데 가만히 들어보니 한 줄기 바람이 몰아치더니 온 천지가 다 어두워지고 귀신들이 울부짖는 소리가 들리면서 눈앞에 손을 뻗어도 다섯 손가락이 다 안 보이지 뭐예요. (…) 그렇게 해서 순간적으로 의식을 잃고 쓰러졌다가 사람들이 동굴에 들어와서 구해줄 때가 되어서야 겨우 의식을 되찾았답니다. 그런데 그때 보니까 원숭이 인간들은 전부 다 죽임을 당했고 늙은 요물은 사라지고 없어서 영문을 모르던 참이었어요."

그러자 구 씨 댁 아버지가 말했습니다.

"네가 끌려간 뒤로 이 아버지 어머니는 무조건 관세음보살님께 절을 올리고 기도를 드리면서 주야로 그치지 않았단다. 남들은 우리가 치성을 드리는 것을 보고 몹시 딱하게 여기면서 우리를 위해 백방으로 네 행방을 수소문했지. 그렇게 했는데도 아무 소식이 없더구나.

그런데 뜻밖에도 오늘 정말로 관세음보살님께서 신통력을 발휘하셔서 요사한 놈들을 처단하셨구나! (…) 지난번에 그 늙은 요물이 막무가내로 청혼을 하러 왔을 때 우리는 그놈이 분수를 모른다고만 여겼지 요사스러운 마귀일 줄 누가 알았겠느냐? 그랬는데 오늘에서야 이승에서 그 응보를 받았구나! (…) 그렇기는 하다마는, … 만약에 유수재가 앞장서서 번간 꼭대기에 달린 물체의 정체를 확인하려고 끝까지 애쓰지 않았더라면 동굴 안에 사람이 있는지 어떻게 알았겠느냐! 더구나 그 양반이 현 관아에 제보까지 해서 구하게 하고, 거기다가 일단 먼저 나한테 알려주러 왔으니 그 은혜는 정말 잊을 수가 없구나!"

이렇게 이야기를 나누고 있을 때였습니다. 가만 보니 바깥에 웬 여인 몇 사람이 몇 집안의 친지들을 데리고 야주와 그 부모에게 인사를 하러 왔지 뭡니까. 그래서 세 사람이 마중하러 나와서 보니 바로 동굴에서 함께 있다가 집으로 돌아간 여인들이었습니다. 그들은 각자 자기 집에서 친지들과 상봉하고 나서 밖에서 '구 씨 댁 부모가 정성을 다해 기도를 했다'는 소문을 들은 데다가, 야주가 요물에게 완강하게 반항하면서 큰소리로 '관세음보살'을 외친 것이 천지신명을 감동하게 하여 자신들까지 다시 바깥세상을 볼 수 있게 되었다고 여기고 고맙다는 인사를 하러 온 것이었지요. 구 씨 댁 부모는 그제야 야주가 한 말이 전부 사실임을 알게 되었습니다. 사람들은 고맙다고 인사를 하고 그 자리에서 피해를 본 몇 집이 협조해서 돈을 내어 산 정상에 사당을 짓고 관세음보살을 모시는 일을 의논하니 다들 뛸 듯이 기뻐하는 것이었습니다.

한창 이렇게 의논을 하고 있을 때였습니다. 가만 보니 유 수재도 구 씨 댁에 인사를 왔지 뭡니까. 그는 선비 특유의 호기심이 발동해서 그저 동굴에서 있었던 일을 자세히 물어보고 글방에 가서 그 새 소식을 적어 두려고 온 것일 뿐 사실 다른 뜻은 없었습니다. 그랬다가 마침 사람들과 마주친 것이었지요. 그래서 물어보니 모두가 동굴에서 나온 당사자와 그 친척들이지 뭡니까. 그들은 전부 유 수재가 앞장서서 봉우리에 왔다가 자신들을 발견하고 관아에 제보한 덕분에 구출된 것임을 알고 있었지요. 그들은 유 수재를 큰 은인으로 여겨 다들 그를 에워싸고 절을 하면서 고맙다고 인사를 했습니다. 그러자 수재가 물었지요.

"여러분 모두 이 댁에 모여 계시니 … 어떻게 된 영문입니까?"

그래서 사람들은 구 씨 댁 아버지가 정성껏 기도를 드리고 딸이 겁탈에 반항하면서 '보살님'을 부른 덕분에 관세음보살의 신통력으로 다른 사람들까지 위험을 벗어난 것에 고맙다고 인사를 하려고 온 김에 돈을 걷어 사당을 세우는 일을 의논하는 중이라고 대답했습니다.

"수재 나리께서 여기까지 어려운 걸음을 하셨으니 이 또한 같은 모임의 동지라고 할 수 있겠습니다. 우리를 위해 발원문의 초를 잡고 사당을 짓게 된 연기緣起[61]를 밝혀주시면 내일 모두 현 관아에 고하

---

61) 연기緣起: 불교 용어. 글자대로 풀이하면 '인연의 시작'이라는 뜻으로, 사람과 사람, 사람과 사물, 원인과 결과 사이의 관계가 생겼다가 없어지는 상태나 현상을 두루 일컫는 말이다. 때로는 도서나 비석을 기획하게 된 사유나 취지를 밝히는 글을 가리키기도 한다.

고 함께 일을 추진하도록 하지요![62)]"

그러자 유 수재가 말하는 것이었습니다.

"그 일이라면 제게 맡겨주십시오. 제가 내일 현에 가서 지현 나리께 설명을 드리지요. 사원을 세우는 일도 그렇지만 구 씨 댁 아가씨가 정조를 지켜 관세음보살의 가호를 받은 것도 대단한 일이니 표창을 해야 옳다고 말이지요!"

수월관음(왼쪽)과 선재동자(오른쪽). 《원곡선》

그 말에 구 씨 댁 아버지는 연신

"아니올시다!"

---

62) 【즉공관 미비】正是秀才該管之事。바로 수재가 맡아야 할 일이지.

하고 말하면서도 유 수재가 말도 시원시원하고 위풍도 당당한 모습을 보자 꽤 마음에 들었던지 물었습니다.

"수재 나리께서는 … 장인이 어느 댁 분인지요?"

"어려서부터 세월만 허송하다 보니 … 여태 장가도 못 갔답니다."

그 말에 구 씨 댁 아버지가 말하는 것이었습니다.

"이 몸이 예전에 맹세한 것이 있습니다. 딸 소식을 알아내서 제보하는 사람이 나타나면 전 재산을 드리는 것은 물론이고 딸을 그 사람에게 출가시키겠다고 말입니다. 이 약속은 누구나 다 알고 있지요. (…) 오늘 수재께서 직접 고개까지 올라가서 딸을 찾아내 집으로 돌아오게 해주셨고, 또 이 몸에게 먼저 제보까지 해주셨소이다! (…) 이 몸은 전날의 약속을 어길 수 없습니다. 여러분께서 다 저희 집에 계신 기회를 빌려 여러분을 증인으로 모시고 이 인연을 맺고 싶은데 … 의향이 어떠실지요?"

그러자 사람들은 모두 환성을 지르면서 말했습니다.

"잘됐습니다, 잘됐어요! 그야말로 신부는 아름답고 신랑은 출중하니 천생연분이올시다!"

그 말에 유 수재는 사양하면서 말하는 것이었지요.

"어르신, 그런 말씀 하지 마십시오. 소생은 그저 호기심에 신이 나서 벌인 일일 뿐입니다. 그래서 길이 험한 것도 마다하지 않고 수상한 흔적까지 샅샅이 뒤진 것입니다. 그러다가 우연히 그 상황을 목격했고, 댁에서 따님을 잃어버리고 오래전에 거리마다 방을 붙이신 일을 떠올리고 순간적으로 기쁜 일이라 여겨서 달려와서 알려드린 것뿐입니다. 절대로 처음부터 사례를 바라고 한 일이 아니올시다. (…) 만일 어르신께서 오늘 이리 말씀하시면 소생을 얕잡아보시는 처사입니다. 무슨 사심이라도 품고 그런 것처럼 말씀입니다! 그러니 … 그 말씀은 받들기 어려울 것 같습니다!"

사람들은 다 같이 바람을 잡자 유 수재는 오히려 당혹스러워하면서 대답하기 난처하자 작별인사를 하고 혼자 그 자리를 떠나는 것이었습니다. 그러자 사람들은 그와 다음 날 현 관아 앞에서 만나기로 약속했지요.

유 수재가 그 자리를 떠나자 사람들은 모두 '그는 정말 글공부를 제대로 한 군자로, 정의감도 있고 좀처럼 보기 드문 좋은 사람'이라고 칭찬을 아끼지 않았습니다. 그러자 구 씨 댁 아버지가 말했지요.

"내일 이 몸이 한 분을 중매인으로 모시고 반드시 여식의 혼사를 마무리지어야 되겠습니다!"

그때 사람들 중 제법 물정에 밝은 사람이 앞으로 나오더니 말했습니다.

"아무래도 우리가 현으로 가서 연명으로 추천하는 글을 올려야겠습니다! 당장 이 일을 지현 나리한테 고합시다. 지현 나리께서 앞장을 서 주신다면야 그보다 좋은 일이 어디 있겠습니까?[63]"

"일리가 있습니다!"

사람들은 누구랄 것 없이 모두 이렇게 말하고 바로 헤어졌습니다. 구 씨 댁 아버지는 부인과 딸에게 이 일을 알렸습니다. '유 수재에게 장점이 많아서 다들 극찬하더라'는 말을 덧붙이는 것도 잊지 않았지요.

계속 이야기를 들려드리겠습니다. 다음 날, 현령이 재판정에 나오니 먼저 유 수재가 들어와서 자비대사가 신통력을 보여준 일로 사람들이 기꺼이 경비를 희사하여 사당을 짓기로 했으며, 구 씨 댁 딸이 정조를 지키고자 애쓴 것이 천지신명을 감동하게 하여 요물들을 처단할 수 있었던 일 등을 일일이 고했습니다. 사람들은 그제야 연명의 진정서를 가지고 들어왔습니다. 현령은 사당을 짓는 일을 인가했습니다. 그러고는 자진해서 곳간에서 공금인 은자 열 냥을 가져다가 사당 조성의 연기를 적고 관인을 찍어 물정에 밝은 원로에게 주어 간수하게 했지요. 사람들은 고맙다고 인사하더니, 이번에는 구 옹의 딸이 유 선비를 남편으로 섬기며 맞아들여 그 공덕에 보답하려 하는 사정을 고했습니다.

"이 뜻이 어떻소?"

현령이 묻자 구 씨 네 아버지가 말했습니다.

"딸이 요물에게 잡혀 갔지만 참으로 딸의 의지에 감동하신 자비대사께서 신통력을 발휘하시어 요물들을 처단하셨습니다. 그러나 … 만

---

63) 【즉공관 미비】大是。 정말 맞는 말씀.

약 유 선비가 힘을 써서 사다리로 고개까지 올라가지 않았더라면 …
요물은 죽일 수 있었을지 몰라도 제 딸은 결국 동굴에서 해골이 되고
말았겠지요. 그러다가 온 가족이 상봉했으니 이보다 경사스럽고 다행
스러운 일은 없습니다. (…) 딸을 유 선비에게 출가시키고 싶습니다.
정말 진심이건만 뜻밖에도 유 수재는 거절을 하는군요. 해서 다 함께
지현 나리께 사정을 아뢰는 것이니 모쪼록 이 늙은 것을 위해 현명한
판결을 내려주시기 바랍니다!"

그래서 현령은 당장 유 수재를 다가오게 해서 물었습니다.

"방금 구 아무개가 꺼낸 혼사 이야기 … 다른 사람들도 다 같은
말을 하는구려. (…) 이것은 좋은 일인데 … 안 될 까닭이라도 있소이
까?"

그러자 유 수재가 말하는 것이었습니다.

"소생은 순간적으로 호기심이 발동하여 수상한 흔적을 뒤진 것이
지 정말 다른 마음은 없었습니다. 만일 이 혼담을 받아들인다면 실상
을 모르는 외부인들이 다들 소생이 탐내는 것이 있어서 그렇게 했다
고 떠들어댈 것이 자명합니다. 그러면 거꾸로 사람들을 볼 면목이 없
게 될 테지요! 더욱이 방금 전에 그 댁 부모님 앞에서 구 씨 댁 따님이
정조를 지킨 일 등의 덕담을 잔뜩 했습니다. 그런 마당에 제 아내로
삼는다면 … 그 덕담은 모두 사심의 결과로 치부되겠지요. (…) 소생도
글공부는 좀 한 놈인지라 의리와 염치를 소중하게 여깁니다. 그러니
그 말씀은 아무래도 받들 수가 없을 것 같습니다![64]"

현령은 그 말에 발을 구르면서 말했습니다.

"대단하오, 대단해! (…) 구 씨 네 딸은 정조를 지키고 유 선비는 의리를 소중하게 여기고 구 아무개는 보답하기를 잊지 않았으니, 이 모두가 훌륭한 일이외다! (…) 본관이 운 좋게도 이런 갸륵한 일을 직접 목격한 마당에 이들의 좋은 일을 어찌 이루어주지 않을 수가 있겠는가? (…) 본관이 잠시 주례를 서리다. 그러니 유 선비는 절대로 물리치지 말기 바라오!"

현령은 곳간에서 은자 열 냥을 가져다가 축의금[65]으로 보태게 하는 것이었습니다. 그러고는 즉시 악대를 앞세워 그를 현 밖까지 배웅하게 했지요.[66] 그러자 유 수재는 그길로 구 씨 댁으로 가서 혼약부터 맺었습니다. 그러고는 길일을 잡아서 구 씨 댁에 데릴사위로 들어감으로써 혼사를 마쳤답니다.

한 달 후에 부부는 상천축사로 가서 불공을 드리고 자비대사에게 감사의 절을 했습니다. 그러고 나서 지난번의 번간을 절에 돌려주었지요. 얼마 지나지 않아 사람들은 한마음으로 힘을 모은 덕분에 고개의 사당도 원만하게 완성되었답니다. 그 뒤에 사당으로 가서 향불을 올리고 참배를 한 것은 말할 필요도 없었지요.

나중에 유 수재는 과거에 급제해서 부부가 영화를 누렸습니다. 구

---

64) 【즉공관 미비】 劉秀才可敬。유수재가 참으로 존경스럽군.

65) 축의금[聘禮]: '빙례聘禮'는 중국 고대에 혼인 과정에서 신랑집에서 신부집에 보내던 돈이나 예물을 말한다. 명대에는 이를 '빙폐聘幣·빙재聘財·채례采禮' 등으로 부르기도 했다.

66) 【즉공관 미비】 好个縣令。훌륭한 현령이구나!

씨 댁 부모 내외는 모두 구순67)까지 살고, 같은 날 염불을 하면서 삶을 마무리했지요. 이 역시 나중의 이야기올시다. 회해산 암벽에 대해서도 이야기를 드리자면, 자비대사가 요물들을 처단하고 나서 〈바람〉·〈꽃〉·〈눈〉·〈달〉 그 네 편의 가사는 누가 싹 지우기라도 한 것처럼 한 글자도 흔적 없이 다 사라져버렸습니다. 사람들은 그제야 왕년의 늙은 도인이 바로 그 늙은 요물이지 좋은 사람이 아니었으며, 그 정체도 똑똑하게 밝혀졌음을 깨달았지요. 이 이야기를 증명하는 시가 있습니다.

뾰족한 산속 석굴에서 세월을 보내노라니,	巑岏石洞老光陰,
이 숨겨진 보금자리도 그 정취 깊기도 하다.	只此幽棲致自深。
요물 처단하느라 큰일로 보살님 수고 끼치고서야,	誅殛忽然煩大士,
불가에서 간음을 큰일로 여긴 이유를 깨달았네!	方知佛戒重邪淫。

---

67) 구순[上壽]: '상수上壽'는 장수를 누리는 것을 일컫는 말이다. 서한대 학자 왕충王充(27~97?)는 《논형論衡》〈정설正說〉에서 "상수는 일흔이다上壽九十"라고 소개하고 있다. 여기서는 편의상 "구순"으로 번역했다.

제25권

조 사호는 천 리 먼 곳에서 유언을 남기고
소소연은 시 한 수로 바른 깨달음을 얻다

趙司戶千里遺音 蘇小娟一詩正果

卷之二十五

趙司戶千里遺音 蘇小娟一詩正果　해제

이 작품은 사회적으로 천대받으면서도 지고지순한 순애보의 주인공이 된 기생에 관한 이야기이다. 이야기꾼은 매정조梅鼎祚의 《청니연화기靑泥蓮花記》에 소개된 조문희曹文姬의 이야기를 앞 이야기로 들려주고, 이어서 같은 책에 소개된 소반노蘇盼奴의 이야기를 몸 이야기로 들려준다.

송대에 전당錢塘의 기생 소반노蘇盼奴는 미모와 재능이 출중해서 동생 소소연蘇小娟과 나란히 명성이 높다. 임안臨安의 갑부와 대갓집들은 소반노 자매를 보려고 그 둘이 지내는 기방에 장사진을 치곤 한다. 반노는 송나라 종실 출신의 조불민趙不敏과 사랑하는 사이인데, 황족의 특권을 거부하고 과거시험을 통해 스스로 벼슬을 얻고자 하는 그를 물심양면으로 돕고, 그 기대에 부응한 불민은 급제하여 양양 사호襄陽司戶에 제수된다. 반노와 정식으로 혼례를 올리려던 조불민은 반노의 명성이 원체 높아 수청을 받기를 바라는 사람이 많아 당장 손을 쓸 도리가 없자 일단 양양에 부임한 후 해결책을 모색하기로 한다. 삼 년 후, 불민은 서울(임안)에 몇 번이나 사람을 보내 반노를 기적妓籍에서 해방시켜주려 하지만 번번이 실패하고 상사병으로 몸져눕는다. 마침 같은 황족 출신으로 원판院判을 맡은 조불기趙不器가 문병을 오자 불민은 반노에 대한 자신의 사랑을 토로하고 자신이 죽으면 유품을 반노에게 전해줄 것을 부탁하는 한편, 미모와 재능을 갖춘 그 동생 소연과 가약을 맺으라고 당부한다.

반노는 반노대로 손님 수청을 거절하면서 불민에게서 기별이 오기만 기다리지만 삼 년 동안 아무 소식이 없자 역시 상사병으로 몸져눕더니 동생에게 '서방님을 만나러 간다'는 말만 남기고 세상을 떠난다. 언니의 장례를 마친 소연이 불민에게 비보를 전하려 하는데, 갑자기 임안부 아전들이 들이닥쳐 관용 비단 횡령 사건의 참고인으로 데려가더니 옥에 가둔다. 얼마 후 형과의 약속을 지키려고 임안을 찾은 불기는 종씨인 부판府判을 만나 소연의 근황을 확인한 후 그녀의 억울함을 풀어주고 불민의 당부대로 부부의 인연을 맺는다. 꿈에서 불민과 반노가 상봉한 것을 본 소연은 불기와 함께 두 사람의 은혜에 고마워하면서 두 사람을 합장하고 저승에서나마 부부로 행복하게 지내기를 기원한다.

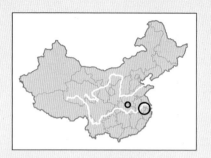

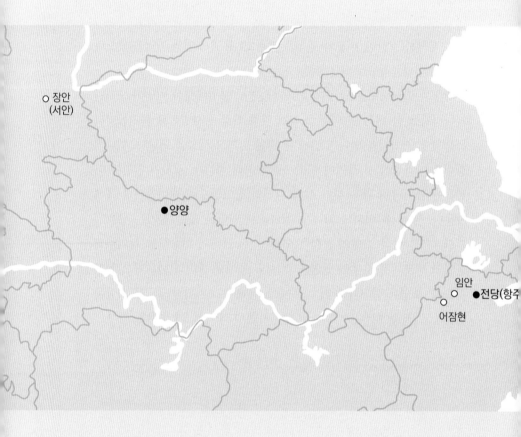

○ 장안
(서안)

● 양양

임안
○
어잠현
● 전당(항주

이런 시가 있습니다.

화류계에 비서를 관장하는 신선이 있었으니,　　　靑樓原有掌書仙,
모두가 이슬 같은 인연에 이른다 할 순 없잖나?　未可全歸露水緣。
얼마나 많은 기생이 풍진세상 벗어나겠냐마는,　多少風塵能自拔,
진창 속에서도 푸른 연꽃은 피어나는 법이란다.　淤泥本解出靑蓮。

이 네 구절의 시에서 첫 번째 구절에 소개된 "비서를 관장하는 신선[掌書仙]"은 어디서 비롯되었는지 아십니까? 여러분, 소생이 들려드리는 이야기를 들어보십시오.[1] 당나라 때 장안長安에 창기가 하나 살았습니다. 성이 조曹, 이름이 문희文姬로, 너덧 살 때부터 문자 놀음을 잘했지요. 그녀는 비녀를 꽂을 나이가 되었을 때에는 자태가 요염하기가 그야말로 신선계의 여인 같았습니다. 한번은 집안사람이 현악기와 음악을 가르치자 그녀는 웃으면서 이렇게 말했습니다.

"이런 천한 일을 어째서 저더러 하라는 것입니까? 먹을 갈고 붓을 쓰는 일만 평생 전념하게 해주시면 되지요."

---

1) ＊본권의 앞 이야기는 명대의 소설가이자 극작가인 매정조梅鼎祚(1549~1615)가 지은 《청니연화기靑泥蓮花記》 권2의 〈기현記玄·조문희曹文姬〉에서 소재를 취했다.

왕희지의 〈난정서〉

그녀는 하는 말이나 쓰는 글씨, 읊는 시나 부르는 노래마다 참신하고 아름다웠습니다. 그 방면의 전문가들조차 그녀에게 탄복할 정도였지요. 서예에 있어서도 위로는 종요鍾繇2)·왕희지王羲之3)를 따라잡고 아래로는 안진경顔眞卿4)·유공권柳公權5)조차 우습게 여길 정도였습

---

2) 종요鍾繇(151~230): 삼국시대 위魏나라의 서예가. 자는 원상元常으로, 영천
穎川(지금의 하남성 허창) 사람이다. 효렴으로 천거된 후로 상서복야尚書僕
射 등의 벼슬을 지내고 동정무후東亭武侯에 봉해졌으며, 위나라가 건국되
자 상국相國에 이어 태부太傅를 지냈다. 글씨는 조희曹喜·유덕승劉德昇·
채옹蔡邕 등을 사사했는데 강함과 부드러움이 조화되어 스승을 뛰어넘는
면모를 보여주었다. 그의 서첩으로는 정서正書의 본보기라고 할 수 있는
《하극첩賀克帖表》 등이 있다.

3) 왕희지王羲之(303~361): 동진東晉의 유명한 서예가. 자가 일소逸少로, 지금
의 산동인 낭야琅琊 임이현臨沂縣 사람이다. 진나라 조정의 남하로 회계산
會稽山으로 이주한 후로 비서랑秘書郎·영원장군寧遠將軍·강주자사江州刺
史·회계내사會稽內史 등을 역임했다. 예서·초서·해서·행서에 두루 능했
으며, 대표작인 〈난정집 서蘭亭集序〉는 "천하에서 으뜸가는 행서[天下第一
行書]"로 일컬어진다.

4) 안진경顔眞卿(709~785): 당대의 서예가. 자는 청신淸臣으로, 경조京兆 만년
萬年(지금의 섬서성 서안) 사람이다. 개원開元 연간에 출사하여 시어사侍御

니다. 그야말로 환생한 위부인衛夫人[6] 이라고 해도 과언이 아니었지요. 그녀가 쓴 짧은 글이나 글씨를 구하기라도 하면 그 값어치가 옥벽玉璧만큼이나 비싸서 "서예계의 신선[書仙]"으로 일컬어졌습니다.[7] 그렇다고 그녀가 호락호락 남들에게 써주는 법도 없었지요. 그래서 장안에서 부유하고 고귀한 집안

위부인

史가 되었으나 당시의 권신 양국충楊國忠의 미움을 사서 평원태수平原太守로 좌천되었다가, 안녹산安祿山의 반란을 토벌하는 데에 공을 세워 숙종肅宗이 즉위하자 이부상서吏部尙書 등을 지냈다. 평생 서예를 좋아하여 저수량褚遂良·장욱張旭의 글씨를 토대로 부단한 개발을 통하여 힘차고 그침 없는 독특한 '안(진경)체顔體'를 만들어냈다. 《자서고신自書告身》·《제질문고祭姪文稿》·《안씨가묘비顔氏家廟碑》 등의 작품이 전해진다.

5) 유공권柳公權(778~865): 당대의 서예가. 자는 성현成懸으로, 경조 화원華原 사람이다. 원화元和 연간에 출사하여 시서학사侍書學士에 배수되고 사봉원외랑司封員外郞을 거쳐 중서사인中書舍人·하동군공河東郡公·태자소사太子少師·태자태보太子太保 등을 역임했다. 경전에 밝은 데다가 서예에도 뛰어났다. 왕희지의 글씨를 따르면서도 당시 서예가들의 장점을 두루 취하여 일가를 이루어서 당시 권문세가의 비문에 그의 글씨가 없으면 불효자로 여겼다고 한다. 안진경과 나란히 '안·유顔柳'로 병칭되었으며, 고구려·백제에서도 그의 글씨를 구해 갈 정도였다. 《이성비李晟碑》·《금강반야경金剛般若經》·《보조사비普照寺碑》(집자첩) 등의 작품이 전해진다.

6) 위부인衛夫人: 동진의 여류 서예가인 위삭衛鑠(272~349)을 말한다. 자가 무의茂漪로, 하동河東 안읍安邑 사람이다. 종요鍾繇의 제자로 글씨를 잘 썼고 특히 예서隸書에 정통하여 왕희지가 젊은 시절에 그녀로부터 글씨를 배웠다고 한다. 《순화도첩淳化圖帖》·《대관첩大觀帖》·《강첩絳帖》 등의 서첩에 수록된 〈급취장急就章〉·〈계수화남첩稽首和南帖〉이 그녀의 작품으로 알려져 있다.

7) 【즉공관 미비】只兩字便佳。두 글자만으로도 충분히 아름답군!

이나 영웅호걸은 가마에 돈과 비단을 싣고 와서 그녀를 짝으로 맞아들이려는 자가 셀 수도 없이 많았습니다.[8] 그럴 때마다 문희는 그 사람들을 보고 이렇게 말하곤 했지요.

한대의 곡문(알곡무늬) 옥벽. 무한박물관 소장

"그런 자가 어찌 제 짝이 될 수가 있겠습니까? 만일 저를 짝으로 맞아들이고 싶다면 반드시 시부터 보내야 할 것입니다. 그러면 제가 직접 고르도록 하지요.[9]"

이 말이 전해지자 노래판의 대단한 명수들이 온갖 재주를 다 뽐내며 각자의 장기를 선보이고 저마다 "대장"으로 뽑혔다고 여긴 것은 말할 것도 없고, 심지어 장타유張打油나 호정교胡釘鉸[10] 같은 자들까지 앞다투어 밥숟갈을 얹으려 드는 것이 아니겠습니까. 학식이 제법

8) 【즉공관 측비】 不揣者多。 분수를 모르는 자가 많아.

9) 【즉공관 측비】 利害。 대단하군.

10) 장타유張打油·호정교胡釘鉸: 당대의 통속시인. 두 사람의 시는 언어가 통속적이고 평이하면서도 해학이 넘쳤다고 한다. 두 사람의 이름에서 '타유打油'는 기름을 따른다는 뜻이고, '정교釘鉸'는 못을 박는다는 뜻이어서 장타유는 기름장수, 호정교는 대장장이였던 것으로 보인다. 여기서는 둘 다 수준이 낮은 초보적인 시인으로 언급되고 있다.

있다고 으스대고 낯가죽 두껍게 되지도 않을 시에 운이나 맞출 줄
아는 자들조차 염치 불구하고 한두 마디씩 되는 대로 지껄여서 망신
을 톡톡히 보곤 했지요. 그러나 그렇게 몰려드는 자들은 어쨌든 간에
전부 헛물을 켰습니다. 이자들은 아무리 그래도 문희가 방을 새로 걸
고 지원자들을 모집하기만 고대하는 등, 온 장안의 자제들이 열광했
지 뭡니까. 그러나 문희는 그저 코웃음만 칠 뿐이었지요. 마지막에는
민강岷江 출신의 임任 씨 성의 선비가 장안에 머물던 중 그 소식을
들었습니다. 그는 기뻐하면서 이렇게 말하는 것이었지요.

"내가 데려와야 되겠군.[11]"

그래서 옆에 있던 사람이 그 까닭을 묻자 그는 이렇게 말했습니다.

"봉황은 오동나무에 둥지를 틀고, 물고기는 못에서 뛰어노는 법鳳
棲梧, 魚躍淵. 만물은 저마다 돌아갈 곳이 있는 법인데 어째서 망령된
생각이기만 하겠소?"

그러더니 바로 시를 한 수 지어 보냈지요.

"옥황상제 궁전서 비서를 관장하던 신선께서,	玉皇殿上掌書仙,
속세 그리는 마음 품어 천상에서 귀양 오셨네.	一染塵心謫九天。
짙은 향 뼛속까지 절게 만들었다 탓하지 마소,	莫怪濃香薰骨膩,
신선 옷 입고 향로에서 향 피우던 분이시니!	霞衣曾惹御爐烟。

문희는 그 시를 보더니 몹시 반가워하면서 말하는 것이었습니다.

---

11) 【즉공관 미비】大膽。 간도 크군.

"이분이야말로 진정한 제 지아비입니다! 그렇지 않고서야 어떻게 제 내력을 안단 말입니까? (…) 나는 이분의 아내가 되겠습니다."

문희는 그길로 이 시를 예물 삼아 서울에 남아서 부부가 되었습니다. 이로부터 봄가을 아침저녁마다 부부는 손을 마주잡고 조촐하게 술을 나누며 시가를 짓고 한쪽이 노래하면 한쪽이 화답했지요.[12] 그 야말로 비익조[13]인 듯 병두련[14]인 듯 둘 사이에는 즐거움과 사랑이 넘쳐흘렀습니다.

비익조의 보기

---

12) 【즉공관 미비】 卽此已成仙人矣。 이렇게만 했더라면 벌써 신선이 되고도 남았을 텐데.

13) 비익조比翼鳥: 중국의 고대 전설에 등장하는 새. 암수가 눈이 하나, 날개가 하나뿐이어서 따로 떨어지면 날지 못하고 둘이 하나가 되어야만 날 수 있다고 한다. 중국의 고전문학에서는 금슬 좋은 부부를 상징하는 새로 소개된다.

14) 병두련並頭蓮: 중국의 고대 전설에 등장하는 연꽃. 하나의 꽃대에 서로 마주보듯이 봉오리가 두 개 자란 연꽃을 말한다. 고대에는 여자들이 부부가 금슬 좋게 해로하라는 뜻에서 병두련을 수놓는 경우가 많았다고 한다.

이렇게 오 년이 지났을 때입니다. 삼월 하순에 마침 구십 일 동안
의 봄날이 다 지나가자 부부 두 사람은 술을 준비하고 봄을 전송하
는 자리를 마련했습니다. 내외가 서로 마주보면서 술을 마시고 있을
때였습니다. 문희가 갑자기 붓과 벼루를 가져다가 이런 시를 지었습
니다.

> "신선계에는 여름도 없고 가을도 없이,　　仙家無夏亦無秋,
> 붉은 해 맑은 바람만 푸른 누각에 가득하지.　紅日淸風滿翠樓。
> 하물며 돌아가는 길 편안한 푸른 하늘 있으니,　況有碧霄歸路穩,
> 오색 구름[15] 속 이무기도 함께 탈 수 있겠구나."　可能同駕五雲虯。

그녀는 시를 다 지은 후 임생에게 보여주었지요. 임 선비가 그
뜻을 알지 못하고 그래도 끙끙거리자 문희가 웃으면서 말했습니다.

"당신은 전날 시를 지을 때에는 제 내력을 다 알고 계셨잖아요. 그
런데 지금은 어째서 도리어 이상하게 여기십니까? (…) 저는 본래 천
상에서 비서를 관장하던 신선이었습니다. 무심코 사랑에 빠지는 바람
에 인간 세상에서 스무네 해[16] 동안 귀양살이를 했지요. 이제 기한이
다 차서 돌아가려 합니다. (…) 그대도 같이 갈 수가 있습니다. 천상의
즐거움은 인간세상보다 훨씬 대단하지요."

---

15) 오색 구름[五雲]: 파랑·하양·검정·빨강·노랑의 다섯 가지 빛깔의 구름. 고
　　대에는 이 구름 빛깔을 상서로운 징조로 여겨 이것으로 길흉을 점쳤다고
　　한다.
16) 스무네 해[二紀]: 원문에는 '이기二紀'로 나와 있다. 일기一紀가 12년이므로,
　　이기는 24년인 셈이다. 여기서는 편의상 '스무네 해'로 의역했다.

전서의 실례. 상선약수上善若水.

그녀가 말을 마쳤을 때입니다. 가만히 들어 보니 신선계의 음악이 허공에 퍼지면서 기이한 향기가 온 방에 가득 차는 것이 아닙니까. 집안사람들이 놀라고 기이하게 여기는데 가만 보니 웬 붉은 옷의 관리가 보이지 뭡니까. 그는 붉은 글자로 전서篆書가 쓰인 옥판玉板을 들고 문희를 향해 머리를 조아리면서 말하는 것이었습니다.

"이장길李長吉[17])이 이번에《백옥루기白玉樓記》[18])를 지었는데 천제께옵서 그대에게 비문을 쓰라고 부르십니다!"

---

17) 이장길李長吉: 당대 중기의 시인 이하李賀(790~816)를 말한다. 당나라 황실의 후예인 이하는 자가 장길長吉로, 창곡昌谷 사람이다. 변방의 관리이던 아버지 이진숙李晉肅의 이름자인 '진晉'이 진사의 '진進'과 발음이 같다는 지적에 따라 진사 시험을 포기했다. 이듬해에 품계가 낮은 봉례랑奉禮郎이 되었으나 스물일곱의 나이로 요절했다. 그는 특출한 재능으로 환상적인 세계를 다룬 시를 즐겨 지어서 '귀재鬼才'라는 별명으로 일컬어지기도 했다.
18) 《백옥루기白玉樓記》: 당대 말기의 시인 이상은李商隱(813?~858?)이 지은 《이장길 소전李長吉小傳》에 나오는 이야기. 하루는 낮에 자주색 옷을 입은 웬 신선이 작은 용을 타고 나타나 이하에게 "옥황상제께서 백옥으로 된 누각을 만드시고 즉시 그대를 소환하여 축하의 글을 쓰게 하라 하셨네. 천상의 업무는 즐거우며 고되지 않다네" 하고 말하자마자 숨이 졌다고 한다.

문희는 명령을 적은 옥판을 향해 절을 했습니다. 그러고 나서 임선비의 손을 잡고 걸음을 옮겨 허공으로 날아가는데 구름과 노을이 반짝이고 난새와 학이 맴도는 것이 아닙니까. 이때 그 광경을 지켜보는 사람은 이루 셀 수도 없이 많았으며, 두 사람이 살던 땅을 '서선리書仙里'라고 명명했다고 합니다. 이상은 '비서를 관장하는 신선'의 이야기로, 화류계에서는 으뜸가는 간판급의 화젯거리올시다.

손님들, 창기라는 직업인이 언제부터 시작되었는지 아십니까? 사실은 춘추春秋시대에 시작되었답니다. 제齊나라의 대부大夫 관중管仲[19]은 여려女閭[20] 칠백 군데를 궁중에 두고 그들이 합방하는 돈을 받아서 군자금으로 충당했다고 합니다. 그것이 후세까지 전해지면서 그 같은 풍조가 크게 번성하게 된 거지

관중 초상. 《삼재도회》

---

19) 관중管仲: 춘추시대 초기 제나라의 정치가인 관이오管夷吾(?~BC645)를 가리킨다. 자가 중仲으로, 영상潁上 사람이다. 친구인 포숙아鮑叔牙의 추천으로 제나라 환공桓公에 의해 경卿으로 중용되었다. 환공의 신임에 따라 일련의 개혁을 단행하여 제나라를 부강하게 만드는 한편, 주나라 왕실을 존대하고 주변 오랑캐들을 정벌함으로써 제후들에 의해 '춘추 오패春秋五霸'로 발돋움하게 만들었다. 《관자管子》를 저술했다고 알려졌으나 후세 사람들의 위작이다.

20) 여려女閭: 춘추시대 제나라 궁중에서 여자가 운영한 상점들. 《전국책戰國策》〈동주책東周策〉에 따르면, 제나라 환공은 궁중에 시장을 일곱 군데 만들고 여자가 장사를 하는 공간인 여려를 칠백 군데나 운영하면서 돈을 모은다고 해서 나라 사람들의 구설수에 올랐다고 한다. 이 상점들은 궁중의 일곱 시장에 집중되어 있었으며, 나중에는 여자 노예들을 데려다 장병들을 대상으로 매춘을 시켰기 때문에 후에 기방을 뜻하는 말로 사용되기도 했다.

요. 그러나 알고 보면 고작해야 술자리에서 술시중을 들고 노래를 곁들여서 분위기나 즐겁게 만들고 웃음이나 짓게 만들거나, 기분이나 풀고 마음이나 즐겁게 하면서 울적함이나 적막함을 떨쳐버리는 정도에서 그치지요. 사실은 빠질 수 없는 존재인 것입니다. 그러니 어떻게 사람들에게 해를 끼치는 지경까지 이를 리가 있겠습니까. 그러나

"술이 사람을 취하게 한 게 아니라　　　酒不醉人,
사람이 절로 취하고　　　　　　　　　人自醉,
꽃이 사람을 혹하게 한 게 아니라　　　花不迷人,
사람이 절로 혹한 것.21)"　　　　　　人自迷。

　즐거움이니 사랑이니 하는 일이 있으니 거기에 미련을 가지는 사람이 생기는 것이요, 미련을 가지는 사람이 있으니 거기에 빠져 헤어나지 못하는 사태가 벌어지는 것입니다. 화류계 기생들은 날아가는 버들솜이나 흩날리는 꽃잎처럼 애초부터 정해진 주인이 없습니다. 귀한 댁 자제들은 그들대로 여기에 넋을 잃고 얼이 다 나가서 여생조차 아까워하지 않지요. 그렇다 보니 기생어멈이나 기둥서방들이 피를 빨고 이를 갈면서 하늘의 법도 따위는 아랑곳하지도 않지요. 거기다 눈길만 돌리면 바로 무정하게 대하고 고개만 돌리면 바로 잔꾀를 부립니다. 그렇게 해서 남들로 하여금 가산을 탕진하고 명망을 잃고 심지

---

21) 술이 사람을 취하게 한 게 아니라~: 원·명대의 유행어. 술이나 꽃 등의 사물이 사람의 감정을 변하게 만드는 것이 아니라 당사자의 의지나 감정이 그렇게 만들고 판단하는 것이라는 뜻이다. 뒤의 구절은 때로는 "꽃이 사람을 홀리게 한 게 아니라 사람이 절로 홀린 것花不迷人人自迷" 대신 "여자가 사람을 홀리게 한 게 아니라 사람이 절로 홀린 것色不迷人人自迷"으로 사용되기도 한다.

어 몸과 목숨까지 잃게 만들기 일쑤지요. 그래서 다들 이 창기들을 사람을 집어삼키는 바닥 없는 구덩이요 온 세상 눈을 다 채워도 차지 않는 우물이라고들 하는 것입니다.[22] 그러나 아무래도 대갓집 자제나 젊은이나 한량들은 지각 없는 자가 많고 지각 있는 이가 적습니다. 창기들의 경우 역시 풍진세상에 익숙해져 있다 보니 속임수를 쓰는 자가 많고 속임수를 쓰지 않는 이는 적습니다. 저 '영계'들의 경우는 더더욱 세파에 휩쓸리고 영합이나 할 줄 알지, 근본을 생각하고 소중히 여길 줄을 알겠습니까!

실상이 이렇다 보니 수십 수백이나 되는 기생들 중에서 부녀로서의 명예를 지키거나 끝까지 자유가 된 자신의 몸을 지키는 이는 몇 사람밖에 나오지 않는 겁니다. 설사 자유의 몸이 되었더라도 남자가 여자를 배신하지 않으면 여자가 남자를 배신하는 바람에 끝까지 좋은 관계로 남는 경우는 아주 드뭅니다. 사람은 목석이 아니건만 저 기생어멈들은 그저 돈만을 능사로 여기며 귀한 집 자제들을 우롱하는 짓을 자신들의 본분으로 여기는 것은 굳이 말할 나위도 없습니다. 저 기생들도 남들과 똑같이 어머니가 낳고 아버지가 기르셨으며 감정도 있고 지각도 있습니다. 그런데도 낮에는 술자리에서 웃음을 팔고 밤에는 잠자리에서 몸을 팔지요. 설마 그들의 마음이 조금도 흔들리지 않고, 그들에게는 인정이라는 것이 조금도 없는 것일까요? 무조건 기생어멈과 작당해서 잔꾀를 써서 남을 속이는 짓으로 살아가는 것이 다인 것일까요? 그렇지는 않을 겁니다. 그 부류 속에도 알고 보면 참된 마음으로 사람을 대하면서 죽는 한이 있더라도 마음을 바꾸지 않는 경우도 있을 것이고, 원래는 지조를 가지고 속세를 해탈하기만 바라며

---

22) 【즉공관 미비】 暢論。통쾌한 말씀!

그 다짐을 한 시도 잊지 않는 경우도 있을 것입니다. 예로부터 한두 사람이 아니었을 테지요.

이제부터 소생이 어떤 기생 이야기를 들려드리려고 합니다.[23] 그 기생은 사랑하는 사람을 그리워하다가 죽고, 또 사랑하는 누이동생의 소원을 이루어주어 자유의 몸이 되도록 만들어주지요. 손님들께 들려 드리면, '기생들 중에도 좋은 사람이 있다'는 것을 아시게 될 것입니다. 이 일을 증명해주는 시가 있는데, 그 시는 다음과 같지요.

마음만 있으면 서로 그리다 죽는 이치도 아는데,	有心已解相思死,
굳은 의지로 연리지[24] 되기 바라는 경우랴.	況復留心念連理。
이처럼 정 많은 이는 세상에서도 보기 드무니,	似此多情世所稀,
그대여 내가 부르는 천수[25] 노래 들어보시오.	請君聽我歌天水。
천수의 재능은 좌중의 보배와도 같아서,	天水才華席上珍,
소 씨 아씨도 응대하다 곧 가까운 사이 됐지요.	蘇娘相向轉相親。

23) * 본권의 몸 이야기에 관하여 능몽초는 매정조梅鼎祚(1549~1615)가 지은 《청니연화기靑泥蓮花記》 권8의 〈기종2記從二 · 소소연蘇小娟〉에서 소재를 취했다고 밝혔다. 그러나 이와 함께 《서호유람지여西湖遊覽志餘》 권16도 참고한 것으로 보인다. 《청니연화기》의 소개에 따르면 매정조는 원래 원대 초기에 주밀周密(1232~1298?)이 지은 《무림구사武林舊事》에서 소소연 일화 의 소재를 취한 것으로 보인다.

24) 연리지連理枝: 중국의 고대 전설에 등장하는 나무. 서로 다른 나무의 가지 들이 맞닿아 결이 통하면서 한 그루가 되었다는 뜻으로, 다정한 연인이나 금슬이 좋은 부부 사이를 가리키는 말로 주로 사용된다.

25) 천수天水: 중국 고대의 군 이름. 지금의 감숙성甘肅省에 있으며, 조趙 씨가 이 일대에서 명망이 높은 씨족으로 통했다고 한다. 여기서는 이 지역을 대 표하는 조 씨의 일원인 조 사호를 두고 한 말이다.

벼슬 나가 서로 헤어지매 삼년 후를 기약하여,	一官各阻三年約,
각자 있던 곳에서 한날 똑같이 넋이 되었다오.	兩地同歸一日魂。
유언으로 약한 동생을 보살펴주기 부탁했으니,	遺言弱妹曾相托,
저승길서 옛 약속 잊었다 할 수 있겠소?	敢謂冥途忘舊諾。
사랑으로 동기 도와 좋은 인연 이루게 했으니,	愛推同氣了良緣,
〈우비락〉 한 가락 불러 칭송하나이다!	賡歌一絶于飛樂。

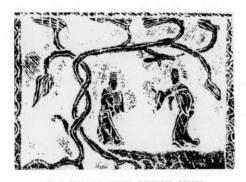

한대 화상석에 묘사된 연리지의 이미지

이제 이야기를 들려드리도록 하겠습니다. 송나라 때 전당錢塘[26] 땅에 소반노蘇盼奴라는 이름난 기생이 살았습니다. 소반노는 동생인 소소연蘇小娟과 함께, 둘 다 얼굴도 아름답고 시도 뛰어나서 당대에 나란히 명성을 날리고 있었지요. 그래서 갑부나 대갓집의 자제들 중에 임안臨安에 가는 사람들치고 그 얼굴을 보기를 바라지 않는 사람이 없었습니다. 그야말로 수레와 말이 그 집 문간에 가득 차고 그 행렬이 끊이지 않을 정도였지 뭡니까! 그 자매에게는 유모가 없었고[27] 그저

---

26) 전당錢塘: 송대의 지명. 지금의 중국 절강성 항주시杭州市 일대에 해당하며, 때로는 임안臨安으로 불리기도 했다.

27) 【즉공관 미비】便妙了。 딱 좋군.

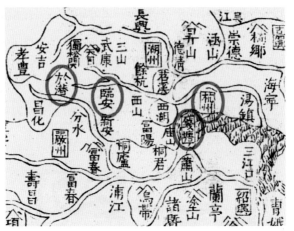
전당(오른쪽), 임안(가운데), 어잠(왼쪽), 항주(위쪽). 《삼재도회》

아들이 집안을 일으켜주기를 바랄 뿐이었지요. 그러면서도 자매는 둘다 자기 집의 주인 역할을 하면서 스스로 품격이 남다르다고 여기고 줏대 없이 세파에 휩쓸리는 것을 참지 못했습니다. 그래서 비록 번화하고 화려한 곳에서 지내기는 했지만 속으로는 늘 그것을 아쉽게 여겼습니다. 자매는 오로지 자신의 마음을 알아주는 인연을 만나 평생 그와 함께 지내다가 삶을 마치기를 바랄 뿐이었지요. 자매는 서로 생각이 같다 보니 무척 사이좋게 지냈답니다.

반노의 마음속에는 사랑하는 사람이 하나 있었습니다. 바로 황실의 종친인 조불민趙不敏이라는 사람으로, 태학太學의 학생이었지요. 그런데 알고 보니 송나라 때에는 종실에도 그 지체에 걸맞은 녹봉과 직함이 주어졌지 뭡니까. 물론, 당사자가 글공부를 해서 과거에 응시하기를 원하는 경우는 여기에 해당하지 않았지요. 그래서 조불민의 일가 형제 중에 조불기趙不器라는 사람은 기꺼이 그 특혜를 누려 원판院判[28]을 지내고 있었습니다. 그러나 조불민은 자신의 재주가 뛰어난 것을 믿고 기필코 과거에 급제하겠다며 태학에서 공부하고 있었지요. 그는 머리가 비상한 데다가 됨됨이도 풍류가 넘쳤습니다. 그렇게 풍류가 넘치면서도 제법 성실하고 참된 면까지 갖추고 있었습니다.[29] 그렇다 보니 반노도 그와는 사이가 좋았지요. 반노는 그를 보지 않으면 밥도 넘어가지 않을 정도였습니다. 조불민은 선비이다 보니 집안일을 처리하는 데에는 수완이 없었습니다. 그래서 가세가 날로 기울었지만 반노는 그가 가난하다고 해서 싫어하지 않았지요. 오히려 그가 쓰는 등불 기름이며 술과 음식에 드는 비용을 자신이 대곤 했습니다.[30] 게다가 조불민이 가난한 형편 때문에 학업을 포기할까 걱정하면서 늘 그를 보고 말했지요.

"쇤네가 보기에 선생께서는 절대로 평범한 분이 아니십니다. 쇤네도 이 풍진세상에 내내 몸담고 있는 것을 달갑게 여기지 않습니다. (…) 선생께서 단번에 입신양명하셔서 쇤네를 데려가주신다면 평생토록 순종하며 아무리 가난하게 살아도 달갑게 여기겠습니다. 그러니 부디 글공부에만 전념하시되, 게으름을 피우지도 다른 일들에 마음을 쓰지도 마십시오. 입고 먹는 데에 드는 돈은 쇤네에게 맡기시면 선생께 부족함이 없게 하겠습니다!"

소소연은 언니가 조 태학을 진심으로 대하는 것을 보고 자신도 사

---

28) 원판院判: 송대의 관직명. '판判'은 판관의 줄임말이고 '원院'은 찰원察院·대원臺院 등의 중앙 관청을 아울러 일컫는 이름이다. 판관은 각 원 수장의 정무 처리를 도왔다고 한다.
29) 【즉공관 미비】要緊。 중요하지.
30) 【즉공관 미비】汗國之流。 견국 같은 부류로군.

랑하는 사람을 구해야겠다는 생각을 늘 품고 있었습니다. 그러나 도무지 마음에 드는 사람이 없지 뭡니까. 반노는 소연의 뜻을 눈치 채고 늘 동생에게 관심을 두고 있다가 태학을 보고 말했습니다.

"제 동생은 성격이 아주 좋습니다. 언젠가는 양갓집 식구가 될 아이지요. 훗날 선생께서 입신양명하셔서 제 소원을 이루고 나면 낭군께서 동생을 위해 좋은 임자를 한 분 구해주십시오.[31] 그러면 저희 자매의 뜻이 헛되지 않겠습니다!"

태학도 평소 소연을 아끼던 터였으므로 반노의 말을 마음속에 단단히 새기고 또 새겼습니다. 태학은 자신이 아무리 반노의 집에서 돈독하게 내왕하는 사이라고는 해도 돈 한 푼 쓰기는커녕 오히려 그녀에게서 글공부 뒷바라지까지 받다 보니 그녀의 인정에 감격한 나머지 최선을 다해서 분발했답니다. 그러다가 과거시험을 보았더니 정말 남궁南宮[32]에서 우수한 성적을 얻었지 뭡니까. 반노는 속으로 기쁨을 억누를 길이 없었지요. 그야말로

은빛 등잔[33] 비스듬히 등진 채 옥 장식 끄르고.　　銀釭斜背解鳴璫,
짧은 말로 나지막이 '낭군님'을 부르누나.　　　　小語低聲喚玉郞。

---

31) 【즉공관 미비】 豈知己事不完, 反替他完了。 자기 일은 이루지 못하고 도리어 동생 소원을 이루어줄 줄이야!

32) 남궁南宮: 명대 중앙 정부의 육부六部 중 하나인 예부禮部에 대한 별칭. 전국의 교육 업무와 과거 시험과 함께 주변 국가들과의 외교 관련 업무를 관장했다.

33) 【교정】 등잔[釭]: 상우당본 원문(제1067쪽)에는 '항아리 항缸'으로 되어 있으나 전후 맥락을 따져 볼 때 '등잔 강釭'으로 해석하는 것이 옳다.

이제 난초와 사향 아무리 귀해도 상관없나니,　　從此不知蘭麝貴,

밤에 새로 향기로운 계수나무 가지나 꺾자꾸나.[34]　夜來新惹桂枝香。

　조 태학은 방을 내린 후에도 벼슬을 아직 받지 못하고 있는 동안 그냥 반노의 집에 머물면서 둘 사이의 사랑이 무르익자 오로지 평생의 중대사인 혼사를 준비하는 데에만 집중하고 있었습니다.[35] 다만 한 가지, 이름난 기생을 기적妓籍[36]에서 빼내는 일이 아주 어려웠지

---

34) 은빛 등잔~: 이 시는 원래 당나라 선비 배사겸裵思謙(9세기)이 지은 〈급제 후에 평강의 기생과 자고及第後宿平康妓〉를 차용한 것으로, 두 번째 구절의 다섯 번째 글자가 원시에서는 '축하할 하賀'인 것을 여기서는 '부를 환喚'으로, 네 번째 구절의 네 번째 글자가 '물들일 염染'이던 것을 '일으킬 야惹'로 바꾸어놓은 것이 다르다. 명대 말기의 가객 모선서毛先舒(1620~1688)가 《전사명해塡詞名解》의 "【계지향桂枝香】" 항목에 붙인 설명에 따르면, 배사겸이 당나라 도읍 장안에 가서 전시殿試를 마치고 지인들과 홍등가인 평강리平康里에 가서 기생과 하룻밤을 보내고 있는데 대궐에서 그가 장원으로 급제했다는 낭보가 전해진다. 배사겸은 기생을 안은 상태에서 장원급제 증서를 들고 기뻐서 어쩔 줄을 몰랐다고 한다. 이튿날 아침, 영감이 떠오른 그가 지은 시가 바로 위의 시라고 한다. '보름달 속의 계수나무 꽃은 유난히 향기롭다'는 뜻을 담은 "계지향"이라는 가사 제목[詞牌]은 바로 그의 시 마지막 세 글자에서 유래했다고 한다. 참고로, 고대에는 과거에 급제하는 것을 '계수나무 가지를 꺾었다折桂'고 하기도 해서 나중에는 '계수나무 가지桂枝' 자체가 부귀공명을 뜻하는 말로 사용되는 경우가 많았다고 한다. 그러나 여기서 "밤에 새로 향기로운 계수나무 가지 꺾자꾸나"라고 한 것은 기생과 동침하는 것을 두고 한 말이다.

35)【즉공관 측비】樂哉。얼마나 즐겁겠어!

36) 기적妓籍: 중국 고대에 관청에서 관리하는 관기官妓의 내력을 기재한 장부. 옛날 중국에서는 관기들은 수청이나 노역에 출석할 의무를 지고 있었다. 때문에 관청에서 연회를 거행한다든지 관청의 수장에게 개인적인 길흉사가 있으면 반드시 가서 가무를 하거나 술시중을 들어야 했다. 뒤에는 "악적樂籍"이 나오는데, 의미상으로는 관청의 연회에서 풍악을 담당한 예인들인

요. 관아에서는 연회의 수청을 들 관기가 부족하면 상급 관청에서 건너와 문책을 하는 등 여러 모로 불편한 일이 생길까봐 열에 아홉은 승낙하지 않는 것이었습니다. 그렇다 보니 어떤 관리는 자유의 몸이 되기를 원하는 기생들의 명부에 이 같은 의견을 달기도 했습니다.

"〈주남〉의 교화[37]를 흠모한다니 그 뜻이 참으로 가상하다마는 소청은 허용하지 않음이 마땅하다!"

慕周南之化, 此意良可矜。 空冀北之群, 所請宜[38]不允。

관청마다 하나같이 이런 식이었습니다. 평소 아주 각별한 사이였거나 아주 협조적인 사람을 만나야 소원을 들어주려고 할 정도였지요. 그런데 지금 소반노는 명성이 자자한 데다가 시까지 지을 줄 아는 기생이다 보니 다들 술자리에 앉히려고 들었습니다. 그러니 누가 호락호락 그녀를 놓아주려고 하겠습니까.[39] 게다가 전에는 조 태학과 내왕이 잦았던 사람들이라도 태학에게 돈도 없고 힘도 없다 보니 누구 하나 그를 위해서 반노를 악적樂籍[40]에서 빼주는 사람이 없었지

악호樂戶의 내력을 기재한 장부라는 뜻이지만, 관기들은 수청과 음악을 동시에 담당했으므로 본질적으로는 같은 뜻으로 이해해도 무방하다.

37) 〈주남〉의 교화[周南之化]:《시경詩經》〈국풍國風〉의 앞부분에 해당하는 〈주남〉에 수록된 첫 번째 시는 "관저關雎" 편이다. … "관저" 편은 예로부터 유가의 이상적인 남녀 인간상인 군자와 숙녀의 이상적인 결합을 예찬한 시로 간주되어 왔다. 여기에 언급된 "〈주남〉의 교화"는 곧 남녀의 혼인을 뜻하며, 기생 소반노가 화류계를 떠나 조불기와 혼인하여 보통 사람으로서의 삶을 살기를 꿈꾸는 것을 두고 한 말이다.

38) 【교정】 마땅하다[宜]: 상우당본 원문(제1067쪽)에는 '어두울 명冥'으로 되어 있으나 전후 맥락을 따져 볼 때 '마땅할 宜'로 해석하는 것이 옳다.

39) 【즉공관 미비】 不在行人, 大率如此。 전문가가 아닌 이들은 대체로 그렇지.

요. 이번에는 태학이 과거에 급제까지 했지만 반노는 그대로 관아에 매여 있었습니다. 그러니 바로 그녀를 맞아들일 도리가 없었지요!

그렇게 궁리를 하고 있을 때였습니다. 인사 발령이 이루어져서 그에게 양양 사호襄陽司戶[41] 벼슬이 제수되었습니다. 그러나 이제 갓 벼슬을 제수받은 입장이다 보니 체면 때문에 어디 바로 기생집과 반노의 탈적 문제를 부탁할 수가 있어야지요. 거기다 당사자가 자신이 맞이할 신부라면 더더욱 구설수에 오를 수밖에 없었습니다.[42] 그래서 더 완곡한 방법을 찾아보려고 했습니다. 임지로 부임해야 하는 날짜가 정해져 당장은 기회를 잡을 도리가 없었지요. 하는 수 없이 양양에 도착하면 사람을 보내 그 일을 마무리하기로 약속했습니다. 이때 사호와 반노 두 사람은 서로 머리를 끌어안고 대성통곡을 했습니다. 소연도 그 곁에서 같이 눈물을 흘리면서 그렇게 각자 작별했지요. 반노가 낯을 가린 채 눈물을 흘리면서 방으로 돌아온 것은 말할 것도 없지요.

사호는 이렇게 해서 양양으로 부임길에 올랐습니다. 도중에 새는 지저귀고 꽃도 다 졌는데 그런 풍경을 마주하다 보니 슬픔이 더 커져서 오로지 반노 생각뿐이었지요. 그는 임지에 도착하기만 하면 수완 있는 사람에게 서울로 가서 바로 이 일부터 처리해주도록 부탁할 작

---

40) 악적樂籍: 악호樂戶나 관기官妓의 내력이 기재된 장부. 옛날에는 관기가 악부樂部에 속해 있었기 깨문에 그 장부를 '악적'이라고 불렀다.

41) 사호司戶: 중국 고대의 관직명. 한대 이후로 호조연戶曹掾을 설치하고 민호民戶 관련 업무를 관장하게 했다. 당대에는 각 부府마다 호조 참군戶曹參軍을, 주에는 사호 참군司戶參軍을, 현에는 사호를 두었으며, 송대까지 존속되다가 원대에 폐지되었다.

42) 【즉공관 미비】 所以事機不可失也。그래서 일은 때를 놓치면 안 되지.

정이었습니다. 그러나 임지에 도착해서는 공무로 바쁘다 보니 어느 사이에 시일이 꽤 지나버렸지 뭡니까. 그렇다고 해서 바쁜 와중에 이 일을 맡길 만한 믿음직한 심복도 없었습니다. 서신을 한두 차례 부치고 거기다 사람도 한두 번 보냈지만 그럴 때마다 이도 저도 아닌 어정쩡한 상태여서 제대로 일을 진행할 수가 없었지요. 또 서울에 있는 벗에게 서신을 써서 그녀를 위해 탈적 문제를 잘 처리해줄 것을 부탁하고, 임지에서 그녀를 맞이할 계획이었습니다. 그러나 길도 먼 데다가 편지를 통해 부탁을 받는 쪽에서는 '창기의 일'이라며 대수롭지 않게 여길 뿐이었지요. 솔직히 말해서 어느 누가 그런 고통을 이해하고 당신을 위해[43] 적극적으로 나서려고 들겠습니까? 서신만 부탁하는 일만 해도 사람이 왔다 갔다 하다 보니 어느새 반년이 넘는 시일이 후딱 지나가고 말았습니다. 그러니 사호가 기별을 받아도 슬퍼 우는 일이나 늘어날 뿐 그게 다 무슨 소용이 있겠습니까!

그렇게 삼 년이 지났습니다. 사호는 그래도 소원을 이루지 못하자 상사병이 나버렸지 뭡니까! 예로부터 이런 말이 있지요.

　"마음의 병은 역시 마음으로 고쳐야 한다.[44]" 心病還須心上醫。

---

43) 당신을 위해[替你]: 이 대목에서는 원래 "당신"이 아니라 조불민 즉 "그"가 되어야 옳다. 만일 원작자인 능몽초가 여기서 글자를 잘못 쓴 것이 아니라면 이 경우는 이야기꾼이 전지적 작가의 시점에서 이야기에서 나와 이 이야기를 듣고 있는 청중에게 불쑥 말을 거는 장면으로 이해할 수 있다.

44) 마음의 병은 역시 마음으로 고쳐야 된다[心病還須心上醫]: 원·명대의 속담. 마음의 병은 고칠 수 있는 약이 없으니 마음을 잘 다스리는 수밖에 없다는 뜻이다. 원대 극작가 오창령吳昌齡의 잡극 희곡 《장천사단풍화설월張天師斷風花雪月》에는 "마음의 병은 역시 마음으로 고칠 수밖에 없다心病還從心上醫"(제2절)로 사용되었다.

반노가 못 올 것이 분명한 이상 의사나 약이 다 무슨 효험이 있겠습니까? 그렇다 보니 병으로 몸져눕는 지경에 이르고 말았지요. 그런데 가만 보니 대문을 지키던 아전이 들어와서 고하는 것이었습니다.

"밖에서 웬 조 원판趙院判이라는 분이 사호 나리 형제라면서 여기서 뵙겠다고 합니다요!"

사호는 그 소리를 듣고 서둘러 그를 모시게 했습니다. 그러고는 조불기와 인사를 나누고 말했습니다.

"아우, … 자네 좀 일찍 오지 그랬는가! (…) 그랬더라면 이 형이 이 지경은 되지 않았을 것 아닌가!"

"형님, 무슨 일로 이렇게 큰 병이 드셨소? (…) 일찍 왔어야 한다고 하시니 … 무슨 일입니까?"

"내가 서울에 있을 때 교방教坊[45] 기생들 중에 소반노라는 아이가 있었네. 나와 가장 돈독하게 지냈지. 그녀는 내가 글공부를 해서 입신양명할 수 있도록 경제적으로 도와주었네. 그 덕분에 지금의 내가 있을 수 있었지! (…) 한동안 바쁜 탓에 그녀의 기적 정리 문제를 제

[45] 교방教坊: 중국 고대의 관청 이름. 수·당대 이래로 가무·연희 및 여기에 종사하는 예인인 악호樂戶들과 관련된 업무를 관장했다. 여기서 "교방 기생"은 관청에서 관리하는 기생 즉 관기를 말한다.

趙同戸千里遺音

조 사호가 천 리 먼 곳에서 유언을 남기다.

때 해결해주지 못하는 바람에 같이 부임하지 못했다네. 당초에는 임지에 도착하자마자 사람을 서울로 보내 그 일을 처리하기로 약속했었네. 그러나 부탁하는 사람마다 하나같이 힘을 써주지 않는 것이 아닌가! (…) 여기서 눈이 빠져라 기다리는데도 답장 하나 없으니 … 아무래도 뭔가 단단히 잘못된 것 같으이! 삼 년 동안 내 속은 불처럼 타들어가는데 일은 얼음처럼 진전이 없으니 정말 답답해서 죽을 판일세! (…) 아우, 자네가 조금만 일찍 왔더라면 이 일을 자네한테 맡겨 이 형을 위해 해결해달라고 부탁했을 걸세. 그랬더라면 반노도 올 수 있었을 테고 형인 나도 죽을 지경에 이르진 않았을 테지. 하지만 … 이제는 틀렸어!"[46]

그는 말을 마치자마자 눈물을 비 오듯이 흘리는 것이었습니다. 그러자 원판이 말했습니다.

"형님, 일단 안심하십시오! 천금같이 귀한 형님 몸을 잘 조리하셔야 합니다. 그래야 좋을 날을 볼 수 있을 것 아닙니까? 이런 사소한 일 때문에 목숨을 포기하시다니요!"

"아우, … 자네는 사정을 알 만한 사람이 어째서 남의 말 하듯이 하는 겐가! 사랑과 관련된 일은 다들 아는 일일세. 그야말로 목숨이 걸려 있단 말일세! 그게 어떻게 사소한 일이란 말인가?"

사호는 이렇게 애통하게 말하더니 다시 의식을 잃는 것이었습니다! 이틀도 되지 않아 눈앞에는 반노가 어른거리고 병세도 갈수록

---

46) 【즉공관 미비】可憐。딱하군!

깊어졌습니다. 조불민은 '이제 회생하기는 틀렸다' 싶어서 원판을 침상맡으로 불러 당부했지요.

"나와 반노는 보통 관계가 아닐세. 정말 생사고락을 함께한 사이라네. (…) 오늘 내가 그녀를 그리워하다가 죽지만 … 죽어서도 잊지 못할 걸세! 내게 삼 년 동안 받은 녹봉 중에 남은 돈이 좀 있네. 자네가 나를 대신해 두 몫으로 나누어 한 몫은 자네가 받고 한 몫은 반노에게 전해 주게.47) 반노는 내가 죽은 것을 알면 반드시 나를 위해 수절을 할 게야. (…) 그녀에게는 소연이라는 동생이 있네. 격조가 있는 데다가 시도 읊을 줄 알지. 반노는 전에 내게 그녀의 짝을 찾아줄 것을 부탁했었네. (…) 내 생각에 아우는 풍류가 넘치고 재능이 출중하니 소연의 일을 해결해 줄 수 있을 듯하이. 아우가 서울에 도착하면 내 말을 그 집에 전해 주게. 그러면 그 집에서도 기꺼이 받아들일 걸세. 동생이 소연을 얻는다면 참으로 훌륭한 배필이 될 테니 … 이 기회를 놓치지 말게나! 첫째 내 뜻을 이루어주고 둘째로는 이 일을 처리해주게. 이것은 내가 죽으면서 하는 부탁이니 … 꼭 명심하게나!48)"

원판은 눈물을 흘리면서 그 부탁을 따르겠다고 다짐했습니다. 사호는 말을 마치자마자 세상을 등지고 마는 것이었습니다. 원판은 장례를 마치고 영구를 운반해 임안으로 가서 안장했습니다. 그러고는 그의 물건들을 수습하고 나서 바로 전당으로 떠난 것은 말할 것도

---

47) 【즉공관 미비】虧得是箇中人, 所以可托。不然, 安保不浮沉其餘資乎? 한 집안 사람이어서 다행이야. 그래서 부탁할 수 있었던 게지. 그렇지 않았더라면 그의 남은 재산이 우여곡절을 겪지 않을 거라고 어떻게 보장할 수 있겠나?

48) 【즉공관 측비】所謂老誠眞實。이른바 성실하고 참되다는 경우이겠지.

없지요.

계속 이야기를 들려드리겠습니다. 소반노는 조 사호가 떠난 후로 두문불출했습니다. 손님도 아예 받지 않고 양양에서 소식이 오기만을 기다렸지요. 그런데 서신은 두 번 받았지만 일이 제대로 진척되는 기미조차 보이지 않지 뭡니까. 더욱이 그녀는 여자의 몸이다 보니 아무리 애가 타서 발을 동동 굴러도 소용이 없었습니다. 그저 종일 소식만 고대하면서 답답해했지요. 하루는 갑자기 어잠於潛49) 출신 상인 한 사람이 관용 비단을 몇 상자 지니고 전당에 왔다가 반노의 명성을 듣고 꼭 한번 보고 가야겠다면서 몇 번이나 매달리는 것이었습니다. 반노는 끝까지 핑계를 대며 만나주지 않았습니다. 그러다가 반노는 상사병이 단단히 들고 말았지요. 그 상인은 반노가 일부러 핑계를 댄다고 여기고 속으로 원한을 품었습니다. 소연은 소연대로 그를 두 번 접대하기는 했지만 그가 실속 없는 얼간이인 것을 알고는 눈길조차 주지 않았답니다.50) 그 상인이 그래도 몇 번이나 억지로 소연의 거처에서 동침을 하려 했지요. 소연은 그때마다 이렇게 둘러댔지요.

"언니 병이 깊어져서 밤에는 지켜보면서 탕약 수발을 해야 해서 손님을 모실 수가 없습니다!"

아무리 매달려도 만나주지 않자 상인은 다른 기방에 가서 기생과 어울려 자고 가버렸습니다. 그 후로 반노는 조불민을 하도 그리워한

---

49) 어잠於潛: 중국 고대의 현 이름. 지금의 절강성 임안臨安 서부 일대에 해당한다.

50) 【즉공관 미비】所以爲小娟。 소연다운 모습이로군!

나머지 의식까지 흐릿해졌습니다. 그러다가 하루는 불현듯 소연을 보고 말하는 것이었지요.

"동생아, 잘 지내거라. (…) 나는 이제 서방님을 뵈러 가련다!"

소연은 그녀가 외출이라도 하려는 줄로만 알고 물었습니다.

"거기가 얼마나 먼 곳인데! 언니, … 지금 상태로 어떻게 거기까지 간다고 그래? 바보 같은 소리 아냐?"

"바보 같은 소리가 아니란다. (…) 이제 곧 상봉할 것 같아."

반노는 이내 소리가 작아지고 목이 메더니 연거푸 '조 서방님' 하고 부르면서 세상을 떠나는 것이었습니다.

소연은 한동안 통곡을 한 후 관을 사서 시신을 입관했습니다. 그리고는 위패를 설치하고 나서 조 씨 댁에 이 소식을 인편으로 전하려고 했습니다. 그런데 가만 보니 문 밖에서 아전 둘이 달려 들어오더니 부판府判 관아에서 무슨 관용 비단 소송인가 하는 건으로 자매 두 사람을 소환했다지 뭡니까, 글쎄.[51] 소연은 영문을 알지 못해 아전에게 말했습니다.

"언니는 이미 세상을 떠났습니다. 여기 있는 영구와 위패를 보십시오. (…) 차라리 제가 가서 대답을 해드리면 되지요."

소연은 술과 밥을 대접하고 용돈까지 아전들에게 챙겨주었습니

---

51) 【즉공관 미비】 禍不單行。 불행은 홀로 다니지 않는 법.

다. 그러고는 어린 여종에게 집을 보라고 이르고 자신은 방문을 잠 그고 아전들을 따라 임안부 관아로 갔습니다. 그녀는 그제야 지난번 의 어잠 객상이 동업자에게 고발을 당해 관용 비단을 판 돈으로 기 생과 놀아난 죄로 관아로 끌려 와서 지난번의 원한을 품고 반노와 소연을 걸고넘어진 것을 알게 되었지요.[52] 소연은 하도 억울해서 무 조건 관아에서 하소연하려고 했습니다. 그러나 그녀를 데리고 들어 갔을 때 부판은 당상堂上의 공식 연회에 참석하는 일로 마음이 급해 서 그 사건을 심리할 겨를이 없었습니다. 그래서 경제사범인 줄로만 알고 큰 소리로

"일단 감옥에 가두어라!"

하고 명령하는 것이 아닙니까. 아아, 불쌍해라!

미인들 무리 속에서도 남다른 미녀인데,	粉黛叢中艷質,
죄인들 무리 속에서 슬픔에 젖어 있구나.	囹圄隊裡愁形。
흉한지 길한지 전혀 예측할 길이 없는 것은,	凶吉全然未保,
청룡과 백호가 같이 길을 가기 때문이라네!	靑龍白虎同行。

소연이 감옥에서 고초를 겪은 일에 대해서는 여기까지 하고, 계속 이야기를 들려드리지요. 조 원판은 형의 영구를 싣고 전당으로 가서 안장을 마쳤습니다. 그러고는 유언을 받들어 소 씨 댁을 찾아 나서려 다가 문득 이런 생각을 했습니다.

---

52) 【즉공관 미비】可恨, 可恨。妓家最怕此等事。분하다, 분해! 기생들이 이런 일을 가장 두려워하는 것을.

'나는 그녀와 아는 사이도 아니다. 그런데 불쑥 들이닥치면 어떻게 참마음을 알 수가 있겠나! (…) 형님이 반노 때문에 죽기야 했지만 반노의 속마음이 어떻고 근래의 행실은 어땠는지 알 수 없지.[53] 그런데도 맹랑하게 들이닥쳐서 민폐를 끼쳐서야…'

그러다가 별안간 생각했습니다.

'이곳의 부판은 우리 종친이지. 그에게 그녀를 관아로 불러오도록 부탁해서 재판정에서 분명히 물어보면 실상을 알 수 있겠지.'

조 원판은 그길로 임안부로 가서 부판을 만났습니다. 안부 인사를 나눈 다음 형이 세상을 떠난 일과 반노와 소연을 부탁한 일을 다 털어놓았지요. 그러고는 그 자매를 소환해줄 것을 요청했습니다. 그러자 부판이 말하는 것이었습니다.

"정말 둘 다 훌륭한 기생이군요. 소생이 사람을 시켜 불러오지요. 종친께서 직접 그녀와 이야기해보시면 되겠습니다."

명대 관아의 명첨

그러고는 바로 시종을 하나 보내 명첨命簽을 들고 가서 그 자매를 소환하게 했습니다. 시종은 명령을 받들고 갔다가 얼마 후에 돌아와 보고했습니다.

---

53) 【즉공관 측비】 也是。 그건 그렇지.

"소인이 소 씨네 집에 가보니 소반노는 한 달 전에 이미 죽었고, 소소연은 우리 부의 감옥에 갇혀 있다고 하더이다!"

"무슨 일로 하옥되었단 말이냐!"

원판과 부판 모두 놀라서 물었더니 시종이 대답하는 것이었습니다.

"그 집에서 하는 말로는 어잠의 객상이 관용 비단 문제를 걸어 모함을 했다고 합니다!"

"그 일이라면 … 내 소관이로군!"

부판이 고개를 끄덕이면서 이렇게 말하자 원판이 말했습니다.

"돌아가신 형님 낯을 보셔서라도 종친께서 사정을 조금만 참작해 주십시오!"

"종친께서는 일단 저희 관아에 좀 앉아 계시지요. 소생이 불러서 분명하게 물어본 뒤에 처리하도록 하겠습니다.54)"

"돌아가신 형님께서 반노에게 서찰을 전하라고 당부하셨는데 반노가 죽어버렸을 줄이야! (…) 형님께서는 소연도 소생에게 맡기셨지요. 소생더러 그녀를 평생 책임지라면서 말입니다. 하지만 … 소생은 그녀를 한 번도 본 적이 없어서 그 속내가 어떤지 모르겠습니다. (…) 이제 소생이 일단 서신으로 그녀의 마음을 떠보고 중매를 세우려고

---

54) 【즉공관 미비】就在行了。전문가로세.

합니다. 그러니 종친께서는 번거롭더라도 편의를 좀 봐주시지요!"

그러자 부판은 웃으면서 말했습니다.

"그거야 당연하지요. 물론, … 나중에 이 중신아비를 잊으시면 안됩니다?"

부판은 함께 한바탕 웃고 나서 원판을 관아로 모셔서 앉힌 다음 자신은 재판정에 나가서 아전에게 감옥에서 소연을 데려오게 했습니다.

"어잠의 상인은 관용 비단 백 필이 비는 것이 너희 기방에서 그 돈을 썼기 때문이라고 자백했다. (…) 무엇으로 그 돈을 배상할 테냐?"

부판이 이렇게 묻자 소연이 말했습니다.

"죽은 언니 반노가 살아 있을 때 어떤 어잠 객상이 두 번이나 찾아 왔었나이다. 그러나 반노는 병 때문에 그자를 머물게 한 적이 없습니다. 그런데 어느 겨를에 그자의 관용 비단을 받았겠습니까! (…) 지금 언니가 세상을 떠나 증거가 없으니까 객상이 모함을 하고 걸고넘어진 것입니다. 부판께서 만약 명쾌한 판결을 내려주신다면 소연만 감사할 뿐 아니라 반노 역시 구천에서 은혜를 입는 셈입니다!"

부판은 소연이 하는 말이 완곡하면서도 유순한 것을 보고 속으로 호감이 생겨서 말했습니다.

"너는 양양의 조 사호를 아느냐?"

"조 사호님은 급제하기 전에 언니 반노와 친하게 지내며 혼인을 약속한 사이였습니다. 그래서 소녀도 뵙곤 했답니다. 나중에 과거에 급제하고 벼슬살이를 떠나신 후 몇 번 서신이 왔지만 결국 전날의 소원을 이루지 못했지요. (…) 반노는 그리움에 사무쳐 병을 얻어 죽은 지가 벌써 한 달 남짓 되었사옵니다!"

그러자 부판이 말하는 것이었습니다.

"슬프구나, 슬퍼! (…) 너는 조 사호가 세상을 떠난 줄 몰랐더냐?"

소연은 그 말을 듣고 언니를 생각하다 보니 무심결에 슬퍼져서 눈물을 흘리면서 말했습니다.

"외람되오나 … 그 소식은 어디서 나왔는지요?"

"사호가 임종하면서 반노를 잊지 못하고 사람을 시켜 서신 한 통과 예물 한 자루를 부쳤느니라. 그것 말고도 사호의 아우님인 조 원판을 통하여 너에게 보낸 서신도 한 통 있느니라. (…) 열어보거라."

그 말에 소연이 말했습니다.

"그 원판 … 어떤 분인지 알지도 못하는데 무슨 서신을 보냈다는 말씀입니까?"

"일단 펼쳐보면 무슨 말인지 알게 될 것이니라."

소연은 서신을 건네받아 그 자리에서 펼쳐 읽는데, 알고 보니 서신이 아니라 칠언절구七言絶句였습니다. 그 시의 내용은 이랬지요.

당대의 명기는 동오[55] 땅을 주름잡으며,	當時名妓鎭東吳,
황금은 좋아하지 않고 오직 책만 좋아했었지.[56]	不好黃金只好書。
전당의 소소소[57]에게 묻노니,	借問錢塘蘇小小,
그 풍류가 소 씨 댁 맏이와 비슷하더냐 어떻더냐?	風流還似大蘇無。

소연은 시를 다 읽고 나서 생각했습니다.

'이 시 속의 감정을 보니 내게 무척 호감이 있는 것 같구나. 만약 그 분이 힘을 보태주신다면 송사도 쉽게 해결되겠지. 그러나 … 조원판이라는 분 인품이 어떤지 어떻게 알겠나? 그의 시를 보니 맑고 점잖아 보이기는 한데 … 게다가 조 사호의 동생이라면 아마 풍류가 넘치고 다정한 분일 테지.'

소연은 속으로 망설이면서 아무 말도 하지 않는 것이었습니다. 부판은 그녀가 골똘히 생각하는 것을 보고 대뜸 말했지요.

"답시라도 한 수 지어서 대답을 하지 않고?[58]"

---

55) 동오東吳: 중국 고대의 지역명. 지금의 강소성 남부와 절강성 일대에 해당한다. 여기서는 소 씨 자매가 있는 전당(임안)을 가리킨다.

56) 【즉공관 미비】可想其品。 그 인품을 알 수 있군.

57) 소소소蘇小小: 남북조시대 남제南齊의 명기 이름. 풍몽룡의 《경세통언警世通言》〈소소매삼난신랑蘇小妹三難新郎〉에 인용된 〈접련화蝶戀花〉 가사의 전반부는 송대 사람인 사마재중司馬才中이 꿈속에서 남제 때 항주杭州의 명기였던 소소소가 부른 노래를 다듬어 지었다고 한다. 여기서는 소반노의 동생 소소연蘇小娟을 가리킨다.

58) 【즉공관 미비】府判亦个中人。부판도 사리에 밝은 사람이로군.

"여태껏 시를 지어본 적이 없사옵니다!"

그러자 부판은 이렇게 말하는 것이었습니다.

"그게 무슨 말이냐? 이름난 소 씨 자매는 시를 지을 줄 안다던데 어째서 발뺌을 하는 게야? (…) 답시를 짓지 않으면 그 비단을 물어내라는 판결을 내릴 것이다!"

그러자 소연은 겸손하게 말했습니다.

"운이나 맞추어서 바치는 수밖에요! (…) 종이와 붓을 주십시오."

부판은 문방사우를 가져오게 해서 그녀에게 주었습니다. 소연은 속으로

'마침 잘 됐다. 이 참에 관용 비단 문제에 대해서도 그분 마음을 떠 보아야겠구나.'

하고 생각하면서 붓을 들더니 조금도 머뭇거리지 않고 일필휘지로 금세 시를 지어서 두 손으로 부판에게 바치는 것이었습니다. 부판이 읽어보니 이런 시였지요.

낭군은 양강 고을 살고 소녀는 오 땅에 있건만,	君住襄江妾在吳,
무정한 분은 정 넘치는 글만 부치시는구나.	無情人寄有情書。
그때 만약 직접 찾아와 주셨더라면,	當年若也來相訪,
어잠의 비단으로 고생하는 일 또 있었을까?	還有於潛絹也無。

부판은 시를 다 읽고 나서 말했습니다.

蘇小娟一詩
正果

소소연이 시 한 수로 바른 깨달음을 얻다.

"운치도 있고 … 거기다가 해학과 풍자의 뜻까지 담고 있구나! (…) 이런 여자인데 … 어떻게 험한 세간에서 더럽혀지도록 내버려둘 수 있겠는가!"

그러더니 사호가 반노에게 부친 물건을 가져다가 전부 그녀에게 전달했습니다. 또한, 그녀가 악적을 벗는 것을 허가하는 한편, 관용 비단은 객상 본인이 갚으라는 판결을 내렸지요.[59] 그리고 이 일에 소연은 무관하므로 석방하여 집안을 보살피게 했지요. 그렇게 해서 소연은 비단 문제가 해명되었을 뿐 아니라 약간의 물건을 넘겨받고 악적까지 벗게 되었습니다. 그녀는 언니는 그토록 고난을 많이 겪었는데 자신은 이처럼 쉽게 넘겼구나 싶었던지 감개가 무량해서 눈물을 흘리면서 감사의 절을 올리고 그 자리를 떠났습니다.

그길로 관아로 들어온 부판은 원판을 만나 방금 소연과 나눈 이야기와 답시를 원판에게 설명하고 나서 말했습니다.

"이런 여자는 정말 드뭅니다! 소생이 종친의 뜻을 참작하여 비단 배상의 의무를 면제해주고, 거기다 악적까지 벗게 해주었지요."

원판은 몹시 기뻐하면서 수도 없이 고맙다고 인사를 했습니다. 그러고는 부판과 작별하고 소연의 집으로 달려갔지요.

소연은 집에 도착하자마자 언니의 위패를 보고 전날의 일을 슬퍼하면서 사호가 부쳐 온 물건을 하나씩 영전에 늘어놓았습니다. 그러고는 그것들을 다 확인하고 한바탕 통곡을 한 다음 거두어들였습니다.

---

59)【즉공관 미비】妙, 妙。기막히구나, 기막혀!

그런데 가만히 들어보니 바깥에서 대문을 두드리는 소리가 들리는 것이 아닙니까. 소연은 어린 여종을 시켜 무슨 일인지 물어본 후 문을 열어주게 했지요.[60]

"누구세요?"

어린 여종이 물었더니 바깥에서는

"방금 편지를 부친 조 원판일세!"

하고 대답하는 것이 아닙니까! 소연은 '조 원판' 석 자를 듣자마자 두 걸음을 한달음에 걸으면서 여종에게 서둘러 문을 열고 모시게 했습니다. 원판이 문을 들어서서 고개를 들고 소연을 바라보는데, 그녀의 모습을 볼작시면

얼굴가의 부용꽃은 살짝 가려져 있고,   臉際芙蓉掩映,
눈썹가의 버들가지는 가지런하구나.   眉間楊柳停勻。
만일 꿈속에서 운우의 정 나눌라치면,   若敎夢裡去行雲,
양왕[61]조차 신녀로 착각하겠네!   管取襄王錯認。

---

60) 【즉공관 측비】怕復是商人之類故。 또 그 상인 같은 것들일까 봐서 걱정이었던 게지.

61) 양왕襄王: 전국시대 초楚나라의 경양왕頃襄王을 말한다. 회왕懷王의 장자로, 이름이 웅횡熊橫이며, 기원전 298년부터 기원전 263년까지 재위했다. 초나라의 유명한 가객인 송옥宋玉은 자신이 지은 〈신녀부神女賦〉에서 양왕이 운몽雲夢을 거닐다가 꿈에서 신녀神女(무녀)를 만나 정사를 나눈 일을 노래했다. 여기서는 소소연의 미모를 예찬하는 말로 사용되었다.

유난히 고운 것은 오로지 운치를 지녀서이고,　　殊麗全緣帶韻,
다정한 것은 바로 찡그린 눈썹 때문이라오.　　多情正在含響。
그녀를 아는 사람들조차 넋이 나갈 지경인데,　　司空見慣也銷魂,
하물며 풍류 넘치는 늠름한 젊은이에 있어서랴!　何況風流少俊。

이제는 원판 양반 이야기를 해볼까요? 그는 소연을 보자마자 그야말로 한눈에 반해서 가슴이 다 벌렁거렸습니다.

"형님께서 훌륭한 배필이라고 하시더니 빈말이 아니었구나!"

그가 이렇게 혼잣말을 하는 동안 소연은 그를 집 안으로 안내하는 것이었습니다. 둘이 인사를 나누고 나자 원판이 웃으면서 말했습니다.

"방금 전에 아주 훌륭한 답시를 지었더구려!"

"원판 나리의 큰 보살핌이 아니었더라면 소녀가 어떻게 송사에서 벗어날 수 있었겠습니까! 더욱이 그 일을 계기로 악적까지 벗게 되었으니 … 정말 그 큰 은혜는 죽어서도 갚지 못할 것입니다!"

소연이 이렇게 말하자 원판이 말했습니다.

"그거야 훌륭한 시를 지은 덕분에 부판께서 인정을 베푸신 게지요. 더구나 돌아가신 형님께서도 부탁하신 일이니 소생 혼자만의 힘은 아니올시다!"

그러자 소연은 눈물을 흘리면서 말했습니다.

"나리의 형님께서 그토록 훌륭한 분이었는데 정말 안타깝습니다!

소녀의 죽은 언니와 참으로 천생연분이었는데 … 기막히게도 서로 멀리 떨어져 계시다가 두 분 모두 세상을 등지고 말았군요!"

"귀하의 언니는 언제 돌아가셨소?"

원판이 묻자 소연이 대답했습니다.

"바로 한 달 전 어느 날이었습니다!"

그러자 원판은 깜짝 놀라면서 말하는 것이었습니다.

"형님께서도 바로 그날 돌아가셨소! (…) 두 분의 사랑이 하도 깊어서 한날에 귀천歸天하셨나 보오! (…) 정말 신기한 일이로구려!"

"어쩐지 언니가 임종할 때 '조 씨 댁 서방님을 뵈러 간다'고 몇 번이나 말하더군요. (…) 그 두 분 … 이제는 분명히 한곳에 같이 계시겠지요.62)"

"형님께서도 몇 번이나 서울에 사람을 보냈었지요. 그때 어쩌다가 악적을 벗지 못하고 그렇게 생이별을 하셨단 말이오?"

"당초 그 댁 형님께서 급제하기 전에 그분과 죽은 언니 사이는 이미 부부와 매한가지였습니다. 그런데 이곳을 생각하실 겨를도 없이 정신없이 세월이 지났지요. 과거에 급제했을 때에는 이미 때가 늦은 상태였습니다. 몇 번 사람을 보내기는 하셨습니다. 그러나 언니의 명성이 대단해서 관아에서 놓아줄 생각을 하지 않았지요. 그 작자들이

---

62) 【즉공관 미비】眞是生死情緣。 참으로 생사를 함께하는 인연이로고!

보니 그 문제는 처리에 어려움이 좀 있었던 것 같습니다. 그래서 도중에 그 일을 팽개치고 내빼기 일쑤였지요. 남이야 죽든 말든 자신들이야 무슨 상관이 있겠습니까? (…) 결국에는 어이없게도 두 분이 목숨을 잃으신 거지요.[63] 그랬는데 오늘 소녀가 원판 나리 덕분으로 이처럼 쉽게 악적을 벗게 될 줄 누가 알았겠습니까! 만약 그 댁 형님께서 돌아가시기 전에 원판 나리께서 이곳에 일 년, 아니 반년이라도 일찍 오셨더라면 우리 언니까지 자유의 몸이 되었을 텐데 말입니다!"

소연이 이렇게 말하자 원판이 말했습니다.

"지난번에 형님께서도 그렇게 말씀하십디다. 아쉽게도 소생이 말직으로 객지를 전전하다 보니 형님 계신 관아에 뒤늦게 도착하는 바람에 때를 놓치고 말았지요. (…) 이 모두가 그 두 분의 정해진 운명 때문이니 두말할 필요도 없습니다. 지난번에 형님께서 말씀하시더군요. 그 댁 언니께서 소연 아가씨의 평생의 중대사를 형님께 부탁해 배필을 찾아달라고 했다던데 … 그런 말씀을 하시던가요?"

"새 손님 맞이하고 옛 손님 배웅하는[64] 기생 일일랑 더는 하지 말자는 것이 저희 자매 두 사람의 공통된 뜻이었습니다. 그래서 언니는

---

63) 【즉공관 미비】此輩皆宿世冤家。 이들이 모두 전생의 원수들이었던 게로군.

64) 새 손님 맞이하고 옛 손님 배웅하는[迎新送舊]: 우리나라의 '송구영신送舊迎新'처럼, 원래는 이임하는 관리를 전송하고 취임하는 관리를 영접한다는 뜻으로 사용되었으나 명대 백화소설에서는 지조 없이 수시로 손님을 갈아치우는 기방 기생들의 행태를 빗댄 말로 전용되기도 했다. 여기서는 소반노가 조불민에게 마음을 준 후로는 손님을 받지 않은 것을 두고 한 말이다.

소녀의 일을 그 댁 형님께 부탁드려 짝을 찾으시게 했지요. 실제로 그런 이야기를 했었습니다."

그러자 원판이 말하는 것이었습니다.

"돌아가신 형님께서 임종하시면서 소생에게 그 말씀을 하셨소이다. 또 소연 아가씨에게는 장점이 많다면서 그 댁 언니와 소연 아가씨를 가서 만나보고 아가씨를 위해 평생의 중대사를 처리해주라고 신신당부 하셨소. 그래서 천리 길을 마다하지 않고 여기까지 와서 수소문하던 중이었지요. 그랬건만 … 반노 아가씨는 세상을 떠나시고 소연 아가씨는 감옥에 갇힌 신세가 되었을 줄이야 누가 상상이나 했겠습니까? (…) 그랬는데 이번에 다행스럽게도 몸을 보전하고 악적도 벗게되었으니 돌아가신 형님과 그 댁 언니의 기대를 저버리지 않은 셈입니다. 다만 … 형님께서 말씀하신 소연 아가씨 평생의 중대사는 … 소생이 해낼 수 있을지 모르겠군요. (…) 소연 아가씨의 의향을 따르도록 하지요.65)"

그 말에 소연도 이렇게 말했습니다.

"원판 나리께서는 귀인이자 은인이십니다. 다만 … 소첩은 험한 세간의 천한 몸이어서 나리와 연분을 맺는다는 것은 감히 바랄 수조차 없는 일일 것입니다. 그런데 그 댁 형님과 죽은 언니의 인연 덕택으로 지금의 친지 관계에 다시 인척관계까지 맺게 되었군요! (…) 지난번에

---

65) 【즉공관 미비】老臉自媒, 然亦非無功望報者矣。염치 불구하고 스스로에게 중매를 서지만 그렇다고 해서 아무 공도 없이 보답을 바라는 건 아니지.

훌륭한 시를 주셔서 나리의 뜻은 벌써 짐작하고 있었습니다. (…) 만약 소녀를 버리지 않으신다면 제가 어떻게 내조를 마다하겠나이까!"

원판은 서로 마음이 맞는 것을 알고 짐과 집기를 모두 소연의 집으로 옮겼습니다. 그리고 그날 밤 바로 소연과 동침했지요. 조 원판은 세상 물정을 아는 사람이었습니다. 더욱이 한쪽은 죽은 형의 당부를 새기고 한쪽은 죽은 언니의 당부를 새기고 있었기에 두 사람은 서로의 만남이 늦은 것을 아쉬워하면서 각별히 살갑고 뜨거운 사이가 되었지요. 이때 소연은 이미 악적을 벗은 상태여서 자유로운 몸이었습니다. 그녀는 원판이 풍류가 넘치는 것을 보고 그에게 출가하고 싶은 마음이 간절했습니다. 다만, 죽은 언니의 영구를 아직 안장하지 않아 그것이 내내 마음에 걸려서 원판과 의논했습니다. 그러자 원판이 말했지요.

"소생도 돌아가신 형님의 영구가 이곳에 있고, 장례도 아직 마치지 않았구려. 그러니 이제 길일을 잡고 댁의 언니의 영구와 돌아가신 형님을 우리 집안 선영 옆에 합장하여 두 분의 생전의 소원을 이루어드리는 편이 좋겠소!66)"

"그렇게만 된다면 돌아가신 두 분의 넋이라도 만족하시겠지요."

원판은 한편으로는 날을 잡고 앞서의 말대로 장례를 마쳤습니다. 그러고 나서 바로 부판에게 부탁해 주례로 세우고 소연을 집으로 맞

---

66) 【즉공관 미비】極是, 司戶所托得人。아주 옳은 말씀. 사호의 부탁으로 짝을 얻었구나.

명대에 매정조가 지은 《청니연화기》의 〈소소연전〉 대목

아들여 부부가 되었답니다. 이날 밤 소연은 사호와 반노의 꿈을 꾸었는데 평소처럼 같이 앉아 있다가 소연을 보고 이렇게 말하는 것이었습니다.

"너에게 평생 의지할 분이 생겼으니 우리 두 사람은 죽어서도 여한이 없구나! 그리고 너희 부부가 우리 두 사람을 합장해주어 정말 고맙다! 이제 한곳에서 같이 지내게 되었으니 그 은혜가 한없이 크구나! 나는 저승에서 너희 두 사람이 행복하게 살도록 지켜주어 우리 소원을 이루어준 은덕에 보답하도록 하마!"

그 말이 끝나자마자 소연은 놀라 잠에서 깬 후 꿈에서 들은 말을 원판에게 일러주었습니다. 원판은 다음 날 제사를 지내고 사호의 무덤으로 가서 절을 하고 술을 올렸습니다. 두 사람은 그들의 생전의 당부가 연분을 맺도록 이끈 뜻을 기리며 한바탕 통곡을 하고 돌아왔

지요. 그 후로 원판과 소연은 행복한 나날을 보내면서 시를 지어 화답하는가 하면 그 작품들을 엮어 책을 내기도 했습니다. 나중에는 아들 둘을 낳아 부모의 문학적 재능을 계승하게 했지요. 소연은 원판과 백발이 될 때까지 해로하고 세상을 떠났답니다.

손님들, 이 이야기가 어땠습니까? 소반노는 조 사호로 하여금 공명을 이루도록 돕고, 거기다가 사호를 그리워하다가 죽었습니다. 이것만으로도 그녀 자신이 얼마나 다정다감한 사람이었는지 더 말할 필요가 없지요. 거기다가 동생 평생의 중대사를 걱정하고, 결국에는 당부대로 인연을 얻어 자유의 몸이 되게 했습니다. 소연은 조 원판이 온 힘을 다해 자신을 구한 것을 보고 자기도 한마음으로 마침내 지조를 바꾸지 않고 끝까지 그의 곁을 지켰습니다. 어찌 이 자매가 모두 훌륭한 마음씨를 가진 기생이라고 하지 않을 수 있겠습니까!

그러나 요즘 사람들은 주관도 없는데다가 사람을 볼 줄도 모르면서 무작정 아무한테나 눈길을 주고 아무한테나 추근대다가 속임수에 넘어가곤 합니다. 그러나 그런 부류가 다 뱀이나 전갈같이 악독하다고 원망하지 마십시오. 이런 이유 때문에 어떤 분이 《청니연화기青泥蓮花記》[67]라는 소설을 지었는데, 이 훌륭한 자매의 내력을 집중적으로 소개해놓았더군요. 사랑을 아시는 분께서는 직접 가서 보시기 바랍니

---

67) 《청니연화기青泥蓮花記》: 명대의 단편 소설집. 명대 말기의 소설가이자 극작가인 매정조梅鼎祚(1549~1615)가 한대로부터 명대까지의 이름난 기생 200여 명의 이야기를 시대순으로 소개한 것으로, 만력萬曆 30년(1602)에 녹각산방鹿角山房을 통하여 출판되었다. 소설집 제목은 신분은 비천해도 지조는 고상한 기생들을 더러운 진흙 속에서 피지만 더럽혀지지 않고 고결함을 지키는 연꽃에 빗대어 붙였다고 한다.

다. 이 이야기를 증명하는 시가 있습니다.

피가 흐르는 몸이라면 누구나 사랑 품는 것을,　　　血軀摠屬有情倫,
설마 장대[68] 사람만 보통 사람과 다르겠는가?　　　寧有章臺獨異人。
죽어서도 살아서도 돌같이 굳은 마음을 보시오,　　　試看死生心似石,
도리어 '타락해서 부끄럽다' 뉘우치게 만드네.　　　反令交道愧沈淪。

---

68) 장대章臺: 한대의 도읍인 장안長安(지금의 서안)의 거리 이름. 한대에 이 거
　　리는 환락가여서 기방이 즐비하게 늘어서 있었다고 한다. 여기서 "장대 사
　　람"은 기생을 빗댄 말이다.

제26권

정을 통하던 시골 여인은 자기 목숨을 바치고
하늘의 계시 빌린 막료는 미결 사건을 해결하다
奪風情村婦捐軀　假天語幕僚斷獄

卷之二十六

奪風情村婦捐軀 假天語幕僚斷獄 해제

이 작품은 남의 여자를 탐내다가 패가망신한 승려에 관한 이야기이다. 이야기꾼은 풍몽룡馮夢龍의 《지낭智囊》 및 왕동궤王同軌의 《이담耳談》·《이담유증耳談類增》에 소개된 임안臨安 정 거인鄭舉人의 이야기를 앞 이야기로 들려주고, 이어서 《이담》 및 《이담유증》에 소개된 문천현汶川縣 사람 두杜 씨의 이야기를 몸 이야기로 들려준다.

사천四川 땅 문천현汶川縣의 농사꾼 정경井慶의 아름다운 아내 두 씨는 남편을 무시하고 말다툼을 벌인 끝에 친정으로 가버린다. 며칠 후 남편 집으로 돌아가던 두 씨는 비를 피하러 태평사太平寺로 갔다가 산문 앞을 서성거리던 늙은 중 대각大覺과 그 제자 지원智遠을 발견한다. 음욕을 채우기 위해서라면 남녀를 가리지 않는 호색한인 두 중은 두 씨를 승방으로 유인해 날마다 동침하면서 번갈아 쾌락을 즐긴다. 그러나 한창나이로 욕정이 타오르던 두 씨는 정력이 딸리는 늙은 대각을 따돌린 채 젊고 준수한 지원하고만 쾌락을 즐기려 한다. 질투를 느낀 대각은 반항하는 두 씨를 엉겁결에 살해하고 그 시신을 뒤뜰에 암매장한다.

두 씨의 친정과 남편 집에서는 두 씨가 사라지자 서로를 의심하면서 현 관아에 송사를 제기한다. 현령의 업무를 대리하던 도사都事 임대합林大合은 양가의 말을 듣고 이상하게 생각하여 주변을 수색하지만 단서를 찾지 못하자 심복 문지기를 은밀히 불러 두 씨의 행방을 탐문할 것을 지시한다. 얼마 후 문지기는 태평사의 사미승으로부터 두 씨의 행방을 확인하는 한편 지원에게서도 대각이 두 씨를 살해한 전말을 전해 듣고 그 사실을 임대합에게 보고한다. 다음 날 아침, 포졸들을 이끌고 태평사에 들이닥친 임대합은 이상한 행동을 하더니 하늘의 뜻이라며 대각을 살인범으로 체포해 자백을 받고 두 사람에게 법의 심판을 내린다.

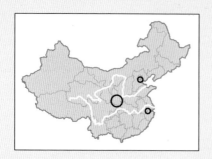

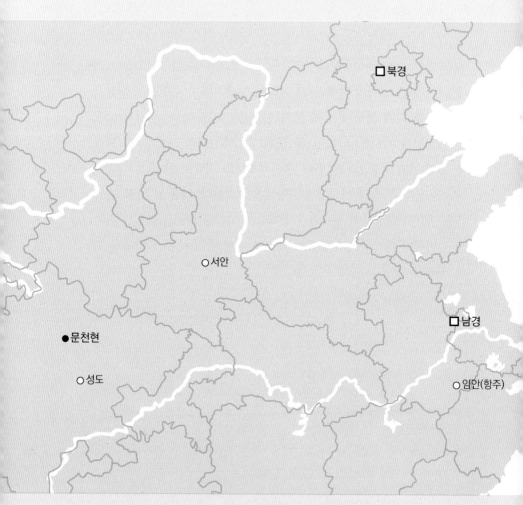

○서안

●문천현

●남경

○성도

○임안(항주)

□북경

이런 시가 있습니다.

미색은 예로부터 살인의 단서를 품고 있는데,　　美色從來有殺機,
거기다 불제자와 백년해로 기약할 줄이야!　　況同釋子講與飛。
얼굴 반반한 아귀가 사실은 나찰1)이러니,　　色中餓鬼眞羅刹,
피투성이 떠도는 넋 돌아갈 곳 그 어디뇨?　　血汚游魂怎得歸。

아귀. 12~13세기에 제작된 것으로 추정되는
일본의 지본채색화 〈아귀초지餓鬼草紙〉.

나찰

1) 나찰羅刹: 불교 전설에 등장하는 악귀들의 통칭. 남성 악귀는 '나찰사羅刹
娑', 여성 악귀는 '나찰사羅刹斯'로 일컫는 것을 '나찰'로 통틀어 부른 것이
다. 나중에는 흉악하고 무서운 사람을 가리키는 말로 사용되었다.

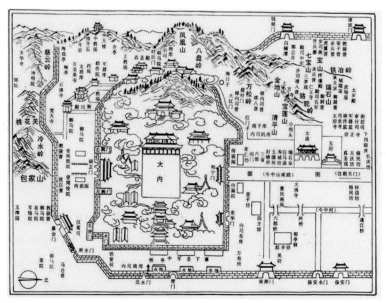

남송 수도 임안의 모습. 《함순임안지》 경성도

　이야기를 들려드리도록 하겠습니다.[2] 임안臨安에 정鄭 씨 성을 가
진 거인舉人이 살았습니다. 그는 현지의 경복사慶福寺에서 글공부를
하고 있었지요. 절 경내에는 서북향의 '정운방淨雲房'이라는 승방이
있었습니다. 절의 중 광명廣明은 됨됨이가 준수하면서도 풍류가 넘쳤
는데 관리나 선비들과 사귀기를 좋아했습니다. 더욱이 학식도 풍부하
고 가풍도 점잖아서 선비들도 그와 교분을 나누는 것을 반길 정도였
지요. 정 거인은 그의 절에 가장 오래 머물러서 그와도 죽이 잘 맞아
서 사이가 가장 가까웠지요. 그렇다 보니 잘 꾸며진 선방이든 은밀한

　2) ＊본권의 앞 이야기는 풍몽룡馮夢龍 《지낭智囊》 권16의 〈첩지부捷智部·창
　　　졸치도倉卒治盜〉와 왕동궤王同軌 《이담耳談》 권7의 〈임안사승臨安寺僧〉 및
　　　《이담유증耳談類增》 권6의 〈임공대합결옥林公大合決獄〉에서 소재를 취했다.

거처이든 할 것 없이 광명이 일일이 데리고 다니면서 전부 구경을
시켜줄 정도였습니다. 그러나 딱 한 군데 아주 깊숙이 자리 잡은 작은
방 하나만큼은 광명이 직접 자물쇠를 채워 출입을 막아서 외부인은
열고 들어갈 수 없게 해놓아 광명 이외의 사람은 들어간 적이 없었습
니다. 정 거인이 아무리 절친해서 가지 못하는 곳이 없을 정도였어도
데리고 들어가는 일이 없었지요. 정 거인은 정 거인대로 그저 '스님네
들이 재물을 쌓아놓은 곳인가 보다' 하고 여기면서 남들이 아무리 관
심을 가져도 한눈을 팔지 않았습니다.

　그러던 어느 날이었습니다. 불전에서 종이 울리더니 웬 고관대작이
라도 행차했는지 광명이 마침 그 작은 방에 있다가 황급히 산문山門
밖으로 마중을 하러 달려가는 것이었습니다. 정 선비는 혼자 느긋하
게 산책을 즐기다가 무심코 그 방 앞까지 왔는데 가만 보니 문이 열려
있는 것이 아닙니까.

　'이 방은 전에는 자물쇠가 채워져서 방 안을 본 적이 없었지. 그런
데　오늘은 어째서 자물쇠를 채우지 않았을까?'

　그러고는 한 걸음 한 걸음 방 안으로 들어갔더니 바닥에 널판을
깐 방이었습니다. 사방을 둘러보니 공을 들여 진열해놓았다는 것 말
고는 딱히 신기하고 진귀한 보물 따위는 없어서 남들이 못 보게 할
정도는 아니었지요.3)

　'출가자들은 속이 별나기도 하지. (…) 이 방에 무슨 비밀이 있다고

---

3) 【즉공관 미비】 既從不看見的, 老成者却宜避嫌。 한 번도 본 적이 없는 것이라면
　물정을 아는 사람이라면 꺼리는 것이 옳다.

드나들 때마다 문을 잠가놓는지 원!'

정 선비는 이렇게 생각하면서 눈길 가는 대로 둘러보았습니다. 그러다가 작은 침상 휘장 걸개에 자단 나무로 만든 목탁이 하나 걸려 있는 것을 보았지요. 목탁채도 같이 매달려 있고 제법 정교하고 반들반들했습니다. 정 선비는 호기심이 많아서 목탁을 끌러 손으로 만지작거리다가 별 생각 없이 그 작은 채로 목탁을 두 번 두드렸습니다. 그러자 별안간 침상 뒤의 널판에서 "쨍" 하는 구리방울 소리가 들리더니 작은 바닥 널판 한 짝이 열리면서 웬 젊은 미모의 여인이 머리를 내미는 것이 아닙니까!

그 여인은 정 선비를 보자마자 깜짝 놀라서 머리를 움츠리면서 내려가버리는 것이었습니다. 정 선비도 놀라기는 마찬가지였습니다만 자세히 살펴보니 자기가 아는 외사촌 누이 아무개지 뭡니까. 알고 보니 그 바닥의 널판은 아주 교묘하게 만들어져 있었습니다. 널판이 맞물리는 곳을 밀어서 열면 문처럼 사용할 수 있고 그것을 닫으면 도로 바닥 널판이 되는 식이었지요. 그런데 안쪽에서만 젖혀서 열 수가 있고 밖에서는 열 수가 없게 되어 있었습니다. 목탁 소리를 신호로 삼아서 안쪽에서 방울소리를 듣고 나온 것이었지요.

그 안에는 움이 있는데 따로 창문이 나 있었습니다. 거기다가 은밀한 지하통로가 있어서 부엌 밑으로 가서 음식을 주고받을 수도 있게 되어 있었지요. 천하의 신선이라고 해도 모를 정도로 감쪽같았습니다. 정 선비는 그것을 보고 나서 말했습니다.

"웬일로 그 땡중이 철통같이 문단속을 한다 싶었는데 이제 보니 그럴 만한 이유가 있었군! (…) 그렇다고 내가 놈과 맞서면 안 된다.

사달이 나지 않게 말이다!"

　속으로 당황한 그는 부랴부랴 목탁을 원래의 자리에 걸어놓고 허둥지둥 밖으로 나오다가 정면으로 광명하고 딱 마주치고 말았겠다?

　광명은 자신이 미처 방문을 채우지 않은 것을 발견하고 진작부터 속으로 놀란 상태였습니다. 그런데 이번에는 정 선비가 다소 당황한 기색에 안색까지 붉어져 있는 것을 발견했지 뭡니까. 그래서 슬쩍 곁눈질을 해 보니 작은 목탁은 아직도 휘장 걸개 위에서 흔들리고 있지 뭡니까. 비밀이 탄로 난 것을 눈치 챈 그가 정 선비에게 물었습니다.

　"방금 무엇을 보셨습니까?"

　"아무 것도 못 봤습니다만 …"

　그러자 광명은

　"잠시 방 안에 앉았다가 가셔도 되지 않겠습니까?"

　하면서 정 선비 손을 붙잡고 방으로 들어가자마자 바로 문의 빗장을 걸더니 침상 머리에서 칼을 뽑아 들고 말했습니다.[4]

　"소승이 귀하와 아무리 사이가 돈독하다지만 … 오늘 일로 둘 중 하나는 죽어야 하겠습니다. 내 일을 그르쳐서 남의 손에 죽을 수는 없지요. 그저 귀하가 스스로 재수가 없어서 이 방에 잘못 들어왔다고 여기고 어서 자결하시오. 나를 원망하지 말고 말이오!"

---

　4) 【즉공관 미비】 狼甚。 정말 무섭군!

그러자 정 선비는 통곡을 하면서 말했습니다.

"내가 불행하게도 스스로 불구덩이에 뛰어들었구려! 당신네가 나를 용서할 리는 없으니 나도 죽음을 피하기는 글렀군. 다만, … 술이라도 원 없이 마시게 해주시구려. 그대가 내 머리를 베더라도 술에 취하고 나면 감각이 없어져서 고통도 느끼지 못할 테니 말입니다. 내가 당신과 오랫동안 교분을 나누었으니 그 정도는 봐주셔야지요."

광명은 평소 가깝게 지냈던 사이이고 말을 하도 딱하게 하는지라 그의 말을 따를 수밖에 없었지요. 그래서 정 선비를 방에 가두어놓고 밖에서 자물쇠를 채운 다음 칼을 지니고 부엌으로 가서 큰 놋주전자에 술을 담아 와서 큰 사발로 정 선비에게 퍼먹였습니다.

"깡술은 먹기 힘드니 절인 채소라도 좀 주셔야지."

정 선비가 이렇게 말하자 광명은 다시 그의 말대로 부엌으로 가서 채소절임을 챙겨 왔습니다.

정 선비는 빠져 나갈 구멍이 없다는 판단이 서자 아무 물건이나 찾아서 그를 없애기로 했습니다. 그러나 방에는 죄다 가볍고 정교한 물건뿐으로, 벽돌이나 몽둥이 같은 것은 하나도 없지 뭡니까. 그러다가 술 주전자가 꽤 큰 것을 보고 꾀를 내서 저고리를 하나 벗더니 서둘러 주전자 입을 단단히 틀어막았습니다.[5] 그러자 술과 주전자를 합치면 무게가 얼추 대여섯 근은 되는 것 같았지요.

정 선비가 그것을 한 손에 들고 문 뒤에 숨어 있는데 가만 보니

---

5) 【즉공관 미비】 人極生智。 사람이 궁지에 몰리면 꾀가 떠오르기 마련이지.

광명이 문을 밀고 들어오는 것이 아닙니까. 정 선비는 중의 머리를 겨냥해 술주전자를 힘껏 휘둘렀습니다. 광명은 거기에 맞아서 정신이 아찔해지고 눈앞이 캄캄해져서 서둘러 손을 뻗어 자기 머리를 더듬는 것이었습니다. 그 사이에 정 선비가 다시 두세 차례 더 머리를 내려찍자 의식을 잃고 털썩 쓰러지고 말았습니다. 정 선비는 내친 김에 다듬이방망이로 옷을 다듬이질하듯이 술주전자로 광명의 머리를 연거푸 수십 번 내려쳤지요. 그 바람에 광명은 머리가 깨져 뇌수가 터지면서 죽어버렸습니다.

이제 살아날 가망이 없어 보이길래 정 선비가 광명의 시체를 방에 두고 밖에서 자물쇠를 채운 후 걸어 나왔더니[6] 바깥에는 아무도 눈치를 챈 사람이 없었지요. 그는 서둘러 현 관아로 가서 그 일을 고했습니다. 현령은 아전을 보내고 거기다가 포졸들까지 추가로 파견했지요. 그들은 서둘러 절로 가서 그 방을 포위한 다음 방 안으로 밀고 들어갔습니다. 바닥에는 웬 중이 머리가 터지고 피투성이가 된 채 쓰려져 죽어 있었습니다. 그러나 여인은 도통 찾아낼 수 없었지요. 그런데 가만 보니 정 선비가 회심의 미소를 지으면서 말하는 것이었지요.

"제게 방법이 하나 있습니다. 곧 보게 되실 겁니다!"

그는 손을 휘장 걸개 쪽으로 뻗어 목탁을 잡더니 두 번 두드렸습니다. 그러자 정말 방울이 한 번 울리더니 바닥 널판이 솟구치면서 웬 여인이 튀어나오는 것이 아닙니까, 글쎄. 아전이 그 광경을 보고 소리를 지르면서 널판을 잡아채자 그 여인은 오도 가도 못하는 것이었습

---

6) 【즉공관 미비】有用之才。쓸 만한 인재로군.

니다. 아전들은 떼를 지어 밀고 들어갔지요. 그런데 알고 보니 거기에는 움이 한 칸 있는데 사방을 벽돌로 쌓고 그 주위로는 철책까지 둘러놓았으며 한쪽으로는 창문을 터서 석벽의 천정과 마주보게 해놓아 인적조차 미치지 못하는 곳이지 뭡니까. 그 안에는 대여섯이나 되는 여인들이 있는데 한 사람씩 데리고 나와 그 내력을 캐물으니 한결같이 시골에서 납치된 사람들이었습니다. 정 선비의 외사촌은 아들을 낳게 해달라고 불공을 드리러 온 것을 광명이 가마꾼을 술에 곯아떨어지게 만든 다음 움에 가둔 경우였지요. 그 후로 여인의 집안에서 송사를 벌이는 바람에 가마꾼 둘은 아직도 옥에 갇혀 있는 상태였습니다. 이 광명이라는 자는 인맥도 있는 데다가 허점도 남기지 않은 탓에 그에게까지 혐의가 돌아가지 않았지요. 아, 그런데 바로 그의 처소에 납치되었을 줄 누가 알았겠습니까, 글쎄! 현령은 그 절의 중들을 모조리 죽여 없앴습니다.

손님들, 이 중들은 사방의 시주施主들이 바친 물건들이나 누리면서 먹을 걱정 입을 걱정 없이 지내는 것은 물론이고, 깨끗한 거처와 화려한 이불까지 갖추고 침상에서 잠을 자면서도 어디 할 짓이 없어서 그런 꿍꿍이짓이나 벌였던 것입니다! 물론, 행자行者를 끌어들여 욕구를 채울 수도 있었겠지요. 그러나 이런 속담이 있습니다.

"만두는 아무리 먹어도,   喫殺饅頭,
끼니가 되지 않는 법.7)"   當不得飯。

---

7) 만두는 아무리 먹어도~[喫殺饅頭, 當不得飯]: 명대의 속담. 아무리 훌륭한 물건이라도 다른 물건의 역할을 대체할 수는 없다는 뜻이다. 중국에서 만두는 북방 사람들의 주식이고 쌀밥은 남방 사람들의 주식이다. 이 속담을 통

더욱이 이 여인들은 기어이 절까지 찾아와 불공을 드리고 참배를 하면서[8] 늘 그들 눈앞에서 왔다 갔다 했습니다. 아름다운 여인이 보이면 그 중이 고즈넉한 밤에 어떻게 잡념이 생기지 않겠습니까? 그렇다 보니 온갖 방법을 다 써서 그런 음란한 짓들을 벌인 것이지요. 이 정도의 음란한 행태만으로도 그 죄는 극형을 피하기 어렵습니다. 게다가

"독하지 않으면 중질을 하지 않고,	不毒不禿,
중 질을 하지 않으면 독하지 않으며,	不禿不毒。
독하게 변하면 중이 된 것이고,	轉毒轉禿,
중이 되면 독하게 변하는 법."[9]	轉禿轉毒。

해서 《박안경기》의 주무대인 강남, 즉 남방 사람들의 식습관과 가치관을 엿볼 수 있다.

8) 【즉공관 미비】 婦女宜聽。 부녀자들은 경청해야 할 터.

9) 독하지 않으면 중질을 하지 않고~: 북송대의 학자이자 정치가인 소식蘇軾이 《동파문답록東坡問答錄》에서 한 말. 하루는 소식의 막역한 벗인 불인佛印(1032~1098)이 "아끼지 않으면 부자가 아니고 부자가 아니면 아끼지 않는다. 아끼게 되면 부자가 되고, 부자가 되면 아끼게 된다. 아끼면 부자가 되고 부자가 되면 아끼게 되는 것이다不慳不富, 不富不慳. 轉慳轉富, 轉富轉慳. 慳則富, 富則慳"라고 하면서 소식이 쩨쩨하다고 놀렸다. 그러자 소식은 "독하지 않으면 중이 아니고 중이 아니면 독하지 않다. 독하게 되면 중이 되고 중이 되면 독하게 변한다. 독한 것이 중이요 중이란 것이 독한 것들이 다不毒不禿, 不禿不毒. 轉毒轉禿, 轉禿轉毒. 毒則禿, 禿則毒"라고 응수했다고 한다. 원래는 악의 없이 농담으로 한 말이었지만 나중에는 음험하고 독한 승려들을 비꼬는 뜻으로 사용되었다. 《박안경기》에 앞서 간행된 풍몽룡馮夢龍의 《유세명언喩世明言》 제30권에는 소식이 당초 한 말이 그대로 사용되었지만 능몽초는 위와 같이 순서를 조금 바꾸어놓았다.

그렇다 보니 그런 엽색 행각 때문에 사람 목숨까지 빼앗고 살인에 방화까지 저지르는 지경에까지 이른 것입니다.

소생이 방금 들려드린 이 임안 땅 중들의 경우만 해도 그렇지요. 기왕에 정 거인과 절친한 사이라면 그에게 들통이 났더라도 사정을 하거나 매수라도 해서 비밀만 누설하지 않게 했으면 그만이었습니다. 그런데 어쩌자고 사람을 죽일 마음까지 품었다가 도리어 자신이 죽음을 당한단 말입니까! 이는 하늘이 그를 용서하지 않은 것이니, 이 중들이 대책이 서지 않을 정도로 독했던 탓이겠지요. 이제부터 기가 막힐 정도로 독한 중들의 이야기를 들려드릴 테니 손님네들 잘 들어주십시오. 이 이야기를 증명하는 시가 있습니다.

간음과 살인은 본래 서로 얽혀 있지만,	姦殺本相尋,
그 중에서도 질투가 더 심각하다네.	其中妬更深。
남색으로 인생을 망치지 않는다면,	若非男色敗,
무엇 때문에 사악한 음행을 경계하겠나?	何以警邪淫。

이제 이야기를 들려드리지요.[10] 사천四川 땅 성도成都의 문천현汶川縣[11]에 어떤 농부가 살았습니다. 그 사람은 성이 정井, 이름이 경慶으로, 두杜 씨 성의 아내가 있었습니다. 그녀는 자색이 제법 뛰어나고 꽤나 풍류를 즐기는 여인이었지요. 그래서 남편이 거칠고 미련하다

---

10) * 본권의 몸 이야기는 왕동궤《이담》권15 및《이담유증》권6의〈임공대합 결옥〉에서 소재를 취했다.

11) 문천현汶川縣: 명대의 지명. 지금의 사천성 서북부와 사천성 아패족·강족 자치주亞壩族羌族自治州 동남부 일대에 해당한다. 그 이름은 그 일대를 흐르는 지금의 민강岷江의 옛 이름인 문수汶水에서 유래했다.

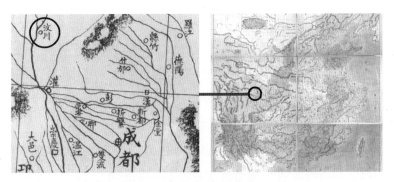
1887년에 제작된 〈황조직성여지전도皇朝職省輿地全圖〉
성도 위로 문천현(동그라미)이 보인다.

며 싫어하는 등 금슬이 좋지 않다 보니 날마다 잘했느니 못했느니 하면서 말다툼을 벌이곤 했지요.[12] 하루는 역시 몇 마디 말다툼이 있어서 친정으로 가버리더니 열흘 가까이 머무는 것이었습니다. 그러다가 사람들이 달래자 화가 풀려서 원래대로 남편 집으로 돌아가기로 했지요. 두 집안은 거리가 세 리 정도밖에 떨어지지 않아서 두 씨는 혼자 다니곤 했습니다. 그러니 당연히 사달이 날 만도 하지요. 어쨌든 길을 가다가 큰 비를 만났지 뭡니까. 몸에는 비를 피할 도구를 전혀 챙기지 않은 데다가 장소도 황량한 들판이다 보니 비를 피할 도리가 없었지요. 그런데 멀리서 방울 소리가 들리길래 오솔길을 따라 바라보니 웬 절이 있는 것이 아닙니까. 두 씨는 하는 수 없이 비를 무릅쓰고 길을 돌아 거기로 가서 비를 피했다가 비가 그치면 다시 길을 가기로 했습니다.

　그 절은 '태평선사太平禪寺'라고 하는 곳으로, 몹시 황량하고 외진 곳이었습니다. 절에는 중이 열 명 정도 되고 문간방에서는 사부와 제

---

12) 【즉공관 미비】便有死道。 그렇게 되면 죽는 길밖에 없지.

자 세 사람이 기거하고 있었지요. 그중에서 늙은 쪽은 '대각大覺'이라고 불렸는데, 살림을 도맡고 있었습니다. 연배가 낮은 제자는 '지원智願'이라 불렸는데, 용모도 준수한 데다가 풍류도 있어서 늙은 중이 몹시 아끼는 보물이었지요. 또 하나 어린 사미승은 '혜관慧觀'이라고 불렸는데 열한두 살밖에 되지 않았습니다.

이 '대각'이라는 중은 나이가 벌써 마흔 일고여덟 살이었습니다. 그런데도 음란하고 독한 심성은 젊은이들과 다를 바가 없어서 밤마다 지원을 끌어안고 한 침상에서 동침하곤 했습니다. 둘은 여인네를 화제로 삼다가 흥분이 되면 그런 이야기들로만 내내 시간을 보내곤 했는데 음란하고 외설스럽기가 이루 형용할 수조차 없을 지경이었지요. 이날도 이 사부와 제자는 문 앞에 한가하게 서 있는데 무심코 보니 웬 미모의 여인이 경내로 들어와서 비를 피하는 것이 아닙니까. 그야말로

"쥐가 고양이 아가리까지 찾아온 격.13)" 老鼠走到猫口邊。

그러니 욕정이 동하지 않을 턱이 있겠습니까? 늙은 중은 그녀를 발견하고 눈짓을 하더니 지원을 보고 말했습니다.

"관음보살께서 왕림하셨구나. (…) 잘 모시도록 하자!"

지원은 건들건들 다가가서 두 씨에게 물었습니다.

---

13) 쥐가 고양이 아가리까지 찾아온 격[老鼠走到猫口邊]: 명대의 속담. 스스로 위험을 자초한 것을 두고 한 말이다.

"아씨, … 비를 피하러 오셨습니까?"

"그렇습니다. 길에서 비를 만나는 바람에 … 여기서 비를 좀 피할까 합니다."

그러자 지원은 히죽거리면서 말했습니다.

"이 비는 한참 더 내릴 것 같군요. (…) 여기는 앉을 곳도 없습니다. 서 계시니 제가 보기 민망하군요. 제 방으로 모셔서 차라도 한 잔 대접할까 합니다. (…) 비가 그치면 길을 나서는 것이 어떠시겠습니까?"

그 여인이 똑바로 된 사람이었다면 중이 지껄이든 말든 자기는 바깥에 좀 서 있다가 비가 그치자마자 바로 길을 나섰겠지요! 승방이라는 데가 호락호락 들어갈 수 있는 곳입니까? 그러나 두 씨는 정분 나누기를 좋아하는 사람이었지 뭡니까. 그녀는 젊은 중이 파르란 머리에 뽀얀 낯을 하고 말재간까지 좋은 것을 보더니 속으로는 진작부터 상당히 마음에 드는 것이었습니다.

'어쨌든 비가 계속 많이 내릴 텐데 여기서 따분하게 서 있는 것보다는 이 스님 말대로 들어가서 좀 앉아 있는 것 정도야 무슨 상관이 있겠나.'

속으로 이렇게 생각한 두 씨는 한 걸음 한 걸음 그를 따라 들어가는 것이었습니다.

늙은 중은 여인이 발걸음을 떼는 것을 보더니 허둥지둥 먼저 들어가서 침실 문을 열고 두 사람을 기다렸습니다.[14] 젊은 중은 두 씨를 데리고 너는 나를 나는 너를 서로 쳐다보면서 함께 방문을 들어섰습니다. 두 씨가 안에 와서 앉자 어린 사미승이 쟁반에 차를 내왔습니다. 지원은 그중에서 괜찮은 잔을 고르더니 소매를 펼쳐 직접 두 씨에게 건넸지요. 서둘러 손으로 그것을 받은 두 씨는 지원의 자상한 모습을 보니 점점 사랑스럽게 느껴졌습니다. 그래서 몰래 훔쳐보다가 넋이 좀 나갔던지 그만 차를 소매에 엎지르고 말았지 뭡니까! 그러자 지원이 말하는 것이었습니다.

"아씨, … 찻물에 옷이 젖었으니 … 방 안으로 가서 향로에 좀 말리시지요.15)"

두 씨는 자신에게 그의 방으로 가자고 하는 것을 보고 속으로 벌써 눈치를 챘습니다. 그녀는 정분 나누는 것을 좋아하다 보니 아예 뿌리칠 생각조차 하지 않고 도리어 '어느 방이냐'고 되묻는 것이었습니다. 지원은 그녀를 사부의 방 앞으로 데려갔다가 사부가 안에서 기다리고 있는 것을 눈치 챘습니다. 그래서 그에게 양보하기로 작정하고 선수를 칠 엄두를 내지 않는 것이었지요. 그는 두 씨가 문 안으로 들어오자 향로를 가리키면서 말했습니다.

"이 위로 좀 말리도록 하십시오. 안에 불을 피워놓았습니다."

그러고는 자신은 뒤로 물러서더니 방을 나가는 것이었습니다. 이것을 본 두 씨는 영문을 알지 못하고

---

14) 【즉공관 미비】 老僧便有極態。 늙은 중이 별꼴을 다 보이는군.
15) 【즉공관 미비】 好機會, 好見識。 기회도 좋고 식견도 남다르고!

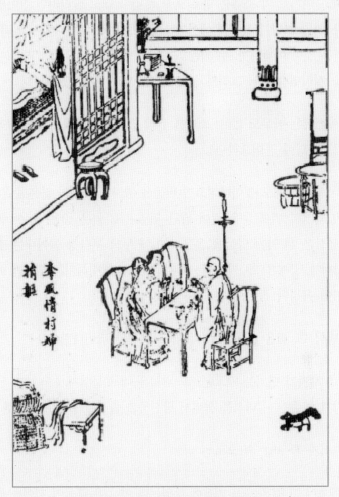

정을 통하던 시골 여인이 자기 목숨을 바치다.

'아직은 손을 댈 엄두가 나지 않아서 그러나 보다.'

하고 여기고 막 소매를 향로 쪽으로 갖다 대고 말리려던 참이었습니다. 가만 보니 침상 뒤쪽에서 웬 늙은 중이 툭 튀어나와서 와락 끌어안는 것이 아닙니까. 두 씨는 도살장에 끌려간 돼지처럼 멱따는 소리를 질러댔습니다. 그러자 늙은 중이 말하는 것이었습니다.

"여기에는 아무도 없어! 소리를 질러 봤자 헛수고라구. (…) 그러게 누가 내 방에 들어오라던?"

두 씨는 그래도 벗어나려고 발버둥을 쳤지만 바깥의 젊은 중은 한편이 되어서 벌써 문을 걸어 잠근 뒤였지요. 늙은 중은 두 씨 몸을 꽉 붙잡은 채 자기 양물을 옷을 사이에 두고 무작정 들이대는 것이 아닙니까, 글쎄.16) 두 씨는 두 씨대로 한동안 반항하기는 했지만 어느 사이에 욕정이 좀 동했던지 묻는 것이었습니다.

"방금 그 젊은 스님은 어디 가고 당신이 튀어나왔어요?"

"내 제자가 땡기는 게로군? 그 녀석은 내 보물이지. (…) 내가 일을 마치게 해주면 … 녀석을 불러서 당신하고 즐겁게 놀라고 이르겠소."

그러자 두 씨는 속으로

'애초에 그 젊은 중을 마음에 두었는데 이 늙은 흉물이 끼어들 줄이야! (…) 그렇기는 하지만 이렇게 됐으니 벗어나긴 글렀군! 차라리

---

16) 【즉공관 미비】極態。꼴불견일세!

이 늙은이부터 내보내야겠다. 그러고 나면 그 제자는 내 차지일 테지.'

　하고 생각하면서 마지못해 순응할 수밖에 없었지요. 늙은 중은 그녀를 끌어안고 침상으로 가더니 정사를 벌였습니다.[17)]

하나는 욕정이 한껏 일어나,	一个欲動情濃,
허둥지둥 겁 없이 행동하고,	倉忙唐突,
하나는 마음이 내키지 않아,	一个心慵意懶,
마지못해 몸을 내맡기네.	勉强應承。
하나는 만남에 인연이 있었다며,	一个相會有緣,
제 발로 찾아온 음식을 먹고,	喫了自來之食。
하나는 팔자에도 없는 이를 우연히 만나	一个偶逢無意,
주인 없는 꽃을 꺾는구나.	裁着無主之花。
목으로 급하게 내쉬는 숨은	喉急的
그야말로 불 부치는 풀무 같고,	渾如那搧火的風箱,
나른한 몸은	體懈的
피를 담은 가죽 부대로 여기누나!	只當得盛血的皮袋。
비록 거칠고 마음은 좀 끌리지 않지만,	雖然卤莽無些趣,
그럭저럭[18)] 또 한 번 봄날을 즐기는구나!	也筭依稀一度春。

　그 늙은 중은 욕정이야 타올랐는지 몰라도 정력은 당최 따라주지

---

17) 정사를 벌였습니다[行起雲雨來]: 시오노야와 카라시마의 일역본(제3권) 제179쪽에는 아래의 시가 빠져 있다. 이 밖에도 시나 내용이 여러 군데 빠져 있으나 편의상 지적을 생략한다.

18) 【교정】 그럭저럭[筭]: 상우당본 원문(제1105쪽)에는 '산가지 산筭'으로 되어 있는데, '셀 산算'의 별자로 사용된 것이다.

않았습니다. 처음에 들이대고 안고 밀고 실랑이를 벌이는 과정에서 정액이 많이 새어나오는 바람에 정작 일을 치르려 할 때에는 얼마 되지도 않아서 고개를 숙여버리지 뭡니까. 두 씨는 처음부터 반갑지 않던 차에 이런 꼴을 보자 몹시 실망했던지 일어나 치마를 입으면서 볼멘소리를 했습니다.

"아무 짝에도 쓸모없는 늙은이 같으니라고! (…) 이렇게 망신을 당할 거였으면 죽네 사네 추근대긴 왜 추근대!"

늙은 중은 흥이 다 깨지고 자기도 민망했던지 급히 제자를 불러 문을 열게 했습니다. 문이 열리자 지원은 사부를 똑바로 쳐다보면서 말했습니다.

"재미는 좀 보셨습니까?"

"아주 탐스러운 여인이더라 … 마는, 아쉽게도 오늘은 실력 발휘는 커녕 체면을 구기고 말았구나."

늙은 중이 이렇게 말하자 지원은

"제가 흥을 살려보지요."

하더니 냉큼 방으로 뛰어들어 문을 닫았습니다. 그리고는 몸을 돌리자마자 두 씨를 껴안고 말하는 것이었습니다.

"내 사랑, … 늙은이한테 정말 고생 많이 했소!"

"당신 미워요! 기껏 나를 속여 방으로 끌어들이고서 저 밉상한테 나를 떠맡기다니!"

두 씨가 이렇게 핀잔을 주자 지원은

"그분은 내 사부님이라서 어쩔 수가 없었소. 이번에는 내가 사과를 드리리다!"

하더니 덥석 끌어안고 침상으로 가려고 했습니다. 그러나 두 씨는 방금 늙은 중과 일을 치른 터여서 흥이 다 깨졌는지 앙탈을 부렸습니다.

"뭐 이런 염치없는 인간들이 다 있담? 사제지간이 번갈아 추근대고!"

"사부님은 초반에 흥을 돋우는 역할만 하신다우. 나와 아씨는 연배로 보나 얼굴로 보나 딱 어울리지 않소? (…) 이런 인연은 놓치면 안 되오!"

지원은 이렇게 말하면서 털썩 무릎을 꿇지 뭡니까. 그러자 두 씨가 그를 일으켜 세우면서 말했습니다.

"당신이 그 늙은이더러 먼저 사람을 희롱하게 한 것이 속상해서 그렇게 말한 것뿐이에요. 사실 … 제 마음은 당신 거예요."

지원은 이때다 싶어서 그녀를 끌어안고 입을 맞추더니 침상으로 데려가 일을 치르기 시작했습니다. 그런데 이번에는 확실히 방금 전과는 분위기가 완전히 다르지 뭡니까.

하나는 아리따운 여색을 만나더니,	一个身逢美色,
굶주린 범이 양을 덮치는 듯하고,	猶如餓虎吞羊。
하나는 마음속으로 젊은이에게 반해서,	一个心慕少年,
목마른 용이 물을 얻은 것 같구나.	好似渴龍得水。
이 촌 여인 성정이 음탕하다 보니,	莊家婦性情淫蕩,
본래부터 놀기 좋아하고 쾌락 탐냈지.	本自愛耍貪歡。
불제자이면서도 수단도 비상하여,	空門人手段高強,
정말 여간 솜씨가 좋은 것이 아니구나.	正是能征慣戰。
사는 쪽은 사고,	糴的糴,
파는 쪽은 팔면서,	糶的糶,
누구 하나 지려 들지 않는구나.	沒一箇肯將就伏輸。
가는 쪽은 가고,	徃的徃,
오는 쪽은 오면서,	來的來,
똑같이 고되게 힘을 쓰기 원하누나.	都一般願辛勤出力。
늙은 중이 먼저 방편의 문을 열었건만,	雖然老和尚先開方便之門,
젊은 중만 실컷 보살의 감로수 누리네.	爭似少闍黎漫領菩提之水。

    이 젊은 중으로 말할 것 같으면 그야말로 한창나이에다가 물건도 튼실하고 정력도 왕성했습니다. 거기다 두 씨가 그의 준수한 외모에 반해 서로를 탐닉하면서 두 시간 내내 어울리고 나서야 멈추는 것이었지요. 두 씨는 아주 만족스러웠던지 말했습니다.

    "스님네들은 힘이 좋다는 소문을 들었어요.[19] 방금 그 늙은 밉상은 정말 한심하기 짝이 없지 뭐예요? 그런데 이제 보니 … 당신 너무

---

19) 【즉공관 미비】所以肯入寺。그래서 자진해서 절에 들어왔던 게로군!

멋져요. 나 오늘밤은 여기서 당신하고 잘래요!"

두 씨가 이렇게 말하자 지원이 말했습니다.

"아씨가 이렇게 아껴주시니 고마울 따름이지요. (…) 아씨는 어느 댁 분이에요? (…) 여기서 자도 괜찮겠어요?"

"나는 두 씨로, 정 씨 집 며느리예요. 집도 여기서 가깝답니다. 며칠 전 남편하고 말다툼을 벌이고 친정에 갔었어요. 며칠 지나서야 혼자 집으로 돌아가던 길이었지요. 그런데 비를 만나는 바람에 이 절에 들어와 피하다가 원수 같은 당신[20]하고 딱 마주쳤지 뭐야! (…) 우리 집에서는 내가 돌아오는 걸 아직 모를 테고, 친정에도 알리지 않았어요. 그러니까 그냥 여기서 … 며칠 더 지내도 아무도 눈치 못 챌 걸요?"

그러자 지원도 이렇게 말하는 것이었습니다.

"그럼 다행이고요. 이제 아씨하고 밤이 새도록 즐겨볼거나? (…) 그렇기는 한데 … 사부님도 한 번은 상대해줘야 할 거에요."

"그 늙은 밉상하고는 싫어요!"

두 씨가 질색을 하자 지원이 말했습니다.

---

20) 원수 같은 당신[冤家]: '원가冤家'는 원래는 원한이 있는 사람을 가리키는 말이지만 때로는 애인이나 배우자를 미워하는 듯하면서도 사랑하는 감정을 표현하는 데에 사용되기도 했다.

"여기서는 그분만 결정권을 가지고 있어요. 그러니 거부하면 안 돼요. 대충 건성으로 상대하면 되잖아요."

"부끄러워 죽겠네. (…) 어떻게 셋이 같이 그 일을 벌인담?"

그러자 지원은 이렇게 말했습니다.

"늙은 스님은 호색한이기는 해도 그 일에는 힘이 달려요. 우리가 동시에 상대하면 당신하고든 나하고든 한 번도 제대로 해내지 못할 거요. (…) 끼어들어봤자 아무 힘도 못 쓸 겁니다! 나하고 당신만 즐기면 되니까 그 양반은 신경 쓰지 말아요."

두 사람은 이야기가 잘 통하는지 하염없이 대화를 나누었습니다. 그러나 늙은 중 입장에서는 문 밖에 서서 침상이 반나절이나 삐걱거리는 소리만 듣고 있는 것도 정말 고역이었지요. 자신은 일이 너무 빨리 끝나 삽입 한 번 제대로 하지 못했는데 둘은 원 없이 즐기는 것을 지켜만 보고 있자니 이만저만 질투가 나는 것이 아니었습니다. 끈기를 가지고 아무리 기다려도 방을 나올 기색을 보이지 않는 거에요. 더 이상 참지 못하고 방문을 열고 들어가서 보니, 아 글쎄 둘이 단단히 끌어안은 채 혀는 아직도 입에 그대로 물고 있지 뭡니까! 늙은 중은 성이 좀 났습니다.

'아까 나를 상대할 때는 이렇게 다정하게 대하지 않더니만!21)'

이런 생각에 무심결에 샘이 나서 냅다 소리부터 질렀습니다.

---

21) 【즉공관 미비】不自揣。자기 주제도 모르고!

"재미를 어지간히 봤으면 근본적인 대책도 의논해야 될 것 아냐! (…) 벌건 대낮에 염치도 없이 문을 닫아놓고 그 짓에만 열중하다니!"

지원은 사부가 역정을 내는 것을 보고 웃으면서 말했습니다.

"그렇지 않아도 사부님께 말씀드리려던 참입니다. (…) 이 재미가 꽤 오래갈 것 같은데요?"

"어째서 … 말이냐?"

늙은 중이 묻자 지원이 말했습니다.

"저 아씨 … 오늘밤에 안 간답니다."

늙은 중은 그제야 활짝 웃으면서 말하는 것이었지요.

"우리도 이대로 보낼 수는 없지!"

"우리가 억지로 안 풀어주려고 하면 위험해질 수도 있습니다! 그런데 … 지금은 저 아씨가 자발적으로 더 있어도 된다고 하는군요. 그렇다면 우리가 마음을 놓아도 되지요."

그러자 늙은 중이 말했습니다.

"저 여자는 집이 어디라더냐?"

지원은 방금 두 씨가 한 말을 일러 주었습니다. 늙은 중은 몹시 기뻐하면서 서둘러 야식을 챙겨서 방 안에 차리더니 셋이 한 탁자에

둘러앉아서 식사를 했습니다. 두 씨는 늙은 중이 술을 권하면 잘 마시지 않으면서 이런저런 핑계만 댔습니다. 그런데 지원이 술을 따라주면 그렇게 잘 받아 마실 수가 없었지요. 앉은 자리에서도 서로 눈빛을 주고받으면서 지원과 닭살 돋는 애정 행각을 벌이는 것이었습니다. 늙은 중은 억지로 옆에 끼어 앉아서 어렵사리 한 마디씩 보탰습니다. 그러나 갈피 못 잡는 소리만 해대서 분위기를 썰렁하게 만들지 뭡니까.22) 물론, 늙은 중도 눈치를 좀 채기는 했습니다. 그러나 개가 뜨끈한 전을 담은 쟁반을 핥듯이23) 미련을 가지고 둘에게 추근거렸지요. 그러더니 밥상을 치우고 나서 기어이 우격다짐으로 셋이 한 침상에서 잠을 자기로 했지요.

침상 안으로 가자마자 두 씨와 젊은 중은 벌써부터 서로 부둥켜안은 채 늙은 중 따위는 아랑곳하지도 않았습니다. 아 그런데 늙은 중은 낮에 한 번 일을 치른 탓에 물건이 물컹해져서 아무리 애를 써도 힘이 들어가지 않지 뭡니까. 그래서 둘이 한 덩어리가 되면 그 모습을 보면서 욕정을 돋운 다음 다시 시도해보기로 했지요. 그런데 정말 그 둘이 삐걱삐걱 소리까지 내면서 놀아나는 것이 아닙니까. 마음이 급해진 늙은 중은 옆에 있으면서 여기서 신음을 했다가 저기서 입을 맞추었다가 이리로 굽혔다가 저리로 안았다가 하는 것을 구경하면서 한 손으로는 연신 자기 물건을 만지작거리고 다른 손으로는 그 둘이 합쳐

---

22) 【즉공관 미비】杜氏鄕婦眞率, 不能假意周旋, 自摭其禍。 두 씨는 시골 부녀자이다 보니 솔직해서 일부러 둘러댈 줄 몰라 화를 자초하는군.

23) 개가 뜨끈한 전을 담은 쟁반을 핥듯이[如狗舐熱煎盤]: 명대의 속담. 어떤 사람이나 물건에 미련을 갖고 집착하는 것을 두고 하는 말이다. 때로는 "개가 뜨끈한 전을 담은 쟁반을 핥는다 - 미련을 가지고 놓지 못한다狗舐裂煎盤 - 戀着不放" 식으로 헐후어歇後語처럼 사용되기도 한다.

진 쪽을 쓰다듬었습니다. 그러다가 좀 흥분해서 약간 단단해졌다 싶었던지 젊은 중을 밀어내고 자신이 나서려고 드는 것이 아닙니까, 글쎄. 그러나 젊은 중이야 한껏 달아오른 참인데 어디 떨어지려고 하겠습니까? 두 씨는 두 씨대로 두 팔로 단단히 그를 끌어안고 있어서 아무리 밀어도 밀어낼 수가 없었지요.

"스승님, … 멈출 수가 없어요. (…) 정 못 참으시겠다면 … 제 뒤로라도 하세요!"

젊은 중이 이렇게 소리치자 늙은 중은 그래도

"그럴 수는 없지. 맛난 걸 놔두고 맛없는 것을 먹으라고?"

하더니 물고 뜯고 하면서 성가시게 하지 뭡니까![24] 젊은 중은 결국 두 씨에게서 내려 와서 그에게 양보할 수밖에 없었지요. 그러나 두 씨 입장에서야 속으로 단단히 기분이 상했는데 어디 그에게 호감을 가지고 몸을 허락할 턱이 있겠습니까? 두 씨는 성을 내면서 몸을 이리저리 틀었습니다. 늙은 중은 안달복달하다가 결국 참지 못해 사정을 하고 그 서슬에 기운이 다 빠지는 통에 허사가 돼버렸지 뭡니까! 그 꼴을 본 두 씨는 코웃음을 치면서 말했습니다.

"왜 사서 고생이람!"

늙은 중은 하도 부끄러워서 찍소리도 못하고 침상 안쪽으로 돌아누운 채 둘이 다시 전열을 가다듬고 질탕하게 뒤엉키도록 양보할 수밖

---

24)【즉공관 미비】眞厭物。정말 밉상일세!

에 없었습니다. 둘은 다 한창나이이다 보니 쉬는 틈조차 없이 잠깐 눈을 좀 붙였다 싶으면 또 한 몸이 되기를 거듭했지요. 그러나 늙은 중은 고작 군침이나 삼키고 두 사람에게 온갖 저주 악담을 퍼부으면서 별별 밉상을 다 떨 뿐이었습니다.

날이 밝자 두 씨는 자리에서 일어나 단장을 하고 세수를 마친 다음 지원을 보고 말했습니다.

"난 오늘 돌아갈래요."

"아씨! 어제는 며칠 더 있어도 괜찮다고 했잖아요! 더욱이 여기는 외진 곳이에요. 아무도 눈치를 못 챈다구요. (…) 나하고 당신은 이제야 막 즐거운 만남을 시작했고 궁합도 좋기만 한데 … 어떻게 다 뿌리치고 가겠다는 말을 다 해요?"

그러자 두 씨가 조용히 말하는 것이었습니다.

"당신을 떠나자는 게 아니에요. 다만, … 늙은이가 하도 추근거려서 그러는 거지요! (…) 당신이야 나를 여기 붙들어놓고 싶겠지. 하지만 난 당신네 둘하고 한 침상에서 자야 되잖아요. (…) 늙은이를 떼어놓으면 또 모르지만 …"

"사부님이 어디 그러려고 하겠어요?"

"그렇게 하지 않으면 나도 여기 안 있을 거야!"

지원은 어쩔 도리가 없자 사부에게 가서 사실대로 털어놓을 수밖에 없었습니다.

"두 씨 아씨가 가겠답니다. (…) 어쩌면 좋지요?"

"보니까 둘이 아주 좋아 죽더니 어째서 간다는 게야?"

그러자 지원이 말했습니다.

"그녀는 양갓집 출신이어서 부끄러움을 좀 타다 보니 셋이 같이 어울리는 걸 원치 않는 거지요. 그래서 가려고 하는 겁니다. 제 생각에는 … 차라리 침상 하나를 따로 준비하고 건넌방에서 그녀하고 둘이서 며칠 같이 자면서 잘 달래면 사부님이 그 틈을 타서 사이에 끼어들어 일을 치르시는 편이 낫겠어요. 그러다가 익숙해지면 셋이 같이 어울려도 늦지 않습니다. (…) 그렇게 하지 않고 그녀 뜻을 거슬렀다가는 그녀도 떠나버리고 우리도 얻는 것이 없게 될 거예요!"

그 말을 다 들은 늙은 중이 간밤의 일을 생각해보니, 셋이 한 침상에 들었다가 괜히 그녀의 부아만 몇 번이나 돋우고 미움까지 몇 번이나 사는 바람에 제대로 재미를 보지 못한 상태였습니다. 그런데 그녀가 가버리면 그런 재미조차 못 볼 것이 아닙니까? 차라리 그 둘에게 자신이 보지 않는 곳에서 일을 치르게 하고 가끔은 자신이 그의 방으로 가서 혼자 밤새 즐기는 것도 나쁠 것은 없었지요. 굳이 옆에서 얼쩡거리다가 미운 털이 박힐 이유가 있겠습니까. 그래서 바로 지원을 보고 말했습니다.

"네 뜻대로 하는 것도 나쁠 건 없지. 그녀만 머물게 한다면 어쨌든 둘 다 재미를 볼 수 있을 테니까! (…) 더욱이 너는 내가 아끼는 아이 아니냐? 네가 좋다면 그렇게 해야지 뭐."

늙은 중은 입으로야 이렇게 말했지만 속으로는 사실 질투가 많이 났습니다. 그러나 일단 지원의 뜻을 따르고 천천히 방법을 모색하는 수밖에 없었지요. 지원은 다른 방에 이부자리를 만들어 따로 자기로 했다는 이야기를 두 씨에게 했습니다. 그녀는 그제야 몹시 반가워하면서 계속 남기로 하고 어서 밤이 와서 환락을 즐기기만 고대하는 것이었지요.

밤이 되자 늙은 중은 지원을 불러 당부했습니다.

"오늘밤 나는 정신 수양을 할 테니 너희 둘은 즐거운 밤을 보내거라. 두 씨는 … 좋은 말로 잘 달래서 내일은 꼭 나한테 양보해야 한다?"

"그거야 당연하지요! 오늘밤에 제가 밤새도록 두 씨를 상대하지 않고 어젯밤처럼 셋이 함께 섞여 자면 … 세 사람 모두 만족하지 못해서 그녀를 붙잡아두지 못할 겁니다. (…) 제가 그녀를 잘 구슬려서 넘겨드리면 사부님께서도 분명히 만족하실 겁니다!"

그러자 늙은 중이 말하는 것이었습니다.

"역시 내 마음 알아주는 건 내 애제자뿐이구나!"

지원은 그렇게 건너가서 두 씨와 방문을 걸고 동침했습니다. 이날 밤 둘은 마음대로 원 없이 쾌락을 즐겼답니다.

계속 이야기를 들려드리지요. 늙은 중은 순간적으로 그 여인이 가 버리기라도 할까 봐 제자 말을 따를 수밖에 없었습니다. 그러나 그날 밤 혼자 방에 있으려니 여인도 없고 제자까지 자리를 비워서 독수공 방 하는 신세가 되고 보니 이만저만 불만스러운 것이 아니었지요. 게 다가 '둘이서 지금쯤 한창 즐거움을 만끽하고 있겠지' 하는 상상을 하니 더더욱 잠을 이룰 수가 없지 뭡니까. 밤새 엎치락뒤치락하며 잠 을 설치더니 다음날 일어나자마자 지원을 보고 말했습니다.

"너희 둘이 아주 신이 났더구나! (…) 나만 쓸쓸히 팽개쳐놓고 말이 다."

"두 씨를 안심하게 만들려면 그렇게 하는 수밖에 없다니까요."

지원이 이렇게 말하니 늙은 중이 말했습니다.

"오늘밤은 꼭 내가 밤새도록 원 없이 즐기게 해줘야 한다?"

밤이 되자, 지원은 스승의 뜻을 거역할 수가 없어서 두 씨에게 사부 의 방으로 가라고 설득했습니다. 그러나 두 씨는 끝까지 듣지 않고 이렇게 말하는 것이었습니다.

"난 당신하고 이야기가 끝나서 여기에 있기로 한 거예요. 그런데 어째서 나더러 그 늙은 밉상의 수발을 들라는 거야?"

"아무리 그래도 그분은 내 사부님인 걸요."

"당신 사부 마누라도 아닌데 내가 왜 그런 인간 눈치를 봐야 해요?

(…) 자꾸 억지로 강요하면 밤중에라도 돌아갈래요!"

지원은 두 씨가 늙은 중에게 가기를 원하지 않는다는 것을 눈치 채고 사부를 보고 말했지요.

"역시 좀 부끄럽다고 안 오겠다고 합니다. 사부님께서 그녀 방으로 가보시지요."

그러자 늙은 중은 그러마 하고 더듬더듬 컴컴한 방으로 들어갔습니다. 두 씨는 두 씨대로 일찌감치 잠을 푹 자고 지원이 와서 그 일을 벌이기만 기다리는 중이었습니다. 그렇다 보니 늙은 중이 와서 침상으로 뛰어들 줄은 생각도 못 했지 뭡니까. 두 씨는 그것이 지원인 줄 알고 냅다 그를 부둥켜안고 입을 맞추었습니다. 그 바람에 늙은 중은 몸이 다 나른해질 정도였지요. 그런데 그 일을 벌일 즈음에 두 씨는 뒤늦게 지원이 아닌 것을 알아채고 욕을 퍼부었습니다.

"또 늙은 밉상이었네? (…) 왜 자꾸 나를 못 살게 굴어요!"

늙은 중은 그 소리에 언짢아하면서도 필사적으로 물건을 움직였습니다. 어떻게든 그녀의 환심을 살 생각으로 말입니다. 그러나 뜻밖에도 힘을 지나치게 쓴 나머지 가쁜 숨을 몰아쉴 수밖에 없었습니다. 두 씨는 그가 몇 번 거칠게 밀어붙여서 가까스로 흥분이 되려던 참이었습니다. 아 그런데 가만 보니 늙은 중은 벌써 파장이 났지 뭡니까. 그녀는 늙은 중이 사정을 하려 드는 것을 눈치 채자마자 흥이 다 깨져버렸습니다. 그녀는 자기 몸을 틀더니 그를 힘껏 밀어서 침상 아래로 떨어뜨려버리는 것이 아닙니까.[25] 그 늙은 중의 정액은 안에 내뿜지도 못한 채 침상 언저리와 자기 다리에 온통 끈적끈적하게 튀어버렸습니다. 늙은 중은 땅바닥에서 몸을 일으키면서 속으로 생각했습니다.

'이 계집이 이렇게 악독할 수가 있나!'

그렇게 씩씩거리면서 자기 방으로 가버렸습니다. 지원은 사부가 벌써 나오는 것을 보고 이번에는 자신이 남은 시간을 채울 생각으로 방으로 들어갔습니다. 두 씨는 마침 늙은 중이 한껏 일으켜놓은 흥분을 풀 길이 없던 참인데 때맞춰 지원이 왔으니 그야말로 욕정을 풀기에 딱 좋았지요. 둘은 말을 꺼낼 겨를도 없이 한데 뒤엉켜서 놀아나는데 정말 질펀하지 뭡니까. 외톨이가 된 늙은 중은 자기 방에서 분이 아직 덜 풀린 상태였습니다.

'내가 나오자마자 둘이 또 재미를 보는구나. (…) 일단 가서 좀 엿듣기라도 해보자.'

이렇게 생각한 늙은 중은 방 앞으로 다가갔습니다. 그런데 가만히 들어 보니 산이 다 흔들리고 땅이 다 출렁거릴 만큼 요란하게 침상 안에서 음란한 유희를 즐기고 있는 것이 아닙니까. 늙은 중은 안절부절못했습니다.

"저 계집이 어쩌면 저렇게 매정할 수가. 저 정을 조금만 나한테 나누어주어도 모두가 즐거움을 만끽할 수 있는 것을! (…) 오늘은 너희 둘한테 양보한다마는 내일은 어림 반 푼어치도 없어!"

---

25) 【즉공관 미비】 原毒。 처음부터 독하더라니.

그러더니 울적한 마음으로 방으로 돌아가 잠을 청했답니다.

그렇게 날이 밝을 때까지 잠을 자고 났을 때였습니다. 물건이 좀 가렵고 또 뻣뻣하게 아픈 것 같길래 소변을 보러 갔더니 몇 방울만 똑똑 나올락 말락 하는 것이었습니다. 알고 보니 간밤에 두 씨가 밀칠 때 사정을 제대로 하지 못하는 바람에 백탁병(白濁病26))이 생겼지 뭡니까. 그는 더더욱 원망을 하면서 말했습니다.

"저 악독한 계집 때문에 이런 고생을 하는구나!"

두 씨가 일어났을 때 늙은 중은 낯 두껍게도 농담을 몇 마디 딘졌습니다. 그러나 두 씨가 한 마디도 대꾸를 하지 않자 풀이 죽고 말았지요. 게다가 그녀가 지원과 머리를 기대고 희희낙락하는 꼴을 보노라니 더더욱 심사가 뒤틀리는 것이었지요. 밤이 되자 지원은 두 씨를 보고 말했습니다.

"늙은 중이 또 와서 귀찮게 추근대지 않도록 내가 미리 가서 힘을 빼놓고 올게요."

"빨리 가요. 한숨 자면서 기다릴 테니까."

지원은 늙은 중 방으로 가서 평소처럼 요염한 모습을 연출하면서 말했습니다.

---

26) 백탁병(白濁病): 병 이름. 정액이 소변과 함께 배출되는 증세로, '요정(尿精)'이라고 불리기도 했다. 중의학에서는 신장의 기능이 약해져서 정액을 저장하지 못하는 바람에 나타난다고 여겼다.

"이틀 밤 동안 사부님을 외톨이로 지내게 해서 속이 편치 않네요. (…) 오늘밤에는 사부님하고 자겠습니다."

"집안에 암컷을 빤히 놔두고 맛없는 집밥 먹을 일 있냐! (…) 그냥 가서 그 계집한테 오늘밤은 내 수발을 들라고 일러라!"

늙은 중이 이렇게 투덜거리자 지원이 말했습니다.

"제가 불러도 올 생각을 하지 않습니다. (…) 차라리 사부님이 직접 가서 부탁해보시지요."

그러자 늙은 중은 발끈해서 말했습니다.

"오늘밤에 나한테 오든지 말든지 하나도 안 무섭다!"

그는 그길로 부엌으로 가서 식칼을 하나 들고 두 씨 방 앞으로 가서 생각했습니다.

'이번에도 경우 없이 굴면 내가 요절을 내버릴 테다!'

두 씨는 지원이 건너가고 한참이 지나자 이번에는 사부를 잘 다독거렸겠거니 하고 생각하고 있었습니다. 그래서 침상 앞에 발걸음 소리가 들리자 지원이 온 줄로 알고 그를 불렀지요.

"오라버니, 어서 문부터 걸어요. 그 늙은 밉상이 또 추근거리러 오기 전에요!"

늙은 중은 그 소리를 똑똑히 듣고 나니 정말 속에서 부아가 치밀고 악이 받쳐서 고함을 질렀습니다.

"이 늙은 밉상이 오늘밤에는 기어이 네년하고 자야겠다!"

그러더니 한 손을 침상 위로 뻗어 두 씨를 끌어내리는 것이 아닙니까. 두 씨는 그가 거칠게 나오자

"어쩌면 이렇게 막무가내예요? (…) 난 절대로 당신하고는 못 잔다니까!"

하면서 침상 모서리를 붙잡고 필사적으로 버둥거렸습니다. 그래도 늙은 중이 온 힘을 다해서 끌어당기자 두 씨는 소리를 질렀습니다.

"나를 죽여도 난 못 가!"

그러자 늙은 중은 단단히 성이 나서

"그래도 못 가겠다면 내 칼 맛을 봐라. 우리 셋 다 끝장을 내자구!"

하면서 두 씨의 목을 잡고 졸랐습니다. 이미 이성을 잃은 늙은 중은 온 힘을 다해 목을 졸라 정말 숨통을 끊어버리고 말았습니다. 그 서슬에 두 씨는 몇 번 버둥거리다가 결국 숨이 지고 말았지요!

지원은 사부가 아까 방문을 나가자 잠시 사부의 침상에서 눈을 붙이면서 사부의 소식을 기다리던 중이었습니다. 그런데 가만히 들어보니 건넌방에서 고함소리가 나는가 싶더니 여기저기 부딪치는 소리가 들리는 것이 아닙니까. 그는 이상하게 여기고 뛰어나왔다가 칼을 들고 방에서 나오는 늙은 중과 딱 마주쳤습니다. 그런데 그가 지원을

보더니 말했습니다.

"그 망할 계집이 하도 괘씸해서 죽여버렸다."

지원은 깜짝 놀라 말했습니다.

"사부님! (…) 정말 일을 내셨어요?"

"정말이지 않고! (…) 너하고만 재미를 보다니 괘씸한!27)"

늙은 중이 이렇게 말하자 지원은 등불을 들고 방에 들어가더니 죽는 소리를 하는 것이었습니다.

"사부님, … 어떻게 이런 짓을 다 저지르셨어요, 왜!"

"저 망할 계집이 내가 싫다길래 욱해서 그랬지 뭐냐! (…) 나를 원망하지 마라. 그리고 … 기왕에 일이 벌어졌으니 우물쭈물하지 말고 일단 시체부터 치우자꾸나. (…) 내일 따로 참한 색시 하나 구해서 같이 즐기면 될 것 아니냐!"

지원은 냉가슴만 앓으며 아무 말도 하지 못했습니다. 하는 수 없이 삽을 든 늙은 중을 따라서 두 씨를 뒤뜰까지 업고 가서 묻었습니다. 지원은 몰래 눈물을 흘리면서 말했지요.

"이렇게 될 줄 알았다면 진작 두 씨를 돌려보낼 것을 … 이렇게

---

27)【즉공관 미비】智圓亦危。 지원도 위태롭게 되었지.

그녀의 목숨을 해치게 될 줄이야!"

　늙은 중은 지원이 괴로워할까 봐서 계속 그를 달래고 환심을 사서 가까스로 사건을 감쪽같이 숨겼습니다. 어린 사미승은 그 여인이 갑자기 보이지 않는 것을 이상하게 여기기는 했지만 어쨌든 여자와 관련된 일이어서 굳이 캐묻지 않았지요. 이렇게 해서 아무도 그 사실을 알지 못하게 된 것은 말할 것도 없습니다.

　계속 이야기를 들려드리겠습니다. 두 씨네 집에서는 딸이 돌아간 후 사나흘이 지난지라 사위하고 사이좋게 지내는지 궁금해서 사람을 시켜 상황을 알아보게 했습니다.[28] 정 씨네는 정 씨네대로 사람을 두 씨네 집에 보내 데려오려 했지만 양쪽 모두 허탕을 친 상태였습니다. 그래서 정 씨네 집에서는

　"두 씨네가 부부 사이가 좋지 않다는 핑계로 딸을 빼돌려서 다른 집에 시집보냈을 겁니다!"

　라고 하고 두 씨네 집에서는

　"정 씨네에서 부부 사이가 나빠지니까 딸을 몰래 죽인 것이 분명합니다!"

　라면서 양쪽이 네 탓이니 내 탓이니 하고 싸웠지요. 그래도 해결이 나지 않자 급기야 각자 고소장을 써서 현에 맞고소를 하기에 이르렀

---

28) 【즉공관 미비】與和尙和睦了。중하고 사이좋게 지내고 있었다오!

습니다.

현에는 이때 마침 현령 자리가 비어 있어서 도사 단사都司斷事[29])가 거기서 대윤의 업무를 대리하고 있었지요. 이 단사는 성이 임林, 이름이 대합大合으로, 복건福建 사람이었습니다. 그는 태학太學 출신인데도 행정 처리가 신속하고 매사에 대한 판단도 분명했지요. 양가 사람들을 모두 관아로 소환해 심문을 하니 정경井慶이 아뢰는 것이었습니다.

"소인의 처는 줄곧 소인과 말다툼을 벌이다가 화가 나서 친정으로 가버렸습니다. 장인이 저를 속이려고 처를 숨겨놓고 소인에게 돌려주려 들지 않으니 국법으로 다스려주십시오!"

그러자 두 씨의 아버지도 아뢰었습니다.

"딸 부부는 사이가 좋지 않은 탓에 딸이 친정에 며칠 와 있었습니다. 사흘 전에 저희 부부가 딸에게 분을 풀도록 설득해서 벌써 사위 집으로 보냈습니다. 그런데 또 무슨 일로 싸웠는지는 모르겠지만 제 딸을 괴롭히다가 죽여놓고 그 죄를 거꾸로 남한테 뒤집어씌우다니요! 푸른 하늘 같은 나리께서 이 억울함을 풀어주십시오!"

그러면서 눈물을 비 오듯 흘리는 것이었습니다. 임 단사가 정경을 보니 순박하고 성실한 사람이지 악질 같아 보이지는 않길래 물었습니다.

---

29) 도사 단사都司斷事: 명대의 관직명인 도지휘사사都指揮使司 단사사斷事司의 줄임말. 한 지역의 군정軍政을 관장하던 도지휘사사의 하부 관서로, 그 주무 관리는 기율을 위반한 군인의 처벌 등의 업무를 담당했으며, 해당 관서의 이름을 따서 '단사관斷事官' 또는 '단사'라고 불렀다.

"자녀 부부가 어쩌다가 사이가 틀어졌는가?"

"별다른 문제는 없었습니다. 다만, … 제 처는 평소에 제가 거칠고 우악스러워서 자기 짝이 아니라고 트집을 잡으면서 난리를 쳤습니다요."

"네 처는 어떻게 생겼느냐?"

"제법 반반한 편입니다요."

그러자 단사는 고개를 끄덕이더니 이번에는 두 씨의 친정아버지를 불러서 물었습니다.

"네 딸이 짝을 잘못 만났다고 여기고 서방을 괄시했구나. 너는 부모의 입장에서 딸의 잘못을 두둔하기에 급급하다마는 사돈을 속이고 다른 집에 딸을 출가시키려 한 것은 아니냐? 그런 일이 더러 있기에 하는 말이다!"

"소인의 집안은 사위 집과 얼마 떨어져 있지 않습니다. 딸을 재가시켰다면 그것을 어떻게 속일 수 있겠습니까? 설마 소인이 딸을 숨겨놓고 모진 마음을 품고 외지로 몰래 보내 다시는 왕래하지 못하게 만들기라도 했겠습니까? 재가를 시켰다면 누군가가 발설해서 다들 알아차렸을 겁니다요. 헌데 그런 짓을 어떻게 할 수가 있겠습니까? 그리고 소인이 딸을 숨겨서 어쩌겠습니까? (…) 분명히 사위 집에서 제 딸을 죽게 만든 게지요. 그래서 흔적도 없이 사라진 거고요!"

임 단사는 곰곰이 생각해보았습니다.

'양가 모두 틀렸다. 한쪽에서 돌아오는 것을 양가가 확인할 틈도 없이 나쁜 자를 만나는 바람에 도중에 사달이 난 게 분명해. (…) 일단 두 동네의 구역 담당관들을 소환해서 범인을 체포하게 해야겠구나!'

그는 수배령을 내리는 명령패를 건네고 사령들에게 일러 사방으로 수색하게 했습니다. 그러나 한참이 지나도 이렇다 할 동정이 보이지 않는 것이었습니다.

계속 이야기를 들려드리지요. 그 현에는 유兪 씨 성을 가진 문지기가 하나 있었습니다. 나이는 약관弱冠인데 자태가 요염하고 머리도 똑똑했습니다. 사실 남풍男風이라는 것은 복건 쪽 사람들이 아주 즐기는 것이었지요. 그러니 임 단사가 그를 좋아한 것은 말할 필요도 없었습니다. 그런데 이 문지기가 임 단사의 총애를 믿고 불법 행위를 저질렀지 뭡니까. 어느 날인가 현 재판정에서 일을 내는 바람에 임 단사가 그를 아끼는 사이이기는 했지만 도의적으로 그를 비호할 수가 없었지요. 그래서 그를 구제할 꾀를 하나 생각해내서 그가 공을 세워서 죄를 갚을 기회를 주기로 했습니다.[30] 임 단사는 은밀히 그를 관아로 불러서 분부했습니다.

"네 죄는 원래 파면감이다. 내가 너를 대충 용서해 주었다가는 관아에서 뒷말이 나올 것이다. 그래서 내 지금 하는 수 없이 너를 파면하고 방을 붙여 사람들의 입을 막으려 한다."

문지기는 자신을 파면하겠다는 말을 듣고 연신 절을 하면서 어떤

---

30) 【즉공관 미비】 怕公道上去不得的, 卽是好官。 도의적으로 가지 못할까 걱정하는 것이야말로 훌륭한 관리지.

벌이라도 달게 받겠다고 하는 것이었습니다. 그러자 단사는 이렇게 말했습니다.

"그런 뜻이 아니니라! 내게 널 구제할 방법이 있다는 말이다. (…) 지난번에 정 씨와 두 씨 양가가 여인이 실종된 일로 송사를 벌였다. 그러나 거기에는 분명히 무슨 이유가 있을 것이다. (…) 너는 내게 죄를 지은 척하고 도망쳐서 대신 조사를 해다오. 양가 사이 중간쯤 되는 거리에서 시골이든 도시든, 사원이든 절이든 가리지 말고 모두 다니면서 조사해보아라. 그러면 분명히 그 행방을 찾을 수 있을 것이다. 진상을 밝혀내면 너를 복직시키는 것은 물론이고 후한 상까지 내리겠다. 그렇게 하면 누구도 나에 대해서 뒷말을 할 수가 없을 게야."

문지기는 하는 수 없이 그 명령대로 따르기로 했지요. 그는 정말 동분서주하면서 정보를 캐러 다녔습니다. 그는 새파란 젊은이이다 보니 사람들이 다니는 곳으로 가서 아무 이야기나 말을 섞으면서 주변을 두리번거려도 남들이 그다지 이상하게 여기지 않았지요. 그러나 그렇게 했는데도 이렇다 할 소식을 알아내지 못했습니다.

그러던 어느 날이었습니다. 한량이 한 무리 모여 앉아서 이런저런 이야기를 나누고 있길래 문지기가 다가가서 그것을 엿들었습니다. 그런데 그들 중 하나가 고개를 들고 그를 보더니 사람들에게 나지막하게 말하는 것이었습니다.

"젊은 양반, 참 잘생겼네!"

그러자 또 한 사람이 말했습니다.

"이곳 태평사太平寺에 있는 젊은 중이 더 훤하지.31) 아 그 고약한 늙은 중 말이여 … 밝히기도 엄청 밝히고 질투까지 심해서 영 글러먹었다니께!"

문지기는 그 소리를 듣고도 짐짓 모른 척하며 느릿느릿 그 자리를 빠져나오더니 생각했습니다.

'그 젊은 중이 어떻게 생겼길래 그렇게 칭찬을 해대는 거지? (…) 지금 당장 그 중부터 찾아가도 문제는 없겠지?'

알고 보니 문지기도 남풍을 즐기는 당사자인 데다가 연애라면 한가락 하는 입장이었습니다. 그렇다 보니 그 젊은 중이 잘생겼다는 소리에 진즉 마음이 동했던지 가는 길을 물어 물어 태평사까지 갔겠다? 그렇게 산문을 들어서자 한 승방 문간에 웬 젊은 중이 앉아 있는 광경이 눈에 들어오는데, 정말 생김새가 남달리 준수하지 뭡니까!

'이 친구인가 보군.'

문지기가 속으로 생각하고 있는데 그 젊은 중도 웬 곱상한 젊은이가 들어온 것을 보고는 마음이 설레는지 벌떡 일어나서 그를 맞이하는 것이었습니다.

"형씨, … 무슨 일로 오셨는지요?"

"한가하게 절 구경이나 하려고 들어왔습니다."

---

31)【즉공관 미비】接縫甚妙。연결이 아주 기막히군!

문지기가 이렇게 말하자 젊은 중은 다정하게 '안으로 들어가서 차라도 마시고 가라'고 권하는 것이었습니다. 문지기 역시 신수가 훤한 젊은 중에게 끌렸던지 반가워하면서 그를 따라 들어갔습니다. 늙은 중은 안에 있다가 자기 제자가 웬 젊은이를 안내해 들어오는 것을 보더니

"제대로 된 물건이 들어왔구나!"

하고 중얼거리면서 활짝 웃는 얼굴로 그에게 다가와 이름과 사는 곳을 묻는 것이었습니다.

"저는 원래 관아의 문지기였는데 사소한 잘못을 저지르는 바람에 쫓겨나고 말았지요. 지금은 몸 둘 곳이 없어서 여기저기 돌아다니고 있습니다."

그러자 늙은 중은 몹시 반가워하면서 말했습니다.

"이 승방에는 얼마든지 머무를 수가 있습니다. (…) 넉넉하게 며칠 머물러도 좋습니다."

그는 말을 마치자마자 제자와 함께 차를 내옵네 술을 내옵네 하면서 대접이 아주 극진하지 뭡니까. 늙은 중은 술을 두 잔 걸쳐서 흥이 오르자 그를 방으로 끌어들였습니다. 그러더니 다짜고짜 바지를 내리고 그 짓을 벌이는 것이 아닙니까, 글쎄. 문지기도 그 쪽으로는 도가 튼 고수인지라 늙은 중이기는 했지만 기꺼이 받아들이는 것이었습니다. 지난번 농가의 여인네처럼 물정에 어두워서 이것도 싫다 저것도

싫다 까탈스럽게 굴지 않으니 늙은 중으로서는 이루 형용할 수 없이 기뻤습니다.

손님들, 제 말씀 좀 들어보십시오. 알고 보면 밤일이 부실한 자들은 남풍을 밝히는 법입니다.[32] 왜 그런지 아십니까? 남풍은 억지로 그 일을 치르기 마련이어서 여자 역할을 하는 자는 별로 큰 감흥이 없지요. 발기야 됐든 말든 사정이야 늦든 빠르든 무조건 상대방의 진도에 맞추기 마련이어서 일을 끝내기만 하면 그만이라는 식이지요. 그래서 시간 보내기가 수월합니다. 그러나 여자의 경우는 다르지요. 남녀가 똑같이 절정으로 올라야지, 만족하지 못하고 도중에 멈추어 마무리가 없으면 벼락이 떨어지기 마련입니다. 그래서 여자한테는 대충대충 해서는 안 되니까 혼자서나 즐기는 남풍과는 경우가 다르지요. 이번의 이 늙은 중도 그 재미를 들인 셈이었지요.

일을 마치자 지원이 와서 사부를 보고 말했습니다.

"이 형씨는 제가 모시고 들어왔는데 사부님이 선수를 치셨군요! (…) 밤에는 나하고 자야 합니다?"

그러자 늙은 중이 웃으면서 말하는 것이었습니다.

"그래야지, 그래야지!"

문지기로서는 절에 머물러야 했으므로 밤에는 정말 지원과 동침을 했습니다. 그 일을 증명하는 시가 바로 이것입니다.

---

32) 【즉공관 미비】透徹之極。정말로 맞는 말일세.

젊은이 둘이 서로가 지지 않고,　　　　　少年彼此不相饒,
내가 나중 님이 먼저 하면서 번갈아 즐기네.　我後伊先遞自熬。
지원이 먼저 손에 넣기는 했지만,　　　　雖是智圓先到手,
주고받다 보니 결국은 똑같이 즐긴 셈이지.　勸酬畢竟也還遭。

　곱상한 이 두 젊은이는 각자 한 번씩 즐긴 후에 서로 끌어안고 잠을 잤습니다. 다음 날, 늙은 중은 그저 즐길 생각만 가득해서 또 방으로 들어와서 그 짓을 하자고 추근거리지 뭡니까. 지원은 앞서 선수를 빼앗기고 나니 이번에는 질투가 좀 났던지 이렇게 말했습니다.

　"사부님도 경우가 있어야지요! (…) 이 형씨는 저한테 양보하셔야지 또 제 것을 빼앗으려 들면 어쩝니까!"

　"왜 그래야 되는데?"

　늙은 중이 따지자 지원이 말하는 것이었습니다.

　"사부님은 종일 저한테 욕정을 푸시는데 저는 어디 가서 풀 사람이 없으니 정말 견디기 힘듭니다! (…) 지난번의 그 재목33)도 그렇지요. 딱 쓸 만한 구석이 많았는데 사부님이 또 마구 들쑤시는 바람에 산통이 다 깨진 것 아닙니까! (…) 이번만큼은 제가 이 형씨를 모셔 왔으니까 당연히 제가 재미를 좀 보더라도 과분한 요구는 아니라고 봅니다!"

---

33) 재목[頭腦]: 명대 구어에서 '두뇌頭腦'는 인재나 대상을 뜻하는 말로 주로 사용된다. 편의상 여기서는 '재목'으로 번역했다.

늙은 중은 그가 이렇게 완강하게 불만을 토로하자 심사가 몹시 불편했습니다. 그렇다고 해서 그에게 대들 수는 없는지라 입꼬리만 실룩거리면서 서로 언짢아하는 수밖에 없었지요. 그런데 이 문지기는 치밀한 사람이었습니다. 밤에 흥분이 한껏 고조되었을 때 지원에게 캐물었습니다.

"당신이 낮에 말한 '지난번의 재목'은 뭐고 '산통이 깨졌다'는 건 또 무슨 소리예요?"

그러자 한창 달아오른 지원은 무심결에 사실을 털어놓았습니다.

"지난번에 이웃의 웬 여인이 우리 설득에 여기 머물면서 다 같이 즐긴 일이 있어요. 그때 한창 재미를 보던 참인데 저 분위기 파악 못하는 양반이 그녀와 내가 다정하게 어울리는 것을 보고 막무가내로 질투하고 어깃장을 놓는 바람에 일이 엉망진창이 돼버렸거든요. (…) 지금 생각해도 정말 아까워요!"

"그래, 그 여인은 지금 어디로 갔나요? 그녀를 다시 찾아서 데려오지 않고요?"

그러자 지원은 한숨을 쉬면서 말했습니다.

"어디 가서 찾겠어요!"

문지기는 그 말에 무슨 사연이 있다고 여기고 계속해서 캐물으려고 했습니다. 그러나 지원이 그 뒤의 일은 더 이상 흘리지 않아서 문지기로서도 별 수가 없었지요.

다음 날 문지기는 외진 곳에서 어린 사미승과 마주치자 슬쩍 물었습니다.

"스님, 이 절에 웬 여자가 머문 적이 있어요?"

"한 사람 있었어요."

사미승이 이렇게 말하자 문지기가 다시 물었습니다.

"여기서 … 며칠 있었어요?"

"얼마 안 있었어요."

"그럼 … 지금은 어디로 갔죠?"

"어디 가지도 않았어요. 바로 이렇게 … 밤사이에 안 보이던데요?"

"여기 있는 그 며칠 동안 무엇을 … 했어요?"

"무엇을 했는지는 몰라요. 근데 가만 보니까 … 큰 사부님이랑 작은 사부님이 그 여자하고 이틀 밤을 붙어 있더라고요. 그다음부터는 안 보이고 두 사부님도 매번 티격태격 다투시던데 나도 영문을 모르겠어요."

문지기는 더 캐묻지 않았지만 그 내막을 대충 짐작했지요. 그는 무심코 찾아온 척하면서 늙은 중과 젊은 중 두 사람에게 말했습니다.

"여기서 이틀을 지냈으니까 오늘은 바깥 구경 좀 다녀오겠습니다."

하늘의 계시 빌린 막료가 미결 사건을 해결하다.

늙은 중이 말했습니다.

"꼭 다시 오십시오. 그냥 이렇게 가버리지 말고요?"

그러자 젊은 중 지원이 눈짓을 하고 싱글벙글 웃으면서 말했습니다.

"가버리지 않을 겁니다. (…) 사부님은 버릴지언정 저를 버릴 수는 없을걸요?"

문지기도 지원에게 눈짓을 하면서 말했습니다.

"금방 올 겁니다."

문지기는 절 문을 나서자마자 그길로 단사 임 공에게 가서 지원과 어린 사미승이 한 이야기를 자세하게 전했습니다. 그러자 임 공은 고개를 끄덕이면서 말하는 것이었습니다.

"그러면 그렇지! 그런데 … 그렇게 치자면 그 여인은 분명히 그 못된 중 손에 죽었겠군. 그게 아니라면 사흘 뒤에 절에서 자취를 감추었으면서 어떻게 집으로 돌아가지 않고 다른 데로 갔겠나? 또, 송사가 벌어진 지 반년이 다 되도록 여태 흔적조차 없을 수가 있겠느냐?"

그러고는 문지기에게는 '이 일을 절대로 발설해서는 안 된다'고 단단히 이르는 것이었습니다.

다음 날 아침, 임 공은 수행원들을 대동해서 가마를 타고 바로 태평사 경내까지 갔습니다. 그리고 길잡이[34]들에게 일러 먼저 승방으로 가서 이렇게 전하게 했지요.

"임 나리께서 웬 꿈을 꾸셔서 불공을 드리러 절에 오셨습니다!"

그러자 절에서는 온 중들을 다 불러 모아 임 공을 영접하는 것이었습니다.

임 공은 가마에서 내려 불전에 참배하고 향을 피웠습니다. 그러자 주지가 차를 내오고 다른 중들은 양 옆으로 늘어섰지요. 그런데 가만 보니 임 공이 불전의 계단을 걸어 내려와 고개를 들고 하늘을 우러러보는 것이었습니다. 마치 무슨 소리에 귀를 기울이기라도 하듯이 말입니다. 그렇게 한동안 우러러보다가 갑자기 허공을 향해 두 손을 모으고

"그 일은 신이 알아 모시겠나이다!"

하더니 이번에는 고개를 들고 하늘을 향해 두 손을 모으면서 말했습니다.

"그자들도 신이 알아 모시겠나이다!35)"

그러고 나서 임 공은 서둘러 불전으로 들어와서

"사령들 게 있느냐? 어서 살인범을 체포하렷다!"

하고 호령하니 사령들이 큰소리로 대답하는 것이었습니다. 그 사이

---

34) 길잡이[頭踏]: 원·명대 구어에서 '두답頭踏'은 관리가 행차할 때 행렬 맨 앞에 서서 의장이나 '조용히 하라肅靜' 등의 글귀가 적힌 목판을 들고 행진하던 의장대를 가리킨다. 편의상 여기서는 '길잡이'로 번역했다.
35) 【즉공관 측비】 好做作。 아주 잘했어.

에 임공이 몰래 주위의 동정을 살피니 중들은 다소 놀라는 기색이었지만 그래도 경건한 모습으로 단정하게 선 채 동요하는 모습을 보이지 않았지요. 그런데 그중에서 유독 쉰 살쯤 되어 보이는 중 하나는 얼굴이 흙빛이 된 채 이가 부딪칠 정도로 벌벌 떠는 것이 아닙니까. 임공은 그 중을 손가락으로 가리키더니 사령들에게 오랏줄로 묶게 했습니다. 그러고는 다른 중들을 보고 말하는 것이었습니다.

"다들 보았는가? 하늘께서 내게 말씀하셨다. 정 씨네 여인 두 씨를 살해한 놈이 바로 이 대각이라고! (…) 어서 이실직고하렷다!"

그러자 중들은 모두 영문을 모른 채 이상하게 여겼습니다.

"나리께서는 우리 절에 오신 적이 없는데 그가 '대각'이라는 사실을 어떻게 아셨을까? (…) 분명히 하늘께서 나리에게 알려주셨을 게야. 그렇고말고!"

그러나 정작 문지기가 사전에 그 사실을 알아내서 임 공에게 보고한 것은 알 턱이 없었지요.

그 늙은 중은 상황이 갑작스럽게 벌어지는 바람에 미처 아무 대비도 하지 못했습니다. 거기다가 그것이 하늘의 계시인 줄 알고 벌써부터 얼이 나간 상태였지요. 그러니 어떻게 사실을 감출 수가 있겠습니까? 그저 연신 머리를 조아리면서 한마디 말도 못 하는 것이었습니다. 임 공은 사령들을 시켜 장대를 대령해 주리를 틀게 했습니다. 그러자 정말 그동안의 경위를 자백하는 것이었습니다. 여차저차해서 지원과 같이 음행을 저지르다가 다툼이 일어나 살인에까지 이르렀다지 뭡니까. 임 공은 이번에는 지원의 주리를 틀게 했습니다. 이 젊은 중은 몸이 연약하다 보니 더더욱 견디지 못하고 고문을 제대로 가하기도 전에 모조리 다 자백하는 것이었습니다.

 "사부님이 죽었고, 시신은 뒤뜰에 묻었습니다요!"

 임 공은 사령들을 시켜 두 중을 뜰로 데려가게 했습니다. 그리고 땅을 파게 했더니 정말로 웬 여인이 목이 부러진 채 온몸이 피투성이가 되어 있지 뭡니까! 임 공은 큰 소리로 사령들에게 명하여 둘을 현으로 끌고 가서 진술을 받게 했습니다. 그 결과, 대각은 음행을 시도하다가 살인을 저질렀다는 죄목으로 사형을 언도하고, 지원은 함께 음행을 저질렀으면서도 자수하지 않았다는 죄목으로 삼 년 유배형을 언도함과 동시에 유배가 끝나면 환속시켜 종으로 부리게 했습니다. 임 공은 이어서 정 씨와 두 씨 양가 사람들을 불러 시신을 확인하고 나서 수습해 가게 했지요. 양가의 의혹도 이렇게 해서 해결되었답니다.
 임 공은 문지기 유 가에게 큰 상을 내리고 그의 복직을 허락했습니다. 그러자 그 현의 백성들은 모두 임 공의 현명함을 칭송하고 중들의 범죄를 성토해 마지않는 것이었지요. 나중에는 상급 관청에서 진상을 확인하고 판결을 내려서 가을이 지나 형벌을 집행했습니다. 그러자 사람들은 저마다 통쾌하게 여기며 다들 '임 공의 현명함이 하늘까지 움직여[36) 진범을 알 수 없는 미결 사건을 해결했다'고 널리 알려서 지금까지도 촉蜀 땅에는 미담으로 남았답니다. 이 일을 증명하는 시가 있습니다.

---

36) 【즉공관 미비】小民易惑如此。백성들은 이렇게도 홀리기 쉽다!

농가 여인이 사내를 하도 가리는 바람에,   莊家婦揀漢太分明,
색귀들이 다툼을 벌인 것이 무정하기도 하다.   色中鬼爭風忒沒情。
뒤뜰37) 고수 문지기 유 가는 파면을 감수하고,   捨得去後庭俞門子,
현감 임 공은 험한 인상 쓰는 연기까지 했단다.   妝得來鬼臉林縣君。

---

37) 뒤뜰[後庭]: '후정後庭'은 원래 '뒤뜰'이라는 뜻이지만 명대에는 항문 또는
   그것을 매개로 한 동성애 행위를 가리키는 말로 사용되기도 했다. 여기서는
   문지기가 동성애를 즐기는 인물인 데다가 사건 해결의 실마리가 된 절의
   뒤뜰이라는 의미가 중의적으로 사용되었으므로 편의상 "뒤뜰"로 번역했다.

제 27 권

고아수는 기쁜 마음으로 보시를 바치고
최준신은 부용꽃 병풍 덕에 용케 상봉하다
顧阿秀喜捨檀那物 崔俊臣巧會芙蓉屛

顧阿秀喜捨檀那物 崔俊臣巧會芙蓉屏 해제

　이 작품은 강도를 만나 생이별을 했다가 극적으로 상봉한 부부에 관한 이야기이다. 이야기꾼은 홍매洪邁의 《이견정지夷堅丁志》에 소개된 변량汴梁 사람 왕종사王從事의 이야기를 앞 이야기로 들려주고, 이어서 이창기李昌祺의 《전등여화剪燈餘話》에 소개된 최준신崔俊臣의 이야기를 몸 이야기로 들려준다.

　원대에 부친의 음덕으로 영가현永嘉縣의 현위縣尉에 임명된 진주眞州 사람 최준신崔俊臣은 아내 왕王 씨와 함께 배로 영가로 향하던 중 소주蘇州에서 강도로 돌변한 사공 고아수顧阿秀에게 재물을 모두 빼앗기고 강에 던져진다. 혼자 남은 왕 씨는 아수가 며느리로 삼으려 하자 순종하는 척하다가, 팔월 중추절 밤 일당이 명절 술에 만취한 틈을 타서 인근의 비구니 암자로 도망쳐 비구니가 된다.

　일 년 후, 우연히 그 암자에 들렀다가 공양을 받은 고아수 형제는 답례로 부용꽃 그림 한 폭을 주지에게 선물한다. 어느 날 주지 방에 들른 왕 씨는 그 그림이 일 년 전에 도적들에게 빼앗긴 남편의 작품임을 알아보고 속마음을 토로한 가사를 그림 한쪽에 써 넣는다. 얼마 후, 상인 곽경춘郭慶春은 암자에서 그 그림을 사서 어사대부御史大夫 고납린高納麟에게 선물하고, 납린은 집 앞에서 글씨를 파는 사내를 발견하고 자기 집 서재에서 지내게 해준다. 납린의 집에서 부용꽃 병풍을 발견한 그 사내는 갑자기 놀라 흐느끼며 말을 잇지 못한다. 알고 보니 그 사람은 최준신으로, 자기 그림에 적힌 글씨가 아내의 것임을 알아차리고 진상을 납린에게 알린다. 납린은 현지 관리들에게 사건 해결을 요청하는 한편, 암자에 사람을 보내 불경 공부 명목으로 왕 씨를 집으로 데려와 부인 처소에서 지내게 한다. 얼마 후, 현지 관리는 아수 일당을 체포하여 사형에 처하고, 그 집에서 찾은 준신의 물건과 임명장을 준신에게 돌려준다. 임명장을 되찾은 준신이 일단 영가로 떠나려 하자, 납린은 그를 위한 송별연에 참석한 사람들 앞에서 자기 집에서 따로 지내던 준신과 왕 씨를 극적으로 상봉시킨다.

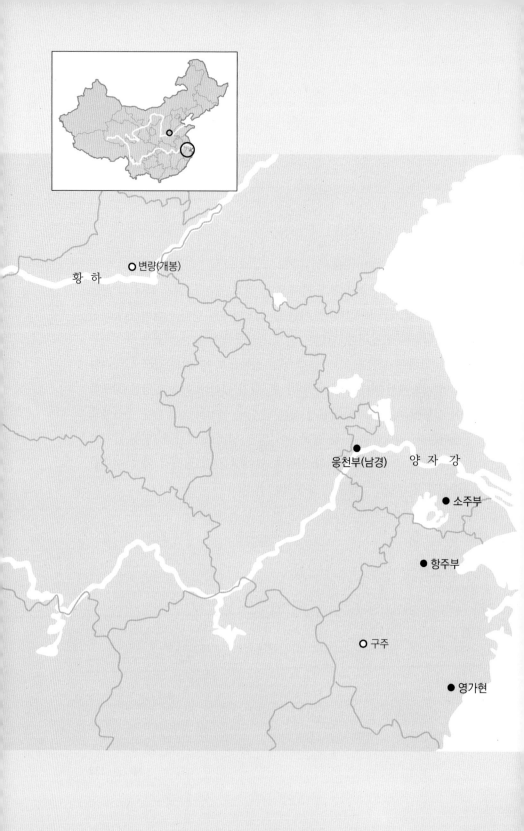

황 하

○변량(개봉)

응천부(남경)　양 자 강

● 소주부

● 항주부

○ 구주

● 영가현

이런 시가 있습니다.

부부는 본래 한 숲의 새이건만,	夫妻本是同林鳥,
최후가 오면 각자 날아가버리지.	大限來時各自飛。
만일 남겨진 진주가 합포¹⁾로 돌아온다면,	若是遺珠還合浦,
닦게 하면 할수록 더더욱 빛을 내리라.	却教拂拭更生輝。

이야기를 들려드리겠습니다.²⁾ 송나라 때 변량汴梁³⁾에 왕 씨 성의 종사從事⁴⁾가 살았습니다. 그는 부인을 대동하고 임안臨安⁵⁾에 가서 발

---

1) 합포合浦: 중국 고대의 지명. 광서성廣西省 남쪽 남중국해 연안에 자리 잡은 해변 도시. 전설에 따르면 이곳은 예로부터 진주의 명산지로 유명했는데 현지 관리들이 진주조개의 씨가 마를 정도로 남획을 하자 조개들이 다른 지역으로 옮겨가서 진주가 더 이상 산출되지 않았다고 한다. 그 후 후한대에 맹상孟嘗(?~?)이 기존의 폐해들을 타파하자 진주조개들도 그제야 합포로 돌아왔다고 한다. 여기서 "진주조개가 합포로 돌아온다"는 말은 곧 잃어버렸던 것을 도로 찾는 것을 암시하는 데에 사용된다.
2) *본권의 앞 이야기는 홍매洪邁《이견정지夷堅丁志》권11의 〈왕종사처王從事妻〉에서 소재를 취했다.
3) 변량汴梁: 원·명대에 개봉開封을 부르던 이름. 송대에는 변경汴京으로 불렸으나 원대인 1288년 금대의 이름인 남경로南京路를 변량로汴梁路로 개칭하면서 '변량'으로 부르기 시작했다.

령을 기다리게 되어서 민가를 한 채 빌려 며칠을 묵었지요. 그런데 집이 작다 보니 여간 불편한 것이 아니었습니다. 그래서 왕 공이 큰 거리에 가서 새로 집을 한 채 구했는데 널찍하고 깨끗한 것이 아주 마음에 들었지요. 그는 바로 집세를 치르고 돌아와 부인에게 말했습니다.

"집이 지내기에 아주 좋습디다. 내일 내가 먼저 짐을 옮기겠소. 정리를 마치면 가마를 빌려서 당신을 데리러 오리다."

이튿날 짐짝을 싸고 전부 잘 묶은 다음 왕 공은 짐을 옮겨 먼저 정리를 하러 나섰지요. 그는 문을 나설 때 다시 부인을 보고 말했습니다.

"당신은 여기서 기다리다가 가마가 도착하면 바로 타고 오시오."

이렇게 당부한 왕 공은 새 집으로 가서 집 정리를 했습니다. 그러고 나서 바로 가마를 한 대 불러 살던 집에 가서 부인을 데려오게 했지요. 그런데 가마가 간 지 한참이나 지났는데도 도통 올 기색조차 없지 뭡니까. 왕 공은 기다리다가 애가 타서 다시 살던 집으로 가서 어떻게 된 영문인지 물었습니다. 그러자 그 집 주인이 말하는 것이었지요.

"나리께서 가시고 얼마 되지 않아서 바로 가마 한 대가 마님을 모

---

4) 종사從事: 중국 고대의 관직명. 한나라 무제武帝 때의 별가종사사別駕從事 史·치중종사사治中從事史 등과 같이 주州나 부府의 행정 수장을 보좌했다. 문서 업무를 관장하거나 비리를 사찰하는 것이 주된 임무였으며 송대에 폐 지되었다.
5) 임안臨安: 송대의 지명. 지금의 절강성 항주시杭州市 임안구臨安區에 해당 한다.

시러 왔더군요. 그래서 마님께서는 벌써 가마를 타고 가셨습니다. 그 뒤에 마님을 모시러 또 다른 가마가 왔지 뭡니까.[6] 해서 제가 '마님은 벌써 가마를 타고 가셨는데요' 했더니 가마꾼 둘이 바로 빈 가마를 메고 돌아갔습니다요. 헌데, … 어째서 여태 도착하지 않았다는 말씀입니까요?"

명대의 가마. 구영, 〈소주 청명상하도〉

그 말에 왕 공이 깜짝 놀라 새 집으로 돌아와 보니 가마꾼 둘이 가마삯을 요구하면서 이렇게 말하는 것이었습니다.

"쇤네들이 가마를 메고 마님을 모시러 갔더니 마님께서는 벌써 출발하셨다더군요. 쇤네들이 모셔 오지는 못했지만 … 가마를 빌리신 대절비하고 발품 삯은 주셔야겠습니다요."

"내가 부른 것은 자네들 가마일세. 그런데 또 웬 가마가 먼저 내자

---

6) 【즉공관 미비】夫人亦剪却綹乎。부인도 타래실을 잘라버렸나?

를 데리러 갔단 말인가? 게다가 여태껏 어디로 태워 갔는지 당최 알 길조차 없으니….”

 “그거야 … 쇤네들도 모릅지요.”

 왕 공은 몇십 전錢[7]을 챙겨주고 가마꾼을 돌려보냈습니다. 속으로는 당최 갈피를 잡지 못하고 부아가 치밀었지만 뾰족한 수가 없었지요.

 다음 날, 왕 공은 임안부 관아로 가서 진정을 넣었습니다. 그래서 관아에서는 왕 공이 살던 집 주인을 소환했지만 어제와 같은 말만 할 뿐 다른 진술은 전혀 없었습니다. 이번에는 그 이웃들에게 물었더니 다들 ‘마님이 가마를 타고 가는 것을 보았다’는 것이었습니다. 그래서 나중에 온 가마꾼 둘을 소환해 물었더니 이렇게 말하는 것이었지요.

 “그냥 빈 가마만 메고 왔다 갔다 했을 뿐입니다. 동네 사람들이 다 본 걸요. (…) 그 외의 사정이야 전혀 아는 바가 없습니다요.”

 임안부 관아에서는 뾰족한 수가 없다 보니 그저 수배 공문을 내고 처음의 두 가마꾼부터 소환하는 수밖에 없었지요. 그러나 그 가마꾼들은 이름도 주소도 모르는 판국에 종적까지 감추어버렸으니 ‘바다에서 달을 건지려 드는 격[8]’이었습니다. 이쯤 되면 멀쩡한 마님을 엉뚱

---

7) 전錢: 고대의 중량 단위. 뜻을 따서 ‘돈’이라고도 한다. 1전錢은 10푼[分]에 해당하며, 10전은 1냥兩에 해당한다. 따라서 “몇십 전”은 곧 ‘몇 냥’이라는 뜻으로 이해할 수 있다.
8) 바다에서 달을 건지려 드는 격[海中撈月]: 명대의 성어. 달은 하늘에 떴는데 바닷물에 비친 허상을 진짜로 여기고 따려 든다는 뜻으로, 현실적으로 목적

한 데로 데려간 것이 분명했지요. 왕 공은 다급하고 불안하다 보니 그 고통이 이만저만이 아니었습니다. 그래서 그렇게 부인을 잃어버린 후로는 새로 재혼을 하지 않았답니다.

그로부터 오 년이 지나자 왕 공은 구주衢州9)의 교수敎授10)로 발탁되었습니다. 구주에서 으뜸가는 현11)은 성곽이 있는 서안현西安縣12)이었는데, 그 현의 현재縣宰13)는 왕 교수와 수시로 내왕하는 사이였지요. 하루는 현재가 왕 교수를 관아로 초대해 술을 마시게 되었습니다. 그렇게 술을 마시고 있는데 요리로 자라를 내왔지 뭡니까. 왕 교수는 두 젓가락을 먹더니 바로 젓가락을 멈추고는 구슬 같은 눈물을 철철 흘리면서 오열했습니다. 현재가 놀라서 그 까닭을 묻자 왕 교수가 말했습니다.

을 달성할 수 없어서 헛수고만 하는 경우를 말한다.
9) 구주衢州: 중국 고대의 지명. 절강성 서남부, 전당강錢塘江 상류에 자리 잡고 있다. 남쪽으로는 복건성福建省의 남평현南平縣과, 서쪽으로는 강서성江西省의 상요현上饒縣 및 경덕진景德鎭과, 북쪽으로는 안휘성安徽省의 황산黃山과 마주하고 동쪽으로는 금화金華·여수麗水·항주杭州 세 도시로 연결되어 예로부터 물산의 집산지이자 교통의 요충지로 중시되었다.
10) 교수敎授: 송대의 직함. 송대에 각 로路·주州·군軍마다 학당을 설치하고 교수를 두어 경술經術과 행의行義를 학생들에게 가르치게 하는 한편 그들에 대한 시험을 관장하게 했다.
11) 으뜸가는 현[首縣]: '수현首縣'이란 주州의 치소(행정관청)가 있는 현을 말한다. 송대에 구주의 치소가 있었던 서안西安은 지금의 절강성 구현衢縣이다.
12) 서안현西安縣: 중국 고대의 지명. 절강성 구주 경내의 현으로, 원래는 신안信安으로 불렸으나 당나라 함통咸通 연간에 '서안'으로 개명되었다. 그 후로 민국民國 시기까지 그 이름을 유지하다가 중화인민공화국 수립 이후 구현衢縣으로 개명되었다.
13) 현재縣宰: 중국 고대의 관직명. 현의 행정 수장인 현령縣令·현장縣長에 대한 별칭이다.

"이 요리 맛이 … 생이별을 한 내자가 만들어주던 것하고 몹시 비슷하군요.[14] 그래서 순간적으로 이렇게 울컥하고 말았습니다!"

"댁의 부인과는 언제 사별하셨길래요?"

현재가 묻자 왕 교수가 대답했습니다.

"차라리 죽기라도 했으면 '하늘의 뜻이려니' 여기겠지요! (…) 임안에서 이사를 할 때 가마로 내자를 데리러 오겠다고 약속했는데 어떤 간악한 놈인지 몰라도 … 저보다 먼저 가마를 보내 속이는 바람에 내자가 제가 보낸 가마로 오인해서 그것을 타고 갔지 뭡니까! (…) 그때 관아에 진정까지 넣었지만 여태 행방조차 찾지 못했답니다!"

그러자 현재는 표정이 바뀌더니 말하는 것이었습니다.

"소생의 소실은 바로 그 임안에서 삼십만 전을 주고 들인 타향 사람이올시다! 방금 전에 그녀한테 요리를 부탁했고 … 이 자라는 그녀가 요리한 것입니다. (…) 여기에는 뭔가 곡절이 있는 것 같군요…"

그러고는 바로 몸을 일으켜 안으로 들어가더니 첩에게 물었습니다.

"자네는 타향 사람인데 어떻게 임안에서 여기까지 시집을 왔는가."

그러자 그 첩은 눈물을 흘리면서 말하는 것이었습니다.

"소첩에게는 원래 지아비가 있었습니다마는 … 간악한 놈한테 속

---

14) 【즉공관 미비】繁作因緣。 자라가 인연을 맺어주는군.

아서 팔려 왔지요. (…) 제 지아비에게 누가 될까 봐서 말씀을 드릴
수가 없었습니다."

"남편 성이 어떻게 되는가?"

현재가 물었더니 그 첩은

"성은 왕이옵고, 임안에서 발령을 기다리던 종사관이었습니다!"

하고 대답하는 것이 아니겠습니까! 현재는 깜짝 놀라 표정이 다
바뀌었습니다. 그는 안에서 나와 왕 교수를 보고 말했지요.

"왕 선생, … 잠깐만 안으로 들어오시지요. (…) 뵙고 싶어 하는 분
이 계시오."

그래서 왕 교수가 그를 따라 들어갔는데 현재가 부르는 쪽을 가만
보니 웬 여인이 걸어 나오는 것이었습니다. 왕 교수가 자세히 살펴보
니 바로 자신이 잃어버렸던 아내가 아닙니까, 글쎄! 두 사람은 머리를
끌어안고 대성통곡을 하는 것이었습니다.

"부인이 어떻게 … 여기 있는 게요!"

왕 교수가 물었더니 부인이 말했습니다.

"서방님께서 그날 밤 제게 말씀하실 때 그 집이 몹시 허름했지요.
아마도 그날 밤 가마로 저를 데려가겠다는 말씀을 누가 엿들었나 봅
니다. 다음 날 가만 보니 서방님이 집을 나서고 얼마 되지 않아서 웬

가마가 저를 데리러 왔더군요. 저는 서방님께서 보내신 줄 알고 바로 짐을 챙겨 가마를 타고 갔답니다. 그랬는데 놈들이 저를 어떤 곳으로 태워 가서 보니 텅 빈 집이지 뭡니까! 그 집에는 여인이 두세 명 더 있었는데[15] 밤새도록 함께 갇혀 있었지요. 다음 날 저를 관선官船[16]에 팔아넘기지 뭡니까! (…) 속은 줄이야 알았습니다만 서방님은 발령을 기다리는 분인지라 사실대로 털어놓으면 서방님 체면에 누가 될까 걱정이 되었습니다. 그래서 수치심을 참으면서 오늘까지 버텼답니다.[17] 그런데 … 뜻밖에도 여기서 상봉하게 될 줄이야!"

현재는 몹시 미안해하면서 바깥채에 지시하여 급히 당직 가마꾼을 부르더니 그 부인을 왕 교수의 관사로 모시게 하는 것이었습니다. 왕 교수는 왕 교수대로 몸값 원금 삼십만 냥을 배상하려고 했지요.[18] 그러자 현재가 말했습니다.

"동료의 부인을 첩으로 삼다니 … 자세히 살피지 못한 탓입니다! (…) 제 죄를 용서해주시는 것만으로도 충분한데 어디 감히 원금까지 바라겠습니까![19]"

그러자 왕 교수는 고맙다고 인사를 하고 돌아갔습니다. 부부는 다시 상봉한 것을 기뻐하면서 현재의 배려에 감격해마지않았지요.

---

15) 【즉공관 측비】 還好。 그나마 다행이군.
16) 관선官船: 공무나 관리의 행차를 위하여 사용하던 관용 선박.
17) 【즉공관 미비】 此婦恁懵懂, 所以有此。 이 부인이 이리도 어두우니 이런 일이 생긴 게지.
18) 【즉공관 측비】 不堪再賣。 또 팔면 안 되지.
19) 【즉공관 미비】 三十萬錢作纏頭矣。 삼십만 냥이 머리 올려주는 돈이 된 셈이로군.

나중에 알고 보니 이 일은 임안의 한 무뢰배가 왕 공을 먼 외지 사람이라고 업신여겨 그날 밤 내외의 이야기를 엿듣고 나쁜 마음을 먹고 그녀를 납치해 관선에 팔아넘긴 것이었지요. 어차피 왕 공은 타지로 부임해 갈 것이고, 다른 고을에서는 아무리 원님이 되더라도 다시는 서로 마주칠 일이 없을 거라고 여겼던 것입니다. 아 그랬는데 공교롭게도 구주에서 임용되어 부부 두 사람이 생이별한 지 다섯 해 만에 타지에서 다시 상봉할 줄 누가 알았겠습니까? 이것도 하늘이 맺어준 부부의 연분이 아직 끊어지지 않아서 이렇게 상봉했던 것이겠지요.

또 한 가지 이야기가 있습니다.[20] 깨어진 거울[21]이 도로 합쳐지듯이 헤어졌다가 다시 상봉했으니 그것 자체는 참으로 좋은 일입니다. 그러나 방금 전 이야기는 아름답기는 해도 다소 미흡한 점이 있습니다. 왕 부인이 아무리 불행을 만나 남의 집 첩이 되는 바람에 결국 몸을 더럽히고 말았으니까요. 거기다가 그 간악한 놈의 행적을 밝혀내서 원수를 갚는 것으로 끝난 것도 아닙니다. 그러니 이 이야기는 〈최준신崔俊臣과 부용 병풍〉 이야기처럼 부인이 정절도 지키고, 복수도 하고, 거기다 부부가 다시 상봉까지 한 것보다는 못하지요. 이 이야기야말로 아주 재미가 있답니다! 손님들, 소생이 차근차근 들려드리

---

20) *본권의 몸 이야기는 명대 이창기李昌祺의 《전등여화剪燈餘話》 권4 〈부용병기芙蓉屛記〉 및 풍몽룡 《정사情史》 권2의 〈최영崔英〉에서 소재를 취했다. 나중에는 《금고기관》 권37에 〈최준신교회부용병崔俊臣巧會芙蓉屛〉이라는 제목으로 수록되었다.

21) 깨어진 거울[破鏡]: '파경破鏡'은 부부가 헤어지는 것을 가리킨다. 한대의 문장가 동방삭東方朔(BC161~BC93?)이 지은 《신이경神異經》에 따르면, "옛날에는 부부가 헤어질 때에는 거울을 깨서 각자 절반을 지님으로써 신표로 삼았다昔有夫婦將別, 破鏡, 人執半以爲信"고 한다

겠습니다. 일단 〈부용 병풍의 노래〉22)부터 한번 들어보시면 그 줄거리를 대체로 파악하실 수 있을 것입니다.

부용꽃 그리셨기에,	画芙蓉,
쇤네 슬픔 참으며 병풍에 가사를 적습니다.	妾忍題屛風。
병풍 사이에서 흘린 피눈물은 붉은 꽃 같고,	屛間血淚如花紅,
진 잎과 마른 가지 둘 다 을씨년스럽고,	敗葉枯梢兩蕭索,
끊어진 비단과 남은 먹의 흔적은 다 시들하구려.	斷縑遺墨俱零落。
흘러간 물 세차게 흘러 생사를 가르고,	去水奔流隔死生,
외로운 이 몸은 유랑하는 신세 되었나이다!	孤身隻影成漂泊。
유랑자 신세 되었으니,	成漂泊,
죽고 나면 그 시신은 누구한테 맡길지요?	殘骸向誰托。
구천을 떠도는 넋은 돌아오지 않고,	泉下游魂竟不歸,
그림 속 아름다운 자태는 참으로 전과 같군요.	圖中艶姿渾似昨。
참으로 전과 같기에,	渾似昨,
쇤네 마음은 찢어지나니,	妾心傷,
어찌 가을비, 거기다 가을서리까지 견디리까!	那禁秋雨復秋霜。
차라리 강호에서 사공을 쫓아다니며,	寧肯江湖逐舟子,
기꺼이 고귀한 땅 가서 의왕23)께 경배하리다.	甘從寶地禮醫王。

22) 〈부용 병풍의 노래[芙蓉屛風歌]〉: 명대 남직예南直隸 진주眞州의 선비 육중양陸仲暘이 지은 것으로 전해지는 가사. 원래의 제목은 〈화부용병가畫芙蓉屛歌〉로, 동시대 문인 이창기李昌祺가 지은 문언체 소설집 《전등여화剪燈餘話》 권4의 《부용병기芙蓉屛記》에 소개되어 있다.

23) 의왕醫王: 불교의 약사유리광여래藥師琉璃光如來를 가리킨다. 때로는 '약사불藥師佛·대의왕불大醫王佛·의왕선서醫王善逝' 등으로 불리기도 했다. 불경에 따르면 그는 열두 가지 서원誓願을 하여 사랑하는 사람이 소원을 이룰 수 있게 해주었다고 한다.

의왕. 약사여래를 가리킨다.

의왕께서는 본디 자애로우시나니,	醫王本慈憫,
그 자애로움이 남보다 월등히 뛰어나지요.	慈憫超羣品。
스러진 얼일지라도 손 마주잡기 원하옵고,	逝魄願提撕,
과부라지만 의지해 이끄나이다.	嫠煢賴將引。
부용꽃 같은 얼굴도 아리따우니,	芙蓉顔色嬌,
서방님 손으로 직접 그리셨지요.24)	夫壻手親描。
꽃 시든 건 꽃대가 부러져서이옵고,	花萎因折蒂,
말라25) 죽은 건 싹이 상해서랍니다.	幹死爲傷苗。
꽃 떨기가 마르니 마음 여전히 고통스럽고,	蕊乾心尚苦,
뿌리가 썩으니 이 한을 삭히기 어렵구려!	根朽恨難悄。

---

24) 서방님 손으로 직접 그리셨지요[夫壻手親描]: 전한의 정치가 장창張敞 (?~BC48)의 고사에서 유래한 말이다. 《한서漢書》〈장창전張敞傳〉에 따르면, 하루는 그가 아내의 눈썹을 그려주었는데 그것이 당시 장안에서 미담으로 전해졌다고 한다. 여기에서 그를 빗댄 '눈썹 그리는 손님[畫眉客]'이라는 말이 유래했다.

25) 【교정】 말라[乾]: 상우당본 원문(제1146쪽)에는 '줄기 간幹'으로 되어 있으나 전후 맥락을 따져 볼 때 '마를 건乾'의 오각으로 보인다.

범을 탄 문소

장대26)에서 한굉27) 위해 눈물 흘린다 여겼지,　　但道章臺泣韓翃,

어디 갑장28)서 문소29) 만나길 기대했겠어요?30)　　豈期甲帳遇文簫。

---

26) 장대章臺: 한대에 도읍인 장안長安 서남쪽에 있던 거리. 나중에는 기방이나 홍등가의 별칭으로 사용되곤 했다.

27) 한굉韓翃(719~788): 당대의 시인. 자는 군평君平이며 남양南陽 사람이다. 당나라 천보天寶 13년(754) 진사가 되고 벼슬이 중서사인中書舍人에 이르렀으며, '대력 십재자大曆十才子'중 한 사람이다. 당대에 허요좌許堯佐가 지은 전기傳奇 소설《유씨전柳氏傳》에 따르면, 한굉이 사랑하던 가희 유 씨는 안록산安祿山·사사명史思明의 난이 일어나는 바람에 출가하여 비구니가 되었다. 한굉은 시를 지어 "장대의 버들이여, 장대의 버들이여, 지난날 푸르고 푸르더니 지금도 여전하냐? 설사 긴 가지는 전날처럼 드리워져 있을지언정 아마 남의 손에 꺾여버렸겠지章臺柳, 章臺柳, 昔日靑靑今在否? 縱使長條似舊垂, 也應攀折他人手" 하면서 지난날을 그리워했다. 나중에 유 씨가 거란 장수 사타리沙咤利에게 끌려갔는데 그의 시종이던 허준許俊이 계책을 써서 구해오매 극적으로 상봉했다고 한다. 이 이야기는 명대에 극작가 매정조에 의해 《옥합기玉合記》로 개작되었다.

28) 갑장甲帳: 한나라 무제가 만들었다는 장막.

29) 문소文簫: 중국 당대에 소설가 배형裴鉶(9세기)이 지은 소설인 《전기傳奇》

부용꽃에도 실로 뜻이 있나니,	芙蓉良有意,
부용꽃을 버려서는 안 될 것입니다.	芙蓉不可棄,
다행히 보배로운 달 만나 다시 상봉하고,	幸得寶月再團圓,
서로 가까이하고 사랑하며 버리지 말아야 하건만,	相親相愛莫相捐,
누가 내 《부용편》을 곧이듣겠나이까?	誰能聽我芙蓉篇。
인간세상 부부들이여 서로 반목하지 마시오.	人間夫婦休反目,
이 부용꽃 보니 참으로 가련하구려!	看此芙蓉眞可憐。

한굉과 유 씨의 사랑을 다룬 명대 희곡 〈옥합기〉와 그 안의 삽화

에 등장하는 인물. 당나라 태화太和 연간에 문소가 중추절을 맞아 종릉鍾陵
의 서산西山을 노닐다가 오채란吳彩鸞이라는 아름다운 소녀와 마주쳤는데
"같이 짝을 이루어 신선계를 노닐 수 있다면 문수가 채란을 탈 수 있으리
라. 비단금침에 갑장까지 갖추어 경대에서 눈이나 서리의 추위도 두렵지
않다네若能相伴陟仙壇, 應得文簫駕彩鸞. 自有繡襦兼甲帳, 瓊臺不怕雪霜寒"
라는 노래를 읊는지라 호감을 가지고 서로 사랑에 빠졌다. 그런데 갑자기
신선의 동자가 나타나 오채란이 천기를 누설했으니 평민의 아내로 유배 보
낸다는 천계의 판결을 선포하매 마침내 부부가 되었으며 나중에는 내외가
함께 범을 타고 신선이 되어 종적을 감추었다고 한다.

30) 【즉공관 미비】歌意未盡。노래의 취지를 나타내기에 미진하군.

이 노래는 원나라 지정至正[31] 연간에 진주眞州[32] 고을의 재주가 뛰어난 선비 육중양陸仲暘이 지은 것입니다. 그 선비가 왜 이 노래를 지었는지 아십니까? 당시 그 고을에는 성이 최崔, 이름이 영英, 자가 준신俊臣인 사람이 살았습니다. 그는 집안 형편이 여유로운 데다가 어려서부터 총명했는데, 글씨든 그림이든 그 솜씨가 당대에 으뜸이었지요. 아내인 왕 씨는 젊고 아름다운 데다가 책도 읽을 줄 알고 글자도 잘 알아서 글씨와 그림에도 통달해 있었습니다. 이 부부 두 사람은 말 그대로 '재자가인才子佳人'이었지요. 내외 둘 다 뛰어나서 어느 하나 어울리지 않는 구석이 없을 정도였고 금슬도 남달랐습니다.

이 해가 신묘辛卯년[33]이었습니다. 준신은 부친의 음덕으로 벼슬을 얻어서 절강성 온주溫州[34] 영가현永嘉縣의 현위縣尉[35]로 전보되어 부인과 함께 부임길에 올랐지요. 그런데 진주 갑문 바로 옆에는 소주

---

31) 지정至正: 원나라의 제11대 황제 보르지긴 토곤테무르孛兒只斤·妥懽帖睦爾(1333~1370)가 사용한 마지막 연호. 1341년부터 1370년까지 30년 동안 사용했다. 고려에서 바친 공녀貢女인 기奇 씨를 황후로 맞았으며, 나중에 북원北元 정권에서는 '혜종惠宗'이라는 묘호로 일컬어졌다. 명대 이래의 중국사에서는 순제順帝로 일컬어졌다.

32) 진주眞州: 중국 고대의 지명. 지금의 강소성 의정현儀徵縣 일대에 해당한다. 송대에 어떤 성인이 이 일대에 제왕의 기운이 서려 있는 것을 발견하고 신상을 만들었는데 그 모습이 살아 있는 것처럼 생생하다 하여 의진儀眞으로 개명되었으며, 나중에 주州로 승격되면서 진주眞州로 불렸다. 역사적으로 "풍물로는 회수 이남에서 으뜸가는 고을[風物淮南第一州]"로 일컬어졌다.

33) 신묘辛卯년: 원대 지정 신묘년은 지정 11년으로, 서기 1351년에 해당한다.

34) 온주溫州: 중국 고대의 지명. 지금의 절강성 남부에 자리 잡은 온주시溫州市 일대에 해당하며, 남쪽으로는 복건성福建省과 가깝다. 명대에는 온주부溫州府로 일컬어졌다.

35) 현위縣尉: 현의 치안을 담당한 지방 관리. 지금으로 치면 군의 경찰서장에 해당한다.

蘇州에서 온 큰 배가 한 척 있었습니다. 항주로杭州路36) 방면으로 운항하는 배로, 사공은 성이 고顧 씨였지요. 내외는 배를 빌린 다음 짐을 싣고 집 종과 하녀들을 데리고 장강長江 쪽에서 출발하여 항주까지 가서 내리기로 했습니다. 그런데 소주 경내에 이르렀을 때 사공이 말하는 것이었습니다.

"나리께 아룁니다. 벌써 댁 어귀까지 왔습니다요. (…) 나리께서 상금을 좀 내리시고, 복을 비는 제물과 지전紙錢 따위를 좀 사서 강의 신께 고사라도 좀 지내시지요?"

준신은 그의 말을 따라 돈을 좀 내서 관례대로 진행하게 했습니다. 의식이 끝나자 사공은 잿상에 올렸던 제물과 술을 선창 안으로 가지고 내려왔습니다. 준신은 가동에게 그것들을 받아 탁자에 차리게 하고 아내 왕 씨와 술을 데워 조금 마셨지요. 준신은 대대로 관리를 지낸 집안의 자제였습니다. 그렇다 보니 강호江湖의 금기를 알 리가 없었지요. 그는 술을 마시다가 신이 나자 상자에 챙겨온 금과 은으로 된 술잔 같은 것들을 꺼내서 왕 씨와 함께 즐겁게 술을 마셨습니다.37) 그런데 사공이 뒤 선창에서 그 광경을 지켜보다가 나쁜 마음을 품었지 뭡니까! 이때는 바야흐로 칠월이다 보니 사공이 선창 안을 보고 말하는 것이었습니다.

---

36) 항주로杭州路: 원대의 지역명. 지원至元 15년(1278)에 임안부를 항주로로 개칭하고, 지원 21년(1284)에는 강절행성치소江浙行省治所를 두었다. 전당錢塘과 인화仁和 두 현을 치소로 삼아 지금의 절강성 항주를 위시하여 해녕海寧·여항餘杭·부양富陽·임안 등지를 관할했다. 지정 26년(1366)에 주원장朱元璋이 그 지역을 장악한 후 '항주부'로 개칭했다.
37) 【즉공관 미비】 孩子氣。아이 같기는!

"나리, 마님! 시끌벅적한 여기에 배를 대면 엄청 무더울 겝니다. (…) 배를 좀 시원한 곳으로 옮겨서 대는 편이 어떨깝쇼?"

그러자 준신은 왕 씨를 보면서 말했습니다.

"선창 안은 무덥고 갑갑해서 못 참겠던데 … 그렇게 하는 편이 좋겠구려."

"밤에는 조심해야 하지 않겠습니까?"38)

"여기는 내륙이니까 장강 줄기쪽하고는 경우가 다르겠지. 게다가 사공은 이곳 토박이요. 현지 상황을 잘 알 테니 무슨 걱정이 있겠소?"

준신은 이렇게 말하더니 사공 말을 따라 배를 옮기게 했습니다. 소주라는 고을은 서쪽이 태호太湖와 가깝다 보니 큰 강과 큰 호수 천지였지요. 그렇다 보니 관당官塘39) 길에조차 예측할 수 없는 위험이 도사리고 있는 판국이었습니다. 만약에 주변의 항구 쪽으로 빠지면 온통 도둑 소굴일 수밖에요. 반면에 준신은 장강 북쪽 출신이었습니다. 그렇다 보니 양자강揚子江40)에 강도가 출몰한다는 것을 알기는

---

38) 【즉공관 미비】王氏畢竟能. 왕 씨는 어쨌든 가능하겠지.
39) 관당官塘: 명대의 제방. '당塘'은 흙을 북돋우어 닦은 도로를 말한다. 당대부터 명대까지 지속적으로 축조되었으며, 주로 송대에 완성되었다. 동쪽으로는 장강과 맞닿고 서쪽으로는 태호와 연결되었는데, '만로挽路'로 불리기도 했다. 전체 길이가 83리나 되고, 그 사이에 돌다리가 13개나 있었다고 한다. 여기서 말하는 "관당 길"이란 소주부 일대의 남운하南運河 수로를 가리킨다.
40) 양자강揚子江: 중국 최장의 하천인 장강長江의 별칭. 옛날 남경에 있었던

했어도 내륙의 항로는 작아서 사정이 다를 거라고 여겼지요. 그러나 어디 이런 내막을 알 턱이 있겠습니까?

이날 밤, 사공은 배를 갈대숲에 대고 정박시켰습니다. 그런데 황혼이 드리워졌을 때였습니다. 그가 칼을 들고 냅다 선창 안으로 뛰어들더니 먼저 하인 하나를 죽이는 것이 아닙니까. 준신 부부는 상황이 심상치 않자 머리를 조아리면서 애걸했습니다.

"여기 있는 물건 … 전부 다 가져가고 제발 목숨만은 살려 주시게!"

"물건도 주고 네 목숨도 다오!"

사공이 이렇게 말하니 두 사람은 그저 머리를 조아리는 수밖에 없었지요. 그러자 사공은 칼로 왕 씨를 가리키면서 말했습니다.

"너는 겁먹을 것 없다. 너는 죽이지 않을 테니까. (…) 나머지는 전부 살려둘 수 없다!"

준신은 죽음을 피할 수 없다는 것을 깨닫고 다시 애걸했습니다.

"선비인 저를 딱하게 여기시고 시신이라도 온전하게 죽게 해주시오."

"그렇다면 너에게 칼은 대지 않으마. 그러니 냉큼 강물로 뛰어들어라!"

나루인 양자진楊子津에서 유래한 이름으로, 남경에서 황해 어귀에 이르는 장강 하류 구간을 가리킨다.

사공은 이렇게 말하더니 준신이 마음을 추스를 틈도 주지 않고 그 허리를 쳐들어 풍덩 하고 물에 빠뜨리는 것이었습니다. 이어서 나머지 가동이며 하녀들은 모조리 다 죽이고 왕 씨 한 사람만 살려주었습니다. 그러고는 왕 씨를 보고 말하는 것이었습니다.

"왜 너를 죽이지 않았는지 아느냐? 내 둘째아들이 아직 장가를 못 갔다. 지금은 손님을 태우고 항주에 갔지. 한두 달 더 지나야 돌아올 텐데 그때 너하고 짝을 지어줄 작정이다. (⋯) 너는 우리 집 식구가 되었다. 안심하고 지내면 좋은 일이 있을 테니 무서워하지 마라."[41]

이렇게 말하면서 배에 있는 것들을 모조리 살피면서 챙겨 넣는 것이었습니다. 왕 씨는 당초 사공이 겁탈하려고 하면 죽음을 각오하고 저항할 작정이었습니다. 그런데 그가 이런 말을 하자 마음이 좀 놓였는지 이렇게 생각했습니다.

'일단 나중에 방법을 궁리하도록 하자.'

아닌 게 아니라 이 사공은 정말 왕 씨를 며느리로 삼을 생각이었습니다. 그래서 왕 씨도 짐짓 그의 뜻대로 따르는 척했지요. 사공이 하라고 하는 일은 무엇이건 고분고분 따랐습니다. 사공 대신 자질구레한 물건을 챙기고 집안일을 돌보았지요. 정말로 집안 살림을 책임진 며느리가 시아버지를 모시기라도 하는 것처럼 무슨 일이든 간에 자신이 도맡아서, 그것도 깔끔하게 잘 처리하지 뭡니까! 그러자 사공은 사공대로

---

41) 【즉공관 미비】若遇着扒灰老, 如何能免。 만약 며느리를 탐하는 영감을 마주치면 어쩌려고.

"정말 참한 며느리를 구했구나!"[42]

하면서 진심으로 대하는 것이었습니다. 그렇게 서로 익숙해지자 왕 씨가 딴 마음을 품으리라는 경계심조차 갖지 않았지요.

이렇게 한 달 남짓 지나 팔월 보름 중추절仲秋節이 되었습니다. 사공은 온 배의 친척과 뱃사람들이 다 모이자 왕 씨에게 술과 안주를 준비하게 해서 선창에 푸짐하게 차려놓고 함께 술을 마시면서 달을 감상했습니다. 그러자 사람들은 저마다 술에 잔뜩 취해서 여기저기 쓰러졌습니다. 사공은 사공대로 배에서 곯아떨어졌지요. 왕 씨는 혼자 고물 쪽에 있는데 사람들이 코 고는 소리가 요란하게 들리지 뭡니까. 그래서 달빛이 대낮처럼 환한 틈에 선창 안을 자세히 살펴보니 잠에 곯아떨어지지 않은 사람이 없었지요. 그러자 왕 씨는 이렇게 생각했습니다.

'지금 도망치지 않고 언제까지 기다리겠어?'

다행스럽게도 고물 쪽은 뭍에 바짝 붙어 정박되어 있었습니다. 조금만 움직이면 바로 뭍에 내릴 수가 있었지요. 그렇게 해서 왕 씨는 가뿐하게 뛰어내렸습니다. 그러고는 달이 밝은 틈을 타서 단숨에 두세 리 길을 도망쳤지요. 그렇게 해서 어떤 곳까지 달아났는데 지난번에 지나온 길과는 완전히 달랐습니다. 사방을 둘러보아도 온통 강물 뿐이고, 그저 갈대며 줄풀, 부들만 끝도 없이 펼쳐져 있지 뭡니까, 글

---

42) 【즉공관 미비】老臉船家, 知幾女子。 철면피 같은 사공 같으니, 대체 여자를 얼마나 아는 게야?

쎄. 그런데 자세히 살펴보니 갈대숲 사이로 아주 작은 길이 나 있는데, 풀이 무성하고 진흙길이 미끄러웠습니다. 왕 씨는 전족纏足43) 발도 가냘픈데다가 신발도 구부러지고44) 버선까지 작다 보니, 걸음을 옮길 때마다 연신 넘어지는 바람에 온갖 애를 다 먹었지 뭡니까. 더구나 뒤에서 쫓아오기라도 할까 봐서 걸음을 멈출 엄두조차 내지 못하고 필사적으로 달아났습니다.

궁혜. 바닥 널을 옆에서 보면 활을 닮아서 그렇게 불렀다고 한다.

---

43) 전족纏足: 중국 근세의 민간 습속. 여성의 두 발을 너덧 살 때부터 천으로 단단히 싸서 성장을 멈추게 해서 어릴 때의 크기와 형태 그대로 유지하게 했는데 발뼈가 굳어지는 성년이 되어서야 천을 풀었다고 한다. 학자들의 고증에 따르면 그 역사는 북송 후기에 시작되고 남송대에 유행하기 시작했다. 그 전성기는 명대로, 문학작품 속에 등장하는 '세 치의 황금 연꽃 같은 발[三寸金蓮]'도 이때 출현했다. 청대에는 지배층인 만주족滿洲族은 이 습속을 따르지 않았지만 한족들 사이에서는 빈부와 귀천을 막론하고 각계각층에 만연했다. 1911년 중화민국中華民國이 수립하면서 손문孫文(1866~1925)이 정식으로 금지령을 내렸고 여성해방운동을 창도한 5.4신문화운동 시기와 공산당의 집권으로 완전히 타파되었다.

44) 신발도 구부러지고[鞋弓]: 중국 전통 사회에서 전족纏足을 한 여성이 신는 신발은 전족이 구부러지고 작다 보니 옆에서 보았을 때 외형이 활처럼 구부러져 있었다. 그래서 궁혜弓鞋라고 불렸다.

그 사이에 차츰 동이 트자 왕 씨는 그제야 조금 용기가 생겼습니다. 그런데 멀리 숲 속에서 웬 집이 모습을 드러내지 뭡니까.

"잘됐다! 인가가 있구나!"

왕 씨는 서둘러 뛰어가서 집 앞에 도착하자 고개를 들고 보았습니다. 그 집은 무슨 암자 같은데 문이 잠겨 있었지요. 왕 씨는 문을 두드리려다가 속으로 생각했습니다.

'이 절에 있는 것이 비구인지 비구니인지 모르겠구나. (…) 만에 하나라도 문을 열고 나온 것이 비구이고, 거기다가 소양이 좋지 않은 자라도 맞닥뜨려서 무례한 짓을 당하기라도 하면 어쩌지? 가까스로 위험에서 벗어났는데 또다시 곤경에 빠지는 꼴이잖아. (…) 일단 성급하게 굴지 말자.45) 어쨌든 날은 벌써 밝았으니 그 배에서 누가 쫓아온다고 해도 여기에는 구역 담당관이 있으니 구해달라고 소리를 지르면 놈들을 겁내지 않아도 될 거야. (…) 문간에 앉아 안에서 누가 문을 열고 나올 때까지 기다리자.'

얼마 지나지 않아서 가만히 들어 보니 안에서 '덜컥' 하고 빗장 소리가 들리고 문이 열리면서 웬 여자 아이 종이 물을 길러 나오는 것이었습니다.

'이제 보니 비구니 절이었구나.'

왕 씨는 속으로 기뻐하면서 그길로 바로 안으로 들어갔습니다. 그

---

45) 【즉공관 미비】大是精細女子。아주 치밀한 여자로고.

러자 주지가 나와서 그녀를 발견하고 묻는 것이었습니다.

"아씨는 어디서 오셨습니까? 이렇게 이른 아침에 저희 암자를 다 찾으시다니."

왕 씨는 막상 낯선 사람을 마주하자 상대가 좋은 사람인지 나쁜 사람인지도 모르는 판국에 무턱대고 사실대로 말할 엄두가 나지 않았습니다. 그래서 거짓말을 둘러댔지요.

"쇤네는 진주 사람으로 바로 영가현의 최 현위댁 소실입니다. (…) 큰마님이 유난히 난폭해서 매번 저를 때리고 욕을 해대지 뭡니까! 근래에는 서방님이 임기를 마치고 고향집으로 돌아가시던 길에 여기에 배를 정박했지요. (…) 어젯밤에는 중추절 보름달을 감상한다면서 쇤네더러 금잔에 술을 따라 오게 했습니다. 그런데 뜻밖에도 무심코 실수를 하는 바람에 강물에 떨어뜨리고 말았답니다. 그러자 큰마님은 벌컥 성을 내더니 '기필코 쇤네를 죽이고 말겠다'고 다짐까지 하지 뭡니까! (…) 쇤네 생각에 '살기는 글렀다' 싶어 큰마님이 깊이 잠든 틈을 타서 도망쳐 여기까지 오게 된 것입니다!"[46]

"그렇다면 아씨께서는 배로 돌아갈 수 없겠군요. 고향도 멀고 … 그렇다고 새로 반려자를 구하려 해도 당장은 그런 사람이 생길 리도 없고요. (…) 혈혈단신인데 어디 머무르신단 말입니까."

---

46) 【즉공관 미비】不說出盜來, 因其地近, 恐其與盜有往還也。煞是精細。도둑 이야기를 꺼내지도 않았는데 그 지점이 가깝다 보니 그가 도적과 내왕할까 두려웠던 게지. 정말 치밀해!

그러자 왕 씨는 하염없이 눈물을 흘리는 것이었습니다. 주지는 그녀의 행동거지가 단정한데 참담한 상황에 내몰린 것을 보고 무척 딱하게 여겼습니다. 그래서 그녀를 거두어주어야겠다는 마음이 들어서 말했습니다.

"이 늙은이가 권할 말씀이 하나 있는데 … 아씨 생각은 어떠실지 모르겠군요."

"쇤네는 지금 어려움에 처해 있습니다. (…) 만약에 스님께서 무슨 방법이라도 가지고 계시다면 쇤네 어디 따르지 않을 리가 있겠습니까?"

"이 작은 암자는 외진 물가에 있어서 인적이 드물지요. 줄풀이며 순무를 이웃 삼고 갈매기며 해오라기를 벗 삼아 사는 아주 아늑하고 조용한 곳이랍니다. 다행스럽게도 도반이 한두 분 계신데 모두 쉰 살이 넘은 분들이지요.[47] 시자侍者도 몇이 있는데 다들 순박하고 점잖답니다. 해서 이 늙은이도 여기서 지내는 것이 무척 청정하고 운치가 있다고 여기고 있지요. (…) 아씨는 나이도 젊고 얼굴도 고운데 이렇게 기구한 팔자가 되다니! (…) 차라리 사랑의 욕망을 버리고 승복을 입고 머리를 깎은 후 이대로 출가하도록 하세요. 불당에서 지내고 아침저녁으로 공양을 받으면서 일단 인연을 따라 세월을 보내는 편이 남의 집 첩이 되어 이승의 번뇌에 시달리면서 내세의 원수를 짓는 것보다 낫지 않겠습니까?"

---

47) 【즉공관 측비】 要緊。 중요하지.

왕 씨는 그 말을 듣고 고맙다는 인사를 하면서 말했습니다.

"스님께서 기꺼이 제자로 거두어주신다면 그야말로 쇤네 같은 인생에게도 몸을 의탁할 데가 생기는 셈입니다. 그러니 무엇을 더 바라겠습니까! 지금 당장 제 머리를 깎아주십시오. 망설일 것 없습니다!"[48]

그러자 주지는 정말 향로에 향을 담고 편경을 울리면서 불전에 예배를 드리고 나서 왕 씨의 머리를 깎아주는 것이었습니다.

불쌍한 현위 댁 마님이여,	可憐縣尉孺人,
별안간 여래불의 제자가 되는구나!	忽作如來弟子。

왕 씨의 머리를 깎고 나서 주지는 그녀에게 법명을 붙여 '혜원慧圓'이라고 불렀습니다. 왕 씨는 삼보三寶[49]에 귀의의 절을 올리고 나서 암자의 지주를 사부로 모셨지요. 그리고 도반들과도 모두 인사를 나누고 나서 이날부터 암자에서 지내게 되었습니다.

왕 씨는 대갓집 출신인데다 본성이 총명하다 보니 한 달 만에 경전들을 일일이 다 섭렵하고 모두 통달했습니다. 그래서 주지는 주지대로 그녀를 예의를 갖추어서 대했습니다. 더욱이 그녀가 지식이나 사

---

48) 【즉공관 미비】急於落髮, 亦是避禍之心。 머리를 깎겠다고 다그치는 것도 화를 피하겠다는 마음이리라.

49) 삼보三寶: 산스크리트어 '트리라트나triratna' 또는 '라트나트라야ratnatraya'에 대한 번역어. 불교에서는 진리를 깨우친 모든 부처를 '불佛, buddha', 모범되고 바른 부처의 가르침을 '법法, dharma', 부처의 가르침을 따라 수행하는 사람을 '승僧, sangha'이라고 한다. 불교도들은 이 세 가지를 '불보·법보·승보'라 하여 '삼보'로 통칭하면서 정신적인 귀의처로 여긴다.

리에 밝은 것을 보고 암자의 대소사를 모두 그녀가 처리하도록 일임하기까지 했지요. 그래서 그녀의 확인을 거치지 않고서는 한 가지 일도 함부로 처리할 수가 없게 되었습니다. 게다가 왕 씨는 성격이 너그럽고 선량했습니다. 그렇다 보니 한 절의 사람들치고 그녀와 사이가 좋지 않은 사람이 하나도 없을 정도로 말이 잘 통했습니다. 그래서 왕 씨는 매일 아침 백의대사白衣大士50)에게 백 번 가까이 절을 하면서 남몰래 자신의

백의대사의 모습. 《삼재도회》

고민을 토로했지요. 아무리 춥고 아무리 더워도 그 일을 거르는 법이 없었습니다. 예불을 마치고 나면 혼자 조용한 선방에서 청정한 마음으로 수행에 전념했지요. 그녀는 자신의 아름다운 외모 때문에 사달이 날까 봐 다시는 함부로 얼굴을 드러내지 않았습니다. 그래서 외간 사람들은 그녀의 얼굴조차 보기가 어려웠지요.51)

---

50) 백의대사白衣大士: 중국 불교 밀교密敎의 양대 문파 중의 하나인 태장계胎藏界 관음원觀音院의 보살菩薩이다. 흰 옷을 입고 흰 연꽃 속에 서 있는 모습으로 형상화되곤 해서 '백의대사'로 일컬어졌다. 명대에는 일반 현교顯敎의 관음도觀音圖에서도 늘 관세음보살을 흰 옷을 입은 모습으로 형상화하는 경우가 많았다. 그래서 관세음보살觀世音菩薩에 대한 별칭으로 사용되어 '백의대사·백의사자白衣使者·백의관음白衣觀音' 등으로 불리곤 했다. 《박안경기》에 등장하는 '백의대사'는 모두 관세음보살을 가리킨다.

51) 【즉공관 미비】 룬个能人。 대단한 사람이야.

이렇게 한 해 남짓 지났습니다. 하루는 웬 사람 둘이 암자로 불공을 드리러 왔지 뭡니까. 이들은 주지가 알고 지내는 근처의 시주들이어서 공양을 대접했지요. 이 두 사람은 우연히 산책을 하다 절에 들른 길이어서 보답할 물건이 아무것도 없었습니다. 다음 날 이들은 부용꽃 그림을 한 장 가져와서 암자에 걸도록 보시하고 전날의 공양에 고마운 마음을 전했지요.52) 주지는 그것을 받아 아무 장식도 하지 않은 맨 병풍 위에 씌웠습니다. 그 광경을 본 왕 씨는 그림을 자세히 살피더니 주지에게 물었습니다.

"이 그림 … 어디서 나셨습니까?"

"방금 어떤 시주53)께서 보시하셨다네."

---

52) 【즉공관 미비】 小人吝財, 故以芙蓉准折, 亦天意也。 소인은 재물에 인색해서 부용꽃을 넣은 것인데 이 역시 하늘의 뜻이겠지.

53) 시주[檀越]: '단월檀越'은 불교 용어로, 산스크리트어 '다나 빠띠daana padi'를 한자로 번역한 말이다. 산스크리트어에서 '다나'는 '베풀다·주다'라는 의미를 나타내는 동사이며 '빠띠'는 '주인·물주'라는 의미를 가진 명사이다. '다나 빠띠'는 말하자면 '베푸는 주인' 즉 자선가를 뜻하며 이를 의미대로 한자로 옮긴 것이 '시주施主'이다. '다나 빠띠'는 원래 그 발음대로 한자로 옮긴 음사音寫로 '타나발저陀那鉢底'로 번역되었다. 원래의 산스크리트어 그대로 중국에 수용되었음을 알 수 있다. 그러나 그 후로는 '단월'로 정착되었는데 「음사＋의역」의 복합어라고 할 수 있다. 다만, '단檀'은 '다나'의 음사라고 할 수 있지만 '월越'은 그 의미('넘다')나 발음에서 '빠띠'와는 거리가 멀다. 《중화불교백과전서中華佛敎百科全書》에 따르면, 사람들에게 자선을 베풀면 자연히 윤회에서 벗어날 수 있다[越渡]는 의미에서 '월'자를 사용한 것으로 해석했다. 즉, '단월'은 '[자선을] 베풀다'와 '해탈하다'의 복합어인 셈이다. 국내에서는 그다지 널리 사용되지 않기 때문에 여기서는 편의상 "시주"로 번역했다.

고아수가 기쁜 마음으로 보시를 바치다.

주지가 대답하니 왕 씨가 물었습니다.

"그 시주께서는 성함이 어떻게 되십니까? (…) 어디 사시고요?"

"바로 우리 현의 고아수顧阿秀 형제 두 분이라네."[54]

"어떤 일을 하는 분들인지요?"

그러자 주지는 이렇게 말하는 것이었습니다.

"그 두 분은 원래 뱃사람으로 강호에서 배를 빌려 손님을 태워주는 일로 생계를 꾸리고 있네. 요 몇 년 사이에 갑자기 집안 형편이 폈는 데, … 누구 말로는 두 사람이 외지 상인들을 털어서 그렇게 벼락부자 가 됐다더군. (…) 정말 그런지는 아직 모르겠네."

"여기는 … 자주 옵니까?"

"이따금 오긴 해도 자주 오진 않는다네."

왕 씨는 분명히 캐묻고 '고아수'라는 이름을 외우자마자 붓을 들고 병풍에 가사를 한 수 적었습니다. 그 내용은 이러했지요.

젊은 시절 풍류 많던 장창[55]의 붓이라 해도,   少日風流張敞筆,

---

54) 【즉공관 미비】恐與有往還, 方知初時不說破之妙. 그들과 왕래가 있을까 우려한 것이었는데 이제야 애초에 발설하지 않기를 잘했다는 것을 알겠군.

55) 장창張敞(?~BC48): 전한의 정치가. 자는 자고子高로, 하동河東 평양平陽 사 람이다. 태복승太僕丞으로 입신하여 나중에는 경조윤京兆尹(장안 시장)을 지냈다. 《한서漢書》〈장창전張敞傳〉에 따르면, 하루는 아내의 눈썹을 그려주

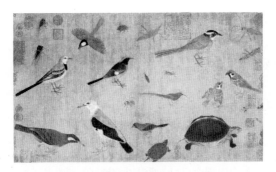

황전의 〈사생진금도〉

생물 그리는 데는 지금의 황전56)보다 못하지.	寫生不數今黃筌。
부용꽃 그림 그려지자 너무도 매혹적이다마는,	芙蓉画出最鮮姸.
어이하여 아리땁고 화사한 모습이,	豈知嬌艶色,
외려 죽음과 삶의 원한 끌어안을 줄 알았으랴?	翻抱死生寃。
고운 그림 서글프면서도 매력이 넘치는데,	粉繪凄凉餘幻質,
지금 영락해버렸건만 누가 불쌍히 여길꼬!	只今流落有誰憐,
맨 병풍 적막하게 메마른 절간 지키고 있구나.	素屏寂寞伴枯禪。
이번 생의 인연은 이미 끊어져버렸지만,	今生緣已斷,
다음 생의 인연 다시 맺어지길 바랄 뿐이네!	願結再生緣。
― 가락의 이름【임강선】	― 詞名【臨江仙】 57)

있는데, 그것이 당시 장안에서 미담으로 전해졌다고 한다. 이때부터 그를 빗댄 '눈썹 그리는 손님[畵眉客]'이라는 말은 신랑을 가리키는 표현으로 굳어졌다.

56) 황전黃筌(?~965): 오대五代시기 전촉前蜀의 화가. 자는 요숙要叔으로, 성도成都 사람이다. 산수·인물·화초·금수의 그림에 뛰어났다고 한다.

57)【임강선臨江仙】: 송대에 유행한 가곡인 송사宋詞 가락의 이름.

암자의 비구니들이라 해도 불경의 글자야 잘 알지만 그 의미에는 그다지 정통한 편이 아니었습니다. 그래서 이 가사를 보고도 '왕 씨가 자기 재주를 뽐내려고 우연히 시를 지었겠거니' 하고 여길 뿐 그 가사를 지은 내막은 알지 못했지요. 그러나 이 그림이 원래 최 현위가 직접 그린 것으로, 배에서 빼앗긴 물건이라는 사실을 어느 누가 알겠습니까?

그림을 본 왕 씨는 그림은 그대로인데 그림을 그린 남편은 죽어버린 것을 속으로 슬퍼했습니다. 게다가 강도의 행방을 알게 되었고 그 동정도 확인했건만 아쉽게도 자신이 여인의 몸인데다 이미 출가까지 한 탓에 당장은 어디 가서 하소연할 길이 없었습니다. 그러니 그저 속으로만 참으면서 기회를 기다릴 수밖에요. 그러나 원수는 갚아야 하고 지아비와의 인연도 아직 끊어지지 않았으니 자연히 일이 생길 수밖에 없었습니다.

고소성姑蘇城[58]에는 곽경춘郭慶春이라고 하는 사람이 있었습니다. 그는 집안 형편이 유복한 데다가, 관리나 사대부들과 친분을 맺는 데에 열성적이었지요. 더욱이 내심 글이나 그림을 감상하는 것을 좋아했습니다. 하루는 암자에 나들이를 왔다가 아주 잘 그린 이 부용꽃 그림을 발견했습니다. 게다가 그림 옆에 적힌 시 또한 글씨가 빼어나서 볼만하지 뭡니까. 그는 속으로 무척 마음에 들어 주지에게 그림을 사고 싶다는 뜻을 전했지요. 주지가 왕 씨와 그 일을 상의하자 왕 씨는 곰곰이 생각해보았습니다.

'이 그림은 서방님의 유물이니 원래는 차마 포기할 수 없는 것이다.

---

58) 고소성姑蘇城: 중국 고대의 지명. '고소姑蘇'는 지금의 강소성 소주시 일대에 대한 별칭으로, 그 서남쪽에 자리 잡은 고소산에서 유래했다. 때로는 고서姑胥·고여姑餘로 불리기도 했다.

거기다 내 시까지 그림에 적었고 그 내용에는 원수를 원망하는 의미
까지 담고 있다. (…) 하지만 세심한 사람이 그 구절들을 감상하면서
그 까닭을 캐묻다보면 내 행방을 못 찾아낸다고 할 수는 없을 테지.59)
(一) 암자에 그냥 둬봤자 무슨 보탬이 있겠어?'

이렇게 생각한 왕 씨는 말했습니다.

"스님, … 그분한테 파시지요."

경춘은 그 그림을 손에 넣자 너무도 기쁘고 반가워하면서 그 자리
를 떠나는 것이었습니다.

이때 어사대부御史大夫60)로 고高 공이라는 사람이 있었습니다. 그
는 이름이 납린納麟으로, 퇴임한 후로 고소에 살고 있었는데 글씨나
그림을 몹시 좋아했지요. 곽경춘은 고납린에게 잘 보일 생각으로 돈
을 들여 산 그 종이 병풍 한 폭을 갖다 바쳤습니다. 고 공은 그림이

---

59) 【즉공관 미비】 王氏亦有心人也。 왕 씨도 세심한 사람이군.
60) 어사대부御史大夫: 중국 고대의 관직명. 황제를 대표하여 문무 백관文武百官
의 상소를 받고 나라의 중요한 도서·전적들을 관리하며 조정을 대신해 칙
서·명령·공문 등의 문안을 작성하는 업무를 전담했다. 진秦나라 때 설치되
었지만 한대에도 그대로 인습되었으며 승상丞相·태위太尉와 함께 '삼공三
公'으로 일컬어졌다. 성제成帝 수화綏和 원년(BC8)에는 (어사)대부를 '대사
공大司空'으로 개칭하고 후한대에는 '사공司空'으로 다시 개칭했으며, 서진
西晉 이후로는 어사대부를 두지 않는 경우가 많았다. 당나라에 이르러 다시
설치되었으나 백관의 법 집행 상황을 감찰하는 데에 집중되었다. 송대에는
대부를 폐지하지 않고 중승中丞을 어사대御史臺의 대장으로 삼았다. 어사대
부 제도는 명대까지 인습되었으나 연왕燕王 주체朱棣가 남경南京을 함락시
키고 어사부御史府를 도찰원都察院으로 개칭하면서 완전히 폐지되었다.

아주 정교한 것을 보고 주저 없이 그것을 받았습니다. 그러나 경황이 없어서 그림의 시도 미처 보지 못하고 낙관의 글자조차 확인하지 않은 채 시동에게 건네고, 일단 안채 서재에 걸어두도록 분부했지요. 그리고 나서 경춘을 대문까지 배웅하고 헤어졌는데, 가만 보니 바깥에서 웬 사람이 손에 초서草書 글씨 네 점을 들고 초표61)를 끼워서 팔려고 하는 것이 아닙니까. 고 공은 본성이 그런 물건을 좋아하다 보니 그 광경이 눈에 들어오자 그를 놓칠세라 글씨를 가져와서 보이게 했습니다. 그 사람이 두 손으로 공손하게 건네길래 고 공이 그것을 받아들고 보니

글씨의 격조는 회소62)를 닮았는데,	字格類懷素,
청아하고 힘찬 것이 속되지 않구나!	清勁不染俗。
명가의 서예 작품집으로 친다면,	若列法書中,
《금석록》63)에라도 실릴 만하구나!	可載金石錄。

61) 초표草標: 중국 고대에 사용된 표식의 일종. 개인이 자신이 사용하던 물건을 처분할 때 들판의 풀을 꺾어 해당 물건에 꽂음으로써 그것이 파는 것임을 알렸다고 한다. 《수호전水滸傳》에서 청면수青面獸 양지楊志가 자신의 칼을 처분할 때 초표를 칼에 꽂고 다닌 것이나 《초각 박안경기》 제20권에서 난손이 자신의 몸을 판다는 뜻으로 초표를 손에 들고 있었던 것은 대표적인 사례라고 할 수 있다.

62) 회소懷素(737~799): 당대의 승려 서예가. 속성은 전錢 씨이고 자는 장진藏眞으로, 영주永州 영릉零陵 사람이다. 힘차고 역동적인 초서인 광초狂草에 뛰어나서 '초서의 성인[草聖]'으로 일컬어졌다. 동시대의 또 다른 서예가 장욱張旭과 나란히 명성을 날리면서 중국 초서의 역사에서 쌍벽을 이루었다. 작품으로 《자서첩自敍帖》·《고순첩苦筍帖》·《성모첩聖母帖》·《논서첩論書帖》·《소초천문小草千文》등의 서첩이 전한다.

63) 《금석록金石錄》: 북송대 학자인 조명성趙明誠(1081~1129)이 편찬한 금석문 문집. 총 30권으로, 상고시대부터 오대까지의 각종 청동기 명문銘文과 비명

당대의 승려 서예가 회소가 쓴 대초 천자문

고 공은 그것을 다 보고 나서 물었습니다.

"글씨가 꽤 좋군그래! (…) 누가 쓴 것이오?"

그러자 그 사람이 대답했습니다.

"소생이 흉내를 내서 직접 쓴 것입니다."

그 소리에 고 공은 고개를 들어 그 사람을 바라보았습니다. 그런데 가만 보니 용모가 예사롭지 않은지라 자기도 모르게 놀란 표정이 되어 물었습니다.

"그대는 이름이 어떻게 되시오? (…) 어디 사람이오?"

碑銘·묘지墓誌·석각石刻 등의 글귀를 망라했다. 그 아내는 당시 가객으로 명성이 높았던 이청조李淸照(1084~1151?)이다.

그러자 그 사람은 눈물을 흘리면서 이렇게 말하는 것이었습니다.

"저는 성이 최, 이름이 영이며, 자는 준신입니다. 대대로 진주에서 살았지요. 부친의 음덕으로 영가현의 현위로 전보되어 가솔을 데리고 부임하던 길이었는데 방심하는 바람에 사공이 간계를 써서 저를 강물에 던져버렸지 뭡니까! (…) 가산과 가솔은 모두 어떻게 되었는지 알 길조차 없지요. 그나마 다행스럽게도 저는 강변에서 나고 자라 소싯적에 자맥질하는 방법을 익혔습니다. 그래서 물 밑에 한참을 숨어 있다가 놈이 멀리 가버렸다는 판단이 서고 나서야 뭍으로 나와 어떤 민가에 몸을 의탁했지요. 그런데 온몸이 다 젖은 데다가 수중에는 돈이 한 푼도 없지 뭡니까. 다행스럽게도 그댁 주인장은 선량한 분이었습니다. 그래서 새 옷으로 갈아입히고 술과 음식을 차려주고 하룻밤 재워주기까지 하더군요. 이튿날에는 노잣돈까지 조금 쥐어주고 저를 보내면서 '강도를 만나셨으니 관가에 고하는 것이 도리일 것입니다. 허나, … 제가 연루될까 두려워서 더는 머물게 해드릴 수가 없군요.'[64] 하고 말하더군요. 그래서 저는 그길로 길을 물어 성내로 들어와서 평강로平江路[65]에서 이 사건을 알렸습니다. 그러나 … 제가 송사를 벌일

----

64) 【즉공관 미비】 失盜告官而居停乃怕累及, 安得不滋盜也。도적질을 당하고도 관아에 고발하지 않고 멈추는 것은 연루될 것을 두려워해서이니 어떻게 도적들이 만연하지 않겠는가?

65) 평강로平江路: 중국 강소성 소주蘇州의 구역 이름. 송대에는 소주가 '평강平江'으로 일컬어졌는데, 소주의 옛 성 안을 남북으로 흐르는 평강하平江河 물줄기를 따라 총 1,606미터에 걸쳐 형성되어 있었다고 한다. 이 구역 양쪽으로는 크고 작은 거리와 골목이 복잡하게 이어지고 열 개나 되는 우물이 있다고 해서 '십천리十泉里'로 일컬어지기도 했다. 원대에는 소주 인근의 오현吳縣·상숙常熟·곤산崑山 등의 현을 관할했다.

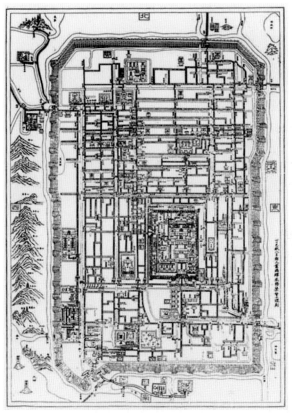

소주 문묘 남송 석각의 평강도平江圖
송대의 소주 거리가 정교하게 새겨져 있다.

돈이 없는 것을 알고는 범인을 잡는 포졸들조차 사건 해결에 성의를
보이지 않는 것이었습니다!66) 지금까지 한 해를 기다렸건만 여태 아
무 기별조차 없군요. 뾰족한 방법이 없길래 하는 수 없이 제 글씨를
두 장 쓰고 그것을 팔아 생계를 꾸리려던 참입니다. (…) 궁여지책으

----

66) 【즉공관 측비】 可知有盜。 도적이 생기는 이유를 알겠구나!

로 하는 일일 뿐이니 잘 쓴 글씨라고 할 수는 없습니다. 그런데 뜻밖에도 제 졸필을 어르신께서 이렇게 알아보시는군요!"

고 공은 그가 말하는 모습을 보고 지체 있는 집안 출신인데 강도를 만나 객지를 전전하고 있다는 것을 눈치 채고 몹시 딱하게 여겼습니다. 더욱이 그가 글씨에도 정통하고 모습도 의젓한 것을 보고 그를 돌보아 주고 싶은 마음이 들었습니다. 그래서 그를 보고 말했지요.

"귀하가 기왕에 그런 일을 당했다면 지금으로서는 뾰족한 수가 없겠구려. (…) 일단 우리 집 글방[67]에 머물면서 손자들에게 글자 공부를 시켜주면서 방법을 강구하는 것이 어떻겠소?"

그러자 최준신은 흔쾌히 승낙했습니다.

"어려움에 처해 몸 둘 곳도 없던 참이었습니다. 그런데 어르신의 도움을 받게 되니 천만의 다행입니다!"

고 공은 아주 기뻐하면서 그를 안채 서재로 데려가서 주안상을 차려 대접했습니다. 그렇게 즐겁게 술을 마시다가 무심코 고개를 들었더니 공교롭게도 고 공이 전날 받은 부용꽃 그림 병풍이 눈앞에 딱 펼쳐져 있는 것이 아닙니까.[68] 준신은 단번에 그 그림을 알아보고 저

---

67) 글방[西塾]: 사숙私塾. 중국에서는 가옥 구조상 사숙이 통상적으로 서쪽에 배치되었기 때문에 '서쪽의 사숙'이라는 뜻에서 '서숙西塾'으로 부르곤 했다. 마찬가지로 사숙의 교수도 '서빈西賓' 또는 '서석西席'으로 불렀다고 한다. 여기서는 최준신이 고 씨 댁 사숙의 교수로 초빙되었음을 시사한다.
68) 【즉공관 미비】好關目。훌륭하게 배치했군.

도 모르게 뚝뚝 눈물을 흘리는 것이었습니다. 그러자 고 공이 놀라서 물었지요.

"부용꽃 그림을 보고 어째서 슬퍼하시는 게요?"

"어르신께 솔직히 말씀드리겠습니다. (…) 이 그림 역시 배에서 빼앗긴 물건 중 하나입니다. 소생이 직접 그린 거지요. 그런데 … 어떻게 해서 여기에 있게 되었는지 모르겠군요."

준신은 이렇게 말하면서 몸을 일으켜 다시 살펴보는데 가만 보니 그림에 가사 한 편이 적혀 있지 뭡니까. 준신은 그 가사를 읽더니 한숨을 쉬면서 말했습니다.

"이건 … 더 신기하군요! 이 가사는 … 바로 제 처 왕 씨가 지은 것입니다!"

"그걸 어떻게 아시오?"

"저 필체는 전부터 익숙한걸요. (…) 가사에 담긴 의미도 그렇고요. 정말 제 처가 지은 것이 분명합니다! 그러나 … 이 가사는 변고를 당한 후에 지은 것입니다. (…) 제 처가 죽지 않고 아직도 그놈 소굴에 있나 봅니다!⁶⁹⁾ 어르신께서 이 그림의 출처를 추궁해보시면 바로 단서가 나올 것입니다."

그러자 고 공은 웃으면서 말했습니다.

---

69) 【즉공관 측비】干系。관계가 있지.

"이 그림에 그런 사연이 있었구려. 당연히 귀하를 위해서 내가 책임지고 도적놈을 잡아주리다! (…) 당분간 이 일은 발설해서는 안 되오!"

그날 술자리가 끝나자 고공은 두 손자를 불러내어 스승이 된 준신에게 인사를 시키고 준신을 서재에 묵게 했습니다. 이렇게 해서 준신이 고공의 글방에서 지내게 된 것은 말할 필요도 없지요.

다시 이야기를 들려드리겠습니다. 고 공은 다음 날 은밀히 하인을 시켜 곽경춘을 초대해서 물었습니다.

"지난번에 주신 부용꽃 병풍은 어디서 구하셨소?"

"성 밖의 비구니 암자에서 팔더군요."

고 공은 그 장소를 물었습니다. 그는 경춘과 헤어지고 나서 하인을 비구니 암자로 보내 이렇게 캐물었습니다.

"이 부용꽃 병풍은 어디서 났습니까? 또 누가 시를 지었는지요?"

왕 씨는 웬 사내가 불쑥 찾아와 그것을 묻는 것을 보고 수상하게 여겨 주지에게 이렇게 되묻게 했지요.

"그렇게 묻는 분은 뉘신지요? 어째서 그런 것을 물으십니까?"

그러자 그 하인이 대답하는 것이었습니다.

"그 그림은 지금 고납린 나리 댁에 있습니다. 나리께서 내력을 좀 알아오라고 보내셔서요."

왕 씨는 관리 집에서 알아보러 온 것을 알고 '어쩌면 좋은 기회가 되겠다' 싶어서[70] 하인더러 주지에게 사실대로 대답하게 했습니다.

"이 그림은 우리 현의 고아수라는 분이 보시하신 것이고 … 가사는 저희 암자의 젊은 비구니 혜원이 지은 것입니다."

하인은 그 말을 고 공에게 보고했지요.

'혜원을 속여서라도 불러와야겠군. 그래야 이 일의 자초지종을 알 수 있겠어!'

이렇게 생각한 고 공은 안으로 들어가서 부인과 상의한 끝에 그렇게 하기로 했답니다.

이틀이 지나자 고 공은 다른 하인을 보내 가마꾼 둘에게 가마를 메고 비구니 암자로 향하게 했습니다. 그 하인은 주지를 보고 말했지요.

"소인은 고납린 나리 댁의 집사입니다. 우리 댁 마님께서 불경 외는 것을 좋아하시는데 함께할 사람이 없군요. 듣자니 이 절에 혜원이라는 작은 스님이 불성을 깨우쳤다[71]고 하더군요. 마님께서 스승으로 모시고 댁에서 공양을 올리겠다고 하십니다. 그러니 물리치지 마십시오."

그러자 주지는 망설이면서 말했습니다.

---

70) 【즉공관 미비】到處留心。곳곳마다 조심해야지.
71) 불성을 깨우쳤다[了悟]: '요오了悟'는 선종禪宗 불교 용어로, 자신의 내면의 불성佛性을 깨우친 것을 가리키는 말이다. 여기서는 실제로 불성을 깨우쳤다는 뜻이 아니라 인사치레로 상대를 높여서 한 말이다.

"절의 대소사를 모두 혜원 스님한테 맡겼는데 어떻게 데려가신단 말입니까!"

왕 씨는 고 씨 댁에서 자신을 데려가려 한다는 소리를 전해 들었습니다. 그녀는 내심 복수할 뜻을 품고 있던 참인지라 그렇지 않아도 관아를 좀 다니면서 기회를 보려고 생각하던 중이었지요. 게다가 저번에 부용꽃 병풍의 내력을 캐물으러 왔던 사람도 고 씨 댁에서 왔다고 하기에 더더욱 이상하다는 생각이 들었지요.[72] 그래서 즉시 주지를 보고 말했습니다.

"귀한 댁에서 예의를 갖추어 부르시는데 어떻게 거절하겠습니까? 만일 거절했다가 사달[73]이라도 나면 뒷감당을 어떻게 하시려고요!"

주지는 왕 씨가 식견이 있는 사람이라는 것을 잘 알고 있었습니다. 그래서 그녀의 뜻을 거스를 엄두를 내지 못하고 이렇게 말했지요.

"가기야 가야겠지만 ⋯ 언제쯤 돌아올 수 있겠는가? (⋯) 절에 일이라도 생기면 어쩌고?"

"그 댁 부인을 뵙고 며칠 묵은 다음 짬이 나는 것을 봐서 돌아올 수 있으면 돌아오겠습니다. (⋯) 절에도 별일은 없을 것 같습니다만

---

72) 【즉공관 미비】細心極矣。宜其遇着有心人。세심하기도 하군. 그도 세심한 사람을 만나야 되겠어.

73) 사달[事端]: 사단事端은 우리말 "사달이 났다"의 '사달'의 원어로, 분규·소란·사고 등의 뜻으로 해석된다. '사달'은 원칙적으로는 잘못된 용법이지만 현재 표준어로 굳어졌기 때문에 여기서도 편의상 "사달"로 번역했다.

혹시라도 곤란한 일이 생기면 고 씨 댁이 성내에 있어서 그리 멀지 않으니 의논하러 오셔도 되지요."

"그렇다면 바로 가보거라."

그러자 고 씨 댁 하인은 가마꾼에게 가마를 메고 절로 들어오게 해서 왕 씨가 가마에 오르자 그길로 고 씨 댁으로 왔습니다. 고 공은 아직 왕 씨를 만나지 않고[74] 일단 그녀가 부인의 처소로 가서 인사를 하게 했습니다. 그러고는 부인에게는 왕 씨를 침실에 머물게 해서 같이 자게 하고 자신은 다른 방으로 가서 자기로 했지요.[75] 고 씨 댁 부인은 왕 씨와 경전 이야기도 좀 나누고 인과응보에 대해서도 제법 대화를 나누었습니다. 그런데 하나를 물으면 열까지 일러줄 정도로 왕 씨가 대답에 막힘이 없지 뭡니까. 그래서 부인도 그녀를 무척 좋아하고 존중하게 되었지요.[76] 그러다가 부인은 한가할 때 물었습니다.

"작은스님 말투를 들어보니 이곳 토박이는 아니군요. (…) 어려서 출가하셨어요? 아니면 … 지아비가 있었는데 도중에 출가하셨나요?"

왕 씨는 그 말을 듣자마자 눈물을 비 오듯 흘리면서 말했습니다.

"부인께 말씀 올리겠습니다. 소승은 말씀대로 이곳이 아닌 진주 사람입니다. 지아비는 영가현의 현위로 성이 최, 이름이 영이지요. (…) 그동안은 이 사정을 남들 앞에서는 밝힐 엄두를 내지 못했답니다!

---

74) 【즉공관 측비】 大是。 아주 잘한 일이야!
75) 【즉공관 측비】 反便宜了高公。 오히려 고 공이 덕을 본 셈이군.
76) 【즉공관 측비】 內人之常。 안주인의 일상적인 모습이지.

지금은 부인 앞이니 사실대로 고해도 무방할 것 같군요."[77]

그러더니 남편을 따라 부임길에 여기까지 온 일, 사공이 재물을 약탈하고 남편의 온 가족을 해친 일, 자기 혼자만 가까스로 살아남아 탈출해서 도망친 일, 다행히 비구니 암자에서 거두어준 덕분에 머리를 깎고 출가하게 된 일을 처음부터 끝까지 이야기하고 울기를 멈추지 않는 것이었습니다.

"그 강도놈들이 그렇게 몹쓸 짓을 하다니 (…) 하늘의 법도가 지엄하니 응보를 받고 말 게야!"

부인이 그녀의 애잔한 사연을 듣고 분통을 터뜨리자 왕 씨가 말했습니다.

"소승은 절에 한 해 동안 숨어 지내느라 바깥소식은 전혀 접하지 못했습니다. 그런데 얼마 전 갑자기 누가 부용꽃 그림을 절로 갖고 와서 보시했더군요. 그런데 소승이 보았더니 제 지아비가 배에서 빼앗긴 것이었습니다! 그래서 당장 주지 스님께 시주의 함자를 여쭈었더니 이 고을의 고아수 형제라고 하더군요. 소승이 가만히 기억해보니 지아비가 빌린 배의 주인 성이 바로 고 씨였습니다. (…) 이제 진범과 물증이 다 나왔으니 그 강도가 고아수가 아니면 누구이겠습니까! 소승은 그날 바로 배에서 생이별한 사연을 가사로 지어 그림 옆에 적었지요. 그런데 나중에 누가 그것을 사 가지고 갔답니다. 그러고

---

77) 【즉공관 미비】宜虛則虛, 宜實則實。王氏可以行兵。 감추어야 할 때는 감추고 밝혀야 할 때는 밝히니, 왕 씨는 작전을 해도 되겠군.

최준신이 부용꽃 병풍 덕에 용케 상봉하다.

나서 댁에서 절로 와서 부용꽃 그림에 가사를 적은 사람의 행방을 탐문하더군요. (…) 바로 소승이 그 가사를 지었고, 이런 억울한 사정이 그 속에 담겨 있답니다!"

그러고는 부인에게 절을 하고 나서 말했습니다.

"강도는 근처에 있지 멀리 있지 않습니다. 모쪼록 부인께서 대감께 소승을 위해 조사해주십사 대신 말씀을 전해주십시오! 죄인을 잡고 원수를 갚아 구천에 계신 서방님께 그 소식을 전할 수만 있다면 … 대감과 부인의 은혜는 정녕 하늘과 같을 것입니다!"

"이런 단서들이 있으니 조사는 어렵지 않을 테니 일단 마음을 놓으시오. 내가 대감께 말씀드리리다!"

부인은 약속대로 이 사연을 낱낱이 고 공에게 알려주었습니다. 그리고 이렇게 덧붙였지요.

"이 스님은 글공부를 하고 글자를 아는 데다가 심성도 정숙하더군요. 절대 여염집 여인이 아닙니다."

그러자 고 공이 말하는 것이었습니다.

"그 스님이 한 이야기가 최 현위의 말과 똑같구려. 게다가 … 부용꽃 병풍의 가사를 자신이 지었다고 했는데 … 최 현위 역시 아내의 필체라고 했소. 그 스님이 최 현위의 아내임에는 의심할 여지가 없겠소. (…) 부인은 그 스님을 잘 보살피되 당분간은 누설하면 안 되오!"

그리고나서 고 공이 안에서 나와 최준신을 만나니 준신은 준신대로 고 공에게 자기 대신 부용꽃 병풍의 행방을 조사해달라고 몇 번이나 재촉하는 것이었지요. 그러나 고 공은 '아직 상황을 확실히 파악하지 못했다'고 둘러대면서 혜원의 일은 전혀 입에 올리지 않았습니다.[78] 고 공은 이어서 은밀히 사람을 보내 고아수 형제가 사는 곳과 평소 출몰하는 행적을 알아보게 했습니다. 그러고 나서야 그들이 강도가 분명하다는 결론을 내렸지요.[79] 그러나 그는 벼슬살이를 마치고 낙향한 관리인지라 함부로 경솔하게 나설 수가 없었습니다. 그래서 부인을 보고 은밀히 말했지요.

"최 현위의 일은 거의 다 조사를 마쳤소. 얼마 후에는 그 부부를 상봉하게 해야겠소. 다만, … 혜원은 아무래도 현재는 머리를 깎은 비구니이잖소? 그런 모습으로 어떻게 상봉을 할 것이며 … 나리 댁 마님 대접을 받을 수가 있겠소? (…) 임자는 시간을 두고 그녀를 설득해서 머리를 기르고 옷차림을 바꾸게 해야 할 것이오!"

"맞는 말씀입니다. 하지만 … 그 스님은 남편이 살아 있다는 사실을 까맣게 모릅니다. 그런데 어디 머리를 기르고 옷차림을 바꾸려 들겠습니까?"

"부인이 알아서 설득하시구려. 그렇게 해서 말을 들으면 좋겠고 … 그래도 듣지 않는다면 내게도 다 방법이 있소."

---

78) 【즉공관 측비】 妙在此。기막힌 대목이 여기로군.
79) 【즉공관 미비】 高公亦大是精細人。고 공 역시 대단히 치밀한 양반이야.

그러자 부인은 남편 말대로 하기로 하고 왕 씨에게 와서 말했지요.

"스님이 하신 이야기를 나리에게 전부 전했습니다. 나리 말씀이 강도 잡는 일은 다 자기한테 맡기라 하십디다. 스님 원수를 갚아주겠다고 말이지요."

그 소리에 왕 씨는 머리를 조아리면서 고마워하는 것이었습니다. 그러자 부인이 이때다 싶어서 말했지요.

"하지만 한 가지, ⋯ 나리 말씀이 ⋯ 스님은 명문가 출신에 관리의 아내인데 어떻게 근본도 없이 불가에 머무를 수 있느냐고 하시는구려! 그러면서 나더러 스님한테 머리를 기르고 옷차림을 바꾸라고 설득을 하랍니다. (⋯) 스님이 그렇게만 해주시면 최선을 다해서 강도를 잡아들이겠다는군요."

"소승은 죽지 못해 사는 미망인입니다. 머리를 기르고 단장을 한들 무슨 소용이 있겠습니까?[80] 아직 원수를 갚지 못했기에 나리께 소원을 들어주십사 부탁드린 것뿐입니다. 강도들이 모조리 섬멸되기만 하면 무조건 이 불가에서 조용히 수양이나 하면서 생을 마감하렵니다. (⋯) 그 밖에 더 무슨 바람이 있겠습니까!"

왕 씨가 이렇게 말하자 부인이 말했습니다.

"스님이 이런 차림으로 우리 집에 머물면 내 마음이 편치 않습니다. (⋯) 차라리 머리를 기르고 우리 노부부를 양부모로 삼아 수절하면서

---

80) 【즉공관 미비】 長起來就有用。 머리가 길어지면 쓸모가 있소이다.

죽을 때까지 함께 사는 것도 안 될 것은 없지요.[81]"

"나리와 부인의 호의에 감사드립니다. 사람이 목석도 아닌데 어떻게 두 분의 은덕에 감동하지 않을 수가 있겠습니까? 그러나 ⋯ 다시 머리를 틀어올리고 화장까지 하라시면 ⋯ 지아비도 이미 세상을 떠난 마당에 무슨 심사로 그러겠습니까? (⋯) 하물며 주지 스님께서 저를 구해주시는 깊은 은혜를 베풀었는데 ⋯ 하루아침에 그분을 저버리는 것도 도리가 아니지요.[82] 그러니 그 말씀은 따를 수가 없군요!"

부인은 왕 씨가 단호하게 말하는 것을 보고 그 말을 낱낱이 고공에게 알렸습니다.

"이렇게 심지가 굳은 여인이 다 있군그래!"[83]

고 공은 감탄하면서 다시 부인으로 하여금 그녀를 보고 이렇게 말하게 했습니다.

"우리 나리가 괜히 억지로 머리를 기르라고 하는 게 아니랍니다. 거기에는 다 까닭이 있지요. (⋯) 지난번에 스님 일을 조사하는 일 때문에 평강로의 어떤 관리가 우리 나리를 뵈러 왔더군요. 그 관리 말이 ⋯ 작년에 누가 진정을 올렸는데 자기 스스로 '영가현 현위'라고 밝혔답니다. (⋯) 최 현위가 죽지 않았을까 봐서 그러는 거예요. (⋯) 만약에 머리도 기르지 않고 있다가 나중에 당장 그 강도를 잡고 최 현위까

---

81) 【즉공관 미비】 夫人也來得。 부인도 한마디 하시는군.
82) 【즉공관 미비】 好人。 좋은 사람일세!
83) 【즉공관 측비】 果然。 정말 그래.

지 찾아냈다고 칩시다. 그때 가서 서로가 불가와 세속에 얽매여 재결합도 하지 못한다면 그때 가서 후회해도 늦어요! (…) 그러니 일단 머리를 길렀다가 일이 마무리될 때까지도 최 현위의 행방을 찾지 못하면 그때 가서 도로 머리를 깎고 암자로 돌아가도 되지 않겠어요?"84)

왕 씨는 부인에게서 자기 말고도 진정을 한 사람이 있다는 소리를 듣고 속으로 의아하게 여겼습니다.

'서방님은 소싯적부터 자맥질을 잘하셨지. 그날 밤에도 서방님이 물속에 풍덩 던져지는 광경을 똑똑히 보기는 했지만 … 어쩌면 하늘님께서 서방님 목숨을 살려주셨는지도 몰라.'

그러더니 드디어 부인 말대로 따르기로 하는 것이었습니다. 물론, 옷차림은 당장 바꾸지 않았지만 이날부터 머리를 깎지 않고 한동안 여도사 차림으로 지냈지요.

그렇게 다시 반년이 지났습니다. 조정에서 진사進士 설부화薛溥化를 감찰어사監察御史85)로 보내 평강로 지역의 민정을 살피게 했습니

---

84) 【즉공관 미비】不由不長髮矣。머리를 기르지 않을 도리가 없겠군.
85) 감찰어사監察御史: 중국 고대의 관직명. 수나라 문제文帝가 개황開皇 2년 (582)에 검교어사檢校御史를 '감찰어사'로 개칭하면서 설치되었다. 당대에는 어사대御史臺를 '삼원三院'으로 나누었는데, 감찰어사는 찰원察院에 배속되었고 품급은 높지 않았지만 권한은 많았다. 이 제도는 명대까지 인습되었는데, 명대에는 어사대를 폐지하고 도찰원都察院을 신설했다. 도찰원은 통상적으로 도어사都御史·부도어사副都御史·감찰어사를 두고 탄핵과 건의를 주요 업무로 삼았다. 고대에는 감찰어사가 어사대부의 지휘와 통제를 받았다.

다. 설 어사는 고 공의 왕년의 부하였지요. 그는 관리로서의 재능이 뛰어나고 수완도 좋은 사람이었습니다. 설 어사는 관저에 도착하자 고 공부터 찾아와 인사를 했습니다. 그러자 고 공은 최준신의 일을 은밀히 부탁하고 고아수의 이름·주소·행방까지 상세하게 일러주었지요. 설 어사가 마음속에 잘 새기고 알아서 일을 진행한 것은 말할 필요도 없습니다.

계속 이야기를 들려드리지요. 고아수는 그해 팔월 보름 밤에 잠이 들었다가 날이 밝을 때까지 곯아떨어졌습니다. 그런데 깨고 보니 왕 씨가 안 보이는 것이 아닙니까. 왕 씨가 도망친 사실을 뻔히 알면서도 자신들의 행적이 탄로 날까 두려워서 드러내놓고 찾아나설 엄두를 내지 못했습니다. 인근 지역에서 몇 차례 수소문하기는 했지만 전혀 종적을 찾을 수가 없지 뭡니까. 그렇다고 남에게 털어놓을 수도 없는 일이다 보니 그저 진상을 감추고 참는 수밖에 없었지요. 이 형제는 그 후로도 한 해 동안 열 차례 정도 강도짓을 벌였습니다. 물론 최 씨 때만큼 많이 챙기지는 못했지만 운 좋게도 들키지 않아서 몹시 의기가 양양했지요.

그러던 어느 날이었습니다. 집에서 즐겁게 술을 마시고 있는데 가만 보니 평강로의 포도대장이 관군을 이끌고 집을 단단히 포위하고 감찰어사가 내린 체포 영장을 들이미는 것이 아닙니까. 거기에는 고아수가 우두머리로 맨 처음에 이름이 올라와 있었습니다. 나머지 여러 사람의 이름도 차례로 대조하면서 하나도 풀어주지 않는 것이었지요. 그리고 나서 최 현위가 작성한 장물 목록을 꺼내더니 그 집에 있는 상자며 궤짝이며 모조리 샅샅이 뒤졌습니다. 그리고 문 밖 부두에 정박해놓은 배 한 척까지 관아로 실어 가고 용의자들은 어사의 관아로 끌고 갔습니다.

설 어사가 재판정에서 심문을 하자 고아수는 처음에는 딱 잡아뗐습니다. 그런데 장물을 대조하다 보니 영가현 현위의 임명장이 그대로 상자 안에 들어 있는 것이 아닙니까. 장물도 일일이 대조해보니 모두 일치했습니다. 설 어사는 최 현위가 과거에 강도를 고발한 진정서를 읽어 주었습니다. 그러자 고아수 일당도 그제야 고개를 숙이고 입을 다무는 것이었습니다.

"당시 최 현위의 부인이던 왕 씨도 있었는데 … 지금 어디 있느냐!"

설 어사가 물었지만 고아수 일당은 서로 힐끗거리면서 한마디도 하지 않는 것이었지요. 설 어사가 엄하게 문초하라는 추상같은 명령을 내리자 고아수도 그제야 실토하는 것이었습니다.

"당초에는 정말 그 여자를 소인의 둘째 아들한테 짝지어 줄 작정이었습니다. 그래서 죽이지 않았지요. 그 여자도 단번에 수락하고 신부가 되겠다고 하길래 더 이상 감시를 하지 않았습니다요.[86] 헌데, … 그해 팔월 중추절에 제가 곯아떨어진 틈을 타서 도망치는 바람에 그 행방을 알 수 없게 돼 버렸습니다. 정말입니다요!"

어사는 그 진술을 기록하고 판결문을 작성해서 당시 배에 있었던 자들은 주범이고 공범이고 할 것 없이 모조리 참수한 후 조리돌림을 하되 때를 기다리지 말고 즉각 사형을 집행하게[87] 했습니다. 또 장물

---

86) 【즉공관 미비】妙在此。기막힌 대목은 여기로군.

87) 때를 기다리지 말고~[決不待時]: 중국에서는 고대에 중죄인에게 사형을 집

들은 목록에 의거하여 원래의 주인에게 돌려주게 했지요. 그러고 나서 어사는 사람을 보내 고 공에게 보고하고 장물을 고공의 집으로 보내 최 현위에게 인도하게 했습니다. 그러자 준신이 나와 장물을 일일이 다 회수했습니다. 그는 임명장이 그대로 있고 집안 물건들도 그대로 남아 있는 것을 알게 되었습니다. 그러나 유독 아내의 행방만은 찾지 못했고, 강도들조차 그 행방을 알 수 없게 돼버렸다고 하니 참으로 막막한 일이 아닙니까! 준신은 지금의 상황을 접하고 당시 생각을 하다 보니 자기도 모르게 통곡을 하기 시작했습니다. 그 광경을 증명하는 시가 있습니다.

총명한 최준신이 가소롭기도 하구나,	堪笑聰明崔俊臣,
아마 변고 당해 순간적으로 혼란스러웠던 게지.	也應落難一時渾。
그림 덕분에 도둑을 추적할 수 있었다면서,	既然因画能追盜,
어째서 그림에 가사 쓴 사람은 찾지 못했을꼬.	何不尋他題画人。

그런데 알고 보니 고 공에게는 다 계획이 있었습니다. 그는 치밀하게도 고아수가 부용꽃 그림을 비구니 암자에 보시했다는 사실만 준신에게 알려주었습니다. 가사를 지은 사람이 바로 그 절의 비구니로 지내고 있다는 사실은 전혀 입도 벙긋하지 않았지요. 그런 탓에 준신은 강도들이 그림 때문에 꼬리를 밟혔지만 아내는 행방을 찾을 길이 없다는 것까지만 확인했을 뿐이었습니다. 바로 그 그림에 아내를 찾을 수 있는 단서가 있다는 사실은 끝까지 알지 못했지 뭡니까.88)

행할 때 일반적으로 가을이 될 때까지 기다렸다. 그러나 흉악범죄 등 중대한 사안일 때에는 가을까지 기다리지 않고 판결이 나자마자 사형을 집행했다.
88)【즉공관 미비】善藏其用, 蓋能令人感激。그 재능 잘 감추면 아마 사람들을 감격시

당시 준신은 통곡을 하고 나서 생각했습니다.

'임명장이 남아 있으니 이제라도 부임할 수가 있겠구나. 만약 더 지체한다면 다른 사람을 새로 충원해서 임지로 갈 수 없게 될지도 모른다. (…) 아내를 찾지 못하는 이상 여기서 머뭇거려 봤자 보탬이 되지 않는다.'

그래서 고 공을 나오게 해서 고맙다고 인사를 하고 바로 임지로 떠나겠다는 뜻을 비쳤지요. 그러자 고 공이 말하는 것이었습니다.

"부임하는 것도 좋은 일이지. 그러나 … 귀하는 젊은 나이인데 반려 자도 없이 어떻게 홀몸으로 가겠다는 게요? (…) 이 몸이 귀하를 위해 서 중신을 설 테니 새 부인을 맞아들이시오. 그리고 나서 부부가 함께 임지로 가도 늦지는 않으리다."[89]

그 말에 준신은 눈물을 머금고 대답했습니다.

"제 조강지처糟糠之妻[90]와는 오랫동안 고생을 함께 나누었지요. 그

킬 수 있을 테지.

89) 【즉공관 미비】反跌法。妙, 妙。반어법이로군. 기막히다, 기막혀!

90) 조강지처糟糠之妻: 중국 고대에 고락을 함께한 아내를 부르던 말. 글자대로 풀이하면 '술지게미와 쌀겨를 함께 먹으며 동고동락한 아내'라는 뜻이다. 후한의 광무제光武帝 유수劉秀는 송홍宋弘(?~40)의 재능을 눈여겨보고 그를 이혼시키고 자기 누이를 맺어주려고 했다. 그러자 송홍은 "가난하고 미 천할 때의 지인은 잊을 수 없으며 술지게미와 쌀겨를 같이 먹던 아내는 집 밖으로 내치지 않는 법입니다貧賤之知不可忘, 糟糠之妻不下堂"하면서 그 요구를 거절했다고 한다. 때로는 본처·정실부인을 가리키는 말로 사용되기 도 한다.

런데 … 지난번에 그런 큰 변고를 만나는 바람에 객지를 떠돌고 있고 지금은 생사조차 알 길이 없습니다! 부용꽃 병풍에 그나마 가사를 남긴 것을 보면 아마도 아직은 이 고을 어딘가에 있을 것 같습니다. 그러나 … 지금 여기에 남아 찾아다니고 싶어도 찾을 길이 막막하니 시간을 지체하다가는 제때에 임지로 갈 수 없을 겁니다. (…) 제 생각으로는 일단 혼자 부임한 후 사람을 보내 방을 두루 붙이고 사방으로 찾아볼까 합니다. 내자는 글자를 읽을 줄 아니 소문이 전해져서 그녀가 듣기만 한다면 분명히 스스로 나타날 겁니다. 너무 놀라고 두려운 나머지 이미 세상을 등지지 않았다면 말입니다. (…) 만에 하나라도 천지신명께서 불쌍히 여기시어 아직 살아 있다면 전처럼 다시 금슬 좋게 해로하기를 바랄 수가 있겠지요. (…) 저는 어르신의 은덕에 감동했습니다. 아마 죽을 때까지 잊지 못할 테지요. 그러나 … 따로 처를 들이라는 말씀은 듣기를 원하지 않습니다!"

고 공은 최 현위가 딱한 이야기를 하는 것을 듣고 그에게 딴마음이 없다는 것을 눈치 챘습니다. 그래서 섭섭해하면서 말했지요.

"귀하의 금슬이 그러하니 하늘께서도 분명히 도우셔서 언젠가는 재결합할 날이 올 거요.[91] 그러니 어떻게 내 멋대로 강요할 수가 있겠소? 다만, … 그동안 함께 지내왔으니 이 몸이 약소하게나마 송별연을 열게는 해주시겠지. 그런 다음에 출발하도록 하시오."

---

91) 【즉공관 미비】高公只恐崔生疑妻爲盜汚而疏之, 故不得不鄭重耳。고 공은 최순신이 자기 아내가 도적에게 능욕당했다고 의심할까 우려해서 따로 떼어놓은 것이니 정중히 대하지 않을 수가 없지.

이튿날 고 공은 잔치를 열고 전송하는 자리에 그 군의 문하생[92], 옛 부하, 각급 관리 및 당대의 명사를 전부 초대했습니다.[93] 그 사람들은 모두 최 현위를 송별하러 달려왔지요.

그렇게 술이 몇 순배 돌았을 때였습니다. 고 공이 술잔을 들고 송별연에 참석한 사람들에게 말했습니다.

"이 몸이 오늘 최 현위를 위해 이승에서의 인연을 정리해드리겠소."

그러자 사람들은 그의 말이 무슨 뜻인지 몰라 어리둥절해했습니다. 최 현위조차도 한동안 영문을 모르고 있었지요. 그런데 가만 보니 고 공이 뒤채를 향해 이렇게 외치는 것이었습니다.

"부인, 혜원 스님을 데리고 나오시오!"

그러자 준신은 놀라서 어안이 다 벙벙했습니다. 그는 '고 공이 웬 여인을 억지로 나에게 짝지어줄 꿍꿍이로 이 송별연을 열고 이런 황당한 소리를 하는구나' 싶어서 마음이 조급해졌습니다. 자신의 아내가 '혜원'인가 뭔가 하는 이름의 그 여인인 줄은 꿈에도 모르고 말입니다!

---

92) 문하생[門生]: 명대에 과거시험 감독관은 자신이 감독한 시험에서 급제한 사람들과 사제師弟의 인연을 맺고 벼슬살이를 하는 동안 서로가 공생관계를 유지하곤 했다. 이때 급제자들은 감독관으로부터 직접 가르침을 받은 적이 없더라도 그를 '노사老師·은사恩師'라고 존대하고 자신들은 스스로를 '문생門生·학생學生'으로 낮추어 일컬었다.

93) 【즉공관 측비】此亦高公有意收名處。 이 역시 고 공이 의도적으로 이름을 수집한 이유이겠지.

이때 고 씨 댁 부인은 고 공의 의도를 벌써 알아차리고 최 현위를 고 씨 댁 글방에 오래 머무르게 한 일, 어제 벌써 강도들을 붙잡아서 판결을 내린 일, 최 현위의 발령장을 찾아낸 일, 오늘 최 현위의 부임을 축하하는 송별연에 일부러 왕 씨를 본채로 불러 서로 상봉하게 할 계획이라는 일 등 이런저런 사연을 자세하게 이야기해주었지요. 그러자 왕 씨는 방금 꿈에서 깨어난 것처럼 감격해마지않는 것이었습니다. 그녀는 먼저 부인에게 고맙다고 인사를 한 다음 본채 앞으로 나아갔습니다. 이때 왕 씨는 머리가 벌써 반 정도 자랐고 예전처럼 단장한 상태였지요. 최 현위가 보니 바로 자기 아내이지 뭡니까, 글쎄! 그는 놀란 나머지 술에 취하고 꿈이라도 꾸는 것처럼 멍해졌습니다. 그 모습을 본 고 공은 웃으면서 말하는 것이었습니다.

"이 몸이 아까 귀하를 위해 중신을 서겠다고 했지.[94] (…) 이만하면서도 되겠소이까?"

최 현위는 왕 씨와 부둥켜안고 대성통곡하면서 말했습니다.

"이승에서는 생이별을 하고 마는구나 싶었는데 … 여기서 이렇게 다시 만날 줄 누가 알았겠소!"

그 자리에 모인 손님들은 그 광경을 보고 다들 어찌된 영문인지 몰라 고 공에게 까닭을 물었습니다. 그러자 고 공은 시동에게 서재로 가서 부용꽃 병풍을 가져오게 한 후 사람들을 보고 말했습니다.

---

94)【즉공관 미비】善戲謔兮。농담도 잘하시지!

"여러분께서 이 일을 아시려면 이 병풍을 보셔야 합니다!"

그래서 사람들이 앞다투어 다가와서 보니 다름 아닌 그림 한 장에 가사 한 편이 적혀 있는 것이 아닙니까. 그림을 보는 사람은 그림을 보고 가사를 읽는 사람은 가사를 읽었지만 아무리 해도 어떻게 된 영문인지 알 수가 없었지요. 그러자 고 공이 말하는 것이었습니다.

"여러분께 잘 설명해드리지요. (…) 이 한 폭의 그림에는 최 현위 부부의 기막힌 인연 이야기가 담겨 있습니다. (…) 이 그림은 바로 최 현위가 그린 것이고, 이 가사는 최 부인이 지은 것이올시다. 이 부부는 부임길에 이곳까지 왔다가 배에서 강도를 만났고, 최 부인은 강도 소굴을 탈출해 도망친 비구니 절에서 출가했지요. 그렇게 지내고 있는데 누군가가 절에 왔다가 이 그림을 시주했지 뭡니까! 최 부인은 부임 당시 배에 있던 것임을 알아보고 이 가사를 지었답니다. 그런데 나중에 이 그림이 공교롭게도 제 손에 들어왔지 뭡니까. 그때 우연히 최 현위를 만나 집으로 데려왔더니 그 자리에서 최 부인의 필체를 알아보더군요. 그래서 이 몸이 은밀히 사람을 시켜 그 내막을 자세히 조사해서 최 부인이 비구니 암자에서 지내고 있다는 사실을 알게 됐습니다. 그래서 내자를 시켜 최 부인을 집으로 데려와서 머물게 했답니다. 그러고는 은밀히 탐문 수사를 벌인 끝에 강도 일당의 행방을 알아내고 설 어사에게 부탁해 이 사건의 진상을 밝히고 강도들은 모두 죗값을 받게 했지요. (…) 최 현위와 부인은 내외가 우리 집에서 지낸 지가 반년쯤 되었습니다. 서로 어딘가에 헤어져 있는 줄로만 여겼을 뿐 두 분 다 같은 곳에서 오랫동안 지내고 있다는 것은 전혀 몰랐지요. 이 몸은 내내 사실을 감추고 두 내외에게는 전혀 알리지 않았습니다. 최 부인의 머리가 아직 자라나지 않았고 최 현위의 임명장도 아직 찾지 못한 상태인 데다가 상황이 어찌 될지, 두 사람의 속내는 또 어떤지 알지 못했거든요. 그래서 함부로 사실을 발설하지 않으려고 애썼습니다. 그런데 … 이번에 죄인을 잡고 나서 시험해보니 저 의로운 남편과 고결한 아내는 내외가 모두 서로를 아끼는 마음이 의연하지 뭡니까.95) 오늘 특별히 이들의 인연이 계속 이어지게 해줄 참입니다. 그래서 방금 '최 현위를 위해 이승에서의 인연을 정리해 드리겠다'고 한 것이지요! 이 말은 바로 최 부인이 지은 가사에 나오는 말입니다. (…) 방금 이 몸이 모시라고 한 '혜원'도 바로 최 부인이 비구니 암자에서 바꾼 이름이랍니다. 일부러 최 군과 여러분을 헷갈리게 만들어서 오늘 술자리에서 웃음을 한번 이끌어내자는 의도였지요.96)"

최준신과 왕 씨는 그 소리를 듣고는 두 사람 다 울면서 고 공에게 절을 했습니다. 그러자 그 자리에 앉은 사람들은 저마다 눈물을 흘리면서 '고 공의 큰 덕은 고금에 드물다'며 감탄해마지않는 것이었습니다. 왕 씨는 왕 씨대로 안으로 들어가서 고 씨 댁 부인에게 고맙다고 인사를 했지요. 고 공은 다시 잔치 자리로 돌아와 손님들과 즐겁게 술을 마시고 헤어졌습니다. 이날 밤 그는 특별히 별채를 열고 하녀 둘을 시켜 왕 씨와 최 현위가 안에서 편히 쉬도록 시중을 들게 했답니다.97)

이튿날, 고공은 최준신에게 시중을 들 사람이 없는 것을 알고 그에게 남녀 종을 한 사람씩 주고, 거기다 노자까지 두둑하게 챙겨준 후98)

---

95)【즉공관 측비】要老成。물정에 밝아야지.
96)【즉공관 미비】此公老成, 而亦高興。고 공은 물정에 밝으면서도 신이 났군.
97)【즉공관 측비】湊趣。재미있군.

그날 바로 길을 나서게 했습니다. 최준신 부부 두 사람은 고 공의 두 터운 은덕에 감격한 나머지 헤어지는 것을 못내 아쉬워하며 큰 소리로 울면서 길을 가는 것이었지요. 왕 씨는 이어서 남편과 함께 비구니 암자에 들렀습니다. 주지와 암자 사람들은 그녀가 한참동안 오지 않다가 갑자기 옷차림까지 바꾸고 나타난 것을 보고 다들 놀라고 이상하게 여겼지요. 왕 씨는 남편과 다시 만나 재결합하게 된 사연을 자세히 들려주고 주지가 자신을 보살펴준 두터운 정에 고마운 마음을 전했습니다. 주지는 그제야 고아수가 강도짓을 한다는 소문이 사실이었으며,99) '큰부인과 사이가 좋지 않다'는 왕 씨의 지난번 이야기는 잠시 자신의 신분을 감추려고 한 말이었음을 깨달았습니다. 암자 사람들은 다들 왕 씨와 사이좋게 지내던 사이이다 보니 그녀가 떠나는 것을 아쉬워했지요. 그러나 어쩔 수 없는 일인지라 일일이 눈물을 머금고 작별을 하고 부부 두 사람은 함께 영가로 향했답니다.

최준신은 영가에서 임기를 채우고 돌아가는 길에 다시 소주를 지나게 되었습니다. 그는 사람을 보내 고 공의 안부를 묻고 고 씨 댁을 방문하여 인사를 드리려고 했습니다. 그러나 뜻밖에도 고 공과 부인은 내외가 벌써 세상을 떠나고 장례까지 이미 끝난 뒤였지요. 최준신은 왕 씨와 함께 대성통곡을 했습니다. 마치 자신들을 낳아준 친부모를 여의기라도 한 것처럼 말이지요. 부부는 물어 물어 그들의 묘지까지 찾아가서 애도의 절을 하고 그길로 왕년의 그 비구니 암자의 스님들을 초빙해 묘 앞에서 사흘 밤낮 동안 수륙 도량水陸道場100)의 의식

---

98)【즉공관 미비】眞大恩人。정말 대단한 은인이야.
99)【즉공관 미비】好照應。잘 호응되는군.

을 지냄으로써 고 공의 큰 은덕에 보답했습니다.[101] 왕 씨는 그때까지도 왕년의 불경 구절을 잊지 않았던지 자신도 스님들 틈에서 함께 독송했지요.[102] 불재를 마치고 스님들과 암자로 돌아온 최준신은 남은 판공비를 내어 주지에게 후하게 보시를 베풀었습니다. 왕 씨는 이어서 지난 날 아침저녁으로 '관세음 보살觀世音菩薩께서 남몰래 보우해주십사' 기도한 끝에 다행히도 소원을 이루고 부부가 다시 해로한 일을 떠올리며 백금 열 냥을 내어 지주에게 맡기고 불공을 드리는 비용으로 쓰게 했답니다. 그리고 암자에 있을 때의 상황을 차마 잊지 못하고 이날부터 내내 불재를 지내고 '관세음 보살'을 외우기를 죽을 때까지 그치지 않겠다고 다짐했습니다. 그러고는 비구니들과 작별하고 고향인 진주로 돌아가 편안하게 가정생활을 영위했답니다. 최 현위는 나중에 서울로 가서 또 다른 관직을 맡게 되는데, 그것은 나중 일이니 따로 언급하지 않겠습니다.

이번 이야기에서 고 공의 은덕과 최 현위의 의리, 왕 씨의 절개는 한결같이 좀처럼 보기 드문 일입니다. 세 사람 모두 선량한 마음을 지녔기에 하늘이 도우시고 좋은 사람을 만났던 것입니다. 결국에는 원수를 모두 갚고 부부가 재결합했으니 이 이야기는 세상 사람들이 귀감으로 삼을 만하다고 봅니다. 이 이야기를 증명하는 시가 있습니다.

---

100) 수륙도량水陸道場: 불교에서 거행하는 성대한 법회. 불경을 암송하고 염불하면서 불재를 지내 물과 뭍의 귀신들을 제도하는데 '수륙재水陸齋'라고도 부른다.

101) 【즉공관 미비】應得如此。 당연히 그래야지.

102) 【즉공관 미비】好粧點。 배치를 잘 했어.

왕 씨가 몸 숨긴 것은 깊은 뜻이 있어서였으니,　王氏藏身有遠圖,
온갖 난관 다 거쳐 결국에는 남편과 상봉했구나.　間關到底得逢夫。
사공[103]은 '뜻 함께할 수 있다' 헛된 생각하면서,　舟人妄想能同志,
한 달 동안 공연히 '신부'로 불렀던 셈이구나!　一月空將新婦呼。

또 이런 시도 있습니다.

부용꽃은 본디 단장한 미인을 닮았거늘,　芙蓉本似美人妝,
어쩌자고 길가를 전전했더란 말인가.　何意飄零在路傍。
붓그림과 글재주가 잘 어우러지다 보니,　画筆詞鋒能巧合,
상봉이 향기로운 글씨 덕분에 이루어졌구나!　相逢猶自墨痕香。

어사대부 고 공을 칭송한 시도 한 수 있습니다.

고공의 인덕과 의리는 하늘까지 닿을 정도로다,　高公德誼薄雲天,
금생에서 마무리 못 한 인연 다시 맺어주셨으니!　能結今生未了緣。
처음부터 가볍게 간과하지 않더니만,　不使初時輕逗漏,
결국에는 상봉하게 해주었도다.　致令到底得團圓。
부용꽃 그림에서 꽃봉오리가 쌍을 이루더니,　芙蓉画出原雙蒂,
떠내려온 부평초 말풀 역시 하나로 이어지누나.　萍藻浮來亦共聯。
애석하게도 백양나무가 기둥만큼이나 자라,[104]　可惜白楊堪作柱,
황천 가신 일에 괜스레 눈물 쏟게 만드시네!　空敎灑淚及黃泉。

---

103) 【즉공관 미비】 可笑舟人。 웃기는 사공이지!
104) 백양나무가 기둥만큼 자라[白楊堪作柱]: 고납린 부부가 세상을 떠난 지가
　　오래되었다는 뜻이다. 고대 중국에서는 사람이 죽으면 묘지에 백양나무를
　　심었다고 한다.

| 저자 소개 |

능몽초凌濛初(1580~1644)

명대의 소설가·극작가이자 출판가. 절강浙江 오정현烏程縣 사람으로, 자는 현방
玄房이며, 호로는 초성初成·능파凌波·현관玄觀·즉공관주인卽空觀主人 등을 사
용하였다. 문예를 중시한 가정환경과 당시 번창하던 강남 출판업의 영향을 받아
어려서부터 남다른 재능을 발휘하였다. 그러나 과거와는 인연이 없어서 매번 뜻
을 이루지 못 하자 그 열정을 가업(출판업)에 쏟아 부어 각종 도서의 창작·출판
에 매진하였다. 생전에 시문·경학·역사 등 다방면에서 다양한 저술·창작을 남
겼으며, 가장 두각을 나타낸 분야는 소설·희곡·가요집·문예이론 등의 통속문학
이었다. 대표작으로 꼽히는 의화본소설집《박안경기拍案驚奇》와 후속작《이각
박안경기二刻拍案驚奇》는 나중에 '이박二拍'으로 일컬어지면서 강남의 독서시장
에서 큰 인기와 반향을 불러 일으켰다. 55살 때에 상해현승上海縣丞으로 기용된
것을 계기로 출판업을 접고 서주통판徐州通判·초중감군첨사楚中監軍僉事를 거
치며 선정을 베푸는 등 유가의 정통파 경륜가로서도 큰 족적을 남겼다.

| 역자 소개 |

문성재文盛哉

우리역사연구재단 책임연구원, 국제PEN 한국본부 번역원 중국어권 번역위원장.
고려대학교 중어중문학과를 졸업하고 남경대학교(중국)와 서울대학교에서 문학
과 어학으로 각각 박사 학위를 받았다. 그동안 옮기거나 지은 책으로는《중국고
전희곡 10선》·《고우영 일지매》(4권, 중역)·《도화선》(2권)·《진시황은 몽골어를
하는 여진족이었다》·《조선사연구》(2권)·《경본통속소설》·《한국의 전통연희》(중
역)·《처음부터 새로 읽는 노자 도덕경》·《루쉰의 사람들》·《한사군은 중국에 있
었다》·《한국고대사와 한중일의 역사왜곡》·《정역 중국정사 조선·동이전》(1~3)
등이 있다. 2012년에는 케이블 T채널이 기획한 고대사 다큐멘터리《북방대기행》
(5부작)에 학술자문으로 출연했으며, 2014년에는 현대어로 쉽게 풀이한 정인보
《조선사연구》가 대한민국학술원 '2014년 우수학술도서'(한국학 부문 1위), 2017년
에는《루쉰의 사람들》이 한국출판문화산업진흥원 '2017년 세종도서'(교양 부문),
2019년에는《한국고대사와 한중일의 역사왜곡》이 롯데장학재단의 '2019년도 롯
데출판문화대상'(일반출판 부문 본상)을 각각 수상하였다. 현재는 한국연구재단
의 지원으로 번역을 마친 후속작《이각 박안경기》(6권)과 함께《금관총의 주인공
이사지왕은 누구인가》의 출판을 앞두고 있다.

한국연구재단
학술명저번역총서
[동 양 편] 625

박안경기 ❹
拍案驚奇

초판 인쇄 2023년 2월 15일
초판 발행 2023년 2월 28일

저   자 | 능몽초
역   자 | 문성재
펴 낸 이 | 하운근
펴 낸 곳 | 學古房

주   소 | 경기도 고양시 덕양구 통일로 140 삼송테크노밸리 A동 B224
전   화 | (02)353-9908 편집부(02)356-9903
팩   스 | (02)6959-8234
홈페이지 | www.hakgobang.co.kr
전자우편 | hakgobang@naver.com, hakgobang@chol.com
등록번호 | 제311-1994-000001호

ISBN   979-11-6995-354-2 93820
        978-89-6071-287-4 (세트)

값 : 34,000원

이 책은 2016년도 정부재원(교육부)으로 한국연구재단의 지원을 받아 연구되었음
(NRF-2016S1A5A7022115).
This work was supported by National Research Foundation of Korea Grant funded
by the Korean Government(NRF-2016S1A5A7022115).